Tod einer guten Freundin

Klaus Struck

TOD EINER GUTEN FREUNDIN

Hamburg-Krimi mit Weltbezug

Die Handlung des vorliegenden Romans ist frei erfunden. Die Figuren und Firmen, mit Ausnahme der Personen der Zeitgeschichte, sind ebenfalls erfunden. Orte, Plätze und Gebäude sind der Realität entnommen, jedoch in eine erfundene Handlung eingefügt. Sofern Personen der Zeitgeschichte in diesem Buch wie Romanfiguren handeln, ist auch das erfunden. Eventuelle Namensübereinstimmungen mit lebenden Personen sind reiner Zufall.

Impressum:

© 2011 Klaus Struck

Autor: Klaus Struck

Umschlaggestaltung, Illustration: Klaus Struck

Verlag: tredition GmbH, Mittelweg 177, 20148 Hamburg

ISBN: 978-3-8424-2341-1

Printed in Germany

Das Werk, einschließlich seiner Teile, ist urheberrechtlich geschützt. Jede Verwertung ist ohne Zustimmung des Verlages und des Autors unzulässig. Dies gilt insbesondere für die elektronische oder sonstige Vervielfältigung, Übersetzung, Verbreitung und öffentliche Zugänglichmachung.

Bibliografische Information der Deutschen Nationalbibliothek: Die Deutsche Nationalbibliothek verzeichnet diese Publikation in der Deutschen Nationalbibliografie; detaillierte bibliografische Daten sind im Internet über http://dnb.d-nb.de abrufbar:

Für Anna und Rhea, die sich immer gern und geduldig
meine Geschichten anhören.

Teil 1   Fehltritt mit Folgen

Vorspann

Kaum war die Geschwindigkeitsbegrenzung auf der Autobahn A23 an der Stadtgrenze Hamburgs aufgehoben, beschleunigte die dunkle Limousine auf Maximalgeschwindigkeit. Nachdem sie drei vor ihr fahrende Autos von der Überholspur gedrängt hatte, wechselte sie hektisch die Fahrspur, bremste kurz ab und fuhr immer noch mit hoher Geschwindigkeit auf den Parkplatz Forst Rantzau. Aus einem Hubschrauber beobachtet, wirkte das Geschehen wie aus einem James Bond Film. Bei laufendem Motor sprang eine dunkel gekleidete Person aus dem Auto und rannte, einem Trampelpfad folgend, in das Gebüsch Richtung Müllverbrennungsanlage. Das Fahrzeug stand herrenlos mit geöffneter Fahrertür im Dämmerlicht der Autobahn und schnurrte leise vor sich hin. Die Person hatte es offenbar sehr eilig.

Was jedoch wie eine überstürzte Flucht aussah, war überlegtes Handeln. Sie suchte ein Versteck für ein größeres Paket. Nach einer Minute kehrte die Gestalt wieder zurück, öffnete in aller Ruhe die Heckklappe des Wagens und zog ein flexibles, längliches Bündel über die Ladekante. Als sie es gerade schultern wollte, stand die Person plötzlich wie auf einer Theaterbühne in hellem Scheinwerferlicht. Zwei Wohnmobile unterbrachen gerade jetzt hier ihre Reise 'gen Nordkap und stoppten nicht weit hinter der schwarzen Limousine. Sofort änderte die Person ihren Plan, ließ die Fracht auf den Boden gleiten und kramte an irgendwelchen Sachen im Wagen herum. Sie hatte jedoch nicht genügend Zeit, um darauf zu warten, dass die Wohnmobile weiterfuhren oder sich die Insassen zur Nachtruhe begaben. Deshalb zog sie, als die Motoren der Wohnmobile ausgeschaltet waren und die Scheinwerfer nur noch mit Standlicht leuchteten, das Paket unauffällig in den für Autobahnparkplätze typischen, aus Steintischen und Steinbänken bestehenden Rastbereich. Langsam quetschte sie das Paket unter die hintere, verdeckte Bank und ging ruhigen Schrittes zurück zum Fahrzeug, setzte sich hinter das Steuer und fuhr langsam zurück auf die Autobahn. Das Abblendlicht schaltete sie erst ein, als der Wagen so weit von den Wohnmobilen entfernt war, dass man das Nummernschild nicht mehr lesen konnte.

1.1 Bauskes Lebensnetz-Philosophie

Jeder Mensch denkt ständig über etwas nach. Über vermeintlich große Fragen, Probleme, Lebenssituationen, aber natürlich auch über kleine Dinge des Alltags. Man kann am besten nachdenken, wenn man monotonen Tätigkeiten nachgeht, die keine besondere Konzentration erfordern. Gut funktioniert es beim Radfahren auf einsamen Radwegen, beim Joggen oder Schwimmen, aber auch beim Kartoffelschälen, Bügeln oder Wäsche aufhängen.

Ich war gerade beim Wäscheaufhängen und damit gedanklich gleichzeitig bei meiner derzeitigen Lieblingstheorie, dem Lebensnetz.

Der auslösende Moment für meine Idee des Lebensnetzes, dass man sich in etwa wie ein großes Fischernetz mit unterschiedlicher Maschenweite und unterschiedlich dicken Knoten vorzustellen hat, war auf einer Party das Spiel ʾWas wäre wennʾ gewesen. Als ich in der Mitte war, fragte einer: was wäre, wenn du nicht Simone, sondern Brigitte geheiratet hättest? Mit Brigitte war ich vor Simone zusammen. Brigitte und ihr Mann waren auch auf der Party und spielten mit. Der Fragesteller wusste jedoch nicht, dass die beiden gerade eine schwere Phase durchliefen. So kam es zum Streit zwischen den beiden und die Party löste sich kurz danach auf. Ich fragte mich auf dem Rückweg jedoch selbst, wie wohl mein Leben verlaufen wäre, wenn diese oder jene Entscheidung anders ausgefallen wäre. Hätte sich mein Leben schon bei einer kleinen, anders ausgefallenen Entscheidung auch völlig anders entwickelt oder wäre die Richtung im Großen und Ganzen gleich geblieben?

Das Thema beschäftigte mich an diesem Abend so sehr, dass ich nicht einschlafen konnte, im Bett lag und plötzlich ein Netz mit ständig veränderter Maschenweite vor Augen hatte. Die Knoten stellten die Momente dar, in denen man sich in einer bestimmten Lebenssituation entscheiden musste. Hier wurde festgelegt, ob man im Netz, das heißt im nächsten Lebensabschnitt, weiter geradeaus ging oder nach links oder rechts abbog. In meinem Netz ging die rechte Seite von einem leichten Rosa in ein tiefes Rot über und bedeutete Abenteuer und Gefahr. Links begann es Hellgrün und lief in ein sattes Grasgrün über und symbolisierte Ruhe und Harmonie.

Meine Kindheit und Jugend sah ich im hellgrünen Bereich bei großer Maschenweite nach oben verlaufen. Dann gab es eine Phase mit engeren Maschen, in der mein Lebensweg mehrfach seitlich verlief und kurzfristig tief in den roten Bereich hineinging. Die Knoten waren unterschiedlich dick. Je nach Tragweite der Entscheidungen. Als ich mit Brigitte zusammen war, verlief mein Leben im hellgrünen Bereich. Ihr Entschluss, sich nach einem relativ harmlosen Streit von mir zu trennen, war durch einen dicken Knoten, symbolisch für eine schwerwiegende Entscheidung, dargestellt. Der nächste Abschnitt verlief prompt mehrere Maschen geradlinig nach rechts, tief ins Rote. Mit Simone kam ich dann schnell wieder auf die andere Seite und verweile seit Langem im sattgrünen Bereich bei großer Maschenweite.

Vor vier Wochen änderte sich jedoch alles. Die Maschenweite wurde sehr eng nach oben, jedoch sehr weit zu den Seiten. Über drei dicke Knoten führte mein Weg im Zickzack von Grün nach Rot und wird wohl heute noch den tiefroten Bereich erreichen, was ich jetzt aber noch nicht ahnte.

Aber jetzt erst einmal eins nach dem anderen:

Mein Name ist Fred Bauske. Ich bin 42 Jahre alt. Seit 13 Jahren glücklich mit Simone verheiratet. Wir haben zwei Kinder, zwölf und neun Jahre alt und wohnen seit vier Jahren am Stadtrand von Hamburg in einer Doppelhaushälfte, die wir zwar unser Eigen nennen, die aber noch ca. 17 Jahre der Hamburger Sparkasse gehören wird. Solange ist unser Hypothekenvertrag kalkuliert.

1995 schloss ich ein Maschinenbaustudium erfolgreich ab, tingelte danach ein halbes Jahr durch Europa, um dann 1 ½ Jahre in einem Ingenieurbüro erste Berufserfahrungen zu sammeln. Es folgte der Wechsel in den Vertrieb eines mittelständischen Unternehmens - wie man sagt die Stützen unserer Wirtschaft - bei dem ich auch jetzt noch tätig bin. Mein Arbeitgeber produziert im Norden Hamburgs Kunststoffbefestigungselemente und ich betreue die Automobilsparte, d. h., ich bin fast jede Woche ein bis zwei Tage unterwegs zu einem der europäischen Automobilhersteller, zu deren Zulieferern oder zu unseren Zweigwerken.

Heute, am Freitag, hatte ich es so eingerichtet, dass ich schon um 12.00 Uhr nach Hause fuhr, um gemeinsam mit der Familie zu Mittag zu essen. Zu meiner Enttäuschung waren die Kinder jedoch noch unterwegs.

Simone fragte mich wie immer, wie mein Tag gewesen war, ob es etwas Neues gäbe und was nächste Woche auf der Arbeit anliegen würde. Ich antwortete rhetorisch: Eigentlich wie immer, nichts Besonderes und nächste Woche muss ich wieder nach Polen zu unserem ausgelagerten Fertigungsstandort – Erstmusterabnahme für die neuen VW-Kabelklipse. Das gibt wieder ein Gefeilsche um Zehntelmillimeter.

„Eigentlich könntest du dir doch dort 'ne kleine Wohnung mieten, so oft, wie du da bist. Das wäre auf die Dauer billiger als immer diese Hotelübernachtungen." Simones so daher gesagte Variante hatte ich mir auch schon überlegt, aber mit ganz anderen Hintergedanken. Doch mir war klar, dass das unsere heile Familienwelt total verkomplizieren würde. „Du hast recht", sagte ich, „aber jetzt ist Wochenende und ich wollte doch eigentlich weiter den Keller ausmisten."

Damit verschwand ich in den Keller. Nachdem ich beim Passieren des Bierkastens dem Drang widerstand, eine Flasche zu öffnen, sah ich das rote Licht der Waschmaschine, die auf „fertig" stand. „Ach, dann hänge ich zuerst die Wäsche auf, die Leinen im anderen Kellerraum sind ja leer", dachte ich, „auch auf die Gefahr, dass die Pullover wieder falsch hängen." Gedanklich war ich sowieso die ganze Zeit bei mehreren Ereignissen, die mich seit vier Wochen unentwegt beschäftigten.

In dem Moment ertönte, hier unten nur gedämpft zu hören, die Haustürklingel. „Ach die Kinder", schoss es mir durch den Kopf und ich wartete auf das meist folgende Rufen. Aber es war überraschend lange still, bevor Simone rief: „FREEEHD, Besuch für dich."

Was mochte das bedeuten? Normalerweise ruft sie mich immer Freddie - wie eigentlich alle meine Freunde, manchmal Schatz, aber nie Fred.

Besuch? Bei Nachbarn oder Freunden hätte sie nicht Fred gesagt, Vertreter oder Zeugen Jehovas hätte sie selbst abgewimmelt. Wäre es der Pastor oder Elternvertreter oder Lehrer, wäre es kein Besuch für mich, sondern für uns.

Es konnte nur mein Chef oder jemand anderes aus der Firma sein.

Langsam ging ich die Kellertreppe hoch, trocknete meine Hände noch schnell an der Hose ab und betrat dann den Flur. Hier stand Simone mit zwei fremden Herren, die aussahen, als wären sie einem alten Schwarz-Weiß-Film entwichen. Beide mit Trenchcoat, einer sogar mit Hut, den er in der Hand hielt.

Mir schoss sofort ein Warnsignal durch den Kopf: Das musste etwas mit Alina zu tun haben.

Ich guckte abwechselnd von Simone zu den Herren. „Äh, Fred, die Herren sind von der Kriminalpolizei", stotterte Simone, die sonst nie verlegen war.

Wie wohl die meisten auch, ging ich sofort in Abwehrhaltung, sobald ich das Wort "Polizei" hörte. Mir vielen einige Sünden ein, die ich in den letzten Jahren begangen hatte, aber nichts davon rechtfertigte den Besuch zweier Herren von der Kripo. Es konnte tatsächlich nur etwas mit den Kindern oder Alina zu tun haben.

Der Typ mit Hut, dessen rasierter Schädel unter dem 24V-Strahler, unter dem er stand, auffällig glänzte, streckte mir die rechte Hand entgegen.

„Ich bin Hauptkommissar Schrenk und das ist mein Kollege Kommissar Krieger. Wir ermitteln in einem Fall, in dem ihre Autonummer aufgetaucht ist. Sie haben doch das Kennzeichen PI-FB397?"

„Ja, aber, ähm – was soll ich denn gemacht haben? Ich war doch die letzten Tage mit meinem Wagen unterwegs und habe hundertprozentig niemanden angefahren, oder so", stammelte auch ich verlegen, ich, der sonst nicht auf den Mund gefallen war. „Was heißt überhaupt aufgetaucht?"

„Hattest du dein Auto verliehen?", Simone mischte sich ein, was ich eigentlich gar nicht mag, aber jetzt gab es mir Zeit, nachzudenken. „Das ist nämlich ein Firmenwagen müssen sie wissen, und wenn mein Mann ihn nicht braucht, fährt auch schon einmal jemand anderes damit. Fred: Hast du das Auto in Polen jemandem geliehen? Wann soll das denn gewesen sein?"

„Können wir uns nicht setzen, wir möchten Ihnen einige Fotos zeigen, die nicht erfreulich sind", sagte der Kojak-Typ, der dem New Yorker Fernsehkommissar bis auf die Glatze jedoch überhaupt nicht ähnlich sah, und zeigte mit seinem Hut in Richtung Wohnzimmer.

Mir wurde das Ganze immer unheimlicher, ich sagte jedoch: „Ja, ja, selbstverständlich. Können wir Ihnen etwas zu trinken anbieten? Kaffee, Tee, Selters?", dabei ging ich voraus ins Wohnzimmer, räumte die herumliegenden Zeitungen und CDs kurz beiseite und zeigte auf das Ecksofa.

„Wasser wäre nett", sagte Schrenk und Simone interpretierte die Antwort auch für den anderen, der bisher noch nichts gesagt hatte, holte zwei Gläser aus dem Schrank und eine neue Sprudelflasche aus dem Kühlschrank, aus der sie die Gläser füllte.

Die beiden zogen fast synchron ihre Mäntel aus, legten sie über die Sofalehne und setzten sich nebeneinander. Dabei holte der andere, der Krieger, der mit seinem Namen bei der Bundeswehr bestimmt Karriere gemacht hätte, einen DINA4-Umschlag aus seiner Aktentasche, den er vor sich auf den Tisch legte.

„Was ist denn nun mit meinem Auto?", fragte ich jetzt etwas energischer. Ich hatte mich wieder gefangen.

„Herr Bauske, wo waren Sie vorgestern zwischen 14.00 Uhr und 20.00 Uhr? Bitte nennen Sie uns jede Einzelheit und vor allem auch, wo ihr Wagen vorgestern war", sagte Krieger und strich sich dabei seinen Pony aus der Stirn.

Ich wusste sofort, ich konnte nicht die Wahrheit sagen, jedenfalls nicht im Beisein von Simone, und fragte mich, ob man mir das ansah. „Ich war in der Firma, hier in unserer Niederlassung, hatte einen Lieferanten zu Besuch, mit dem ich noch essen war. Wann war ich abends zu Hause Simone? Ich glaube so gegen 21.00 Uhr, oder?" Simone nickte.

Krieger guckte auf seinen Ordner, strich wieder seinen Pony, der Elton John alle Ehre gemacht hätte, zurück, riss dann den Kopf hoch und guckte mir mit strengem Blick in die Augen. „Herr Bauske, jede Kleinigkeit kann wichtig sein und bitte, verschweigen Sie uns nichts. Vertuschen hat überhaupt keinen Zweck, im Gegenteil, die Wahrheit kommt immer heraus."

„Scheiße, was soll ich denn jetzt machen", dachte ich, „aber die können doch gar nichts wissen, der will mich nur verunsichern und ich habe doch strafrechtlich auch nichts verbrochen."

Ich sprang auf und schrie etwas zu laut: „Was soll das? Ich habe nichts getan, zeigen Sie mir erst einmal ihre Ausweise und dann sagen Sie mir, was sie von mir wollen und was das mit der Autonummer zu tun hat. Verdammt noch mal, das ist doch keine Art."

Nun stand Schrenk wieder auf: „Herr Bauske, nun beruhigen Sie sich doch, wir tun doch nur unsere Arbeit."

„Aha", dachte ich, „die spielen guter Bulle, böser Bulle." Er holte tatsächlich seinen Dienstausweis heraus und zeigte ihn mir. „Wir ermitteln in einem Mordfall und das Mordopfer hatte einen Zettel in der Hosentasche, auf dem Ihre Autonummer stand."

„Aber das hat doch nichts zu bedeuten", wieder hatte Simone es schneller verarbeitet, „da kann es doch tausend Gründe geben, weshalb die Nummer darauf stand."

Jetzt kam wieder Krieger aus dem Sofa hoch und zeigte mit dem Finger auf Simone: „Genau; und wir wollen den Grund herausfinden, warum gerade diese Nummer darauf stand. Irgendein Zusammenhang zwischen Autonummer, Frau und Mord ist doch wahrscheinlich", dabei holte er einige Fotos aus seinem Briefumschlag, die er demonstrativ auf unserem Wohnzimmertisch ausbreitete.

„Kennen Sie diese Frau, haben Sie sie schon einmal gesehen?" Krieger zeigte auf die Fotos, sah dabei aber in mein Gesicht und beobachtete meine Reaktion.

Ich merkte, wie mein Blutkreislauf stockte und ich instinktiv den Kopf wegdrehen wollte, dann jedoch, wie magisch von den Fotos angezogen wurde.

Ich erkannte sie sofort, trotz der unnatürlichen Lage und der bleichen Gesichtsfarbe. Ich war entsetzt und doch viel mir ein Stein vom Herzen. Es war nicht Alina, aber es war ihre Kollegin Mandy, die ich gerade erst vorgestern kennengelernt hatte. Aber das konnte ich doch nicht zugeben, dann müsste ich die ganzen Umstände und Zusammenhänge erklären. Das würde Simone nie verstehen und mir auch nicht verzeihen. Außerdem musste ich doch erst einmal hören, was Alina dazu sagen würde. Was hatte sie überhaupt damit zu tun?

„Nein", sagte ich, „die Frau habe ich noch nie gesehen."

„Sind Sie sich ganz sicher? Nehmen Sie sich ruhig Zeit", fragte jetzt wieder Schrenk, der gute Bulle.

„Nur weil die Frau einen Zettel mit Freds Autonummer besaß, muss er sie doch nicht kennen. Sie hören doch, was er sagt", mischte sich wieder Simone ein.

„Die Frau kenn' ich nicht", sagte ich jetzt wieder ganz selbstsicher, „wo soll denn das passiert sein?"

„Die Frau wurde von einem Lkw-Fahrer auf einem Autobahn-Rastplatz der A23 zwischen Pinneberg-Nord und Tornesch gefunden, Parkplatz Forst Rantzau. Das ist, wenn ich mich nicht irre, ihr Arbeitsweg." Das war jetzt wieder Krieger.

Krieger stand auf, holte ein Plastikröhrchen aus seiner Manteltasche und entnahm diesem eine Art Wattestäbchen. „Wir würden gerne eine DNA-Probe von Ihnen nehmen, bitte legen Sie dieses Stäbchen unter ihre Zunge und drehen es kurz hin und her." Dabei gab er mir das Wattestäbchen.

„Was soll das denn? Bin ich verdächtig? Ich sagte doch, ich kenne die Frau nicht. Ich glaube, das muss ich nicht tun", sagte ich ziemlich ärgerlich, machte mir jedoch ganz andere Gedanken: „Machte ich mich dadurch verdächtig? Hatten wir uns berührt? Ja, ich hatte ihr die Hand gegeben, zweimal. Konnte man das jetzt noch nachweisen?"

Ich schmiss das Stäbchen auf den Tisch.

„Was haben Sie für ein Problem damit", sagte Schrenk jetzt nicht mehr so freundlich, „dadurch wären Sie ein für alle Mal aus dem Schneider. Sie haben doch nichts zu befürchten, oder?"

„Ich will von Ihnen wissen, ob ich verdächtig bin, wenn ja, dann suche ich mir erst einmal einen Anwalt. Wenn nein, dann weiß ich nicht, was sie mit der DNA-Probe wollen."

Die beiden Kripobeamten sahen sich kurz an und standen dann auf: „Herr Bauske", sagte Krieger, „wir machen doch nur unsere Arbeit. Wir müssen allen Hinweisen und Spuren nachgehen. Ihre Autonummer ist nun einmal auf dem Zettel, das ist Fakt und das hat mit Sicherheit einen Grund. Den werden wir herausfinden und dann kommen wir wieder. Ihre Aussagen werden wir überprüfen." Sie nahmen ihre Mäntel und gingen zur Tür.

„Vielen Dank für die Selters", sagte Krieger an Simone gewandt. „Auf Wiedersehen."

Dann drehte er sich wieder zu mir und überreichte mir seine Visitenkarte. „Sie kennen das ja aus dem Fernsehen: Wenn

Ihnen noch etwas einfällt, rufen Sie uns bitte an." Er grinste dabei nicht.

Simone und ich standen noch lange in der Tür und schauten ihnen nach. „Was hat das zu bedeuten, wie kommt die Autonummer auf den Zettel", fragte Simone.

„Was weiß ich, vielleicht hab ich ihr die Vorfahrt geschnitten, vielleicht findet sie den Audi gut und wollte ihn klauen, vielleicht stand ich an der Ampel neben ihr und bin ihr Traummann. Es gibt doch tausend Möglichkeiten, wahrscheinlich ist es eine Verwechselung. Aber die Typen fand ich schon ziemlich frech."

„So schnell kann man in die Mühlen der Polizei kommen, du solltest mal Ralf anrufen, der ist doch Anwalt. Die Bullen kommen bestimmt wieder."

1.2 Vier Wochen vorher, Autobahn-Rastplatz Biegener Hellen, Frankfurt/Oder

„Hallo der Herr!", rief die Frau.

Ich blieb verdutzt und ungläubig stehen, sah mich um, ob vielleicht ein anderer gemeint sein könnte. Aber es war kein anderer in der Nähe. Nur zwei Lkw-Fahrer standen vor dem Eingang der Raststätte und rauchten.

„Meinen Sie mich?", fragte ich überflüssigerweise.

Die Frau kam näher und sah mich aus großen, dunklen Augen an, ohne zu lächeln, mit ernstem Gesichtsausdruck, fast verzweifelt. Sie sah verdammt gut aus.

Die Frau nickte „Ja, Sie."

Das war so, als ob ein Traum wahr würde, ein Männertraum. So, wie man es sich hundertmal wünscht, ohne zu glauben, dass es jemals in Erfüllung geht. Das war so unwahrscheinlich, denn eines war für mich sofort klar, diese Frau war keine Prostituierte, garantiert nicht.

Aber vielleicht ging es auch nur um Wechselgeld für die Toilette oder einer Auskunft nach dem Weg zu irgendeiner Sehenswürdigkeit oder so etwas. Sehenswürdigkeit wäre gut, dann könnte man sich darüber unterhalten und ich könnte ihr anbieten sie hinzufahren oder vorweg zu fahren, um es sich gemeinsam anzusehen.

„Entschuldigen Sie!", sagte die Frau. Sie stand nun direkt vor mir, wehte mir einen Hauch schweres, süßes, aufregendes Parfüm zu, lächelte jetzt und wischte sich mit einer schmalen, bräunlichen rechten Hand, an der kein Ring oder Armband war, eine vorwitzige Haarsträhne aus der Stirn. „Entschuldigen Sie, ich weiß, dass es etwas merkwürdig aussieht ... Aber Sie sehen nicht wie ein Spießer oder Verbrecher aus!"

Ich merkte, dass ich rot wurde, griff zur Krawatte, wich dem Blick der Frau aus, der jetzt nicht mehr ernst, sondern absolut bezaubernd war – und stotterte: „Ja ehrlich ... was kann ich denn für Sie tun?"

Die Antwort der Frau wurde vom Donnern eines vorbeifahrenden Sattelschleppers verschluckt, außerdem hatte ich in letzter Zeit schon des Öfteren festgestellt, dass mit meinem rechten Ohr etwas nicht stimmte.

„Na, wie ist es?", fragte Sie immer noch mit einem Blick, dem nicht einmal Buster Keaton hätte widerstehen können. Sie hatte nicht gemerkt, dass ich die Frage gar nicht verstanden hatte.

„Verzeihung", sagte ich, „ich konnte bei dem Krach nicht verstehen, was ..."

„Ach so", sagte die Frau mit einem Anflug von Ungeduld, warf einen Blick zum Parkplatz, auf dem mein Audi stand, und trat dann – wieder lächelnd – noch einen Schritt näher an mich heran, sodass ich nun richtig von ihrem Parfüm eingehüllt war.

„Ja also ... ich bin Vertriebsmitarbeiterin einer polnischen Personalvermittlungsagentur für Dienstleistungskräfte, Putzkolonnen, Krankenschwestern, Altenpfleger – und ich habe einen superwichtigen Termin heute um 17.30 Uhr in Hamburg."

Sie machte eine kurze Pause und prüfte mit einem fragenden Blick, ob ich ihr soweit folgen konnte und ob ich ihr noch glaubte. Zu diesem Zeitpunkt hätte ich ihr wohl noch widerstehen können, jedoch auch jetzt schon nur mit großer Kraftanstrengung.

„Hiervon hängt mein Job und wahrscheinlich auch die ganze Existenz der Firma ab. Mit dem Auto wäre ich spätestens um 16.00 Uhr in Hamburg angekommen, aber das gute Stück wollte kurz vor dem Rastplatz – Sie haben es bestimmt auf dem Standstreifen gesehen, ein roter Golf – nicht mehr. Am Benzin liegt es nicht, ich habe erst getankt. Ich bin hierher gegangen, wollte eigentlich mit einem Taxi in die nächste Stadt und dann mit dem Zug weiter, aber so schaffe ich meinen Termin leider nicht. Verschieben geht auch nicht. Es stellen sich nämlich drei Firmen vor und nur eine bekommt den Auftrag. Nun tauchten

Sie auf und ich dachte, das ist ein Geschenk des Himmels, PI ist doch Pinneberg bei Hamburg und dann noch so ein sympathisch aussehender Mann, der nimmt dich bestimmt bis zu irgendeiner Bus- oder U-Bahn Station in Hamburg mit."

Ich wusste nicht, was ich sagen sollte.

Ich war auf dem Rückweg von unserem polnischen Werk in Poznań. Drei Tage war ich dort, abends einsam im Hotel. Die Telefonanrufe nach Hause werden auch immer seltener, es geht meist nur um die Kinder, ob ich gut angekommen bin oder Ähnliches. Manchmal gehe ich mit einigen polnischen Kollegen Essen oder werde von Lieferanten eingeladen. Dann wird es meist feucht-fröhlich, aber immer in Maßen. Mir fiel ein, wie ich auf Dienstreisen oft abends allein aus dem Kino oder einer tristen Kneipe oder sonst woher spät abends gekommen bin und wie ich mir dann ausmalte, dass eine Frau käme und mich ansprach, ob wir nicht gemeinsam etwas unternehmen könnten … nur so, nicht für Geld. Weil es doch auch einsame Frauen gibt. Meinetwegen aus Langeweile, Sehnsucht oder aus Hunger nach ein bisschen Liebe. Das waren immer ganz absurde Ideen, völlig unrealistisch. Außerdem bin ich glücklich verheiratet.

Die Strecke von fast genau 600 km fahre ich in ungefähr fünf Stunden, dabei mache ich meist nur einen Stopp, und zwar an dieser Raststätte, die Letzte vor bzw. die Erste nach der Grenze auf deutschem Boden. Hier ist alles schön sauber und übersichtlich und man kennt mich bereits. Es war jetzt kurz vor 12.00 Uhr, bis 16.00 Uhr wären wir locker in Hamburg – wir?

Es gibt eine Betriebsanleitung zum Umgang mit Firmenwagen in unserer Firma, aber steht da auch etwas über die Mitnahme von Anhaltern drin?

Private Nutzung ist erlaubt. Ach quatsch, typisch deutsch, muss alles in Anleitungen geregelt sein. Die Frau ist definitiv keine Kriminelle, hat keine bösen Absichten und es kommt auch kein Typ aus irgendeinem Gebüsch, der dann auch noch mitfahren will. Alles unsinnige Überlegungen. Meine Entscheidung stand sowieso schon fest, als sie mir das erste Mal in die Augen schaute.

„OK, warum nicht", sagte ich, „haben Sie kein Gepäck?" Jetzt wurde ich wieder misstrauisch.

„Doch, doch, es steht da hinten, ich hole es gleich". Etwa 15m entfernt an der Wand der Raststätte stand ein handlicher Rollkoffer, auf den sie nun im Laufschritt zusteuerte. Jetzt konnte ich sie das erste Mal richtig beobachten. Sie war nicht besonders groß, etwa 1,65m, hatte eine wohlproportionierte Figur mit langen Beinen, was durch die hohen Schuhe noch verstärkt wurde. Die dunkelbraunen Haare trug sie hochgesteckt, sodass das hübsche Gesicht voll zur Geltung kam. Für mich war sie eine Mischung aus Cindy Crawford, J-Lo und der frühen Julia Roberts. Ihre Haut hatte einen natürlichen dunklen Teint. Wie eine Polin sah sie eigentlich nicht aus, obwohl sie Deutsch mit einem interessanten Akzent sprach. Müsste ich meine Traumfrau beschreiben, käme ziemlich genau dieser Typ dabei heraus.

Irgendwo musste hier doch noch ein Haken sein.

Freudestrahlend kam sie mit ihrem Trolley im Schlepptau wieder auf mich zu. Ich hatte bereits die Heckklappe des Audis geöffnet und lud nun wie selbstverständlich ihr Köfferchen ins Auto.

„Vielen, vielen Dank", sagte sie, „ich heiße übrigens Alina Sliwinski, sagen Sie bitte Alina zu mir."

„Ich heiße Fred, Fred Bauske", mehr fiel mir nicht ein. Immer noch kreisten meine Gedanken um die Frage: Wie hatte ich das verdient und wo soll das wohl hinführen?

„Wollen wir gleich losfahren, oder wollen Sie noch einmal in die Raststätte?"

„Nein, nein, es kann sofort losgehen", antwortete sie, machte hinten die Tür auf. Ich dachte, „soll ich hier den Chauffeur spielen", aber sie zog nur ihren Mantel und Blazer aus, legte diese sorgfältig auf die Rückbank und setzte sich dann vorn auf den Beifahrersitz. Ich machte es ihr nach und legte mein Jackett ebenfalls auf die Rückbank, um mich dann hinters Lenkrad zu setzen und zu starten. „Ist ja eine längere Fahrt, da sollte man es sich ruhig bequem machen", sagte ich, was Besseres viel mir nicht ein, „die Sitzverstellung ist seitlich rechts."

„Nein, alles ist perfekt. Ich bin ja so froh, dass ich Sie hier getroffen habe."

So begann unser Gespräch, das ohne Pause bis hinter Berlin ging.

Ich erfuhr alles über die Firma, für die sie arbeitete, ihre Aufgabe in der Akquisition von Neukunden, hauptsächlich in Deutschland, aber zukünftig auch in England und Spanien. Sie war stolz darauf, dass sie einen neuen Markt für ihre Firma erschlossen hatte, und zwar als Erste auf diesem Gebiet. Sie versorgten seit Beginn des Jahres Hamburger Kliniken mit Leihkrankenschwestern. Aber auch das Geschäft mit Altenpflegerinnen laufe immer besser. Deshalb wäre sie auch auf dem Weg nach Hamburg. Eine der größten Hamburger Einrichtungen wolle einen Rahmenvertrag abschließen, Laufzeit: drei Jahre. Hierzu findet eine finale Bieter-Besprechung im Hotel Atlantic statt. Es geht um ca. zwei Millionen Euro Umsatz. Nichterscheinen wäre das Aus für ihre Firma.

Sie fragte mich auch nach meinem Job und ich erzählte ihr viel mehr, als ich eigentlich sonst von den Interna eines Automobil-Zulieferers und den Gepflogenheiten der Branche preisgebe. Irgendwann wurde das Gespräch dann auch persönlicher. Ich wollte wissen, wieso sie so perfekt deutsch könne, denn aufgrund ihres Namens vermutete ich, dass sie Polin sei. Nun erzählte sie mir auch ihre persönliche Lebensgeschichte: Ihr Vater sei spanischer Diplomat und lernte in Warschau ihre Mutter kennen, die er auch heiratete, nachdem sie schwanger wurde. Als Alina gerade ihren fünften Geburtstag gefeiert hatte, wurde er nach Ost-Berlin versetzt und seine Familie, inzwischen hatte sie ein Brüderchen bekommen, zog natürlich mit, d. h., sie ist in der DDR zur Schule gekommen. Als ihr Vater nach acht Jahren wieder versetzt wurde – nach Venezuela, wollte ihre Mutter nicht mit. Dies gab einigen Streit in der Familie, da die Mutter den Kindern den wahren Grund nicht verriet. Alina erzählte weiter: „Unsere Mutter wusste nämlich schon seit einiger Zeit, dass unser Vater ein Verhältnis mit seiner Büroleiterin hatte und dieses auch nicht nur, wie mit einer Referendarin zuvor, eine einmalige Affäre war. Wir haben unseren Vater nach seiner Abreise nie wieder gesehen.

Meine Mutter hatte einen Bürojob beim Ministerium für Völkerverständigung, der nach der Wende leider ersatzlos gestrichen wurde. Da zwischenzeitlich unser Opa gestorben war und unsere Oma hilfsbedürftig wurde, zogen wir zu ihr nach Warschau. Ich kam damit ganz gut zurecht, hatte in Berlin die polytechnische Oberschule mit der mittleren Reife abgeschlossen und konnte damit in Polen zur Uni. Mein Bruder, mitten in der Pubertät, hatte da erheblich mehr Probleme und geriet in Warschau auf die schiefe Bahn. Damit ist er leider immer noch nicht durch, ich habe jedoch in der letzten Zeit nichts von ihm gehört."

Das Thema wurde ihr merklich unangenehm. Sie machte eine kurze Pause, drehte sich dann zu mir hin und fragte mich direkt: „Wie sieht denn die Familie Bauske aus, wo kommt der Herr Bauske her und gibt es eine Frau Bauske?"

Ich erzählte lang und breit von meiner glücklichen Kindheit auf dem Dorf, der schwierigeren Schullaufbahn in der nahe gelegenen Kleinstadt und dem Studium in Lübeck mit den üblichen Erlebnissen aus dem Studentenwohnheim. Dann kam wie ganz selbstverständlich und nebenbei die Aussage, dass es noch keine Frau Bauske gebe, ich die Hoffnung aber noch nicht aufgegeben hätte.

Sofort fragte ich mich, warum ich das gesagt hatte. Ich bin doch seit 13 Jahren verheiratet, mit unseren zwei Kindern sind wir eine glückliche Familie. Dass es manchmal Streit gibt, ist normal. Dass Frauen abends im Bett manchmal Kopfschmerzen haben, ist auch normal. Ist es typisch männlich, wenn man sich schönen Frauen gegenüber so verhält? Will ich mir alle Möglichkeiten offen halten? Würde ich es riskieren, nur für ein bisschen Sex alles Glück zu verlieren? Würde ich es wirklich bis zu einem Ehebruch kommen lassen?

Aber dafür gab es doch gar keinen Anlass, ich nahm doch nur eine Anhalterin mit. Kein Grund zur Aufregung. Die hübsche Alina hatte mit mir doch gar nichts im Sinn.

Hatte sie meine Lüge bemerkt? Sie antwortete nur mit „Aha, das ist ja ungewöhnlich, sonst sind immer alle netten Männer schon besetzt."

Ich fragte natürlich auch, wie es denn bei ihr aussehe und nach einigem Zögern erzählte sie den zweiten Teil ihrer Lebensgeschichte.

„Ich habe an der Uni einen Mann kennen- und lieben gelernt, den ich für den Richtigen hielt. Geheiratet haben wir gleich nach dem Studium. Wir bekamen beide umgehend eine Anstellung. Dummerweise machte ich schnell Karriere, er nicht. Bemerkungen wie: Gut aussehende Frauen haben es nun einmal leichter, oder: Hattest wohl wieder den kurzen Rock an, brachten die ersten Spannungen in unsere Beziehung. Dies war jedoch alles vergessen, als ich schwanger wurde und wir unser Kind erwarteten. Im Mai 1998 wurde unsere Tochter geboren und alles war perfekt. 1999 hat Marcin, so hieß mein Mann, seinen Job verloren und es sah nicht gut aus in seiner Branche. Ich habe daraufhin bei meinem alten Chef nachgefragt, ob sie mich wieder einstellen würden und der hat sofort zugesagt.

Zu Hause vertauschten wir die Rollen. Ich verdiente das Geld, mein Mann versorgte das Kind und, na ja, auch ein wenig den Haushalt. Seine Eifersucht kam jedoch wieder zum Vorschein und es gab immer häufiger Streit, besonders wenn ich einmal etwas später nach Hause kam. Zusätzlich musste ich immer häufiger ins benachbarte Ausland, was seine Eifersucht noch steigerte.

Dann machte ich den Fehler, für meinen Bruder gelegentlich Pakete mitzunehmen. Es sollten Palm-Handhelds, die elektronischen Terminkalender sein, die gerade voll im Trend waren und die man in Tschechien um einiges billiger einkaufen konnte als bei uns. Schon dieser Transport war wohl nicht ganz legal, aber bei einer Zollkontrolle schlug der Drogenhund an und was das bedeutete, war mir sofort klar.

Damit war mein bisher gradliniges, behütetes Leben mit einem Schlag vorbei. Ein Jahr und zwei Monate saß ich im Gefängnis, war geschieden und mein Mann hatte das Sorgerecht für unser Kind. Ich weiß gar nicht, warum ich Ihnen das erzähle, wir kennen uns doch gar nicht."

Sie drehte sich weg und rieb sich die Augen. Ich hätte sie am liebsten in die Arme genommen, sagte aber nichts, legte jedoch meine Hand auf ihren Arm, den sie nicht wegzog.

„Das ist jetzt sieben Jahre her. Ich habe drei Jahre gebraucht, um wieder Fuß zu fassen."

Ich wollte sie trösten und erwiderte: „Den Termin in Hamburg schaffen wir locker, wir könnten sogar noch eine Kaffeepause einlegen. Ich kann sie auch direkt am Hotel absetzen, das ist fast auf dem Weg."

Was natürlich nicht stimmte, denn das Hotel Atlantic liegt direkt an der Außenalster, also im Stadtzentrum. Ich würde normalerweise in Jenfeld von der Autobahn abfahren und wäre dann in zehn Minuten zu Hause.

„Das ist wirklich, wirklich nett, vielen, vielen Dank. Aber wenn es nach mir geht, brauchen wir keine Pause. Man weiß nie, wo es plötzlich noch einen Stau gibt."

Danach hatte sie wohl bewusst das Thema gewechselt.

Während der ganzen Fahrt lief im Hintergrund leise das Autoradio. Wenn ich allein fahre, höre ich seit einiger Zeit fast nur noch Informationssender wie Deutschlandfunk, Deutschland-Radio-Kultur oder NDR – Info. Diese ewigen Jingles und die quietschenden Stimmen der meist doppelt besetzten Moderatorenteams der werbefinanzierten Sender sind für mich nicht mehr zu ertragen. Nur wenn sich Beiträge wiederholen, oder ich in einer besonderen Stimmung bin, schalte ich meist auf Oldie-Sender.

Dies hatte ich auch jetzt getan, als wir unsere Fahrt an der Raststätte starteten. Es lief gerade ein Song der Beach Boys.

Alina fing an, zur Musik mit den Fingern zu schnipsen und sagte: „Das muss eine spannende Zeit gewesen sein, die 60er, 70er Jahre. Hippies, freie Liebe, kein Aids, große Protestbewegungen. Das Übel war noch klar in der Generation der Alten auszumachen und vor allem, es gab noch politische Visionen. Wenn mein Vater davon erzählte, war ich immer ganz hingerissen. Er hat mir einmal bei einem Aufsatz zu diesem Thema geholfen."

Ich sagte dazu ehrlich: „Von der Musik dieser Zeit kenne ich wenig, natürlich die Beatles, Stones und die anderen Großen, aber eigentlich bin ich mehr von den 80ern geprägt. Ich bin nicht so sehr ein Rocker, mag mehr ruhige Sachen und Deutschen Rock und Hip-Hop. Kennen Sie die Fantastischen Vier, Fettes Brot oder Element of Crime?"

„Die Fantastischen Vier kenne ich", antwortete sie, „ die haben doch von der Frau gesungen, die am Freitag nie kann. Das könnte ich sein, denn Freitag ist für mich immer Reisetag. Die anderen kenne ich nicht. Hip-Hop oder Rap ist nicht so mein Ding."

Das konnte ich nur bestätigen: „Rap finde ich auch nicht so toll, aber Hip-Hop mit witzigen Texten – die Brote haben da einige witzige Songs, die auch Hits geworden sind. Element of Crime ist mehr was für traurige Männer, die das Elend mit den Frauen ertränken. Kennen Sie den Film Lehmann? Der Autor der Vorlage ist der Bandleader von Element of Crime. Welche Musik hören Sie denn gern?"

Zu meinem Erstaunen war sie in Sachen Musik sehr bewandert, sie antwortete: „ Ach, ich bin nicht so festgelegt. Einerseits höre ich gerne Folklore, Spanische, Afrikanische, andererseits liebe ich die Stimme und Musik von Chris Rea. Nicht nur seine Schmusesongs, sondern auch die vielen schönen Bluessongs. Kennen Sie Stücke von ihm?"

„Ich weiß nicht genau, nennen Sie doch mal seine Bekanntesten!"

„Och, da gibt es viele: On the beach, Josephine, Road to Hell, Blue Café …"

"Ich glaube On the Beach und Josephine habe ich schon einmal gehört – Josephiin, I send you all my love", das Letzte hatte ich gesungen.

„Ja, nicht schlecht, singen können Sie also auch. Ich liebe aber auch die Instrumentalteile seiner Stücke. Sein Markenzeichen ist ja neben seiner Stimme der Slidestil, den er auf seiner Fender Stratocaster perfektioniert hat. Wer das gut findet, muss sich unbedingt das Sammelalbum Blue Guitar anhören. Sie sehen schon, wenn es um Rea geht, kann ich gar nicht aufhören zu schwärmen."

„Mann oh Mann, 'ne Frau, die sich mit Rock- und Bluesmusik auskennt. Ich hätte nicht geglaubt, dass es so etwas gibt. Ist doch sonst ein typisches Männerding."

„Da können Sie mal sehen", antwortete sie, „wenn Sie nichts dagegen haben, mach' ich jetzt noch ein kleines Nickerchen." Sie stellte sich den Sitz bequem zurück und schloss die Augen.

Ich sagte nun auch nichts mehr, beobachtete sie aber, so gut es aus der Fahrerposition ging. Ihre Schönheit war wirklich atemberaubend.

Als im Radio Roy Orbinsons `Pretty Woman` gespielt wurde, sah ich jedoch so etwas wie ein Grinsen auf ihrem Gesicht.

Kurz vor Hamburg kamen wir dann doch in einen Stau. Bei der Autobahnausfahrt Barsbüttel hatte ein großes Kaufhaus eine Sonderaktion und es gab tatsächlich Tausende von Kunden, die gerade jetzt die speziell herabgesetzten Möbel oder sogar ganze Küchen unbedingt heute kaufen mussten. Wenn ich etwas Neues anschaffen will, gibt es nie diese unglaublichen Schnäppchen.

Alina wurde etwas unruhig, obwohl sie nichts sagte. Doch nach 15 Minuten waren wir an der Ausfahrt vorbei und alles lief wieder normal. Kurz nach halb vier hatten wir das Autobahnende erreicht und fuhren vom Horner Kreisel Richtung Innenstadt.

Unser Abschied kam näher.

Irgendwie musste ich noch eine Verlängerung herausholen. Zumindest wollte ich ihre Adresse oder Telefonnummer haben. Also sagte ich: „So wie es jetzt aussieht, sind wir viel zu früh. Doch noch eine Tasse Kaffee an der Alster?"

„Ich will nicht unverschämt sein, bitte sagen Sie ehrlich, wenn Sie nicht ins Zentrum wollen, aber am besten wäre es für mich, wenn Sie mich an meinem Hotel absetzen könnten. Ich wohne nämlich nicht im Atlantic, das ist zu teuer. Ich habe ein Zimmer im Fürst Bismarck, gegenüber dem Hauptbahnhof, auf der Seite vom Schauspielhaus. Das ist ordentlich und gut zu erreichen, wenn man mit der Bahn kommt. Was ich auch oft mache."

„OK, kein Problem", sagte ich, „Sie müssen mir aber versprechen, mich über den Ausgang der Verhandlungen zu informieren, ich gebe Ihnen meine Karte oder besser noch, Sie geben mir Ihre Handy-Nummer."

„Ja. Ja, natürlich, aber so einfach mache ich mir das nicht. Ich habe Ihnen viel zu verdanken, Sie haben auf jeden Fall ein Abendessen bei mir gut. Hätten Sie nicht heute Abend Lust und Zeit? Können Sie nicht um, sagen wir 20.30 Uhr, noch einmal zum Fürst Bismarck kommen? Ich kenne hier um die Ecke einen guten Italiener, da würde ich mich gern für die Fahrt bedanken."

Das ist ja zu schön, um wahr zu sein, aber: Konnte ich ihr trauen?

Sie wollte mir scheinbar nicht ihre Handy-Nummer geben. Würde sie einfach so wieder aus meinem Leben verschwinden? Aber warum sollte sie es nicht ehrlich meinen? Wir haben uns doch super unterhalten und sie hat mir fast ihr ganzes Leben anvertraut.

Doch was wollte ich von ihr? Sie ist ohne Frage die hübscheste Frau, die ich je kennengelernt habe. Aber: Ich bin doch glücklich verheiratet und habe zwei Kinder. Flirten muss erlaubt sein, aber wie weit würde ich gehen? Mein Verstand sagte mir, dass es gefährlich werden könnte. Ich antwortete trotzdem: „Das ist doch nicht nötig, dieser kleine Umweg war doch kein Problem. Aber ich gebe zu, nach dem vielen Fleisch die letzten Tage in Polen: Ein Abendessen beim Italiener mit einer schönen Frau kann ich unmöglich ablehnen."

Jetzt war ich zu weit gegangen. Das folgende Schweigen war eindeutig. Ich musste es wieder geradebiegen. „Nein, ehrlich, Sie sind mir gar nichts schuldig, und wenn Sie den Auftrag nicht bekommen, sollten Sie dies im stillen Kämmerlein ertränken. Wenn es aber was zu feiern gibt, wäre ich gerne dabei."

„Dann lassen Sie uns beide hoffen", war ihre mehrdeutige Antwort.

Inzwischen fuhren wir bereits den Steindamm hinunter. Noch kurz rechts in die Kirchenallee und da war auch schon das Hotel. Ich musste in der zweiten Reihe halten, was unseren Abschied etwas einfacher machte.

Sie zog ihren Blazer und Mantel an, während ich ihren Trolley aus dem Kofferraum holte. Eigentlich wollte ich sie noch ins Hotel begleiten, aber sie sagte: „Lieber nicht, sonst werden Sie noch aufgeschrieben", nahm mir den Griff aus der Hand, wobei ihre Hand länger als nötig auf meiner lang. Als ich losgelassen hatte, ließ auch sie los und nahm mich fest in den Arm, umklammerte mich fast wie eine Ertrinkende. Wir sagten beide nichts. Ich fühlte eine Zuneigung, wie es sie eigentlich nur bei Jung-Verliebten gibt – dachte ich bis dahin.

Irgendwann löste sie sich dann, griff den Rollkoffer und ging in Richtung Hoteltür. Nach einigen Schritten, ich stand immer noch wie versteinert am Auto, drehte sie sich um und sagte: „Wir sehen uns ja heute Abend! Ganz bestimmt und ich rufe an, wenn das Meeting vorbei ist. Hab` ja deine Karte."

Langsam tauchte ich wieder in die Realität ein. Sie war im Hoteleingang verschwunden. Ich setzte mich ins Auto und versuchte, erst einmal meine Gedanken zu ordnen.

„Ich glaub' sie mag mich auch", dachte ich, „ich ruf an, habe ja deine Karte, DEINE hatte sie gesagt."

Als ein Polizeifahrzeug hinter mir auftauchte, startete ich den Motor und fuhr langsam los. Am Dammtorbahnhof bog ich rechts ab und suchte mir einen Parkplatz. Von hier aus war es nicht weit zur Alster. Ich musste nachdenken, einen klaren Kopf bekommen.

An der Alster mischten sich wie immer Touristen, Geschäftsleute, die hier essen gingen oder in entspannter Atmosphäre mit Kunden das nächste Geschäft anbahnen wollten, mit Joggern und Eltern, die ihre kleinen Kinder ausführten.

Alles dies beachtete ich nicht. Ich suchte mir eine Bank mit Blick auf das Wasser und überlegte, wie es jetzt weitergehen sollte.

Was wollte ich eigentlich? Eine schnelle Nummer mit der schönsten Frau der Welt? Was waren das vorhin für Gefühle? Das waren Schmetterlinge im Bauch. War ich etwa richtig verliebt?

Immer wieder blinkte in meinem Kopf eine Alarmtafel auf:

Stopp, du bist glücklich verheiratet, hast eine nette, hübsche Frau und zwei dich liebende Kinder. Und auch: Appetit holen ist erlaubt, gegessen wird zu Hause.

Doch ich konnte nur an Alina denken. Wenn ich die Augen zumachte, sah ich sie, wie sie mir freudestrahlend entgegenhüpfte, roch ihr Parfüm, fühlte ihre zarte, weiche Hand auf meinem Arm.

Irgendwie kam plötzlich ein Lied von Element of Crime, die ich letztes Jahr live auf der Hamburger Stadtparkbühne gesehen hatte, in meinen Kopf:

Ein Rauschen in der Leitung
Ein Rasseln in der Brust

Und die Decke senkt sich still auf mich herab
Ich hab gewusst, dass es nicht geht
Und es dennoch nicht geglaubt
Ich horche ob mein Herz schlägt
Doch es ist als wär ich taub
Und ich warte nicht
Bis du zu mir kommst
Ich geh selber hin und sehe, wo du bleibst

Ich ging langsam zum Auto zurück, startete den Motor und rief über die Freisprechanlage Simone an. Es war jedoch Jura dran. „Hallo Papa, kommst du heute nach Hause? Ich muss dir unbedingt etwas zeigen. Wann kommst du?"

„Ich weiß noch nicht genau, hab' tierisch viel zu tun. Was willst du mir denn zeigen?"

„Sag' ich nicht, du wirst staunen. Warum kannst du nicht kommen?"

„Ich werde es auf jeden Fall versuchen. Gib' mir mal Mama."

Er sagte noch ʼtschüssʻ und dann war Simone dran. „Sag bloß, du schaffst es mal wieder nicht! Wir vermissen dich, so wichtig ist die Firma nun auch wieder nicht."

„Glaubst du, ich finde das hier so toll, aber die kriegen die kritischen Prüfmaße mal wieder nicht hin, und wenn die nicht stimmen, kann ich die Teile auch nicht freigeben. Wir brauchen aber unbedingt schnellstmöglich eine neue Lieferung. Deshalb kann ich hier nicht weg, bevor das Werkzeug nicht nachgebessert ist. Wir machen heute so lange, bis wir maßgerechte Teile haben. Wenn ich dann noch fit bin, fahre ich noch nach Hause. Wenn nicht, schlafe ich im Hotel und bin dann morgen Vormittag da."

Wir redeten noch über Prioritäten und wie schnell Kinder groß werden und dass Jura ganz traurig wäre, weil ich heute nicht nach Hause käme.

Irgendwann verabschiedete ich mich ziemlich wütend, fühlte mich schlecht. Worauf war ich eigentlich jetzt wütend? Auf mich, weil ich so ein Arschloch bin, so ein falscher Fuffziger.

Aber ich habe mir alle Möglichkeiten offen gehalten.

Sollte mein Charme beim Italiener wirken und ich mithilfe von Kerzenlicht und Chianti Alina ins Hotelzimmer begleiten und mit ihr die Nacht …, dann hätte die Abnahme des Spritzgusswerkzeuges eben doch länger gedauert.

Gibt es für mich an der Hoteltür nur einen Abschiedskuss, dann eben nicht und ich würde doch noch nach Hause kommen.

Was ist, wenn sie sich nicht meldet? Ich fahre auf jeden Fall zur vereinbarten Zeit zum Hotel und frage an der Rezeption nach. Jetzt ist es gerade mal 18.00 Uhr. Was mache ich so lange? Nach Hause konnte ich nicht, ich musste die Zeit in Hamburg totschlagen. Frisch machen müsste ich mich auch noch irgendwie. Ein sauberes Hemd hatte ich noch im Koffer, auch einmal Unterwäsche, doch mein sonstiges Business-Outfit passte nicht zum Candle-Light-Dinner beim Italiener.

Was zieht man am besten an? Welche Taktik ist wohl am Erfolg versprechendsten? Ich wusste doch gar nicht mehr, worauf Frauen heute abfahren, ist es der Macho oder der Softi-Typ?

Also fuhr ich zum Mönckeberg-Parkhaus und suchte mir in der Spitalerstraße einen Herrenausstatter, bei dem ich alles bekam: edle Jeans, sportliches Hemd, Cashmerepullover.

Dann fuhr ich wieder zurück zum Dammtor und ging mit meinen neuen Sachen und der Kulturtasche ins CCH – Congress Centrum Hamburg. Dort gibt es in der weitläufigen Lobby große, saubere Sanitärbereiche. Hier konnte ich mich in Ruhe frisch machen und umziehen.

Als ich wieder am Auto war, zeigte die Uhr 19.30 an. Noch eine Stunde. Eigentlich müsste ihr Meeting doch schon zu Ende sein und: Sie wollte doch gleich anrufen.

Würde ich jetzt nach Hause fahren, wäre Jura noch auf und er könnte mir seine Überraschung noch zeigen.

Ich ging noch einmal zur Alster und über die Kennedybrücke in Richtung Hotel Atlantic. War das alles eine Finte? Ist sie gar nicht im Fürst Bismarck abgestiegen? Aber warum sollte alles nur vorgetäuscht sein? Ich wurde immer unruhiger. Vielleicht war irgendetwas schief gelaufen? Sie hatte den Auftrag nicht bekommen oder das Meeting lief immer noch. Ich drehte wieder um und ging langsam zurück.

Inzwischen war es 20.10 Uhr. Ich setzte mich wieder ins Auto und fuhr zum Hauptbahnhof, doch hier jetzt einen Parkplatz zu finden, war reine Glückssache. Ich kurvte immer wieder durch die kleinen Gassen in St. Georg. Erst am Gewerkschaftshaus fand ich einen regulären Parkplatz mit Parkuhr, der von abends 19.00 Uhr bis morgens 8.00 Uhr nichts kostete.

Als ich endlich das Hotel betrat, war es bereits 20.35 Uhr. Im Eingangsbereich wartete niemand. Nach einigem Zögern ging ich zur Rezeption. Der Herr hinter dem Tresen hatte mich bereits taxiert und, da ich ohne Gepäck war, auch nicht als potenziellen Gast eingestuft, fragte aber trotzdem freundlich: „Kann ich Ihnen helfen?"

„Äh, ja, äh, ich glaube. Ich bin mit einem Ihrer Gäste verabredet, mit Alina äh Slawinska."

„Sie möchten bitte zu ihr aufs Zimmer kommen, Frau Sliwinski hat die Nummer 306, 3. Stock. Da ist der Fahrstuhl." Er zeigte zur Nische an der rechten Seite. Ich konnte es nicht glauben, sagte aber nur „Danke" und ging wie angewiesen zum Fahrstuhl.

Was hatte das zu bedeuten? Vielleicht ist sie eben erst angekommen - oder soll ich oben ausgeraubt werden?

Im Fahrstuhl war ein Spiegel. „Mein Aussehen ist in Ordnung, die Aufregung sieht man mir nicht an", dachte ich, aber so angespannt war ich das letzte Mal bei den Gehaltsverhandlungen mit unserem Geschäftsführer, als ich 20 Prozent mehr Gehalt forderte.

Wie lange ist es her, dass ich allein mit einer anderen Frau zusammen war. Ich wusste doch gar nicht mehr, wie man in solcher Situation Small Talk macht und die richtigen Worte findet.

Es hallte über den Flur, als ich mit ziemlicher Wucht drei Mal gegen Tür 306 klopfte. „Wer ist da?", wurde leise von drinnen gefragt. „Fred", antwortete ich und umgehend ging die Tür auf. Da stand sie, griff meine Hand und zog mich hinein. Sofort waren die Schmetterlinge im Bauch wieder da.

„Was ist geschehen? Du wolltest doch anrufen", sagte ich ein wenig vorwurfsvoll – wie selbstverständlich hatte ich du gesagt.

„Ach", sagte sie, „es war alles anders als gedacht." Dabei machte sie die Tür hinter sich zu, drehte sich wieder zu mir um, stand jetzt ganz nahe vor mir und schaute mir in die Augen. Ich merkte, wie ich wieder völlig in den Bann ihrer Ausstrahlung geriet, machte den Mund auf, um sie zu fragen, was denn passiert sei, gleichzeitig tauchte wieder das Warnschild in meinem Kopf auf.

Stopp, du bist verheiratet, hast ei…

Sie legte jedoch kurz zwei Finger an die Lippen, sagte: „Jetzt nicht, später", und dann … küsste sie mich. Küsste mich, wie es schöner nicht sein konnte.

Dann küsste ich sie. Mein Verstand schaltete sich ab und die Gefühle übernahmen.

In dieser Nacht ging ein Traum in Erfüllung.

Wenn ich nur ansatzweise geahnt hätte, dass sich dieser Traum vom himmelhoch jauchzenden Glücksgefühl zum Albtraum a la „Stirb langsam" mit für mich entsprechend folgenschweren Veränderungen ausweiten würde, hätte ich wohl Vernunft vor Abenteuer gesetzt und das Weite gesucht.

1.3 Lagebesprechung Mordkommission Hamburg, Montagmorgen

„Wie ist der Ermittlungsstand in Sachen blonde, unbekannte Schöne, Schrenk, Krieger? Was habt ihr bisher?" Kriminalrat Schönfelder, der heute die Morgenbesprechung leitete, sprach die beiden ermittelnden Beamten direkt an.

Zuerst sagte keiner etwas, dann fingen beide gleichzeitig mit Äh an und stoppten wieder. „Fang` du an", sagte Krieger zu Schrenk.

„OK, Folgendes haben wir", dabei blätterte Hauptkommissar Schrenk in seinem Notizblock. „Die Identität der Toten konnte bisher nicht ermittelt werden. Die Vorab-Schätzungen des Gerichtsmediziners lauten:

Alter: ca. 35,

Tatzeit: donnerstagabends, Freitag früh,

Todesursache: Schädelfraktur und Hirnquetschung mit Hirnblutung.

Besonderheiten: Hämatome am Oberkörper und am Kopf, kein Sexualdelikt. Kleidung hochwertig, jedoch nichts Besonderes, bekommt man in ganz Europa in den gängigen Läden. Hatte keine Papiere bei sich, nichts, was zur Identifizierung beitragen könnte. Nur der ominöse Zettel mit den vier Autonummern und den zwei Worten: Dittsche und VULKAN."

Er projizierte den Zettel mittels Beamer an die Wand.

VULKAN
HH-VZ332
PI-FB397
Dittsche
SE-X21
MST-C 854

„VULKAN sieht aus wie der Firmenname des bekannten deutschen Industrieunternehmens VULKAN Systemtechnik AG. In die Richtung haben wir noch nichts unternommen. Was auch, ohne weitere Informationen. Es gibt jedoch auch Leute, die Vulkan mit Nachnamen heißen, in Hamburg sind allein 143 gemeldet. Es kann aber auch ein Vorname oder Spitzname sein.

Dittsche ist eine Kurzform für Dietrich. Bekannt geworden ist der Name, seitdem es die gleichnamige Sendung im Fernsehen gibt, der Chaot im Imbiss.

Die beiden Namen lassen wir erst einmal außen vor. Kommen wir nun zu den Autonummern:

HH-VZ332 - Zugelassen auf die Firma V. Zollstern KG, Import Food und Non Food. Es handelt sich um den Firmenwagen des Justiziars der Firma, Herrn Werner Hansen. Ein 5er BMW, den er auch privat nutzt. Wir konnten Herrn Hansen noch nicht befragen, da er sich über das Wochenende mit Frau und Tochter auf Sylt aufgehalten hat – sein Sohn ist zu Hause geblieben. Den haben wir erreicht und der hat es uns erzählt. Einer von uns wird den Hansen heute in seiner Firma aufsuchen.

PI-FB397 – Zugelassen auf die Firma Finkemann – Befestigungssysteme GmbH & Co. Kg, Hauptsitz Pinneberg. Auch hier handelt es sich um einen Firmenwagen mit privater Nutzung: ein Audi A4. Fred Bauske, Vertriebsingenieur Automotiv, ist der Nutzer. Wir haben ihn Freitag noch besucht. Behauptet, die Tote noch nie gesehen zu haben. Hat sich sehr abwehrend verhalten. Der Fundort der Toten liegt auf seinem Arbeitsweg. Will zur Tatzeit in der Firma gewesen sein. Seine Angaben müssen wir noch überprüfen. Für mich ist er erst einmal verdächtig.

SE-X21 – ein Ford Mustang, zugelassen auf Harry W. Zitlow, Friseure mit Ideen. Was das bedeutet, kann ich noch nicht sagen. Auch ihn konnten wir noch nicht befragen. Er hat mehrere Wohnsitze, einen in Hamburg-Othmarschen.

MST-C 854 – OPEL Omega, zugelassen auf Stephane Deforq, AMWAY Händler. Er ist in Burg Stargard gemeldet. Wir konnten ihn noch nicht kontaktieren, haben jedoch seine Privat- und Geschäftsnummer. Zwecks Befragung werden ihn die Kollegen aus Neubrandenburg wenn möglich noch heute besuchen, Foto und Fragengerüst haben wir ihnen bereits gemailt.

So, Benno, jetzt erzähl du, wie wir weitermachen wollen."

„OK, wir fahren viergleisig. Heinz fährt zu Hansen in die Firma, ich überprüfe die Angaben von dem Befestigungsfritzen. Die Ost-Kollegen befragen den AMWAY-Typ, und wenn Frau Scheunemann herausbekommen könnte, wo SEX21 anzutreffen ist, können wir heute Nachmittag vielleicht vier Aussagen vergleichen. Chef: Geht das klar mit unserer Kollegin?"

Die Kommissarsanwärterin Gabriele Scheunemann war erst seit Kurzem der Mordkommission zugeteilt. Es gab viele Bewerbungen auf diese Ausschreibung. Die Entscheidung zu ihren Gunsten wurde zwar im Team gefällt, doch maßgeblich von Schönfelder unterstützt. So war es ganz in seinem Sinn, sie in diesen Fall mit einzusetzen.

„Frau Scheunemann, Sie arbeiten zurzeit an dem Messerstechermord vom Kiez. So wie ich das sehe, ist Ihr Team jetzt auf die Ergebnisse der Befragung des U-Häftlings angewiesen. Solange können Sie da nicht weitermachen. Der Sex Typ ist da doch eine schöne Abwechslung. Sehen Sie zu, dass Sie ihn möglichst schnell erwischen. Wenn es der Sache dient, darf auch ein Friseurbesuch dabei abfallen."

„Halt stopp", warf Krieger ein, „dann muss Heinz da hin, das schont den Steuerzahler."

„Keine Angst", antwortete Gabi Scheunemann lachend, „ich lass` mir schon keine Dauerwelle und Strähnchen machen. Wer so eine Autonummer braucht, ist definitiv nicht mein Typ. Das kann ich schon vorher sagen."

„Gut Leute, so machen wir es", Kriminalrat Schönfelder schaute auf seine Uhr und stand auf, „ich muss schon wieder zum nächsten Meeting. Wenn ihr etwas Entscheidendes habt, haltet mich auf dem Laufenden."

Benno Krieger drehte sich zu Frau Scheunemann um und meinte ironisch: „Wenn Sie bei dem Friseur sind, sehen Sie zu, dass Sie irgendeinen Grund finden, sein Auto zu beschlagnahmen, besonders wenn es alt und ein Cabrio ist. So ein 65er Mustang Cabrio ist mein absoluter Traumwagen."

1.4 Wochenende bei Bauskes

Nachdem die beiden Kripobullen – so nannten wir sie ab jetzt, da waren Simone und ich uns auch einig - gegangen waren, wollte ich gleich wieder in den Keller, aber Simone hielt mich zurück. „Was willst du da unten? Nun hör` auf, immer wegzulaufen! Lass uns doch mal in Ruhe überlegen, was das zu bedeuten hat." Sie zog mich in die Küche, ließ Wasser in den Teekessel ein und stellte die hintere Flamme des Gasherdes, auf dem der Kessel stand, an.

„Das ist doch kein Böser-Jungen-Streich. Eine Ermordete hat 'nen Zettel mit deiner Autonummer. Freddie: Denk doch mal nach!"

„Ich habe keinen blassen Schimmer", sagte ich mit leiser Stimme.

„Freddie, auch wenn du Scheiße gebaut hast, du weißt, ich halte zu dir."

Meine Gedanken kreisten um meinen letzten Besuch bei Alina. Konnte ich Simone irgendetwas davon erzählen? Natürlich nicht alles, aber wie viel davon? NEIN, besser nichts – solange es ging.

„Was für 'ne Scheiße soll ich denn gemacht haben? Ich habe kein Reh überfahren, auch keinen Radfahrer und ich habe mit dem Auto auch keine Bank ausgeraubt. Ich war einfach nur in unserem Scheiß-Werk in Polen und habe da von morgens bis abends gearbeitet. Das Auto wurde fast nicht bewegt. Ich habe keine Ahnung, warum die Nummer auf dem Zettel steht."

„Du hast doch bestimmt mal einen Kollegen mitgenommen, zum Essen oder so. Hat der vielleicht etwas im Auto deponiert oder versteckt? Komm' lass uns das Auto durchsuchen", dabei stand sie auf und wollte gleich ans Werk gehen.

Ich überlegte, ob im Auto irgendetwas Verdächtiges sein könnte, kam zu dem Schluss, dass es „sauber" war, und ließ Simone deshalb gewähren. Sie nahm sich den Autoschlüssel vom Schlüsselbrett und stürmte los in Richtung Carport. Ich machte noch den Gasherd aus und lief ihr nach.

„Was sollen die Bullen nur denken, wenn sie uns jetzt beobachten", rief ich ihr hinterher, „sieht doch aus, als wollten wir Spuren beseitigen."

„Quatsch, wir können alles erklären." Sie hatte beim Rausgehen ihren Einkaufskorb mitgenommen. Jetzt stopfte sie alles aus den Seitenfächern, Ablagen, dem Handschuhfach und dem Kofferraum erst einmal blind in den Korb.

Ich ging um das Auto herum und untersuchte es auf Kratzer und Beulen. An den Innenraum ließ sie mich nicht heran und ich hielt mich hier auch bewusst zurück. Nicht dass es den Eindruck machte, ich wollte etwas vertuschen. Sogar die Matten nahm sie heraus.

„Lass uns auch noch unter die Haube gucken", täuschte ich Interesse an der Aktion vor. Sie war auch gleich ernsthaft dabei und untersuchte, ob irgendwo ein Paket versteckt war.

„Gibt es noch andere Hohlräume, in denen man schnell etwas verstecken kann?", fragte Simone mich ernsthaft, dabei bückte sie sich und versuchte, unter das Auto zu schauen.

„Jetzt übertreibst du aber. Wenn jemand Drogen schmuggeln wollte, dann wahrscheinlich unter der Verkleidung in einem speziell angefertigten, mit was weiß ich z. B. Blei ausgekleidetem Spezialfach oder so. Das würden wir so einfach nicht finden", erwiderte ich. „Du siehst doch, da ist nichts."

„Na gut", sagte sie, schlug die Türen zu, schloss alles ab und ging mit dem Einkaufskorb wieder ins Haus, ich immer hinterher. Hier kippte sie alles Eingesammelte auf den Küchentisch.

Das meiste waren Zettel und Prospekte, drei 50-Cent-Gutscheine der Autobahntoiletten und natürlich das Verbandskissen und das Werkzeug-Set aus dem Kofferraum.

„Da hast du es, nichts Ungewöhnliches dabei", sagte ich und stellte erneut das Teewasser an.

Simone blätterte erst einmal den Handatlas durch, fand jedoch keine verdächtigen Eintragungen oder Markierungen. Dann legte sie die Toilettengutscheine beiseite und murmelte: „Das ist auch ein Schwachsinn mit den Toilettensperren. Wenn man keine Landeswährung hat, muss man in die Hose machen."

„Euro hat doch heute jeder", meinte ich erwidern zu müssen.

Dann hatte sie zwei CD Hüllen in der Hand. Ich habe einen CD-Wechsler im Kofferraum. Damit bin ich eigentlich sehr ordentlich und befülle ihn immer zu Hause. Die leeren Hüllen haben ihren festen Platz im Carportschuppen.

„Was sind das denn für CDs, die kenn` ich ja gar nicht", sagte Simone erstaunt, „Chris Rea, was ist denn das? Seit wann hörst du denn so etwas? Hat die jemand liegen gelassen?"

„Scheiße", dachte ich, „das hatte ich ganz vergessen."

„Die hat mir Tomasz geliehen, du weißt doch, mein polnischer Kollege aus der Qualitätssicherung. Der schwärmt von Chris Rea und ich muss sagen, ich könnte auch noch zum Blues-Fan werden. Den kann man gut verstehen und die Texte sind auch richtig intelligent, nicht nur Herz, Schmerz, Whiskey und Frauen."

Sie guckte mich schon etwas misstrauisch an, nahm dann die CD-Schachteln auseinander und betrachtete sich die Booklets. „Guck mal, Media-Markt gibt's auch schon in Polen", sagte sie und zeigte auf den Preisaufkleber. Ich sagte nichts dazu, da ich sie selbst gekauft hatte, wusste ich ja, wo sie herkamen.

Dann betrachtete sie ausgiebig einen Hotel-Flyer. „Bringt ihr eure Gäste jetzt wieder im Rellinger Hof unter? Nicht mehr bei euch draußen im Rosarium?"

„Doch, aber da war letztens alles voll", sagte ich, dachte aber, „Scheiße, wieder ein Fehler. Wenn diese Mandy womöglich dort mit mir gesehen, oder vielleicht sogar dort umgebracht worden war, dann würde Simone mich nicht mehr in Ruhe lassen, bevor ich alles gestanden hätte."

Dann nahm sie sich das Verbandskissen vor. Jedoch schon beim Reißverschlussöffnen merkte man, dass das Ding alt und harmlos war, was sich auch nach völligem Zerpflücken bestätigte.

„OK", sagte Simone dann und trank endlich von dem Tee, den ich ihr hingestellt hatte, „das Auto ist scheinbar nicht kriminell eingesetzt worden. Welchen Grund gibt es noch, um sich die Autonummer aufzuschreiben?"

„Weißt du was", sagte ich, „ich mach` mich jetzt nicht verrückt damit. Das Einzige, was ich noch tue, ist, ich rufe Ralf an und lass` mich von ihm rechtlich beraten, damit ich weiß, wie ich mich verhalten und was ich mir gefallen lassen muss."

In dem Moment kamen die Kinder ins Zimmer. Sie sahen das zerfledderte Verbandskissen und die verstreuten Zettel sowie unsere ernsten Gesichter. Auf ihre Fragen antworteten wir nicht ehrlich, was sie auch merkten. Kinder merken sowieso viel mehr als wir Eltern wahrhaben wollen. Aber sie fragten nicht weiter. Sie dachten, wir hätten uns gestritten.

Trotzdem nahmen die beiden uns sofort in Beschlag mit ihren Geschichten und wir verdrängten erst einmal das Thema Autonummer.

Mir fiel ein, dass ich vor einiger Zeit - auf jeden Fall bevor ich Alina kennengelernt hatte - auf einer Dienstreise, auf der ich ein paar Stunden vor einem verabredeten Termin überbrücken musste – wo war das noch? Ach, ja, in Wolfenbüttels schöner Altstadt – für die Kinder neue Tischtennisschläger gekauft hatte.

„Leute", sagte ich, „ich hab` euch etwas mitgebracht." Ich ging in den Keller und holte die beiden Schläger, versteckte sie aber hinter meinem Rücken, in jeder Hand einen.

„Links oder rechts, der jüngere darf zuerst", sagte ich.

So einfach die Wahl auch war, es dauerte geschlagene fünf Minuten, ehe Jura sich für rechts entschied. Erst wollte er herausbekommen, was es war und worin die Unterschiede bestanden. Dann wurden Tauschmöglichkeiten festgelegt und dann musste mit ele-mele-muh noch das Schicksal entscheiden.

Auf jeden Fall war die Freude groß. Ich erklärte ihnen noch, dass das Profischläger seien und sie damit vorsichtig umgehen und aufpassen sollten. „Ja, ja", sagte Eva, „bei dir ist alles von Profis. Was heißt denn das? Die sind auf jeden Fall leicht."

„Die sind von Joola, damit spielt sogar Timo Boll, echte Topspin Schläger", antwortete ich. Für Timo Boll schwärmten beide. Eva hatte sogar ein Poster von ihm in ihrem Zimmer aufgehängt.

„Papa, du musst jetzt aber eine Partie mit uns spielen", Jura zog mich an der Hand mit nach draußen. Das kam mir gar nicht ungelegen, denn dabei konnte ich ungestört überlegen, wie ich mich in dem Mordfall weiter verhalten sollte.

Zuerst spielten die beiden gegeneinander. Ich war Schiedsrichter und musste zählen und natürlich die gelungenen Spielzüge kommentieren. Ziemlich schnell merkte ich, dass beides, nachdenken und das Spiel konzentriert verfolgen, nicht ging. Ich entschied mich für Tischtennis und verdrängte für einige Zeit mein Problem. Dann durfte auch ich mit den neuen Schlägern spielen. Die Dinger waren wirklich genial, man glaubt gar nicht, was gutes Material ausmacht. Dabei weiß ich doch, dass es überall so ist. Handwerker brauchen gutes Werkzeug, Sportler gutes Sportgerät, Vertreter bequeme Autos usw.

Beim Abendessen fragte Simone mich, ob ich Ralf schon angerufen hätte und damit war ich wieder zurück in der Welt der Erwachsenen.

Nach dem Abendbrot spielten die Kinder noch mal Tischtennis und ich verdrückte mich ins Arbeitszimmer und rief Ralf an. Ralf ist der Ehemann von Simones bester Freundin. Die beiden haben auch zwei Kinder und wir verstehen uns alle acht sehr gut. Wir waren sogar schon zusammen im Urlaub in einem Ferienhaus in Dänemark. Die Kinder stritten sich zwar einige Male, was immer auch zu Spannungen zwischen den Erwachsenen führte. Im Gegensatz zu den Kindern, die das schnell vergaßen, erforderte es bei den Eltern jedoch erst ein klärendes Gespräch, bevor man sich wieder entspannen konnte. Bei der nächsten gemeinsamen Reise nahmen wir dann zwei separate Appartements.

Ralf ist Rechtsanwalt in einer Kanzlei und berät die Verbraucherzentrale und den Mieterverein. Er ist definitiv kein Spezialist für Gewaltverbrechen, aber er konnte mir bestimmt ein paar Tipps geben oder jemanden empfehlen. Was ich nicht genau einschätzen konnte, war die Frage, inwieweit für ihn Schweigepflicht galt. Musste ich damit rechnen, dass er doch das eine oder andere an seine Frau weiter geben würde? Auch wenn es nur Andeutungen wären. Dies würde in jedem Fall wieder bei Simone landen. Also war er eigentlich für mich nicht der richtige Gesprächspartner. Trotzdem rief ich ihn an. Er war nach dem zweiten Klingeln an der Strippe. Nach Kurzem `wie geht's` usw. erzählte ich ihm von dem Kripobesuch und bat ihn um Verhaltensratschläge.

„Das ist nicht ganz ohne, hier gibt es einmal die konkrete Rechtslage im Normalfall, aber es können auch diverse Sonderfälle eintreten. Ich sage nur: Gefahr in Verzug. Sag mal, unser Großer hat morgen ein Handballspiel bei euch in der Nähe. Unsere Jungs spielen gegen den AMTV auf dem Jahnplatz. Das sind von dir doch höchstens fünf Minuten mit dem Fahrrad. Um 10.30 Uhr fängt das Spiel an. Komm doch zur Halle, wir ziehen uns dann in die Sportlerklause zurück." Sein Vorschlag gefiel mir und ich willigte ein.

Jeder Termin ohne die Frauen war mir recht.

Ich erzählte Simone von dem Gespräch und sie hatte erstaunlicherweise keine Bedenken oder Anmerkungen. Nur zur Sportlerklause musste sie bemerken, dass da schon um 10.00 Uhr die Handball-Eltern sitzen und ihre Sportkinder mit Bier und Korn anfeuern. Wir sollten uns da nicht anstecken lassen.

„Unsere Väter sind sonntags nach der Kirche auch immer zum Frühschoppen gegangen", sagte ich daraufhin.

„Nicht alles von früher war gut, außerdem hatten sie vorher eine Stunde auf der harten Kirchenbank gesessen und mussten die Predigt über sich ergehen lassen. Das will verarbeitet werden. Manchmal half da wohl nur wegspülen. Heute sagt man – Festplatte formatieren." Simone war wieder gut drauf, das musste ich ausnutzen.

„Ich geh' noch mal 'ne Runde joggen", sagte ich, „das macht den Kopf wieder frei."

„Sieh zu, dass du im Hellen wieder zurück bist, oder soll ich mitkommen und auf dich aufpassen?"

„Lass' mich mal alleine laufen, das ist besser." Ich hatte mich schnell umgezogen, Laufschuhe an, Uhr und IPod angelegt und los ging es. Außerdem nahm ich mein Handy mit, ich musste unbedingt Alina erreichen und von ihr hören, ob sie wusste, was am Donnerstag noch alles passiert war.

Meine Laufstrecke führte durch die Rahlstedter Feldmark. Sowie ich mich aus dem Sichtbereich der Häuser entfernt hatte, wechselte ich in langsames Gehen, holte das Handy heraus und wählte Alinas Nummer. Es kam sofort die Ansage: Die Nummer ist vorübergehend nicht erreichbar, sonst nichts, keine Mailbox.

Was bedeutete das? Ich hatte sie schon mehrfach unter dieser Nummer angerufen und eigentlich auch immer erreicht. Mehrfach heißt genau viermal. Dreimal hat sie mich auf dem Firmenhandy angerufen, immer von der mir bekannten Nummer. Eine private Anschrift von ihr hatte ich nicht, nur eine Visitenkarte mit dieser Handynummer und der Firmenanschrift.

„Nur keine Panik Freddie", dachte ich, „du hast auch schon den Akku leer telefoniert, ich probiere es nachher noch einmal." Dann tobte ich im Laufschritt weiter. Ich wollte mir nicht ausmalen, was passiert sein könnte, deshalb holte ich die drei Abende und Nächte aus meiner Erinnerung hervor, die wir zusammen verbrachten und die ich nie vergessen werde. So viel Leidenschaft, Lust, Verständnis, Harmonie und Glücksgefühl habe ich noch nie erlebt, auch nicht in jungen Jahren.

Unser erstes Beisammensein fand ja nur im Auto und im Hotel statt.

Eigentlich hätten wir im Fürst Bismarck für zwei Übernachtungen zahlen müssen, denn Bett und Badezimmer wurden einem Dauertest ausgesetzt. Das Essen haben wir uns aufs Zimmer bringen lassen. In der Firma hatte ich mich krankgemeldet – Magenverstimmung. Für meine Familie war ich ja noch in Polen. Erst am späten Nachmittag habe ich Alina zum Zug gebracht. Unser Abschied erinnerte mich an den Schüleraustausch, der in der 9. Klasse mit einer französischen Schule stattfand. Hier gab es auch erste Lieben, die nun für unabsehbare Zeiten getrennt wurden. Es flossen Tränen und es wurden Dauerkussrekorde aufgestellt. Einige von den Freundschaften hielten lange, andere waren schon nach ein paar Stunden vergessen.

Auch ich wusste nicht, wie es mit uns weitergehen sollte. Wir hatten über vieles gesprochen, philosophiert, diskutiert und immer wieder Gemeinsamkeiten festgestellt. Aber konkrete Pläne für unsere gemeinsame Zukunft haben wir nicht gemacht. Dass wir uns wiedersehen wollten, war jedoch klar.

Nach der ersten Nacht hatte ich ihr noch nicht gebeichtet, dass ich verheiratet bin und zwei Kinder habe, aber sie hat auch nicht davon gesprochen, dass sie mich zu Hause besuchen wolle. Als ich vorschlug, wir könnten uns in Polen treffen, hat sie auf ihre vielen Dienstreisen verwiesen und mich auf ihren nächsten Besuch in Hamburg in zwei Wochen vertröstet. So lange müssten wir schon noch aushalten.

Ich drohte ihr, wenn sie sich nicht melden würde, brächte ich an allen Autobahn-Raststätten Steckbriefe von ihr an: Gesucht wegen Herzdiebstahls und Liebesraub. Sie grinste, ich ahnte nicht, wie nah ich der Wahrheit gekommen war.

Auf meiner Jogging-Runde holte ich noch dreimal mein Handy heraus und versucht, sie zu erreichen, immer mit dem gleichen Resultat. Zu allem Überfluss kam aus meinem Kopfhörer auch noch der Song „Sperr mich ein" von Element of Crime.

Ich fragte mich, ob die mittlere Strophe schon auf meine Veränderungen passte:

Meine Sitten sind verlottert
Mein Weltbild ist verdreht
Und schmutzig meine Fantasie
Bin schuldig groben Unfugs
Der Völlerei
Und gut zu Tieren war ich nie
Erklär mir meine Rechte
Sperr mich ein
Ich will von dir verhaftet sein

Ich musste an meinen Cousin Klaus denken, der zehn Jahre älter ist als ich und den ich früher schon bewundert habe. Er kam immer, egal ob Konfirmation, Beerdigung oder Angelausflug, in einem abgetragenen Army-Parker und zog, wenn ich ihn irgendetwas fragte, ein kleines rotes Büchlein aus der Tasche und sagte: „Wollen doch mal sehen, was der große Vorsitzende dazu meint." Dann las er kurz in dem Buch, bevor er mir eine völlig verrückte, aber doch irgendwie passende Antwort gab.

Später bekam ich heraus, dass es die Mao-Bibel war, die er immer um Rat fragte. Ich habe wohl auch ein wenig von diesem Familienerbgut, nur für mich sind es nicht die weisen Worte des großen Vorsitzenden der chinesischen KP, sondern die Songtexte von Element of Crime.

Zu Hause verbrachte ich einen ruhigen Abend.

Das muss man Simone lassen, sie hat ein Gespür für Situationen. Sie ließ mich mit dem Thema nicht nur in Ruhe, im Gegenteil, sie verwöhnte mich und wir kuschelten uns wie schon lange nicht mehr aneinander.

Das Gespräch mit Ralf am Sonntag war eher enttäuschend. Seine Rechtskenntnisse waren nicht verbindlich. Sein Standardspruch lautete: „Wenn du es genau wissen willst, musst du mit einem Kollegen sprechen, der sich auf Gewaltdelikte spezialisiert hat." Er könnte mir einen empfehlen, wenn ich ihn morgen in der Kanzlei anrufen würde.

Verhaltensweisen gegenüber den Kripobeamten sollte man situationsbedingt variieren. Ein freundlicher Frager bekommt auch eine freundliche Antwort. Frechheiten muss man sich jedoch nicht gefallen lassen – kommen aber eigentlich nur im Fernsehen vor. Die Leute sind alle rhetorisch geschult. Man muss eher aufpassen, dass man nicht zu viel ausplaudert. Hat man etwas auf dem Kerbholz, sollte man lieber nichts sagen. Wird man jedoch ins Präsidium vorgeladen, muss man schon gute Gründe haben, wenn man nicht erscheint.

Ich erzählte ihm meine Story genauso, wie sie sich für Außenstehende darstellt, nichts von Alina und erst recht nicht, dass ich die Tote kannte. Aber als er auf die kumpelhafte Tour fragte: „Na komm schon, Freddie, da steckt doch mehr dahinter, du hast doch bestimmt eine Ahnung, warum sie deine Autonummer hatte, mir kannst du es doch sagen." Da war ich kurz davor, ihm alles zu erzählen. Ich wusste, es würde mir unheimlich helfen, wenn ich mit jemandem darüber reden könnte. Aber ich besann mich auf die Freundschaft unserer Frauen, denn für die unberechenbare Standfestigkeit von Männern bin ich das beste Beispiel.

Zwischenzeitlich hatte ich mehrmals versucht, Alina telefonisch zu erreichen. Immer mit dem gleichen Resultat: momentan nicht erreichbar.

Meine Unruhe wuchs wieder. Was hatte das zu bedeuten? War sie auf der Flucht? Vor wem? Vor der Polizei oder vor dem Mörder?

Ich musste ihr helfen. Also beschloss ich: Wenn sie bis Montag nicht ans Telefon geht, dann fahre ich nach Polen und suche sie, schließlich steht eine Adresse der Firma auf der Visitenkarte. Ob es die Firma gibt, hatte ich schon vor einiger Zeit im Internet nachgeprüft.

Dass das Internet aber groß und nur virtuell ist, vergisst man jedoch leicht.

1.5 Lagebesprechung Mordkommission Hamburg, Dienstagmorgen

Gleiches Bild wie jeden Morgen:
Chef ungeduldig
Gabi verschlafen
Heinz und Benno mit ihren Standard-Kaffeebechern in der Hand, dumme Sprüche klopfend. Der Chef passte sich dem an:
„So Leute, kommt mal in die Hufe. Was gibt es Neues?" Schönfelder hatte schon wieder den Vorsitz. Sonst nahm er meist nur einmal pro Woche an der Morgenbesprechung teil.

Heinz Schrenk stöpselte in aller Ruhe seinen Laptop an das Beamerkabel und fuhr beide Geräte hoch. Das dauerte natürlich wieder viel zu lange, deshalb begann er schon einmal mit seinem Bericht.

„Von der Gerichtsmedizin gibt es noch nichts, die Befragungen haben jedoch einiges ergeben. Aber der Reihe nach:

Ich habe den Hansen, Justiziar der Importfirma, in seinem Büro besucht, mit Anmeldung, d. h., er war vorbereitet. Er hat mich höflich empfangen, sich ausgiebig die Bilder angeguckt und dann gesagt, er kenne die Person nicht.

Aber: Er wollte unbedingt den Zettel mit seiner Autonummer sehen. Gerätselt, warum die Nummer darauf stand, hat er nicht.

Er ist wohnhaft in Volksdorf, die Firma ist in der Hafencity.

Dienstlich war er mit seinem Auto in letzter Zeit häufiger im Spreewald. Dort haben sie eine Firma, die Spreewaldgurken herstellt, oder besser: in Gläser und Konservendosen verpackt. Er hat also auch im Osten zu tun.

Auf der A23 und im Raum Pinneberg ist er nicht gewesen.

In der letzten Woche war er täglich von 9.00 bis ca. 18.00 Uhr in der Firma. Donnerstag hat er abends noch Tennis gespielt - wie jede Woche, wenn er in Hamburg ist. Die Angaben habe ich überprüft und bestätigt bekommen.

Eines hat mich jedoch stutzig gemacht: Er hat schon im Gespräch nach meiner Visitenkarte gefragt, damit er mich anrufen könne, falls ihm noch etwas einfallen würde.

Ich hätte sie ihm bei der Verabschiedung natürlich sowieso gegeben, aber er schien jetzt schon zu wissen, dass er uns noch nicht alles mitgeteilt hat."

Inzwischen war der Rechner hochgefahren und eine Matrix, die Heinz Schrenk erstellt hatte, auf der Leinwand sichtbar. Es waren links die Autonummern und die zwei Namen, die auf dem Zettel standen. In der zweiten Spalte standen die Namen der Fahrzeughalter. In der Dritten: Bild gezeigt. In der Vierten: Person auf Bild erkannt. In der Fünften: Kommentar.

Text auf Zettel	Halter/ sonst.	Bild gez.	Pers. erk.	Kommentar
HH-VZ332	Werner Hansen	Ja	Nein	Alibi für Tatzeit überprüft
PI-FB397	Fred Bauske	Ja	Nein	Fährt A23, Angaben überprüfen
SE-X21	Harry W. Zitlow	Ja	Ja	Alina Sliwinsky oder Sliwinska
MST-C 854	Stephane Deforq	Ja	Nein	
Dittsche				
Vulkan				

„Hallo, unsere Anwärterin hat ja wohl als Einzige den richtigen Draht zu den Verdächtigen gefunden. Endlich kommt Bewegung in die Sache. Nun erzählen Sie mal, Frau Scheunemann".

Der Chef war ganz aus dem Häuschen, schließlich hatte er die Dame ins Team geholt.

„Ja, der Harry ist schon ein irrer Typ. Ich habe seine Handy-Nummer von einer seiner Mitarbeiterinnen bekommen. Er wollte schon am Telefon meine Fragen hören, hatte aber auch nichts gegen ein Treffen einzuwenden. Da er gerade auf dem Weg zu seiner Filiale am Rothenbaum war, haben wir uns dann dort getroffen.

`Friseur mit Ideen` ist eine Friseursalon-Kette und Harry ist der Erfinder und Chef. Es wird nicht nur frisiert, sondern es finden auch Kundenseminare und "Hair Coachings" statt. Speziell für Frauen mit dünnem Haar. Er ist nicht nur Friseurmeister, sondern auch noch Betriebswirt des Handwerks."

„Aber unsere Frau Scheunemann hat er nicht verschönert, oder sehe ich das nur nicht?", musste Benno Krieger anmerken.

„Ich brauch' das nicht, bin von Natur aus schön genug", entgegnete Gabi, um dann weiter zu berichten.

„Ne', der Salon war voll und ohne Termin geht da gar nichts. Aber ernsthaft: Das war alles sehr ordentlich und aufgeräumt, sah auch professionell aus. Ich glaube, der macht mehr Kohle mit seinen Mittelchen, Shampoos, Cremes usw. als mit der Frisiererei. Der hat feste Verträge mit diversen Nobelmarken. Deshalb ist er auch viel unterwegs, in letzter Zeit besonders im Osten.

So und jetzt kommt's: Als ich ihm das Bild zeigte, hat er sofort geantwortet, dass ihn das gar nicht wundere. Mit ihrer Masche musste sie nur einmal an den Falschen geraten.

Das heißt, dass Sie die Dame kennen, fragte ich nach und er antwortete: Ja klar. Er wisse aber nur, wie sie heißt und dass sie für eine polnische Personalvermittlung gearbeitet hat.

Sie hat ihn auf einer Autobahnraststätte angesprochen und gefragt, ob er sie in Richtung Hamburg mitnehmen könne. Ihr Auto sei liegen geblieben, aber sie hätte einen ganz wichtigen Termin in Hamburg, den sie per Bahn nicht mehr erreichen würde. Er hat „ja" gesagt. Als sie ihn jedoch während eines Tankstopps beklauen wollte, hat er sie rausgeschmissen.

Die Einzelheiten stehen im Protokoll. Er würde auch zur Identifizierung kommen, falls wir keine Angehörigen fänden. Ihren Namen und die anderen Informationen weiß er, weil sie sich ihm vorgestellt hat. Außerdem haben sie während der ca. zwei Stunden Autobahnfahrt ununterbrochen geredet. Dann musste er tanken. Als er vom Bezahlen zurückkam, sah er, wie sie sich an seinem Aktenkoffer zu schaffen machte. Das war's dann mit der gemeinsamen Fahrt.

Originalton Harry: Ich hab' sie gepackt, rausgezerrt und mit einem Arschtritt zum Teufel gejagt. Ihren Koffer hab ich ihr hinterhergeschmissen. Sie hat keinen Ton gesagt, sich ganz schnell verpieselt.

Nur gut, dass er keinen sparsamen Diesel fährt. Es ist übrigens ein 88iger Mustang, in Post Gelb, kein Cabrio. In die Kiste wäre ich nicht eingestiegen.

Das Ganze passierte vor genau drei Wochen. Eingestiegen ist sie an der Raststätte Biegener Hellen, von hier aus gesehen 30 km vor Frankfurt/Oder. Rausgeschmissen hat er sie an der Tankstelle Berliner Ring 3.

Der Typ machte auf mich einen offenen, ehrlichen Eindruck. Ihm kam es nicht in den Sinn, dass er als Verdächtiger infrage kommt. Für die Tatzeit hat er jedoch kein Alibi, sagt, er habe bis ca. 23.00 Uhr ferngesehen und sei dann ins Bett gegangen, allein."

„Was ist mit dem Namen? Ist die Dame bereits in unseren Datenbanken? Was haben sie alles überprüft?", fragte Schönfelder, jetzt war er nicht mehr zu bremsen.

„Bei uns ist sie unbekannt, von Interpol habe ich noch keine Antwort. In den weltweiten Telefonbüchern und Adressverzeichnissen habe ich nur 38 Alina Sliwinskas und 7 Sliwinskys gefunden. Keine in Polen, jedoch vier in Deutschland, den Rest in den USA. So richtig einfach wird es nicht, die alle abzuklappern."

„Sliwinsky kann man auch mit i schreiben. Wer in Polen das Y im Namen hat, ist irgendwann geadelt worden. Mit i schreibt sich der einfache Mann", schaltete sich Benno Krieger ein.

„Oh ja, das prüf ich auch gleich mal", gab Gabi ihm recht, dabei startete sie erneut die Suchanfragen und hatte innerhalb von Sekunden das Ergebnis.

„Sliwinski gibt es auch nur dreimal. Einmal in Bayern, zweimal wieder in den USA, also auch nichts", sagte sie enttäuscht.

„OK, der Name bringt uns im Moment also nicht weiter", der Chef war wieder am Boden der Tatsachen angekommen. „Was gibt es Neues von den beiden anderen?"

Jetzt kam Krieger aus seiner entspannten Beobachtungshaltung und lehnte sich vor.

„Der Bauske ist auch nicht ganz koscher. Ich wollte mich in seiner Firma bei ihm bzw. der Personalabteilung anmelden, aber er war nicht da. Hatte sich freigenommen und ohne seine Einwilligung oder einer richterlichen Anordnung wollten sie mir keine Anwesenheitszeiten etc. herausgeben. Kann man ja verstehen. Dann habe ich mir seine Firmen Handynumer geben lassen. Da ist er nicht rangegangen. Ich habe ihm aber auf die Mailbox gequatscht, er solle schnellstens zurückrufen. Hat er aber noch nicht. Dann habe ich bei ihm zu Hause angerufen. Seine Frau sagte, er sei beruflich unterwegs, d. h., seine Frau denkt, er ist auf Geschäftsreise, in der Firma hat er sich aber freigenommen. Der hat etwas zu verheimlichen."

„Was ist mit dem AMWAY-Vertreter aus den neuen Bundesländern? Haben die Kollegen aus Neubrandenburg sich schon gemeldet?", fragte Schönfelder jetzt; er wollte erst einmal einen Überblick gewinnen.

„Ja, sie haben ihn zu Hause in Burg Dingsbums angetroffen. Er war sehr kooperativ, kannte die Frau jedoch nicht. Einen detaillierten Bericht haben sie gemailt ", sagte Krieger, der mit den Kollegen telefoniert hatte.

„OK, ich fass' zusammen", der Chef konnte sich nicht bremsen. „Harry kannte sie, hat sie im Auto mitgenommen. Wir kennen Einstiegs- und Ausstiegsort mit den genauen Datumsangaben und Uhrzeiten. Also jeweils das diensthabende Personal dort befragen, Tankstelle, Restaurant, Toiletten, da müsste doch jemand etwas gesehen haben, wenn er sie so mit Getöse aus dem Auto gezerrt hat. Besonders mit so einer auffälligen Karre. Auch nach dem Namen fragen und die Geschichte mit dem wichtigen Termin in Hamburg erzählen usw.

Auch die drei anderen müssen mit dem Namen und der Geschichte konfrontiert werden.

Wenn der Bauske sich nicht meldet, dann lasst sein Handy orten. Ich will wissen, wo der sich rumtreibt. Vielleicht ist er ja schon auf dem Weg in die Karibik. Also: Harry ist kooperativ, scheint glaubwürdig, hat für die Tatzeit jedoch kein Alibi.

Bauske ist für mich derzeit der Hauptverdächtige, den müssen wir vorladen und unter Druck setzen.

Hansen sollten wir auch noch einmal besuchen und mit den neuen Informationen konfrontieren.

Den Amway-Typen sollten wir noch einmal per Telefon befragen. Gibt es noch weitere Vorschläge?"

„Ne, Chef, wir kriegen das schon hin. Ich werde der Gerlich von der Gerichtsmedizin noch ein wenig Dampf machen, vielleicht findet die ja noch etwas heraus.

1.6 Freundschaftliche Hilfe

Die halbe Nacht hatte ich nicht geschlafen, ging die verschiedensten Möglichkeiten durch, was passiert sein könnte und wie ich helfen kann. Ich stand sogar kurz auf und guckte mir die Visitenkarte noch einmal genau an. Die Aufmachung war professionell, blauer Hintergrund mit den gelben Europasternen.

Links oben ihr Name und Titel:

Alina Sliwinski
Manager Sales and Marketing West-Europe

Darunter in roter, fetter Schrift der Firmenname:

Evispos – Everything is possible
- Company Recruitment –

Rechts unten Adresse, Telefonnummer, E-Mail:

ul.Polna 149   *+48 665 75 0465*
55-200 Oława
Poland   *a.sliwinski@evispos.po*

Simone wunderte sich, dass ich schon um 6 Uhr aufstand. Ich sagte, dass der heutige Tag sehr anstrengend werden würde, ich eventuell sogar noch zum Lieferanten müsste.

In der Firma versuchte ich zu allererst, zum wahrscheinlich 20sten Mal, sie per Telefon zu erreichen, jedoch ohne Erfolg. Ihr Handy war weiterhin nicht eingeschaltet. War ihr auch etwas zugestoßen? Plötzlich verspürte ich eine fürchterliche Angst um sie. Vielleicht war sie auch auf der Flucht vor dem Mörder?

Inzwischen war mein Laptop hochgefahren. Ich rief die Internetseiten ihrer Firma auf. Es war eine gutgemachte Präsenz, mehrsprachig, mit sauberen Frames. Hier war auch eine allgemeine Firmennummer angegeben, die ich nach kurzer Überlegung anwählte. Nach dreimaligem Klingeln erfolgte eine Telefonansage in Polnisch, Deutsch und Englisch. „Das Büro ist zurzeit nicht besetzt, bitte sprechen Sie nach dem Piepton, nennen sie Ihre Telefonnummer, wir rufen schnellstmöglich zurück."

Ich legte auf ohne ein Wort gesagt zu haben, saß erst einmal wie erstarrt da und überlegte, was ich unternehmen könnte.

Zur Polizei gehen? Half mir das? In keiner Weise.

Ich käme nur in die Mühlen der Justiz und gefährdete meine Ehe. Außerdem, besonders glaubhaft war die Geschichte für Außenstehende wahrscheinlich nicht. Ich brauchte unbedingt einen Verbündeten, dem ich vertraute und mit dem ich alles diskutieren könnte. Da kam nur mein alter Freund Wolfgang infrage.

Wolfgang war Doktor der Chemie, lehrte und forschte an der Uni Hamburg. Als Beamter waren ihm zwar Arbeitsplatzängste, Firmenkonkurse und Ähnliches fremd, im Privaten hatte er mir jedoch einige Erfahrungen bezüglich Ehekonflikte voraus. Er war bereits geschieden und jetzt das zweite Mal verheiratet.

Wolfgang konnte man jedoch nicht vor 9 Uhr erreichen, dann auch nur schwer direkt. Ich könnte ihn natürlich in der Uni besuchen. Seine Sekretärin war meist früher im Büro und hatte einen Überblick über seine Termine.

Bevor ich mich entschied, suchte ich über Google Maps den Standort der Firma Evispos. Oława lag viel südlicher als der polnische Standort unserer Firma. Wenn man von Oława nach Hamburg wollte, fuhr man nicht über Frankfurt/Oder, sondern von Berlin nach Süden durch den Spreewald und über Cottbus.

Wo kam Alina her, als sie mich damals auf der Autobahnraststätte angesprochen hatte? Wahrscheinlich nicht aus Oława, sondern von ihrem Wohnort. Egal, ich würde es herausbekommen.

All diese Themen wie Wohnort, Wohnung, Freunde besprachen Alina und ich während unserer Treffen nie. Weil wir Wichtigeres zu bereden hatten, oder weil wir uns gegenseitig etwas verheimlichten und uns deshalb nicht in Verlegenheit bringen wollten?

Ich versuchte erneut erst Alinas, dann die Firmennummer.

Bei der Firmennummer hatte ich Erfolg, eine Frauenstimme meldete sich erst auf Polnisch, dann auf Deutsch und Englisch mit Bürogemeinschaft Polna 149. Ich bat, mit Fa. Evispos, Frau Sliwinski verbunden zu werden. Sie antwortete: „Einen Moment, ich verbinde."

Mein Herz fing sofort an zu rasen, doch dann kam die Stimme der mir unbekannten Dame wieder und sagte: „Es tut mir Leid, Frau Sliwinski ist nicht im Büro, soll sie Sie zurückrufen?"

„Ja, oder besser, verbinden Sie mich mit jemand anderem von Evispos."

„Das geht nicht, das Büro der Fa. Evispos ist im Moment nicht besetzt. Ich kann Ihnen nur eine Mobilnummer geben oder die Mail-Adresse der Firma."

Ich war etwas verwirrt. „Wann ist denn das Büro besetzt, ich habe ein dringendes Anliegen und brauche schnellstmöglich eine Antwort", fragte ich etwas energischer.

„Ich kann Ihnen nur die Mobilnummer geben, haben Sie etwas zu schreiben?"

„Ja, ich höre", sagte ich.

Es war die gleiche Nummer, die ich schon hatte. Ich fragte noch nach ihrer Position in der Firma, doch die Frage verstand sie wohl nicht richtig. Ich gab es auf und beendete das Gespräch.

„Das ist doch alles oberfaul", sagte ich so laut, dass mein Kollege, der hinter einer Schallschutz-Trennwand in unserem Großraumbüro saß, hochkam und zu mir herüberlugte.

„Probleme?", fragte er.

Ich winkte nur ab und sagte. „Ach nichts, der übliche Wahnsinn."

„Komm, lass uns einen Kaffee trinken", schlug er vor und ich folgte ihm zum Automaten. Er wollte meine Meinung zu dem Solarprojekt in Marokko hören. Als er jedoch merkte, dass ich überhaupt nicht wusste, wovon er sprach, wechselten wir das Thema und diskutierten über den neuen Porsche des Junior-Chefs.

Wieder am Platz wählte ich die Nummer des Chemischen Instituts der Universität Hamburg, Herrn Dr. Wippert. Wolfgang war selbst am Apparat und wunderte sich natürlich, dass ich so früh anrief. Es war nicht zu überhören, dass er sich aber auch freute.

Ich kam sofort zur Sache: „Wolfgang, ich brauche deinen freundschaftlichen Rat in einer Privatangelegenheit. Hast du heute Zeit für mich?"

„Heute Abend geht's schlecht, Freitagabend auf zwei oder drei Biere, das wäre gut. Wenn das Wetter gut ist, können wir in die Strandperle gehen, " antwortete er.

„Ich würde dich am liebsten gleich in der Uni besuchen, in einer Stunde könnte ich da sein."

„Wow, was ist denn los, hast du eine Bank ausgeraubt? Lass' mal sehen: Von 11.00 bis 12.00 Uhr habe ich Doktoranden-Einzelgespräche, da schieben wir das zwischen. Sieh zu, dass du spätestens um 11.00 Uhr hier bist. Ich frage jetzt nicht weiter, bin aber ziemlich gespannt."

„Danke Wolfgang, ich beeile mich, bis gleich", sagte ich noch und legte auf.

Ich schrieb noch eine kurze Mail an meinen Chef, an die direkten Kollegen und an meine Personalsachbearbeiterin, in der ich mitteilte, dass ich mir für den Rest des Tages wegen eines Behördenganges freinehmen würde. Dann fuhr ich direkt in die Hamburger Innenstadt zur Uni. Mir war das Glück hold, ich fand einen Parkplatz in der Nähe des Hintereingangs der Chemie, direkt neben dem Polizeirevier.

Den Weg zu Wolfgangs Büro kannte ich und wurde dank meines schnellen Ganges vom Pförtner nicht aufgehalten. Ohne anzuklopfen, betrat ich seine Forscherhöhle. Er saß an seinem Schreibtisch und hackte mit unheimlichem Tempo auf die Computertastatur ein. „Geben Sie mir noch 5 Minuten, ich muss das eben noch fertig machen", war seine Begrüßung.

„Hallo Wolfgang, lass' dich nicht stören", sagte ich.

Er reagierte erst gar nicht, dann antwortete er: „Haben Sie nicht gehört, ich brauch nur noch fünf Minuten, ach Freddie, du bist das."

Schon tippte er weiter. Nach wirklich genau fünf Minuten sagte er: „OK, nur noch speichern, so Freddie, nu vertell mol, wo drückt der Schuh? Banküberfall, Spielschulden oder Frauen?"

„Eine Frau", sagte ich.

„Mach' keinen Scheiß, Freddie, du bist mit der besten Frau der Welt verheiratet. Wenn du das zerstörst, gehörst du in die Klapse. Du hast doch bei mir gesehen, was man alles kaputt macht, wenn man den kleinen Mann nicht im Griff hat. Hast du etwa eine Kollegin angebumst?"

„Nein, es hat nichts mit der Firma zu tun, es ist viel komplizierter. Freitag war die Kripo bei uns zu Hause. Ich würde dir gern alles erzählen, du sollst aber offen und ehrlich sagen, was du davon hältst."

„Das hört sich ja total verrückt an. Du weißt, ich bin Chemiker, kein Psychiater und auch kein Rechtsanwalt."

„Du bist mein Freund, und ich brauche jemanden, mit dem ich über alles, wirklich alles reden kann. Es geht hier nämlich auch um Mord."

Jetzt änderte Wolfgang seine Tonart und sagte ganz ernst: „Du sitzt scheinbar ganz schön in der Tinte, aber auf mich kannst du dich verlassen. Dafür hat man doch Freunde. Erzähle alles der Reihe nach. Ich werde dich nur unterbrechen, wenn ich etwas nicht verstanden habe, werde mir aber ein paar Notizen machen."

Ich erzählte ihm alles, beginnend auf dem Parkplatz der Autobahnraststätte. Nicht alle intimen Details, aber schon von der Intensität unserer Anziehungskraft und dem Verständnis auf sexueller Ebene. Von dem letzten Zusammentreffen im Rellinger Hof mit Alina und Mandy und dem Kripo-Besuch erzählte ich noch nichts. Er sollte erst einmal meine neue große Liebe analysieren.

Nachdem ich aufhörte zu reden, schüttelte er erst einmal nur den Kopf, dann guckte er mich an und sagte: „Freddie, Freddie, dich hat's ja voll erwischt, du kannst ja gar nicht mehr klar denken. Ich stelle dir jetzt erst einmal ein paar Fragen und dann bekommst du meine Analyse zu hören.

Erste Frage: Du hast bisher keine größeren Summen für sie bezahlt oder ausgelegt und du hast auch nichts unterschrieben? Keine Bürgschaft oder so?"

„Nein, außer 3 x Essen, 1 x Disco, 1 x Hotel, 1 x Rosen habe ich nichts bezahlt, definitiv auch nichts unterschrieben."

„Zweite Frage: Sie fordert nicht die Trennung von deiner Frau, will nicht geheiratet werden?"

„Nein, im Gegenteil."

„Dritte Frage: Dir ist nichts abhandengekommen, Rolex, Kreditkarte, Autoschlüssel etc.?"

„Nicht, dass ich wüsste."

„OK, nun meine Analyse: Das Ganze hört sich an wie ein Märchen und Märchen umschreiben meist harte Fakten mit einer schönen Geschichte. Solche Zufälle, schönste Frau der Welt trifft einsamen Vertriebsingenieur und sie verlieben sich unsterblich ineinander, gibt es nur im Märchen oder in Hollywoodfilmen. Ich glaube, das Zusammentreffen wurde mit einem bestimmten Vorhaben gezielt arrangiert. Aber zu welchem Zweck, das kann ich nicht erkennen. Was mich außerdem stutzig macht: Welche Tramperin oder Anhalterin stellt sich beim Einsteigen vor und nennt ihren kompletten Namen? Wer hat ihr Auto vom Standstreifen weggeholt? Wenn der da tagelang steht, gibt es richtig Ärger.

Ihr habt euch jetzt drei Mal im Hotel getroffen, wieso will sie dich nicht zu Hause besuchen?

Ich habe den Verdacht, dass du mir wesentliche Fakten verschwiegen hast. Du sagtest vorhin noch etwas von Kripo bei dir zu Hause und Mord. Das hat doch bestimmt etwas mit der Dame zu tun, jetzt musst du auch den Rest erzählen!"

Ich wollte gerade anfangen zu erzählen, da klingelte mein Handy. Es war eine mir unbekannte Nummer. Ich entschied mich dafür, lieber nicht ranzugehen und schaltete das Gerät stattdessen ab.

„Wir haben uns bereits viermal getroffen, zweimal im Hotel beim Hauptbahnhof und zweimal im Rellinger Hof, das Hotel gleich neben der historischen Kirche. Das hatte ich arrangiert. Sie kam jetzt ja nur meinetwegen nach Hamburg. Hier gibt es Zimmer in Nebengebäuden, da ist man ungestört.

Ich hatte mir jedes Mal einen Tag freigenommen und habe mich von meiner besten Seite gezeigt. Einmal waren wir abends sogar in der Disco. Sie war das absolute Highlight, alle drehten sich nach ihr um. Ich war stolz wie Oskar.

Essen waren wir einmal vornehm im Fischereihafen-Restaurant und einmal rustikal in der Schanze im O-Feuer. Das O-Feuer hat ihr übrigens besser gefallen. Das war vor zwei Wochen.

Letzte Woche hatten wir unser Rendezvous wieder für Mittwoch vereinbart. Als ich am frühen Nachmittag zum Hotel kam, früher als angekündigt, war sie schon da, hatte bereits eingecheckt und war nicht allein. Eine Arbeitskollegin war bei ihr. Sie planten gerade die Einsatztermine ihrer Leute. Ich kam wohl äußerst ungelegen, denn die Kollegin raffte die ausgebreiteten Pläne zusammen und verabschiedete sich umgehend, obwohl sie definitiv noch nicht fertig waren. Ich sollte wohl die Kollegin nicht kennenlernen und diese sollte mich nicht zu Gesicht bekommen.

Ich erlebte Alina das erste Mal mit schlechter Laune. Sie war gereizt, eine Spannung lag in der Luft. Das gab sich erst im Laufe des Abends. Wir haben dann doch noch eine wundervolle Nacht verbracht.

Am nächsten Morgen bin ich so gegen 10:00 Uhr direkt in die Firma gefahren, hab bis 15 Uhr gearbeitet und bin dann wieder zum Hotel. Da habe ich dann die Kollegin noch einmal gesehen und auch gesprochen. Die beiden sind zusammen mit dem Auto angereist und Mandy, so hieß die Kollegin, ist noch länger geblieben. Alina hatte schon ausgecheckt und hielt sich mit ihrem Koffer im Zimmer von Mandy auf, wo sie wohl auch noch etwas gearbeitet hatten, denn es stand ein aufgeklapptes Notebook auf dem Tisch. Es ging wohl immer noch um das Altenpflegerprojekt. Es fiel mehrfach der Name irgendeiner Residenz.

Nach ein wenig Small Talk über das Hotel und das Frühstücksbuffet wollten wir dann jedoch schnell aufbrechen. Alina musste heute noch zurück. Die beiden gaben sich beim Abschied sehr geheimnisvoll und umarmten sich, als wenn sie sich nun länger nicht sehen würden.

War das nur Vorahnung oder steckte da mehr dahinter?

Alina sagte beim Weggehen noch zu Mandy, sie solle vorsichtig mit Vulkan umgehen. Ich fragte im Auto dann nach, ob sie bei VULKAN Systemtechnik auch Leute hätten und sie antwortete: Noch nicht, aber das wird eine ganz große Nummer.

Wir waren dann noch Eis essen an der Alster, sind spazieren gegangen, haben Händchen gehalten, na ja, was verliebte Pärchen so machen. Gegen 20.00 Uhr habe ich sie zum Dammtor-Bahnhof gebracht. Um 20.30 Uhr kam ihr Zug. Sie ist definitiv eingestiegen.

Seitdem habe ich nichts mehr von Alina gehört, ihr Handy ist ausgeschaltet. Auch über ihre Firma kann ich sie nicht erreichen.

Freitagnachmittag kam dann die Kripo zu uns nach Hause und zeigte mir Fotos einer ermordeten Frau.

Es war schrecklich, denn es war Mandy, die Kollegin, die ich am Tag vorher noch mit Alina zusammen gesehen und gesprochen hatte.

Der Kripo gegenüber behauptete ich, dass ich sie noch nie gesehen hätte. Was sollte ich denn machen, Simone war dabei und ich wollte erst einmal herausbekommen, wie weit Alina da mit drin steckt. Das Personalverleihgeschäft ist bestimmt hart, aber Mord?"

„Und wie sind die Bullen auf dich gekommen?", wollte Wolfgang wissen.

„Die Tote hatte einen Zettel, auf dem meine Autonummer stand." Das hatte ich vergessen zu erzählen.

„Was heißt das denn? Ein Zettel nur mit deiner Autonummer oder noch mit Kommentaren oder anderen Informationen oder anderen Nummern?"

„Keine Ahnung, die haben mir den Zettel nicht gezeigt. Mann, ich war total geschockt und Simone war dabei, da habe ich doch nicht viel gefragt."

„Du sagst, du hast sie am Dammtor in den Zug gesetzt, dann könnte sie aber an jeder Station wieder ausgestiegen sein", kommentierte Wolfgang.

„Warum sollte sie?", fragte ich, wusste aber genau, worauf er hinaus wollte.

„Na, um z. B. einen Mord zu begehen", erwiderte Wolfgang ganz ruhig.

Wir sagten erst einmal beide nichts, dann fragte ich: „Was soll ich denn jetzt machen? Am liebsten würde ich ganz weit weg auf Dienstreise gehen, dahin, wo es kein Telefonnetz gibt."

„Ahnt Simone etwas von der Dame? Weiß sie mehr als die Polizei?"

„Ich habe ihr nichts erzählt und sie verhält sich mir gegenüber ganz normal, wie immer."

Wolfgang überlegte kurz, sagte dann: „Weißt du eigentlich, was du willst?" Als ich nicht antwortete, sprach er weiter. „Klar, du willst sie beide, Familie und Geliebte. Freddie, so naiv kannst du doch nicht sein, das funktioniert nicht einmal bei Rockstars."

„Ich weiß, in der Woche hab ich auch schon mehrfach überlegt, es zu beenden, aber wenn ich sie dann in den Armen halte, sind alle Vorsätze dahin."

„OK. Klammern wir das erst einmal aus. Durch die Ereignisse ergibt sich wahrscheinlich sowieso eine neue Situation. Du wirst da nicht ohne Geständnisse herauskommen, entweder bei Simone oder bei der Polizei, wahrscheinlich musst du beiden mehr erzählen."

„Simone darf davon nichts erfahren, die macht ein Riesentheater und trennt sich von mir."

„Dann musst du zur Kripo, bevor sie wieder zu dir nach Hause kommen. Hast du in dem Hotel das Zimmer gebucht? Bist du da bekannt?"

„Einmal ja, ich denke schon, dass die mich erkennen würden. Aber was bringt es mir im Moment, wenn ich zur Kripo gehe? Ich muss erst einmal rauskriegen, was mit Alina ist."

„Weißt du was, ich hole uns erst einmal einen Kaffee und dann machen wir einen Schlachtplan", sagte er und ging hinaus.

Gewohnheitsmäßig sah ich auf mein Handy und überprüfte, ob jemand versucht hatte, mich zu erreichen. Drei Anrufe in Abwesenheit, zweimal Mailbox, die ich sofort abhörte.

Erster Anruf: Hier Krieger, Kripo Hamburg, Herr Bauske, rufen Sie uns bitte umgehend zurück. Wir haben neue Informationen zum Mord an der blonden Frau. Ich würde Ihnen das gerne schildern, vielleicht können Sie einen Zusammenhang erkennen. Wir kennen jetzt ihren Namen und den Grund, warum sie in Hamburg war. Sie haben ja meine Karte. Die Nummer vom Büro ist 040/428 65 67 89. Wir brauchen noch heute Ihre Aussage.

Zweiter Anruf: Guten Tag, mein Name ist Anton Sliwinski, Fa. Evispos, Sie hatten uns angerufen. Wir sind jetzt unter der Büro-Nummer zu erreichen.

Dritter Anruf: Keine Ansage, an der Nummer konnte ich jedoch erkennen, dass es jemand aus meiner Firma war. Der würde schon noch einmal anrufen.

Ich hörte mir gerade den zweiten Anruf noch einmal an, als Wolfgang mit zwei Bechern Kaffee zurückkam.

„Was ist denn mit dir passiert, du bist ja kreidebleich. Trink' erst einmal den Kaffee", sagte er, als er mich sah.

Ich erzählte ihm von den Anrufen.

„Hat sie dir nicht erzählt, dass sie verheiratet ist?"

„Nein, das verstehe ich überhaupt nicht. Ich habe ihr zwar auch zuerst vorgelogen, dass ich noch nicht die Richtige gefunden hätte, später habe ich ihr dann aber gebeichtet, dass ich verheiratet bin und zwei Kinder habe. Das hätte sie doch auch machen können."

„Versteh' einer die Frauen. Willst du da jetzt anrufen?", fragte Wolfgang.

„Nein, dann erwische ich ja nur ihren Mann. Da fahre ich hin, die knöpfe ich mir vor."

„Ruf doch vorher noch die Kripo an, die kommen sonst wieder zu dir nach Hause."

„Da habe ich zwar keinen Bock drauf, aber du hast ja recht", sagte ich und wählte die Nummer von Krieger. Er bedankte sich, dass ich zurückgerufen hätte und dann fragte er ganz freundlich: „Haben Sie den Namen Alina Sliwinski schon einmal gehört?"

Ich dachte: „Was soll ich jetzt sagen? Jetzt haben sie dich." Ich sagte jedoch: „Nein, ich glaube nicht, ich kann mich nicht erinnern, wieso?"

„Das ist nämlich der Name der Toten. Sie war Vertriebsmitarbeiterin einer polnischen Firma. Wirklich nie gehört?"

„Nein, wirklich nicht", ich hatte mich wieder gefangen, verstand jedoch überhaupt nichts mehr. Die Tote hieß doch Mandy, wieso sagte er den Namen von Alina. „Sind Sie sicher?", fragte ich noch.

Er ging auf die Frage nicht ein. „Herr Bauske, bitte bleiben sie erreichbar. Da ihre Autonummer scheinbar eine Rolle spielt, möchten wir jede neue Erkenntnis mit Ihnen abstimmen." Dann legte er auf.

Ich erzählte Wolfgang, dass die Polizei die Tote für Alina hielt. Wir gingen die verschiedenen Möglichkeiten durch, merkten jedoch, dass die ganzen Spekulationen nichts brachten.

„Du hast jetzt zwei Möglichkeiten", sagte Wolfgang, „entweder du gehst zur Polizei und erzählst denen alles, oder du versuchst, Alina zur Rede zu stellen. Ich glaube, ich würde zur Polizei gehen. Über kurz oder lang musst du das sowieso."

„Ich muss morgen zu unserem polnischen Werk. Ich werde vorher dieser Firma Evispos einen Besuch abstatten. Wollen doch mal sehen, was da los ist."

„Halt' mich auf dem Laufenden und Freitagabend ist wieder Wolfies Sprechstunde für Charly Brown geöffnet. Ich muss jetzt ins Seminar", damit verabschiedete er sich und begleitete mich hinaus. Wir sind beide Fans der Comics von Charles M. Schulz. Besonderen Spaß haben wir immer, wenn Lucy ihren Arztstand öffnet und für fünf Cent Charly Brown psychologischen Rat erteilt.

Ich verließ Wolfgang mit einem langen Händedruck und machte mich auf den Weg in Richtung Polen. Hätte ich nur ansatzweise geahnt, was mir bevorstand, ich wäre sofort zur Polizei gegangen.

1.7 Lagebesprechung Mordkommission Hamburg, Mittwochmorgen

Heute war Heinz Schrenk schon früh im Büro und hatte alles für die Morgenbesprechung vorbereitet. Der Beamer zeigte die kleine Matrix vom Mordfall Alina, so nannten sie es jetzt.

Die neuen Erkenntnisse waren bereits eingepflegt.

So langsam trudelten die Kollegen ein. Auch Kriminalrat Schönfelder gab sich wieder die Ehre, was in der Regel bedeutete, dass es sich um einen brisanten Fall handelte.

Krieger und Schrenk guckten sich deshalb auch fragend an. Krieger flüsterte zu Schrenk: „Was ist denn an dem Fall so wichtig, dass er schon wieder dabei ist? Weiß er mehr als wir?"

Alle standen vor der Leinwand und lasen die neuen Einträge.

„Setzt euch, das kann man auch vom Tisch aus lesen", Schrenk übernahm wieder die Moderation.

Text auf Zettel	Halter/ sonstig.	Bild gez.	Pers. erka.	Kommentar
HH-VZ332	Werner Hansen	Ja	Ja	Hat zuerst gelogen, dann zugegeben, die Frau im Auto mitgenommen zu haben, Name bestätigt Alina Sliwinski, hat Alibi für Tatzeit: überprüft
PI-FB397	Fred Bauske	Ja	Nein	Fährt A23, Angaben überprüfen, kennt den Namen nicht
SE-X21	Harry W. Zitlow	Ja	Ja	Hat die Frau im Auto mitgenommen, Name: Alina Sliwinski, hat sie beim Klauen erwischt

				und rausgeworfen.
MST-C 854	Steph. Deforq	Ja	Nein	Gem. Koll. BB, ggf. neu befragen
Dittsche				
Vulkan				

„Ich fange mit meiner Begegnung der besonderen Art an", startete Schrenk. „Gestern gegen 16.00 Uhr kam der Hansen mit einem Anwalt, obwohl er ja selbst Anwalt ist, zu mir ins Büro. Der andere stellte sich vor und sagte, sein Mandant, Herr Hansen, wolle eine Aussage machen. Er habe diese bereits gehört und zu Protokoll genommen. Dabei übergab er mir ein beglaubigtes Schriftstück. Das Pamphlet im typischen Juristendeutsch liegt vor euch. Übersetzt sagt er Folgendes aus:

Er kennt die Frau. Sie hat ihn, genau wie bei dem Friseur, am Rastplatz Frankfurt/Oder um Mitfahrgelegenheit gebeten. Sie sei polnische Vertriebsmitarbeiterin und hätte einen wichtigen Termin in Hamburg. Ihr Auto wäre kurz vor dem Rastplatz verreckt. Er habe sie bis nach Hamburg mitgenommen und sie am Hotel Reichshof, gegenüber vom Hauptbahnhof abgesetzt. Sie wollte sich noch bei ihm bedanken und mit ihm Essen gehen. Er habe aber abgelehnt, er sei ja schließlich glücklich verheiratet.

Die Dame stellte sich ihm auch als Alina Sliwinski vor. Sie war sehr gebildet und sprach perfekt deutsch. Ihr Vater wäre norwegischer Diplomat und ihre Mutter Polin. Ihre Eltern hätten sich getrennt, als ihr Vater nach Moskau versetzt wurde. Sie verbrachte ihre ersten Lebensjahre in der DDR und ist erst mit 14 Jahren wieder nach Polen gezogen. Den Namen der Firma, bei der sie arbeitete, kennt er leider nicht.

Ich würde den Hansen und den Zitlow am liebsten noch einmal gemeinsam befragen."

„Habt ihr im Reichshof nachgefragt, ob die Dame am besagten Tag, wann war das noch gleich, ein Zimmer gemietet hatte", fragte Schönfelder.

„Ja, habe ich, am Mittwoch, den 13.4. und am 14.4. hatte sie ein Zimmer. Hat den polnischen Reisepass von Alina Sliwinski vorgelegt. Eine Woche später hatte sie auch reserviert, ist jedoch nicht erschienen. Das wäre die Fahrt mit Zitlow, er hatte sie jedoch schon an der Raststätte rausgeschmissen."

Jetzt meldete Gabi Scheunemann sich zu Wort: „Bei ihm ist ihr auch das Auto liegen geblieben. Das passiert nicht zwei Mal hintereinander, das war also ihre Masche."

„Fragt sich nur, was sie von den Typen wollte?", setzte Gabi nach.

„Und was ist mit den beiden anderen? Lügen die, waren sie in Wahrheit in den anderen Wochen dran?", das fragte jetzt Benno Krieger. „Wir sollten uns die beiden anderen noch einmal persönlich vorknöpfen. Ich trau' den Kollegen in Brandenburg nicht den richtigen Biss zu. Chef: Ist es OK, wenn wir eine kleine Dienstfahrt machen?"

„In Ordnung, Herr Krieger, aber Sie nehmen Frau Scheunemann mit, sie hat auch schon den Friseur weich gekocht", sagte Kriminalrat Schönfelder.

„Der Zitlow war ganz lieb, den brauchte man nicht weichzukochen", sagte Gabi, die ehrliche Haut.

„Trotzdem, da fahrt ihr zu zweit hin."

„Darf ich auch noch mal meinen Stand der Dinge kundtun?", fragte Benno Krieger.

Alle nickten und guckten gespannt auf ihn.

„Ich habe versucht, den Bauske zu erreichen. Er ist erst nicht ans Telefon gegangen, habe ihm jedoch unmissverständlich auf die Mailbox gesprochen und er hat dann auch zurückgerufen. Ich fragte ihn, ob er den Namen Alina Sliwinski schon einmal gehört hätte und er hat mit folgenden Worten geantwortet: Nein, ich glaube nicht, ich kann mich nicht erinnern, wieso.

Ist das eine normale Antwort?

Ich habe dann noch geprüft, ob er vielleicht bei uns eine Vergangenheit hat. Ergebnis: Keine Vorstrafen, aber mehrere Verkehrsdelikte, was nicht verwundert, er ist ja auch viel unterwegs. Das Letzte ist jedoch interessant. Er hat mindestens neun Stunden an einer abgelaufenen Parkuhr geparkt, von 8.00 Uhr bis 17.15 Uhr, und zwar am 14.4., den Tag, als die Tote im Reichshof übernachtet hat. Und was glaubt ihr, wo sein Auto stand: vor dem Gewerkschaftshaus, keine 300 m vom Reichshof entfernt.

Für mich sieht das folgendermaßen aus: Den Hansen hat sie nicht in ihre Falle gekriegt, dann hat sie sich irgendwie den Bauske geschnappt und der konnte nicht widerstehen."

„Dann müssen wir ihn sofort vorladen", war der Kommentar von Heinz Schrenk.

„Hab' ich schon versucht, aber er geht nicht mehr ans Telefon, er ist ja unterwegs."

„Dann haben Sie grünes Licht für eine Handy-Ortung", sagte der Kriminalrat, „er hat von Anfang an gelogen. Von ihm brauchen wir eine DNA Probe. Ich werde gleich noch zum Staatsanwalt gehen und einen Gerichtsbeschluss besorgen, damit wir sein Alibi für die Tatzeit überprüfen können, Firmenanwesenheit und so. Auch seine Anrufe, die er über das Firmenhandy gemacht hat, sollten wir zurückverfolgen. Es liegen genug Verdachtsmomente vor, das wird kein Problem.

Habt ihr im Reichshof Fotos von den vier Verdächtigen herumgezeigt? Sind die dort bekannt?"

Keiner antwortete, also hatte es keiner gemacht.

„Was gibt es noch Neues?"

Jetzt meldete sich Gabi, die Kommissarsanwärterin zu Wort: „Der Obduktionsbericht liegt vor. Sie ist an einer Schädelfraktur unterhalb des rechten Ohres gestorben. Es kam zu einer Hirnquetschung, die wiederum eine Hirnblutung 4.Grades auslöste. Durch das sich im Kopf stauende Blut wurde das Hirn quasi zerquetscht. Des Weiteren hat sie Druckstellen an den Oberarmen und blutunterlaufene Stellen im Gesicht, vermutlich von einer Ohrfeige oder einem Faustschlag. Ihre Fingernägel sind sauber. Die Schädelfraktur kann von einem Schlag mit einem schweren, harten Gegenstand von unten nach oben geführt, herrühren, was jedoch selten gemacht wird. Meist wird von oben zugeschlagen.

Wahrscheinlicher ist, dass es durch einen Sturz rückwärts auf eine Tisch- oder Schrankkante verursacht wurde. Das heißt, es könnte ein Unfall gewesen sein."

„Aber scheinbar hat es vorher einen Streit gegeben, daher die Oberarmfrakturen und die Stellen im Gesicht", ergänzte Krieger.

Er wechselte das Thema: „Was ist mit dem Namen? Haben Sie jetzt alle Antworten? Sie muss doch irgendwo gemeldet sein?"

„Nein, die Frau gibt es nicht. Auch Interpol und der polnische Inlandsgeheimdienst ABW kennen sie nicht. Das bedeutet, der Pass, den sie beim Reichshof vorlegte, war gefälscht. Falls es stimmt, dass sie einen Pass vorgelegt hat."

Jetzt schaltete sich wieder Heinz Schrenk ein. „Ich schlage vor, wir geben ihr Bild an die Presse. Zeitungen in Frankfurt, Berlin und Hamburg. Es müsste doch mit dem Teufel zugehen, wenn sich darauf keiner meldet.

Was hat eigentlich die Befragung an der Tankstelle ergeben, an der unser Friseur sie aus seiner Protzkiste geschmissen hat?"

„Da war ich vor Ort", Gabi war es unangenehm, dass sie vergessen hatte, davon zu berichten. „Er wurde von diversen Leuten beobachtet. Alle Angaben wurden bestätigt. Wo sie abgeblieben ist, wusste jedoch keiner. Man hat nur gesehen, dass sie gleich ihr Handy gezückt und telefoniert hat. Dann ist sie in dem Rasthof verschwunden. Wahrscheinlich hat sie sich abholen lassen oder ist weiter per Anhalter. Nach Hamburg ist sie aber scheinbar nicht mehr gefahren, zumindest hat sie ihr reserviertes Hotelzimmer nicht genutzt."

„OK, vielleicht bringt ja der Presseaufruf neue Erkenntnisse. Also wer macht was?"

„Ich fahre mit Gabi in die neuen Bundesländer und quetsche den AMWAY-Typen aus. Heinz, du veranlasst die Ortung von Bauske. Bitte lade auch noch einmal die anderen Beiden vor, aber erst zu morgen, ich will dabei sein. Frau Scheunemann informiert die Presse. Wir brauchen noch Fotos von den vier Herren. Heinz: Kannst du diese bitte besorgen und am besten auch gleich beim Reichshof vorbeifahren und das Personal befragen, danke."

Der Herr Kriminalrat meinte, er müsste zum Schluss noch eine schlaue Bemerkung machen: „Ich gebe euch noch eine Hausaufgabe auf. Morgen möchte ich von jedem zwei Gemeinsamkeiten genannt haben, die die vier Herren so interessant machten, dass Alina gerade sie angesprochen hat."

„Ist doch klar", antwortete Krieger spontan, „das sind alles gut aussehende Männer. Wäre ich da lang gefahren, stünde jetzt meine Autonummer ganz oben auf dem Zettel."

Von Gabi kam ein lautes Husten.

1.8 Überraschung in Polen

Nach dem Besuch bei Wolfi lief ich erst einmal ziellos durch das Uni-Viertel, um schließlich beim Buchladen 2001 zu landen. Ich wollte eigentlich nur nach einer Lern-CD Polnisch gucken, aber es gab so viele Sonderangebote an CDs und Büchern, dass ich nach einer halben Stunde mit drei Büchern und sechs CDs den Laden verließ. Ohne die Sprach-CD, aber mit einem zigarettenschachtelkleinen Lexikon deutsch-polnisch.

In einem Restaurant gönnte ich mir noch einen Mittagstisch. Er machte zwar satt, schmeckte aber auch nur nach 6,50 Euro.

Im Auto schaltete ich seit Langem einmal wieder das Navi an, denn in Oława war ich noch nie.

Im Raum Dresden war das Verkehrsaufkommen zwar hoch, aber dafür bemerkte man den Grenzübergang hier im Süden kaum noch; keinerlei Kontrolle. Das ist bei Frankfurt/Oder anders. Auf dieser Strecke ist es immer noch ratsam, den Reisepass dabei zu haben.

Als das erste Hinweisschild auf meinen Zielort Oława hinwies, mit dem Schrägstrich im l, fiel mir wieder ein, dass diese Buchstaben im Polnischen stimmlos sind. Es wird also Oawa ausgesprochen, was ich drei Mal vor mich hinsagte.

Gegen 16.00 Uhr stand ich vor einem Leichtbaupavillon in der Polna 149. Auf einem Hochglanz-Edelstahlschild stand so etwas wie Industriepark Zentralbüro und darunter viele Firmennamen, auch EVISPOS.

Der Eingangsbereich war sehr edel. Hinter einem Marmortisch saß eine elegante Dame und telefonierte, indem sie in ihr Headset sprach. Als ich näher trat, drückte sie kurz auf einen Knopf am Kabel und fragte mich etwas auf Polnisch. Es war die Stimme, die ich auch schon am Telefon gehört hatte, deshalb antwortete ich auf Deutsch: „Ich hätte gern Frau Sliwinski, oder, wenn sie nicht da ist, Herrn Sliwinski von der Firma EVI-

SPOS gesprochen." Dabei zeigte ich ihr die Visitenkarte von Alina.

„Einen Moment bitte", war ihre kurze Antwort. Dann sprach sie fast umgehend polnisch in ihr Mikro. Ich hatte das Gefühl, das sie mit der Antwort am anderen Ende nicht zufrieden war, denn es ging mehrfach hin und her. Irgendwann drückte sie wieder den Knopf und sagte: „Sie müssen entschuldigen, Herr Sliwinski befindet sich gerade in einer wichtigen Verhandlung und bittet Sie, in zwei Stunden wiederzukommen, dann hat er Zeit."

„Ist denn Frau Sliwinski nicht da?", wollte ich wissen.

„Nein", war ihre kurze Antwort.

„Wann ist denn Frau Sliwinski wieder im Büro?"

„Kann ich nicht sagen, sie war schon länger nicht da."

Das machte mir Angst. War sie vielleicht noch gar nicht zurückgekommen? Ist sie doch wieder aus dem Zug ausgestiegen und hat womöglich etwas mit dem Mord zu tun?

„Was soll ich hier denn zwei Stunden machen? Gibt es hier eine Sehenswürdigkeit?"

„Ja, ein Schloss, alte Häuser an der ul. Wrocławska und viele Plattenbausiedlungen, die mögt ihr Deutschen doch."

Ich kam zu dem Schluss, dass die Dame mich nicht mochte, deshalb ging ich auch ohne Kommentar zum Auto zurück.

„Sollte ich mir hier ein Hotel suchen? Irgendwie muss ich doch herausbekommen, wo die Sliwinskis wohnen, aber wahrscheinlich ist Alina gar nicht da. Ich muss notgedrungen auf ihren Mann warten." Das waren meine Gedankengänge, bevor ich den Wagen startete und Richtung Innenstadt fuhr.

Die zwei Stunden vergingen sehr langsam.

Außer dem Rathaus und einer alten Apotheke hatte die Stadt nichts Besonderes zu bieten. Sie wurde im Krieg wohl stark zerstört und dann in den 1950/60iger Jahren mit Platten wieder aufgebaut.

Um kurz vor sechs war ich wieder bei der eleganten Dame. Sie wartete schon auf mich und streckte mir einen Briefumschlag entgegen.

„Der Herr von EVISPOS ist leider schon gegangen, ein Notfall. Er hat mir diesen Brief für Sie gegeben. Ich muss jetzt auch weg und hier abschließen." Sie drückte noch irgendwelche Schalter, nahm ihre Handtasche und zog mich nach draußen, bevor ich irgendetwas sagen konnte.

„Das können Sie doch nicht machen, ich bin extra 700 km gefahren", sagte ich, doch das interessierte die Dame nicht.

„Er will Sie wohl später noch treffen und Ihnen dann alle Fragen beantworten. Steht alles in dem Brief, hat er gesagt", erwiderte sie noch, bevor sie in einen alten Skoda stieg und davonfuhr.

Ich schaute ihr nicht weiter nach, sondern öffnete den Briefumschlag. Der Schreiber hatte in einer krakeligen Männerschrift mit Kugelschreiber geschrieben, teilweise waren die Wörter doppelt nachgezogen. Dass Deutsch nicht seine Muttersprache war, merkte man sofort.

Alina in grose Gefahr!!!
Niemand erzählen sie hier sind!!!
Nicht mit Handy telefona!!!
Miete Zimmer in Hotel Jakub Sobieski, ul. Sw Rocha 1, in Centrum
Komme um 8 an Hotelbar. Versprochen. Erzähle was kenne.
Bitte bitte nicht telefona, sonst Alina tot.

Alina tot war doppelt unterstrichen.

Dreimal hatte ich mir jedes Wort einzeln durchgelesen, bevor ich wieder einigermaßen klar denken konnte.

„Was soll ich nur machen? Wo bin ich hier hineingeraten? Haben die Alina in ihrer Gewalt oder hat sie sich hier versteckt? Ist Alina überhaupt hier? Die haben auf jeden Fall etwas zu verbergen. Ich soll nicht telefonieren und niemandem erzählen, dass ich hier bin. Warum nicht?

Ich muss Simone anrufen, das mach' ich immer, wenn ich auf Dienstreise bin. Außerdem wollte ich Wolfi auf dem Laufenden halten! Aber ich muss wohl erst einmal machen, was der Sliwinski verlangt. Nur so kann ich rauskriegen, was mit Alina los ist." Mit dieser Entscheidung schloss ich meine Gedankenspiele ab. Mein Handy blieb ausgeschaltet.

Per Navi fand ich das Hotel sofort. Es war sehr ordentlich und ich bekam ein sehr schönes Zimmer. Jetzt musste es nur noch 20.00 Uhr werden und ich würde mehr wissen.

An das Hotel war ein Restaurant angeschlossen. Dorthin ging ich und bestellte ein großes, einheimisches Bier und einen Gemüse-Mayonnaise-Salat, der als Spezialität des Hauses besonders angepriesen wurde. Das lag mir mit Sicherheit später schwer im Magen, aber da es so etwas bei Simone, die Mayonnaise hasste, nie gab, reizte es mich besonders. Das Ganze war mit Ei und Croûtons garniert und schmeckte wirklich lecker. Da ich die Bar im Blick hatte, konnte ich mir mit dem Essen Zeit lassen. Als Nachtisch gab es einen Kaffee und einen doppelten Wodka, den ich noch nicht getrunken hatte, als ein älterer Herr eintrat, der mir irgendwie bekannt vorkam.

Er blickte kurz zur Bar, sah sich dann im Restaurant um und steuerte auf meinen Tisch zu.

Jetzt wusste ich, woher ich den Mann kannte: Er lief an mir vorbei, als ich mit der Empfangsdame bei EVISPOS diskutierte, als sie mir sagte, Herr Sliwinski sei in einer wichtigen Besprechung und ich solle in zwei Stunden wiederkommen. Das war also auch gelogen.

„Herr Bauske?", fragte er in gebrochenem Deutsch. Ich antwortete: „Ja, und Sie sind Herr Sliwinski?"

„Das nicht wichtig. Kann ich setzen? Oder besser in Bar gehen, da keiner hört."

Hatte sich Alina mit so einem alten, nach Harnsäure riechenden Männchen eingelassen? Der musste sie irgendwie in der Hand haben. Er könnte ihr Vater sein, aber wie ein Diplomat sprach er nicht, dachte ich. Auf jeden Fall war er mir jetzt schon unsympathisch.

Ich trank noch schnell meinen Wodka aus, sagte dem Kellner meine Zimmernummer, zeichnete die Rechnung ab und folgte dem Unsympathen in die Bar.

Wir setzten uns in die hinterste Ecke an einen Nierentisch. Beim Barkeeper hatte mein „Freund" Piwo und Wodka für uns bestellt.

Ich bedrängte ihn schon beim Hinsetzen: „Wissen Sie, wo Alina ist? Ich muss sie unbedingt sprechen, aber sie geht nicht ans Telefon. Ist sie zu Hause?"

„Warten ab. Zuerst Fragen antworten, sonst ich sage nichts", er machte eine Pause und zündete sich eine Zigarette an. Rauchen war hier scheinbar erlaubt.

„Woher haben Visitenkarte?", war seine erste Frage.

„Na, von wem schon, von Alina. Wer sollte sonst ihre Karte verteilen."

„Wann und wie genau Karte bekommen, bitte überlegen genau, ist wichtig."

Ich wollte gerade antworten, da legte er seine Hand auf meinen Arm und schüttelte leicht den Kopf. „Moment", sagte er nur, denn der Barkeeper kam und brachte die Getränke. Das Wodkaglas war fast so groß wie das Bierglas.

Wir nahmen beide erst einmal einen Schluck Bier und nickten uns dabei zu.

„So jetzt, woher haben Karte?"

Was sollte ich ihm sagen? Dass ich mit seiner Frau geschlafen hatte? Dass wir uns lieben? Dass wir füreinander bestimmt sind? Dass wir uns wiedersehen wollten und deshalb die Adressen ausgetauscht hatten?

„Ihre Frau hatte auf dem Weg nach Hamburg einen Motorschaden mit ihrem Golf. Ich habe sie mitgenommen, damit sie noch pünktlich zu ihrem Termin kommt. Dafür wollte sie sich mit einer Einladung zum Essen bedanken. Ich sollte sie anrufen, um einen Termin zu vereinbaren. Das war vor gut vier Wochen."

„Sie lügen", war sein Kommentar, „was war Grund?"

„Ich sage die Wahrheit", was sollte ich sonst sagen.

„So nicht kommen weiter. Wenn Alina helfen, must sagen Wahrheit. Nur dann ich sage, was weiß."

Ich überlegte kurz, aber was hatte ich zu verlieren. „Ich habe nicht gelogen", sagte ich, „ich habe nur nicht alles erzählt, weil ich Sie nicht verletzen will." Nach einer kurzen Pause, er sagte nichts, fuhr ich fort: „Wissen Sie, ich bin auch verheiratet, aber es hat uns beide getroffen wie ein Blitzeinschlag. Wir haben uns ineinander verliebt, und als wir uns unsere Liebe eingestanden haben, hat sie mir die Karte gegeben."

„Beweisen Sie!"

„Wie soll ich es beweisen? Fragen Sie Alina. Wir haben uns im Hotel Fürst Bismarck getroffen und ich kenne ihre Lebensgeschichte. Vater spanischer Diplomat, Bruder kriminell, deshalb war sie auch im Gefängnis, ihr Kind ist bei ihrem Exmann."

Er war erstaunlicherweise nicht wütend, überlegte jedoch lange, bevor er antwortete: „Evispos, everything is possible. OK, ich will erst einmal glauben. Diese farbige Visitenkarte wir verteilen nicht, dafür wir haben andere. Diese Karte unser, wie soll sagen, Firmenausweis oder Klubausweis. Die man nicht bekommt, die man sich verdient.

Wenn Alina sie gegeben hat, dann Sie würdig, zu uns gehören zu. Ich übrigens nicht ihr Mann. Noch eine Frage: was wissen über unsere Firma?"

Erst einmal fiel mir ein Stein vom Herzen. So viel Geschmacksverirrung konnte auch nicht möglich sein. Er war mir sofort nicht mehr so unsympathisch.

Ich erzählte ihm nun alles, was Alina mir erzählt hatte.

Er bestellte zwischendurch noch einmal eine Runde Bier und Schnaps. Ich lehnte nicht ab, obwohl mir der Wodka bereits zu Kopf stieg.

„Na gut", sagte er jetzt, „aber was wollen hier in Polen?"

Jetzt erzählte ich ihm auch noch von der Kollegin und dem Besuch der Kripo bei mir zu Hause. „Ich will wissen, ob Alina etwas mit dem Mord zu tun hat und ob ich ihr irgendwie helfen kann. Ich befürchte, dass sie irgendwie in Gefahr ist."

„Sie haben Recht, Alina in große Gefahr. Sie hat Sache mitbekommen, nicht für sie bestimmt. Nun sie hier in Nähe versteckt, außerdem denkt, dass Leute glauben, sie Mörderin. Wenn du am Mordtag bei ihr warst, dann auch verdächtig und auch in Gefahr. Wem haben alles erzählt, dass hier sind? Hast du Rat befolgt und niemand angerufen?"

„Ja, meine Frau denkt, ich bin auf Dienstreise, meine Firma auch. Telefoniert habe ich nicht."

„Ich möchte gerne trauen, brauche aber noch Beweis, dass es ehrlich meinen. Wenn Alina einverstanden, wir morgen früh zu ihrem Versteck bringen. Ich brauche Vertrauensbeweis. Du geben mir Mobiltelefon und Autoschlüssel."

Konnte ich das machen? Das Telefon? Kann ich verstehen, aber das Auto?

„Das Telefon: ja, das Auto: nein. Ich kann sowieso nicht mehr fahren." Damit griff ich zum Wodkaglas und sagte: „Okrzyki", Prost war eines der wenigen Wörter, das ich mir auf Polnisch gemerkt hatte.

„OK, weil ja zur Firma gehören, vertraue ich. Aber: Kein Telefon, kein andere Gast was erzählen, nicht wegfahren. Morgen früh um acht holen wir ab. Vorher Frühstücken und checken aus."

„Wie geht es Alina? Haben Sie ihr von mir erzählt?"

„Sie noch nichts wissen, aber ihr gehen gut. Werden morgen sehen. Geben mir jetzt Telefon. Wie ist Code?"

Ich gab ihm das ausgeschaltete Handy. „Warum wollen Sie den Code wissen, wollen Sie damit telefonieren?"

„Wie schon Lenin gesagt: Vertrauen gut, Kontrolle besser. Ich will sehen, wen wann angerufen."

Nach kurzer Überlegung gab ich ihm die Nummer. Er prüfte sofort, ob sie richtig war, schaltete das Telefon aber gleich wieder ab. Dann stand er auf, sagte zu mir „Auf Wiedersehen morgen um acht" und zum Barkeeper „Moj kolega płaci, przynoszą mu wódki."

Kolega płaci verstand ich, das heißt so viel wie: Kollege zahlt. Das andere verstand ich zwar nicht, aber da man mir noch einen Wodka brachte, war auch der zweite Satzteil klar.

Auf dem Zimmer gönnte ich mir noch ein Bier aus der Minibar und ließ den Tag noch einmal Revue passieren. Ich wurde aus dem Ganzen überhaupt nicht schlau, freute mich jedoch auf den nächsten Tag und schlief überraschend gut bis zum Weckerklingeln.

1.9 Lagebesprechung Mordkommission Hamburg, Donnerstagmorgen

Heinz Schrenk hatte wieder alles vorbereitet und die Kollegen kamen gerade mit Kaffee bzw. Tee in den Besprechungsraum.

„Was ist denn mit Mr. Big?"

So nannte Gabi Scheunemann den Kriminalrat. Schrenk und Krieger fanden das zwar unpassend, denn er war nicht dick und auch nicht der oberste Boss, aber sie kannten auch nicht die Lieblingssendung von Gabi. Nur wer sich regelmäßig „Sex and the City" im Fernsehen ansieht, kennt den Mr. Big, der eine gewisse Ähnlichkeit mit Herrn Schönfelder hat.

„Er hat sich entschuldigt, kommt aber eventuell später." Schrenk kam gleich zur Sache. „Ich habe die Liste ein wenig ergänzt. Folgendes habe ich hinzugefügt:

Ergebnisse aus 2. Befragung.

Ergebnisse aus Presseveröffentlichung.

Relevante Orte.

Text auf Zettel	Halter/ Sonstiges	Bild gez.	Pers. erka.	Kommentar 1. und 2. Befragung
HH-VZ332	Werner Hansen	Ja	Ja	Hat zuerst gelogen, dann zugegeben, die Frau im Auto mitgenommen zu haben, Name bestätigt Alina Sliwinski, hat Alibi für Tatzeit - überprüft
PI-FB397	Fred Bauske	Ja	Nein	Fährt A23, Angaben überprüfen, kennt den Namen nicht (telef.) Neu: Hat gelogen, war zur Tatzeit nicht in der

				Firma, ist verschwunden, Handy-Ortung läuft, bisher ohne Ergebnis
SE-X21	Harry W. Zitlow	Ja	Ja	Hat die Frau im Auto mitgenommen, Name: Alina Sliwinski oder Sliwinska, hat sie beim Klauen erwischt und rausgeworfen. Überprüft, mehrere Zeugen
MST-C 854	Stephane Deforq	Ja	Nein	Gem. Koll. BB, ggf. neu befragen Neu: Hat andere Alina Sliwinski mitgenommen!! Gleiche Story
Dittsche				
VULKAN				

Was ist gestern passiert?

Ich war in der Firma von Bauske mit einer richterlichen Anweisung, damit sie mir personenbezogene Daten zu ihrem Mitarbeiter herausgeben müssen.

Am 13.4. war er in deren Werk in Polen und ist abends zurückgefahren. Am 14.4., als sein Auto am Gewerkschaftshaus geparkt war, hat er sich krankgemeldet. In den darauffolgenden Wochen hat er jeweils Mittwoch gegen Mittag ausgestempelt, will sagen Feierabend gemacht und Donnerstag Urlaub genommen, d. h. auch für die Mordzeit hat er kein Alibi.

Er wollte gestern schon im Werk in Polen sein (hatte sich vorher um 10.00 Uhr für Behördengänge abgemeldet). Heute hat er dort eine Abnahme, war jedoch bis 9:00 Uhr noch nicht da. Sein Handy ist abgeschaltet. Seine Frau hat auch seit gestern Morgen nichts von ihm gehört.

Seine im letzten Monat geführten Telefongespräche zeigten eine neue Nummer nach dem 14.4., die eines polnischen Mobiltelefons. Die Nummer gehört einer Frau, die seit zwei Jahren mit Demenz im Altersheim lebt. Dieses Telefon ist seit dem Mord nicht mehr eingeschaltet gewesen.

Der Mann hat ständig gelogen, ist hochgradig verdächtig. Ich hoffe, er hat sich noch nicht abgesetzt oder ist untergetaucht. Wir müssen ihn zur Fahndung ausschreiben und in Polen um Amtshilfe bitten. Für Interpol reichen die Verdachtsmomente wohl noch nicht. Auch seine Frau, Arbeitskollegen und seinen Freundeskreis müssen wir uns wohl einmal vornehmen. Benno, was habt ihr auf eurem Betriebsausflug erreicht?"

Benno Krieger, ganz Kavalier nickte Gabi zu und die fing auch sofort an zu erzählen: „Das war der Hammer. Zuerst war Herr Deforq abwehrend, hätte doch schon alles den Kollegen erzählt, habe die Ermordete noch nie gesehen. Als wir jedoch den Namen Alina Sliwinski nannten, sprudelte es nur so aus ihm heraus.

Er hat vor gut drei Wochen eine Dame mitgenommen, die mit ihrem Auto liegen geblieben war. Die nannte sich so, war aber definitiv eine Andere. Sie war aus seiner Sicht noch hübscher, schwarzhaarig, ein dunkler Typ, betonte mehrfach, wie wunderschön und nett sie war. Er hat sie bis nach Neubrandenburg mitgenommen und zum Dank hat sie ihn noch in die Eisdiele Adria zu Milchkaffee und Amaretto eingeladen. Danach ist sie in das gegenüberliegende Hotel Bärenhof gegangen und er hat sie nicht wiedergesehen.

Auch sie hat die Geschichte von der Vertriebsaufgabe in der Personalverleihfirma und vom wichtigen Termin erzählt. Genauere Angaben von ihr, Firmenname, Adresse etc. hat er nicht. Ihm ist nichts gestohlen worden und sie hat auch nichts Besonderes von ihm wissen wollen, hat ihn nicht ausgefragt.

Er war sehr offen und hilfsbereit, wollte uns gleich eine Vorführung seiner Kollektion an Seifen und Haushaltsartikeln anbieten. Auch die Möglichkeit des unbegrenzten Zusatzverdienstes als freier AMWAY-Vertreter hat er uns in Aussicht gestellt.

Wir sind mit ihm dann zu den Kollegen ins Präsidium gefahren und haben ein Phantombild erstellt. Mit diesem haben wir im Bärenhof nachgefragt, ob eine Alina Sliwinski am besagten Tag ein Zimmer hatte. Dies wurde eindeutig verneint.

Es sieht so aus, als hätte sie nur im Eingangsbereich gewartet, bis Herr Deforq verschwunden war, um dann selbst wieder herauszugehen. Alles sehr mysteriös."

„Das bedeutet, es sind zwei Frauen als Alina Sliwinski unterwegs", merkte Krieger an.

„Mindestens zwei", korrigierte Gabi, „aber was wollen die von den Typen und warum machen die so ein Theater?"

Es begann eine wilde Spekulation, in der gerade Heinz Schrenk die Bemerkung mehr für sich selbst machte: Wer weiß schon, was in den Köpfen von Frauen vor sich geht, als die Tür mit Schwung aufgerissen wurde und Kriminalrat Schönfelder, mit einem DIN-A4 Blatt wedelnd, hereinkam.

„Voller Erfolg, der Presseaufruf! Die Kollegen aus Berlin können sich nicht vor Anrufen retten. Unsere Tote ist eine Berühmtheit oder besser war eine."

Alle starrten ihn mit großen Augen an und warteten, dass er weiter sprach.

„Sie heißt jetzt Mandy Nietsch, früher Schuster und war drei Jahre hintereinander Spreewälder Gurkenprinzessin, 1996, 97 und 98. Es soll zahlreiche Zeitungsartikel mit ihrem Bild geben. Auf jeden Fall im Spreewald-Echo. Die meisten Anrufe kamen aus Lübbenau."

„Das ist ja der Hammer", entfuhr es Gabi, „eine Schönheitskönigin mit dem schönen ostdeutschen Vornamen Mandy."

„Was weißt du, was man für Schönheitsmaßstäbe an eine Gurkenprinzessin legt, vielleicht besonders krumm oder besonders behaart!" Benno Krieger und Gabi Scheunemann waren seit ihrer Dienstreise per du. „Aber mal im Ernst: Hat das irgendeine Bedeutung für unseren Fall? Ist doch schon über 12 Jahre her. Wir wissen jetzt, wie sie heißt, können in ihrem Umfeld ermitteln und vielleicht ihre letzten Lebenstage offenlegen, aber dass sie 1998 die Schönste im Spreewald war, dürfte nicht von Bedeutung sein."

„Moment", Heinz war da scheinbar anderer Meinung, „alles richtig, wenn da nicht ein Firmenjustiziar wäre, der regelmäßig im Spreewald zu tun hatte und diese Mandy alias Alina in seinem Auto 500 km mitgenommen hätte. Ich fress' einen Besen, wenn es da nicht noch mehr Zusammenhänge gibt."

„Scheiße ja, damit ist der Hansen wieder im Rennen. Er hat die womöglich erkannt." Gabi verlor langsam ihre vornehme Zurückhaltung.

„Bringt mich doch bitte noch kurz auf Stand", meldete sich der Chef, „und dann müssen wir endlich Nägel mit Köpfen machen. Ihr wisst, statistisch werden die meisten Fälle in der ersten Woche gelöst. Je länger der Fall läuft, desto unwahrscheinlicher ist eine Lösung."

„Wir richten uns nicht nach Statistiken", antwortete Krieger und berichtete kurz von der Dienstfahrt und der Befragung des Herrn Deforq, der zweiten Alina und zeigte das Phantombild.

„Hat jemand die Fotos der vier Herren dem Reichshof Personal gezeigt? Wurde da jemand erkannt?"

„Ja, habe ich, aber alle vier waren unbekannt, obwohl sie sich mit einem Herrn getroffen hat. Der war aber älter als unsere Kandidaten", antwortete Heinz Schrenk.

„Also noch ein Unbekannter, vielleicht der Dittsche oder Vulkan. Von dem hätte ich auch gerne eine genauere Beschreibung. Frau Scheunemann, bitte erstellen Sie jeweils ein Dossier der vier Herren: Strafregister, Vergangenheit, Elternhaus, Sportvereine. Da muss es Zusammenhänge geben. Vom Hansen brauchen wir das noch heute.

Der Bauske wird zur Fahndung ausgeschrieben. Herr Krieger, Sie besuchen noch einmal seine Frau. Die können wir jetzt nicht mehr schonen. Bestimmt gibt es auch beste Freunde oder Nachbarn, die etwas wissen.

Herr Schrenk, Sie nehmen Kontakt zu den Angehörigen der Toten auf. Jemand muss sie identifizieren. Ein Kollege vor Ort muss dem Ehemann, Freund oder Eltern die Nachricht überbringen.

Heute Nachmittag um 15.30 Uhr treffen wir uns hier wieder, dann will ich Ergebnisse sehen."

„Jawoll, Chef", Krieger stand auf und schlug die Hacken zusammen. Schönefelder fand das gar nicht lustig, sagte aber nichts und ging kopfschüttelnd hinaus.

1.10 Geisterfahrt

Pünktlich um 8.00 Uhr verließ ich das Hotel und setzte mich in mein Auto. Von dem Herrn Sliwinski, oder wie der Herr von gestern Abend sonst hieß, war nichts zu sehen. Er hatte jedoch bereits meine Hotelrechnung bezahlt. Ich war sichtlich verblüfft, aber die wollten definitiv kein Geld von mir. Eigentlich hatte ich gestern Abend von ihm so gut wie nichts erfahren. Keine Namen, keine Hintergründe, keine Fakten. Aber was hatte ich sonst für Möglichkeiten, außer ihm blind zu vertrauen. Konnte ich hier mit der Polizei drohen? In jedem Fall würde ich Alina schaden. Also wartete ich.

Immer wieder fragte ich mich, ob es nicht besser gewesen wäre, doch jemanden einzuweihen. Hätte ich bloß Wolfi noch angerufen. Ohne Handy fühlt man sich irgendwie nackt. Ich könnte natürlich vom Hotel aus telefonieren.

Aus meinen Gedanken wurde ich aufgeschreckt, als irgendwo Autotüren zuschlugen. Im Außenspiegel sah ich, dass aus einem weiter hinten geparkten Fahrzeug zwei Männer ausgestiegen waren und auf meinen Audi zugingen. Sie blickten zwar freundlich, wirkten jedoch irgendwie Furcht einflößend. Deshalb ließ ich erst die Scheibe runter, als der an meiner Seite herangekommene Typ entsprechende Zeichen mit dem Finger machte.

„Hello Mr. Bauske", er sprach Englisch mit starkem südländischem Akzent, „we can bring you to Alina. Please sit on the rear seat, I will drive".

"Where is Mr. Sliwinski?", wollte ich wissen.

"He is with Alina", jetzt machte er von außen die Tür auf, zog mich sachte am Arm heraus und setzte sich hinters Steuer.

„Come on", war sein kurzer Kommentar.

Was blieb mir anderes übrig? Ich setzte mich hinter ihn in den Fond. Der andere stieg jetzt auch auf der anderen Seite hinten ein und sofort ging die Fahrt los. Ich fragte noch alles

Mögliche, bekam aber immer nur kurze, ausweichende Antworten, die übersetzt in etwa wie folgt lauteten: Warten Sie's doch ab oder wir werden sehen oder weiß ich nicht. Auch auf die Frage, die ich sonst nur von meinen Kindern höre, wann sind wir da, kam genau die Antwort, die ich auch immer gebe: Es dauert nicht mehr lange.

Irgendwann bogen wir auf eine Schotterpiste ab, die auf einen abgelegenen Bauernhof führte. Sofort wurden mein Misstrauen und meine Angst von einer freudigen Erwartung verdrängt. Gleich sollte ich Alina in den Arm nehmen können und alle Missverständnisse würden sich aufklären.

Wie man sich doch täuschen kann.

1.11 Lagebesprechung Mordkommission Hamburg, Donnerstagnachmittag

15.30 Uhr, Besprechungsraum MK12, nur Gabi fehlte. Krieger erzählte bereits von seinem Besuch bei Frau Bauske, wurde jedoch von Schönfelder aufgefordert, noch zu warten. Schrenk zückte gerade sein Handy und wählte Gabis Nummer, als die Tür aufging und sie mit wehenden Haaren hereingestürzt kam.

„Immer wenn man es eilig hat, hat so eine Dumpfbacke die Druckerqueue mit einem Fehldruck blockiert und man muss erst über ein Reset alles löschen. Das muss der doch auch gemerkt haben. Wollte einer von Euch die Schwarzfahrerstatistik drucken? Na, ja, jetzt hab` ich es ja. Habe es auch an alle gemailt. Wollt ihr selbst lesen oder soll ich es kurz zusammenfassen?", dabei blickte sie in die Runde.

„Bitte kurz das Wesentliche", Schönfelder konnte es wieder nicht schnell genug gehen.

Aus Gabi sprudelte es nur so heraus: „Also Bauske ist ziemlich langweilig. Kleinbürgerliches Elternhaus, keine Auffälligkeiten bis zum Abi, dann Zivildienst, dann Studium Maschinenbau, Abschluss 1995. 1998 geheiratet, zwei Kinder gezeugt, Haus gekauft, hat einen guten Job, in dem er bestimmt mehr verdient als wir. Muss jedoch viel reisen, d. h., es fällt nicht auf, wenn er nicht zu Hause ist und er scheint seine Termine relativ frei selbst bestimmen zu können. Für die Tatzeit hat er kein Alibi.

Hansen ist da schon interessanter, hat jedoch auch keine Auffälligkeiten im Lebenslauf. Sein Job ist vielfältig, da die Firma oder besser der Firmenverbund auf mehreren Gebieten neben dem Großhandel tätig ist. Immobilien sind zu verwalten und Produktionsstättenleiter juristisch zu beraten. Er ist auch gleichzeitig Personalchef. War mehrfach in den baltischen Staaten. Interessant scheint mir, dass er kurz nach der Wende maßgeblich an dem Erwerb eines VEB-Betriebes zur Produktion von

Spreewaldgurken beteiligt war. Im Klartext: Es war eine Firma mit Abfüllanlagen für Gläser und Konserven. Seine Firma wollte auch am großen Ausverkauf der DDR mitverdienen, nur kam es hier anders, als man üblicherweise denkt.

Spreewaldgurken gelten als besonders schmackhaft und können deshalb zu einem 30 Prozent höheren Preis verkauft werden als andere Gurken, deshalb war Hansens Firma auch bereit, einen überhöhten Betrag für die marode Firma an die Treuhand zu überweisen.

Sie haben dann noch einen Millionenbetrag investiert, bevor die ersten Konserven vom Band liefen. Nach zwei Tagen Produktion mussten Sie die Bänder jedoch wieder stoppen, da ein Wettbewerber aus dem benachbarten Lübbenau eine einstweilige Verfügung erwirkt hatte. Hansens Firma durfte ihre Gurken nicht mehr Spreewaldgurken nennen, weil ihr Werk außerhalb des offiziellen Spreewaldes lag.

Man hatte übersehen, dass abweichend vom EU-Recht gemäß regionalem Recht nicht nur entscheidend ist, woher die Produkte kommen, sondern auch wo das Werk liegt. Von 1997 bis 2004 hat die Firma hierüber prozessiert. Man hat alles versucht, hat unter anderem als Hauptsponsor jedes Jahr regionale Feste, auch die Wahl der Gurkenprinzessin, unterstützt und gefördert. Hat aber alles nichts genutzt. Letztendlich kam es zu einem Vergleich. Sie dürfen ihre Gurken jetzt Spreewald ähnlich nennen. Müssen im Preis aber unter den echten Spreewäldern bleiben.

Hier kann man sagen, hat ein alter DDR-Bürgermeister eine Westfirma über den Tisch gezogen.

Übrigens habe ich Zeitungsartikel mit Fotos gefunden, auf denen sowohl unsere Tote als auch unser Hansen zu sehen sind. Der Hansen steht zwar in der dritten Reihe, aber da er ja fast zwei Meter groß ist, ist er trotzdem gut zu erkennen. Alle gucken zur Gurkenprinzessin. Ich glaube kaum, dass er sie, als er sie jetzt mitgenommen hat, nicht erkannt hat.

Nun zum dritten Kandidaten: Der Friseur, Harry Zitlow, hat eigentlich eine interessante Vergangenheit, die für unseren Fall jedoch irrelevant zu sein scheint.

Er wuchs bei seinen Großeltern auf. Realschulabschluss, Banklehre abgebrochen, dann Friseurlehre, hat Preise gewonnen, hat dann einen Friseurzubehörhandel aufgemacht, ist damit jedoch pleitegegangen, wieder als selbstständiger Friseur, konnte seine alten Schulden damit nicht begleichen, wieder als Angestellter, dann nebenbei Typberatung. Nachdem er seine Schulden abgebaut hatte, fing er mit Friseur mit Ideen an. Hat jetzt sieben Filialen und vergibt Franchise Lizenzen. Insgesamt jedoch keinerlei sichtbare Verbindung zu unserem Mordopfer.

Stephane Deforq, der AMWAY-Typ, ist Franzose. Ist eigentlich Lehrer. Er ist 1999 nach Burg Stargard gekommen, weil er das Schicksal seiner Großmutter erforschen wollte. Die wurde während des Zweiten Weltkriegs von den Nazis aus Frankreich hierher verschleppt und musste in einem Außenlager des KZ-Ravensbrück, im Lager Waldbau als Zwangsarbeiterin Zulieferteile für die V1-Raketen herstellen.

Inzwischen ist er mit einer echten Burg Stargarderin liiert. Er ist einmal bei einer Demo gegen Neonazis aufgefallen. Eine Verbindung zu unserem Fall sehe ich nicht, ebenso keine Verbindungen zu den anderen Herren."

„Das ist ja alles sehr interessant, aber wo ist da der Zusammenhang?", Kriminalrat Schönfelder dachte laut, „klar, Bauske ist unsere Schlüsselfigur, den müssen wir unbedingt finden, aber auch der Hansen steckt da tiefer drin als bisher gedacht.

Was gibt es sonst noch Neues?"

Krieger fühlte sich aufgefordert, seine Ergebnisse darzustellen. „Die Frau Bauske tut mir leid. Ich hoffe wir liegen nicht falsch mit unseren Verdächtigungen. Bei denen herrscht absolut heile Welt, sie liebt ihren Fred und beide lieben ihre Kinder. Ihr ist nichts Ungewöhnliches an ihrem Mann aufgefallen. Er ist wie immer. Als ich ihr sagte, er hatte im letzten Monat dreimal donnerstags Urlaub, da brach für sie eine Welt zusammen. Jetzt ist sie natürlich total beunruhigt, besonders, weil er sich seit zwei Tagen nicht gemeldet hat. Sie hatten in der letzten Zeit wenig Kontakt zu Freunden und Nachbarn, deshalb glaubt sie nicht, dass wir dort mehr erfahren können."

Nachdem Krieger mit seinem Bericht fertig war, meldete sich Heinz Schrenk zu Wort. „Ich glaube, ich kann auch ein wenig zum Fortgang beitragen, wobei mir die Zusammenhänge noch nicht ganz klar sind.

Die Kollegen aus Cottbus haben ihre Eltern aufgesucht und befragt. Ihr Bericht scheint sehr sorgfältig recherchiert.

Also, unsere Gurkenprinzessin ist zwar noch in Lübbenau gemeldet, wohnt aber seit ungefähr vier Monaten nicht mehr an der angegebenen Adresse. Ihre Eltern haben auch nur ihre Handynummer und wissen nur, dass sie in Polen wohnt und arbeitet. Sie waren ziemlich besorgt, denn Mandy hatte zwar Pech mit Männern, sie war gerade zum zweiten Mal geschieden, aber sie hatte immer einen guten Arbeitsplatz. Bis vor einem halben Jahr war sie Assistentin des Bürgermeisters von Calau. Wer so einen Arbeitsplatz aufgibt, muss schon einen triftigen Grund haben.

Wie der Zufall es will, ist Calau der Ort, in dem sich die Konservenfabrik der Firma Zollstern KG befindet. Der jetzige Bürgermeister ist zwar nicht mehr der, der den Deal damals eingefädelt hat, aber die Assistentin, unser Mordopfer, war schon zur Wendezeit in diesem Job.

Das hat sie alles hingeschmissen und von einem Tag auf den anderen gekündigt. Alles, nachdem sie von ihrer alten Jugendfreundin Alia besucht wurde. Die hat ihr wohl auch diesen „Traumjob" in Polen vermittelt. Ich habe übrigens die Kollegen noch einmal angerufen und gefragt, ob sie sich im Namen verschrieben haben, ob die Freundin nicht Alina heißt, aber sie waren sich sicher, dass die Eltern Alia gesagt haben. Ich habe die Eltern nicht angerufen, sie kommen morgen nach

Hamburg zur Identifizierung, dann können wir sie direkt befragen."

„Wie so oft kommt das Beste zum Schluss", meldete sich wieder Krieger zu Wort. Er machte eine kurze Pause, um die Spannung noch zu erhöhen, „vor ca. 30 Minuten rief die Hotelmanagerin des Rellinger Hofs – ihr wisst schon, Rellingen, kurz vor Pinneberg, an der A23 – unsere veröffentlichte Nummer an. Ihr Empfangsportier hat die gesuchte Dame, unsere Tote, erkannt. Sie hat am 12.5. auf den 13.5. dort übernachtet, hatte ein Doppelzimmer zusammen mit einer anderen Frau.

Das Zimmer war vorgebucht von, jetzt werdet ihr staunen, Fred Bauske. Herr Bauske ist im Hotel bekannt, er bringt dort öfter Gäste seiner Firma unter. Angemeldet hat er eine Alina Sliwinski. Die Kollegin von Frau Sliwinski, die nicht angemeldet war, hat als Mandy Nietsch auch in das Doppelzimmer eingecheckt. Morgens am 13.5. haben die Damen ordnungsgemäß ausgecheckt. Sie haben alles bar bezahlt, also leider keine Karteninformation hinterlassen.

Gemäß unserer Pathologin ist Mandy am 13.5. zwischen 18:00 und 22:00 Uhr ermordet worden. Falls sie dort ermordet wurde, ist einer der anderen Mieter unser neuer Hauptverdächtiger. Hatte sie wirklich bereits an dem Morgen ausgecheckt?

Da müssen wir schnellstens hin und die Spurensicherung muss mit. Ich habe den Hotelleuten schon gesagt, dass sie das Zimmer nicht vermieten dürfen."

„Also, kommen wir zur Aufgabenverteilung", Schönfelder war wieder ganz Chef, „Frau Scheunemann und Herr Krieger fahren mit der Spurensicherung zum Rellinger Hof. Lasst Euch auch die Gästelisten der letzten Wochen geben und kontaktiert jeden von denen, die dort verzeichnet sind.

Der Bauske wird zur Fahndung ausgeschrieben, auch über Interpol. Ich will alles von ihm, Kontenbewegungen, Kreditkartenzahlungen, Telefonate. Auch sein Auto darf nicht mehr unerkannt eine Grenze passieren können.

Herr Schrenk, Sie halten Kontakt zu Frau Bauske und zu den Eltern von Mandy. Ich kann, wenn nötig, die Kollegin Beierle noch mit hinzuziehen."

„Was machen wir mit dem Hansen? Der hat doch gelogen, der kannte die Mandy", Krieger hatte es auf den Justiziar abgesehen, „als Anwalt kennt er auch die Konsequenzen. Den sollten wir wegen bewusster Irreführung und Falschaussage drankriegen. Auf jeden Fall müsst Ihr sein Foto im Rellinger Hof zeigen, wenn nötig auch Kontakt zu den anderen Gästen aufnehmen, die in der Nacht dort waren. Wenn er dort gesehen wurde, dann ist er für mich Verdächtiger Nummer 1.

Sein Alibi ist so wasserdicht nicht. Beim Tennis werden auch Pausen gemacht und man kann mal kurz verschwinden. Ich werde ihn noch einmal vorladen und dann mit der harten Tour in die Mangel nehmen."

„Immer schön ruhig bleiben, Herr Krieger. Es ist bekannt, dass Anwälte es schwer haben, in Ihren Freundeskreis aufgenommen zu werden. Aber bringt man jemanden um, nur weil er oder sie mit den gleichen Tricks arbeitet, wie man selbst?", kommentierte der Chef Krieger, „wir wollen doch alle mit dem gleichen Maßstab messen. Ich gebe ihnen aber Recht, Hansen ist bisher der Einzige, der irgendwie eine Verbindung zur Toten hatte. Bauske steckt da auf jeden Fall auch ganz dick mit drin, aber ein Motiv für einen Mord kann ich bei ihm nicht finden.

Sehe ich das richtig Frau Scheunemann: Sie haben keinerlei Verbindung zwischen den vier Herren gefunden, kein gemeinsames Hobby, Kindergarten, Schule, Uni, Sportverein, gemeinsame Kreuzfahrt oder Mitglieder einer Internetplattform?"

„Nein, habe nichts dergleichen gefunden, nicht einmal bei Facebook oder Xing sind sie. Das Einzige, was sie gemeinsamen haben, ist, dass sie männlich und ungefähr im gleichen Alter sind. Außerdem waren alle vier in der letzten Zeit mehrfach im Ostblock und sind die Autobahn A12 von Polen kommend über Frankfurt/Oder nach Deutschland gefahren. Alle haben mehrfach an der Autobahnraststätte Biegener Hellen Halt gemacht."

„Die große Preisfrage bleibt: Was wollten die Frauen von den vier Typen? Wir brauchen unbedingt den Bauske! Na, ja vielleicht wissen die Eltern ja mehr. Wir sehen uns zur Frühbesprechung, ich bin aber auch immer über Handy erreichbar", damit löste Schönfelder die Besprechung auf.

1.12 Quartier in Polen

Bevor wir aus dem Auto stiegen, hupte der Fahrer dreimal. Kurz darauf erschien der ältere Herr von EVISPOS in der Seitentür des Bauernhofes.

Ich stieg aus und eilte auf ihn zu. „Wo ist Alina? Ist sie drinnen?", fragte ich, noch bevor ich ihn erreicht hatte.

„Immer mit Ruhe, Sie schon erwartet", war seine Antwort. Er gab mir die Hand und sah sich dann fragenden Blickes nach den beiden anderen Herren um. Diese nickten und machten mit Daumen und Zeigefinger das OK Zeichen.

„Bitte folgen", sagte er daraufhin, drehte sich um und ging durch die Tür in ein schmales Treppenhaus, in dem sich rechts eine Tür befand und geradeaus gleich eine steile Treppe, die rechts und links durch Holzwände gesäumt, nach oben führte. Am Ende der Treppe war wieder eine Tür, die er aufschloss und durch die wir alle hintereinander hindurchgingen und einen größeren Wohnraum betraten.

Die beiden Fremden blieben an der Tür stehen.

„Wo ist sie denn nun, was soll das ganze Theater?", ich wurde langsam sauer.

Doch dann kam alles anders.

Ich schaue seit über 25 Jahren Krimis und Filme, bestimmt jede Woche drei. Das heißt, ich habe schon über 4000 Krimis gesehen, aber in keinem lief eine Entführung so ab, wie ich sie jetzt erlebte. Immer gab es Kämpfe, Verfolgungsjagden, Befreiungsversuche und vieles mehr.

Eine Entführung ist viel einfacher. Man lockt den zu Entführenden unter irgendeinem Grund in das Versteck und stellt ihn ganz einfach vor die Alternative Widerstand und Gewalt oder Gehorsam und Ruhe.

Der alte Herr antwortete auf meine Frage ganz ruhig. „Herr Bauske, bitte erst setzen und hören an, was ich sagen", ich setzte mich und er fuhr fort, „Sie bitte glauben mir, Alina geht gut, sie muss nur noch wichtige Aufgabe erledigen, bevor sie kann treffen mit dir.

Unsere Mission ist in kritische Phase. Durch Tod von Mitarbeiterin und besonders wegen dein hartnäckiges Hinterherspionieren ist ganze Projekt in Gefahr. Bestimmt deutsche Polizei sucht euch. Bis Anfang nächste Woche wir müssen noch ungestört operieren können, dann Vertrag unterschrieben und vergangene Vorfälle können nicht mehr schaden. So lange darf Alina, du und Firma von Behörden nicht gefunden werden. Deshalb wir müssen dir hier festhalten."

Er machte eine Pause, ich wollte protestieren, aber mir versagte die Stimme und er sprach weiter. „Du haben zwei Möglichkeiten: Entweder verhalten vernünftig und machen alles was wir sagen, ich meine du bleiben freiwillig hier in diesen Räumen, von jetzt bis Montag. Hier ist Wohnzimmer, Radio, CD-Player und Bett, wo auch schon Alina geschlafen. Tür wird abgeschlossen, zu Essen du bekommen dreimal täglich. Wenn fliehen wollen, kommt automatisch Möglichkeit Zwei. Dann du werden mit Schlafmitteln und Drogen vollgepumpt und die sechs Tage für dich nicht gegeben. Räume sind übrigens mit Kamera und meine zwei Kollegen immer zu Schutz in Nähe. Wie entscheiden du?"

„Das ist strafbar, was Sie da machen, das ist Entführung, Freiheitsberaubung und was weiß ich nicht alles", was Besseres fiel mir nicht ein, „das können Sie nicht machen, ich werde vermisst, man sucht nach mir."

„Das wir wissen, deshalb wir wollen zwei E-Mails schreiben. Du sollen durch Aktion kein Schaden haben. Im Gegenteil, du werden dankbar sein, dass wir haben rausgehalten dich."

„Aber wie soll ich das denn erklären, das glaubt mir doch keiner?"

„Du schreiben Mail an Firma und beantragen bis Montag Urlaub, besser bis Dienstag. Frau schreiben, dass es gut gehen, sie keine Sorgen machen und du später, wenn alles vorbei, Sache erklären, spätestens Montag."

„Was soll denn das alles, können Sie mir denn gar nichts verraten? Und was hat Alina damit zu tun?"

„Nicht jetzt, das Erklären alles von selbst, warten ab. Wir uns also einig, Sie wählen Möglichkeit eins?"

Ich nickte nur.

„Dann wir schreiben jetzt E-Mails und machen keine Hoffnungen, die nicht können zurückverfolgt werden. Unser Account anonym und hängt an russischen Proxy."

1.13 Lagebesprechung Mordkommission, Freitagmorgen

Heinz Schrenk war wieder schon um kurz nach sechs im Büro, um die Unterlagen zum Fall Alina auf den neuesten Stand zu bringen. Zur Morgenbesprechung hatte er die neue Matrix wie gewohnt an die Wand geworfen.

Text auf Zettel	Halter/ Sonstiges		Kommentar Ergebnis Befragung/Erkennt.
HH-VZ332	Werner Hansen		Hat gelogen, dann zugegeben, M im Auto mitgenommen zu haben, hat Alibi für Tatzeit – überprüft, hatte früher Kontakt zu M, Motiv ausreichend? – Alibi auf Löcher überprüfen
PI-FB397	Fred Bauske		Hat mehrfach gelogen, war zur Tatzeit mit A+M zusammen, ist verschwunden, keine Spuren bei intensiv Check, keine Kontakte Tel/ Geld/ Auto/ Freunden – Zielfandung erf.! Abgetaucht? Tot?
SE-X21	Harry W. Zitlow		Keine Vorgeschichte zu A+M
MST-C 854	Stephane Deforq		Keine Vorgeschichte zu A+M
Dittsche			Evtl. Bruder von Alina?
VUL-KAN			?

Die Anderen kamen alle pünktlich fünf Minuten vor dem Termin, auch Kriminalrat Schönfelder.

Wie gewohnt begann Heinz Schrenk:

„Der Bauske macht mir langsam echte Sorgen. Der ist wie vom Erdboden verschwunden. Keine Telefonate, keine Konten- oder Kreditkartenbewegungen, keine Mail-Aktivitäten von seinen Accounts – privat und Firma. Auch sein Auto wurde nirgends gesehen. Am Mittwochabend ist jedoch jeweils eine Mail bei seiner Firma und bei seiner Frau eingegangen, die scheinbar er abgeschickt hat. Per Mail hat er in der Firma bis Dienstag Urlaub eingereicht. Bei seiner Frau hat er sich entschuldigt, dass er kurzfristig weg musste und nicht anrufen kann. Sie solle sich keine Sorgen machen und Montag werde er ihr alles erklären. Der Absender war in beiden Fällen ein anonymisierter russischer Account, Interjul@gully.su. Unsere Experten sind noch dran, meinen aber, dass es sich wohl kaum rückverfolgen lässt. Die Adresse wurde übrigens inzwischen gelöscht. So wie sich das anhört, will er wohl Montag wieder zurück sein. Dann können wir ihn ja gebührend empfangen. Er hat scheinbar alles sehr gründlich vorbereitet oder hat entsprechende Helfer.

Seine Frau macht sich übrigens große Sorgen. Sie ist sich aber sicher, dass er die Mail geschrieben hat. Er hat sie Simme genannt, das macht sonst keiner, und er hat mit Freddie unterschrieben, so wird er in der Familie gerufen.

Sie glaubt aber nicht, dass es sich um eine Frauengeschichte handelt, sie vermutet so etwas wie Wirtschaftsspionage. Die Firma, bei der Bauske arbeitet, hat wohl einiges Know-how in der Herstellung von Strangpressprofilen, ohne dass man bestimmte Zierleisten und Innenverkleidungen nicht sauber herstellen kann. Zumindest können die Chinesen das noch nicht, hat Freddie ihr erzählt.

Mit den Eltern von Mandy war das gestern noch nicht so erfolgreich. Ich konnte sie ja nicht gleich mit Tausend Fragen bombardieren. Nach der Identifizierung wollten sie erst einmal in Ruhe gelassen werden. Sie kommen aber heute noch zu uns und wollen uns helfen, so gut sie können. Der Vater sagte jedoch mehrfach, er hätte immer schon befürchtet, dass Alia und ihr Bruder einen schlechten Einfluss auf Mandy hätten. Der Koran wäre doch genauso weltfremd wie der Kommunismus, dem sie damals anhingen. Die Alia war zur DDR-Zeit Austauschschülerin aus Algerien oder Libyen oder so, jedoch nicht bei ihnen, sondern bei Parteifunktionären, die jetzt nicht mehr in Lübbenau wohnen.

Sie haben Fotos von früher mitgebracht, auf denen auch ihre Alia abgebildet ist. Vielleicht ist das ja unsere andere Alina."

„Wann kommen sie zu uns?", fragte Schönfelder.

„Heute Vormittag", antwortete Schrenk, „so, das war's erst einmal. Benno, was habt ihr im Rellinger Hof erfahren?"

„Die waren zuerst ziemlich reserviert. Nur die Managerin erzählte frei weg, was man ihr erzählt hatte. Der Portier taute erst auf, als die Managerin ihn ermunterte, doch auch alle Details zu erzählen. Er meinte, das waren die hübschesten Frauen, die je bei ihnen übernachtet hätten. Seiner Meinung nach waren sie jedoch leider lesbisch.

Ich fragte ihn natürlich, woran er das erkannt hätte, worauf er drei treffende Beweise lieferte:

Sie waren sehr hübsch und trotzdem ohne Mann unterwegs.

Sie haben zusammen im Doppelzimmer übernachtet.

Das sieht man, so wie sie miteinander umgingen.

Nun zu den Fakten: Sie sind gemeinsam im eigenen PKW gekommen. Wagentyp und Kennzeichen unbekannt. Sie haben gemeinsam eingecheckt und beide ihre Ausweise vorgelegt, ein deutscher und ein polnischer. Sie waren gemeinsam beim Frühstück. Ordnungsgemäß ausgecheckt heißt nur, dass die Rechnung bezahlt und die Schlüsselkarte abgegeben wurde. Ihr Zimmer hatten sie nicht in dem Hauptgebäude, sondern auf der anderen Seite der Hauptstraße in einem Nebentrakt, einer Art Motel. Hier kann man relativ ungesehen kommen und gehen, Leute empfangen, Zimmer-wechsle-dich spielen und so weiter.

Das Zimmermädchen sagte aus, dass drei von den sechs Doppelzimmern belegt waren. 104 von Alina und Mandy, 101 von einem Nils Stretter, HP-Vertriebsleiter, 106 von einem Herrn Heiko Lose, der privat unterwegs war. In allen drei Zimmern wurden jedoch beide Betten benutzt. Ein Zimmermädchen erkennt sofort, was in der Nacht vorher in den Zimmern los war. Die Betten sind unterschiedlich durchwühlt und beschmutzt, alle Handtücher dreckig, es gibt mehr Leergut und Müll zu entsorgen, Teelichter, Rosen und so weiter. Nicht nur in 104, in allen drei Zimmern waren jeweils beide Betten durchwühlt und man hat nicht nur ferngesehen.

Alina, Mandy und der HP-Mann blieben nur eine Nacht, haben jeweils kurz vor 10.00 Uhr am Mordtag ausgecheckt, wobei der Portier und auch das Zimmermädchen behaupten, nicht gesehen zu haben, wer wann mit wem abgefahren ist. Der Herr in 106 blieb zwei Nächte.

Zu den Männern:

Den HP-Mann haben wir telefonisch erreicht. Er wollte erst nicht so richtig mit der Sprache heraus und ich wollte ihn vorladen. Er schien mir ziemlich unter Stress zu stehen, war auf dem Weg nach Berlin. Ist dann aber auf einen Rastplatz gefahren und hat uns zurückgerufen. Von den Nachbarzimmern will er nichts wahrgenommen haben, denn er sei erst im Dunkeln zurückgekommen. Er hatte in Hamburg einen größeren Abschluss und hat sich zur Belohnung die Dienste eines Begleitservices gegönnt. War erst tanzen und hat dann die Dame mit aufs Zimmer genommen. Dafür seien diese Zimmer ideal. Ein größeres Trinkgeld fürs Personal und es gibt keine dummen Fragen. Er hat uns Namen und Adresse des Begleitservice genannt, seine Dame hieß Jane. Die Jane haben wir aus dem Bett geholt, sie hat seine Angaben bestätigt. Er hat keine anderen Gäste gesehen, konnte sich jedoch an die Autos erinnern, die auf dem Hotelparkplatz standen. Ein roter Golf mit polnischem Kennzeichen und ein ganz neuer BMW GT - den gibt es erst seit einem Monat - mit Münchner Nummer.

Heiko Lose haben wir noch nicht erreicht. Er ist in Hannover gemeldet.

Von unseren vier Helden haben die Hotelangestellten nur Fred Bauske erkannt. Der reserviert hier schon seit vielen Jahren immer wieder Zimmer für Besucher seiner Firma. Vor zwei Wochen hat er jedoch das erste Mal selbst hier übernachtet, zwei Nächte, auch in 104, allein, wie Zimmermädchen und Portier unabhängig voneinander bestätigten.

Unsere Spurensicherung hat sich durch alle drei Zimmer gearbeitet. Da es dort zwar sehr ordentlich, aber nicht übermäßig sauber zugeht, haben sie einige Haare und andere eindeutige Spuren gefunden, jedoch nichts, was auf einen Kampf oder Mord hindeutet.

Ich habe die Frau Beierle schon zu Bauske geschickt, um seine Haarbürste zu beschlagnahmen.

Den Hansen habe ich mir noch nicht vorgeknöpft, habe mich aber für 11.00 Uhr bei ihm in der Firma angemeldet.

„OK, ich fass' mal alles zusammen, wie ich es verstanden habe", sagte Schönfelder, „Mandy und Alina arbeiten zusammen, Bauske reserviert für sie die Zimmer, d. h., er kennt ihre Pläne und ist ständig mit ihnen in Kontakt. Sind die Frauen wirklich für eine Personalvermittlung tätig oder ist das was anderes? Gemäß Zimmermädchen ging es in den Zimmern hoch her, aber wer mit wem? Bauske mit beiden? Ist das vielleicht ein reisender Swingerklub, Bauske der Zuhälter?"

„Chef, jetzt geht aber ihre Fantasie mit ihnen durch, je oller, desto doller", Krieger durfte so etwas sagen.

„Na gut, streichen wir den Swingerklub. Wir sollten aber die Zimmermädchen noch einmal zu Hause besuchen. Die wissen bestimmt mehr. Von den vier Herren der Autonummern läuft immer mehr auf den Bauske als möglichen Täter hinaus. Hansen und der Lose müssen aber noch einmal verhört werden.

Von den Eltern verspreche ich mir Näheres zu den Frauen und hoffe, dass sich endlich ein mögliches Motiv herauskristallisiert."

In dem Moment ging die Tür auf und Frau Beierle kam herein. Sie hatte nicht nur die Haarbürste von Bauske, sondern auch die Nachricht, dass Frau und Herr Schlüter, Mandys Eltern, draußen warteten.

Mit den Worten „Das wird spannend, dann mal los. Ihr wisst alle, was ihr zu tun habt" beendete Schönfelder die Besprechung.

1.14 Wie im Kloster, nur mit Musik

Ich war in meinem Leben noch niemals eingesperrt. In meinem Elternhaus gab es solche Erziehungsmethoden nicht.

Panik hatte ich inzwischen nicht mehr, auch dachte ich nicht mehr über mögliche Fluchtwege nach. Mit meinen Bewachern, die mich auch bekochten, hatte ich mich fast ein wenig angefreundet, oder besser, wir machten das Beste aus der Situation. Ich hatte es auch aufgegeben, Informationen von Ihnen zu erhoffen und sie merkten, dass ich mich mit meinem Schicksal abgefunden hatte.

Meine Gedanken zogen immer wieder die gleichen Kreise:
- Warum hatte ich mich auf das Treffen im Fürst Bismarck eingelassen?
- Warum habe ich die Affäre nicht gleich wieder beendet?
- War Alina in mich verliebt oder hatte sie andere Gründe, mit mir zusammen zu sein?
- Warum wurde die Kollegin ermordet?
- Was hatte Alina damit zu tun?
- Wie konnte ich meine Ehe retten?
- Das Thema Alina scheint zu Ende zu sein, oder nicht?
- Ich muss Alina noch einmal wiedersehen.

Mittwochnacht hatte ich fast nicht geschlafen, kam immer wieder zu der Erkenntnis, dass ich, wenn ich hier raus bin, versuchen muss, zu Hause alles zu kitten und zu retten, was noch zu retten ist.

Alina war im Moment kein Thema mehr, das war beendet. Ich musste die Wahrheit so dehnen, dass ich irgendwie unter Zwang, wie unter Hypnose, gehandelt hatte. Simone sollte mir nur verzeihen. Ich würde ihr alles Versprechen, was sie von mir verlangen würde. Im Endeffekt wurde ich ja auch in das Hotelzimmer gezerrt und quasi vergewaltigt. Ich bin nun einmal einer schönen Frau gegenüber absolut hilflos.

In den kurzen Schlafphasen träumte ich von Dämonen, die uns verfolgten. Ich, der edle Ritter, war mit Alina unterwegs und musste sie beschützen. Im Kampf war sie es dann, die mich im letzten Moment aus den Klauen der Bestie befreite und das Monster mit einer Handgranate zur Strecke brachte.

Im Aufwachen durchlebte ich noch einmal jede Minute des ersten gemeinsamen Beisammenseins im Fürst Bismarck. Nicht die körperliche Liebe, sondern wie wir uns Geschichten erzählten, von uns, von der großen Politik, wie wir die Welt verändern wollten. Wie wir unsere Hände, unsere Finger, unsere Füße verglichen. Wir spielten Schauspielerraten und haben unser jetziges Aussehen mit den Fotos in unseren Ausweisen verglichen. Ihre waren alle relativ neu, aber mein Führerscheinbild ist schon über 20 Jahre alt. Sie meinte, da hätte sie mich auch schon genommen.

Ach, da hatte ich ja auch noch meinen Reisepass, den ich letzte Woche trotz intensiven Suchens nicht fand. Ich kann mir beim besten Willen nicht vorstellen, wohin ich den verlegt hatte. Wenn ich ihn im Hotel verloren hätte, wäre er doch bestimmt bei der Polizei abgegeben worden.

Dann war ich wieder der Meinung, dass ich ohne Alina nicht leben könnte.

So ging das den ganzen Donnerstag hin und her.

Mein Lebensnetz-Modell hatte ich inzwischen um eine dritte Dimension erweitert. Es reichte mir nicht mehr, meine Lebenswegentscheidungen mit den Attributen Harmonie und Abenteuer, sowie Weiterentwicklung oder Rückschritt zu klassifizieren. Ich wollte auch Glück und Zufriedenheit, sowie Unglück und Unzufriedenheit in dem Modell abbilden. Dies erreichte ich, indem ich die dritte Dimension einführte. Aus meinem Netzwerk wurde ein Gittermodell, in dem mein Lebensstrang jetzt von Knoten zu Knoten schräg durch den Raum verlief. Zurzeit befand ich mich im roten Abenteuerbereich mit rückläufiger Richtung in die Tiefe.

Irgendwann entdeckte ich die Schublade mit den CDs. Neben polnisch-folkloristischen Schlager-CDs gab es die CD einer Gruppe Tamikrest, die ich nicht kannte und deshalb nicht einzuordnen wusste, eine CD von Bob Dylan und sieben CDs von Chris Rea. Die Chris-Rea-CDs steckten in Papphüllen. Neben der Auflistung der Titel waren an einigen Stücken kleine Sterne mit Kugelschreiber gemalt. Unten auf der CD war eine Erklärung geschrieben: * = für Freddie. Auch auf der Dylan CD waren Titel eingekreist.

SIE war also tatsächlich auch hier gewesen und hat mir Botschaften hinterlassen. Wurde sie hier auch gefangen gehalten? Hatte der Alte von EVISPOS nicht auch so etwas gesagt?

Das Radio des CD-Weckers hatte ich schon mehrfach in Betrieb, man kann hier viele deutsche Sender empfangen. Jetzt stellte ich auf CD-Betrieb um und schob die CD mit den meisten Sternen in den Player.

Es war Chris Rea mit dem Titel `Texas Blues` und es begann ziemlich rockig.

Ich spreche im Berufsalltag relativ viel Englisch, jedoch meist mit "Non-nativ-Speakern" und obwohl Chris Rea Engländer ist und deutlich mit klarer Aussprache singt, konnte ich die Texte nicht flüssig verstehen. Ich suchte mir Papier und begann, Liedpassagen aufzuschreiben. Erst das, was ich hörte, um es dann sinngemäß zu übersetzen.

Es war alles Blues. Blues bedeutet Leid, Schmerz und Herz, Kummer mit dem Partner, zu viel Alkohol, Trennung, Heimweh, Sehnsucht, Glück, Verlust, Verzicht und Tod.

Sie hatte meist Stücke markiert, in denen es um die große Liebe ging. Um die ewige Liebe und Treue. Zwei Kreuze hatte ein Stück, in dem die Liebenden nicht zusammenkommen konnten, weil eine große familiäre Verantwortung dem entgegenstand. Fast wie bei Romeo und Julia.

Wenn man den Text so las, war es oft eigentlich nur Kitsch. Doch in meiner Stimmung, mit dem speziellen Gitarrensound und Chris Reas rauer Stimme klang es wundervoll. Ich hörte es mir immer wieder an. Highlights waren die langen Live-Aufnahmen von `Stony Road` und `I can hear your heartbeat`. Auch die Lieder, in denen er Frauen besang – die waren nicht markiert – spielte ich immer wieder und sah darin Alina beschrieben. Josephine, Julia und besonders das Stück mit dem Titel Angelina.

In `Since You've Been Gone` - ein Stern - wird beschrieben, wie grau die Welt ohne sie (ihn) geworden ist.

Später legte ich die Bob-Dylan-CD auf. Den hatte ich eigentlich noch nie bewusst gehört, aber jetzt begeisterten mich auch seine Songs. Es war eine Best of. Viele der Stücke berührten, packten mich auf eine eigene Art, besonders die Lieder, die eine Botschaft hatten oder eine Geschichte erzählten. Dabei waren natürlich sein wohl bekanntestes Stück - Blowin` in the wind, aber auch - Masters of War, Mozambique und Hurricane – die Geschichte des erfolgreichen schwarzen Boxers Rubin `Hurricane` Carter, der wegen der damaligen Rassenpolitik der USA nie Mittelgewichtsmeister werden durfte. Dann kam –Just like a woman. Ich befürchtete, dass der Refrain genau auf Alina passte:

Du liebst wie eine Frau
Du lügst wie eine Frau,
Du leidest wie eine Frau,
Aber du zerbrichst wie ein kleines Mädchen.

Jetzt tat sie mir wieder unendlich leid, weil sie bestimmt zu irgendwelchen Straftaten gezwungen worden war.

Nach dem Abendbrot lief auf Deutschlandradio Berlin ein Hörspiel. Es zeigte die heile Welt der 1970'er Jahre. Das hatte zur Folge, dass ich nun wieder nur an meine Familie zu Hause dachte und überlegte, wie ich alles ins Lot bringen könnte. Darüber grübelte ich immer noch, als ich mich Freitagabend schlafen legte, ohne zu ahnen, dass am nächsten Tag die ersten Fragen über das Radio beantwortet würden.

1.15 Verhörzimmer Mordkommission Hamburg, Freitag, 11.00 Uhr

„Noch einmal unser herzliches Beileid", Heinz Schrenk und Benno Krieger gaben Frau und Herrn Schlüter die Hand. „Wir möchten Sie nicht unnötig belasten und mit Fragen quälen, aber es ist unsere Aufgabe, den Verantwortlichen für diese Tat zur Rechenschaft zu ziehen. Dabei können Sie uns vielleicht helfen. Unsere Verdächtigen haben alle etwas mit der neuen Tätigkeit ihrer Tochter zu tun. Bitte erzählen Sie uns, was Sie davon wissen."

Die beiden Schlüters wirkten gefasst und entspannt, aber an ihren Stimmen konnte man merken, wie tieftraurig sie waren und für wie unnütz sie dies alles hielten. Dadurch wurde ihre Tochter auch nicht wieder lebendig.

Frau Schlüter begann zu erzählen: „Wie schon gesagt begann wohl alles mit dem Auftauchen von Alia. Am Tag danach hat Mandy uns noch angerufen und erfreut erzählt, dass Alia wieder da wäre und inzwischen fest in Polen wohnen und dort arbeiten würde. Bisher war Alia ja immer nur für eine begrenzte Zeit, meist ein Jahr oder für den Zeitraum eines Studienabschnitts in Europa. In ihrer Heimat in Afrika gibt es Schulen nur bis zur sechsten Klasse. Die Intelligenten dürfen dann manchmal über Austauschprogramme verschiedenster Organisationen weiter zur Schule gehen. Bei uns war sie 1988/ 89, hat das siebte Schuljahr absolviert. Obwohl sie am Anfang kein Deutsch konnte, hat sie am Ende flüssig Deutsch gesprochen und überall gute Noten erzielt. Sie war wirklich begabt."

„Und schon als 13-Jährige verdammt hübsch", ergänzte Herr Schlüter.

„Das stimmt, aber sie lief ja draußen immer mit Kopftuch rum. Nur zu Hause, in ihrer Familie, hat sie sich ohne gezeigt. Mit Jungen lief da noch nichts, da bin ich mir ganz sicher. Tobias, zeig' doch mal die Fotos", sagte Frau Schlüter an ihren Mann gewandt.

Er holte einen Briefumschlag aus seiner Jackentasche, der mehrere Fotos enthielt. Eins war ein Fotografenbild der Schulklasse, der Rest Familienidylle. Gartenbilder, Familienfest, Grillen, zwei Freundinnen auf dem Sofa, Weihnachten unter dem Tannenbaum. Die dunkelhaarige junge Dame, die auf allen Fotos war, fiel sofort auf. Sie war immer ein Kontrast zu den anderen, alle blond und hellhäutig.

Heinz Schrenk legte die Phantomzeichnung ihrer Alina daneben und versuchte eine Ähnlichkeit zu erkennen. Mit etwas Fantasie war das möglich, eindeutig war es jedoch nicht.

„Wie ging das denn weiter? Nach einem Jahr musste das Mädchen doch zurück in ihre Heimat. Haben Sie sie seit 1989 nicht mehr gesehen?", fragte Krieger.

„Doch, sie hat ja wohl irgendwo Abitur gemacht und dann zuerst in St. Petersburg studiert. Von dort ist sie über Kopernikus, so ein Förderprogramm, nach Berlin gekommen und hat hier ihr Studium fortgesetzt. Ich glaube internationales Recht. Sie wollte Diplomatin werden. In der Zeit hat sie Mandy oft besucht. Mandy sagte einmal, Alia wäre einerseits total schlau und hätte mit ihren damals 23 Jahren schon viel erreicht: Sprach vier oder fünf Sprachen und war kurz vor einem Examen. Aber ihre Ideale und ihre Weltanschauung hätten sich nicht geändert, entsprachen nach Mandys Auffassung überholten Vorstellungen."

„Was war denn an dem Job in Polen so interessant, das sie dafür hier alles hingeschmissen hat?", Krieger fragte weiter.

„Sie sagte, sie müsste Alia helfen, das sei sie ihr schuldig. Was es genau war, wissen wir nicht. Wir haben gestern Mandys Chef angerufen, denn wir wussten, dass.er sie sehr mochte, und hielten es für notwendig, ihn zu informieren. Dabei haben wir erfahren, dass sie gar nicht gekündigt, sondern nur bis zum Ende der Legislaturperiode, also bis zum 20.08. unbezahlten

Urlaub genommen hatte. Ihr Arbeitsplatz wurde für sie frei gehalten."

„Sie wissen nicht, was sie in Polen gemacht hat?"

„Nein, es war nur äußerst wichtig für Alia."

„Mandy war drei Jahre hintereinander Gurkenprinzessin. Welche Rolle hat dabei der Hauptsponsor, die Firma Zollstern gespielt?"

„Na ja, da gab es einen Herrn, der Mandy gefördert hat, er war wohl ein bisschen in sie verliebt, aber es waren noch andere in der Jury und es gab immer eine neutrale Abstimmung."

„Wissen Sie, wie derjenige hieß?"

„Das war der Prokurist, Herr Hansen, aber das war nur platonisch, eine stille Bewunderung. Mandy war den anderen Kandidaten sowieso weit überlegen."

Heinz Schrenk zeigte den Beiden die Phantomzeichnung von ihrer Alina und fragte, ob die Alia heute so aussehen könnte. Beide sagten: „Man muss die Augen sehen, dann weiß man es."

„Hat Mandy sich in den letzten zwölf Jahren stark verändert, oder anders gefragt: Hätte Herr Hansen sie sofort erkannt, wenn er sie heute überraschend wieder getroffen hätte, nach so vielen Jahren?"

„Na klar hätte er sie erkannt, sie hat sich kaum verändert, nur die Frisur. Er träumt doch bestimmt immer noch von den Eröffnungstänzen nach der Prinzessinnenwahl. Mandys damaliger Mann war ja nie dabei, er war meist im Trainingslager, Ruderer in der Olympiamannschaft. Viele Muskeln, aber nicht immer an der richtigen Stelle.

„Können Sie uns den genauen Namen von Alia nennen, vielleicht sogar eine alte Adresse?"

„Nein, der war sehr lang, vier oder fünf Silben. Da müssten sie in der Schule nachfragen, oder bei ihren damaligen Gasteltern, der Familie Stüven. Die wohnen aber nicht mehr in Lübbenau, sind nach der Wende weg."

„OK, vielen Dank, Sie haben uns sehr geholfen." Beide Kommissare standen auf und brachten die Schlüters zur Tür.

Als beide gegangen waren, sagte Krieger zu Schrenk: „Ich habe es doch gewusst, der Hansen ist ein falscher Hund. Den knöpf' ich mir jetzt doch noch einmal vor. Ich fahre sofort zu ihm in die Firma, würde es begrüßen, wenn du mitkommen könntest. Du weißt doch, guter Bulle, böser Bulle."

1.16 Hansen sagt aus, Freitag 13 Uhr

Die Sekretärin wollte die beiden Kommissare abwimmeln, aber Hansen bat die beiden sofort in sein Büro. „Sie kommen mir zuvor, ich wollte sie auch besuchen, habe da nämlich noch etwas auszusagen."

Er ließ Wasser, Kaffee und Kekse kommen, wartete, bis sich beide gesetzt hatten, und fing sofort an zu reden.

„Ich bin in einer wirklich blöden Situation, habe mich aber auch wirklich dumm verhalten. Besonders als Anwalt sollte man von Anfang an mit der Polizei zusammenarbeiten. Doch in der Praxis sieht alles ganz anders aus. Sie haben sicherlich bereits herausgefunden, dass ich die Tote kannte und auch genau wusste, wer sie ist. Ich hatte sie zwölf Jahre nicht gesehen, habe sie aber auf der Raststätte sofort erkannt und mich unheimlich gefreut, dass ich sie mitnehmen konnte. Ich habe sie zum Hotel gebracht und wir haben bei Nagels, das typisch hamburgische Touristenrestaurant, noch etwas gegessen und getrunken. Es war eine absolut entspannte Atmosphäre. Wir haben viel von früher geredet und sie hat mir gebeichtet, dass sie es wohl gemerkt hat, dass ich sie mochte und sie das damals bei der Prinzessinnenwahl auch ausgenutzt hat. Andererseits hat sie mir sehr merkwürdige Geschichten erzählt. Sie hätte einen anderen Namen angenommen, nämlich Alina Sliwinski, und auch das mit der Diplomatentochter gehöre jetzt zu ihrem Lebenslauf. Bei der Verabschiedung vor dem Hotel hat sie meine Frage, ob wir uns wiedersehen, eindeutig verneint, dann jedoch gefragt, ob ich sie als Anwalt verteidigen würde. Da ich nebenbei noch als Anwalt zugelassen bin, habe ich das bejaht, mir aber nichts dabei gedacht."

Er machte eine Pause und trank etwas Mineralwasser, die beiden sagten nichts, wollten den Redefluss nicht unterbrechen.

„Am Montag vor einer Woche rief sie mich an – ich hatte ihr meine Karte gegeben – und bat mich um ein juristisches Beratungsgespräch. Es war sehr mysteriös, sie machte Andeutungen, die in Richtung Beihilfe bei einem Überfall gingen. Als Treffpunkt schlug sie die Rellinger Kirche vor, und zwar am Donnerstag, den 13.5. um 16.00 Uhr, dem Tag, an dem sie ermordet wurde. Ich fragte nicht lange, warum gerade dort. Ich war vielleicht der Letzte, abgesehen vom Mörder, der sie lebend gesehen hat."

Er stockte kurz, schluckte und es sah so aus, als würden ihm gleich die Tränen kommen.

„Das sollen wir ihnen glauben?" Krieger war leicht erregt, aber Heinz Schrenk mischte sich ein. „Erzählen Sie weiter: Sie waren also dort und haben sie getroffen?"

„Ja, ich war pünktlich, sie war schon da. Wir sind dann gleich rausgegangen, sind ja beide nicht religiös und ungefähr 1½ Stunden durch Rellingen spaziert. Sie hat mir nicht erzählt, was sie macht oder gemacht hat, nur, dass es eventuell zur Vorbereitung eines Überfalls gehört. Sie hat mir verboten, nachzufragen, wollte nur wissen, was ihr schlimmstenfalls passieren könnte. Ich habe verschiedenste Straftatbestände konstruiert, besonders interessiert hat sie der Fall des englischen Posträubers, der Jahrzehnte später in Brasilien verhaftet wurde. Sie wollte wissen, welche Strafe derjenige bekommt, der ihm die falschen Papiere besorgt hat. Wie gesagt, Nachfragen hat sie nicht zugelassen. Ich habe ihr natürlich einen langen Vortrag gehalten, dass es von vielen Faktoren abhängt, Vorstrafenregister, Kenntnisstand, gab es Verletzte und so weiter. Bei ihr würde die Strafe sicherlich zur Bewährung ausgesetzt werden.

Darüber freute sie sich richtig, nahm mich in den Arm und gab mir einen Kuss auf die Wange. Wir verabschiedeten uns an meinem Wagen, der auf dem Parkplatz unterhalb der Kirche stand. Sie sagte, sie mag mich wirklich gern, trotzdem hoffe sie, dass sie mich so schnell nicht wiedersehen würde. Makaber."

Er wurde schon wieder sentimental, doch Krieger ließ ihm keine Chance dazu.

„Schönes Märchen. Gibt es dafür Zeugen?"

„Es gibt sicherlich einige Zeugen, die mich in Rellingen mit ihr gesehen haben. Das ist ja das Schlimme, deshalb habe ich auch zuerst nichts gesagt. Ich weiß doch selbst, wie das aussieht, aber ich schwöre ihnen, so war es, bitte glauben Sie mir."

„Sie tischen uns hier eine Geschichte nach der anderen auf. Eigentlich müsste ich Sie wegen Mordverdachts vorläufig festnehmen, zumindest wegen Irreführung und Falschaussage. Wir nehmen jetzt eine DNA-Probe und wehe, wir finden an dem Tatort irgendeine Spur von Ihnen, dann sind Sie dran", Krieger war wieder etwas ruhiger geworden. „Haben Sie jemandem von dem Treffen erzählt oder sind Sie einfach so zum Tennis gefahren, so als wäre nichts Besonderes geschehen?"

Hansen dachte kurz nach. „Nein, aber es war ja auch nichts Besonderes. Nur eine alte Bekannte hat verrückte Geschichten erzählt. Wäre ich damit zu Ihnen gekommen, hätten Sie mich ausgelacht."

„Das ist das Traurige, wir reagieren nur, wenn etwas passiert ist, nie vorbeugend", dachte Schrenk, er sagte aber: „Das war doch eindeutig das Geständnis eines Verbrechens, dem hätten wir nachgehen müssen. Sie kommen Montag um 10 Uhr aufs Präsidium, dort nehmen wir die Aussage zu Protokoll. Bitte überlegen Sie noch einmal den genauen Wortlaut der Gespräche. Jede Einzelheit kann wichtig sein. Am besten, Sie machen sich ein paar Notizen."

Die beiden standen auf. „Dann bis Montag und vielen Dank noch für die Kekse", sagte Schrenk, der sich den letzten Keks noch schnell in den Mund steckte.

1.17 Nachrichten aus aller Welt

Den Samstag hatte ich regelrecht verpennt, war der Montag, der Tag meiner Freilassung doch nicht mehr fern.

Ich lag die meiste Zeit auf dem Bett und hörte Radio oder CD. In den Nachrichten tauchte seit Mittag die Information auf, dass es in ganz Marokko einen Stromausfall gab. Die Nachricht lief zuerst unter Nachrichten aus aller Welt. Jetzt, um 22.00 Uhr, war sie zum Aufmacher geworden, denn der Grund hierfür war scheinbar ein terroristischer Anschlag. Hellhörig wurde ich, als es hieß: An der Durchführung und der Sprengung des Zentralverteilerknotens waren drei Deutsche aus Hamburg beteiligt, ein Rechtsanwalt, ein Friseur und ein Ingenieur.

Wie sagte noch einer meiner Bewacher: Höre am Sonnabend die Nachrichten und dir wird klar, warum wir dich hier festhalten.

Nur diese Nachricht konnte irgendetwas mit meiner Situation zu tun haben, aber was?

Ich bin Deutscher, aus Hamburg und Ingenieur, aber ich war nie in Marokko. Sollte ich derjenige sein, der gerade in Marokko Strommasten sprengte?

1.18 Außerordentliche Lagebesprechung Mordkommission, Sonntagmorgen

Sonntag, kurz nach 6 Uhr morgens klingelte bei allen Mitarbeitern der Einsatzgruppe Schönfelder das Telefon und der diensthabende Schichtleiter bestellte jeden Einzelnen zu einer Sondersitzung GIVSB für 8.00 Uhr ins Präsidium. Diese Alarmstufe, SB für Staatsbedrohung, wurde eigentlich nie benutzt, jedenfalls hatten alle vier dies noch nicht erlebt.

Die Besprechung fand im großen Sitzungssaal, in der Chefetage, zwei Stockwerke höher als sonst, statt. Neben Schönfelder und seinem Team waren noch sechs weitere Herren anwesend, die schon durch ihre eleganten Anzüge auffielen.

Auf dem Tisch lagen mehrere Morgenzeitungen. Obenauf die bekannte Boulevardzeitung mit der 80-mm-Schlagzeile:

Hamburger Friseur knipst ganz Marokko das Licht aus -
Wieder Terror aus der Hansestadt

Krieger wollte sich die Zeitung greifen, sah dann aber, dass Schönfelder leicht den Kopf schüttelte.

Man gab sich die Hände.

Die gesamte Hamburger Prominenz des Ermittlungsapparates war anwesend. Polizeipräsident, Staatsrat, Innensenator, Ober-Staatsanwalt. Außerdem waren zwei Herren vom BKA in das Polizeipräsidium nahe der City Nord gekommen.

Dr. Flissner, der als Polizeipräsident relativ beliebt war, aber auch oft vorschnell ein Urteil fällte, sprach direkt zu Schönfelder:

„Mensch, Sie ermitteln mit ihrem Team jetzt seit zwei Wochen an diesem Mordfall Mandy Nietsch und dabei haben Sie nichts von den Terrorvorbereitungen der Verdächtigen bemerkt? Sie haben die doch mehrfach verhört, warum haben Sie denn nicht wenigstens einen von denen festgehalten? So konnten die in aller Ruhe nach Marokko fliegen und das gesamte Stromnetz lahmlegen! Und Hamburg steht wieder als Bösewicht da."

Schönfelder und seine Mitarbeiter sahen sich fragend an.

„Ich glaube, wir müssen die Herren erst einmal über die neue Lage informieren", schaltete sich der Staatsanwalt ein.

„Und die Dame", korrigierte der Innensenator.

„Entschuldigung, ja die Damen und Herren. Wir haben noch gestern Abend die Haftbefehle für Fred Bauske, Werner Hansen, Stephane Deforq und Harry Zitlow ausgeschrieben. Sie werden verdächtigt, einer terroristischen Vereinigung anzugehören und an Bombenanschlägen, d. h. versuchtem Totschlag, beteiligt gewesen zu sein. Die Folgen dieses Anschlages sind ja noch gar nicht abzusehen. Ihre Beteiligung steht außer Frage, es gibt eindeutige Fotobeweise von Überwachungskameras sowohl vom Flughafen Casablanca vom Mittwoch als auch vom marokkanischen Energieversorger ONE von gestern."

Jetzt konnte Krieger sich nicht mehr zurückhalten: „Ihre Beweise hätte ich gern einmal gesehen. Wenn der Hansen dabei gewesen sein soll, dann muss er sich immer hin und her gebeamt haben, denn am Freitag waren wir noch bei ihm in der Firma und haben ihn verhört. Sie sollten vielleicht doch erst einmal die ermittelnden Beamten befragen, bevor Sie mit großen Kanonen um sich schießen."

Er nahm sich nun doch die Sonntagsausgabe der Zeitung, die so etwas immer besonders groß und überzeichnet darstellte, sah dort neben der großen Schlagzeile mehrere vergrößerte Fotos von Überwachungskameras.

„Das gibt's doch nicht", entfuhr es ihm, „da muss irgendetwas faul sein." Auf den Fotos waren eindeutig Bauske, Hansen, Zitlow, Deforq und ein fünfter, ihnen Unbekannter, zu sehen.

Er warf die Zeitung zu Heinz Schrenk und Gabi Scheunemann rüber, die auch sofort die Bilder ansahen. „Die sehen tatsächlich aus wie unsere Pappenheimer, aber das ist doch gar nicht möglich!", sagte Schrenk.

Dann zeigte er auf das Bild, auf dem Bauske und Hansen nebeneinander eine Flughafensperre durchquerten, man sah nur die Oberkörper. „Hier stimmt etwas nicht, guckt doch mal, die Köpfe sind fast auf gleicher Höhe. Hansen ist aber fast 20 Zentimeter größer als Bauske."

Daraufhin schaltete sich einer der BKA-Beamten ein. „Wir können Sie beruhigen, die Herren sind echt. Ihre Pässe wurden ausnahmslos gescannt. Die waren eindeutig echt. Mit Fingerabdruck. So etwas lässt sich heute nicht mehr fälschen."

„Und wen haben wir dann am Freitag verhört? Seinen Zwillingsbruder? Wir sind doch nicht blöd." Krieger hätte sich am liebsten noch zu anderen Äußerungen dem BKA Beamten gegenüber verleiten lassen, aber er wusste ja, dass er sich zurückhalten musste.

Plötzlich sprang Heinz Schrenk auf: „Das ist es, das ist es, was die Damen von den Herren wollten, kein Geld oder so, nur ihre äh, ihre Identität!"

Alle starrten ihn mit fragenden Blicken an.

„Das könnte es wirklich sein: Die haben sich unauffällige, bürgerliche Männer ohne besondere Merkmale, jedoch mit einem sauberen Pass ausgesucht. Den Pass geklaut und danach einen Doppelgänger gebaut. Er musste ja nur bei der Grenzkontrolle dem Ausweis entsprechen." Gabi Scheunemann hatte sofort verstanden, was Schrenk meinte.

„Halt, Stopp, jetzt mal langsam. Herr Schönfelder, verstehen Sie, was ihre Mitarbeiter uns damit sagen wollen?" Dr. Flissner merkte, dass sich da etwas entwickelte, was ganz und gar nicht in ihre bisherigen Vorstellungen passte, für ihn aber nicht von Nachteil war.

Jetzt war es der Innensenator, der ihm zuvor kam. „Mir scheint, hier besteht noch ein gewisser Abstimmungsbedarf der aktiv ermittelnden Kollegen. Meine Dame, meine Herren, tauschen Sie doch bitte ihre jeweiligen Erkenntnisse aus und erstellen dann einen Kurzbericht, maximal zwei DIN A4 Seiten. Ich werde mich für eine Stunde mit Herrn Dr. Flissner zurückziehen, um unsere Außendarstellung abzustimmen. Bis dahin erwarte ich wasserdichte Ergebnisse."

Sagte es und verschwand mit dem Polizeichef, ohne eine Antwort abzuwarten.

Nun meldete sich erstmalig Schönfelder zu Wort: „Wie mir Herr Dr. Flissner vorhin mitgeteilt hat, übernimmt das BKA jetzt auch den Mordfall Mandy Nietsch, was meines Erachtens nicht zwangsweise sinnvoll ist, da der Zusammenhang mit der Marokko-Aktion noch gar nicht bewiesen ist. Trotzdem sollten Sie uns zuerst einmal alle Hintergrundinformationen zu dem Anschlag liefern, damit wir unsere Untersuchungsergebnisse daraufhin entsprechend erweitern können."

Der andere BKA-Mitarbeiter, der bisher noch nichts gesagt hatte, nickte und antwortete: „Sie haben ganz recht. Wir sollten hier auf keinen Fall als Konkurrenten agieren. Mal ganz ehrlich, wir führen ja auch nur das aus, was wir vom CIA vorgegeben bekommen. Im Vorfeld des Anschlags ist uns nichts aufgefallen und ich glaube, den anderen ausländischen Diensten auch nicht. Wir wollen natürlich helfen so gut es geht, aber an erster Stelle müssen wir Schaden von unserem Land fernhalten. Es darf auf keinen Fall irgendwelche Schuldzuweisungen innerhalb unserer Behörden geben.

So, jetzt zum Sachverhalt, wie er uns vom CIA mitgeteilt wurde:

Marokko hat zur Stromversorgung mehrere Kohle-, Öl- und Gaskraftwerke, die jedoch für den Spitzenbedarf nicht ausreichen. Es wird fast täglich aus Spanien bzw. Europa, Stromkapazität zugekauft. Man gehört ja zu einem Stromverbund-Netzsystem. Dies System wird über vier Verteilerstationen geschaltet. Der Hauptverteiler mit dem Fachpersonal ist in Casablanca, die anderen sind in Tanger, Rabat und Safi. Am Freitag um 16.30 Uhr explodierte im Hauptverteiler eine Bombe. Es war eigentlich nur eine kleine Sprengung, keiner kam zu schaden, aber es reichte zur Systemabschaltung. Nun sollten die anderen Stationen diesen Dienst übernehmen. Das funktionierte aber nicht. Eine nach der anderen fuhr erst auf Überlast und schaltete dann ab. So kam es zum Stromausfall im gesamten Land. Die Kraftwerke, die ja noch liefen, konnten ihren Strom nicht mehr abgeben und mussten ebenfalls heruntergefahren werden. Die Systemtechniker standen vor einem Rätsel. Auch die zugeschalteten Spezialisten von VULKAN Systemtechnik; VULKAN hat die Anlagen geplant und aufgebaut, kamen nicht mehr ins System. Die Passwörter waren alle geändert und die Remoteboards der Computer deaktiviert. Nach einem Neustart fahren die Computer in ein Hilfemenü, das auf Arabisch, Spanisch und Deutsch auf eine Website verweist, die diverse politische Forderungen enthält und von einer Gruppe Young Polisario unterzeichnet wurde, von der wir bisher noch nichts gehört haben. Eindeutig ist, das hier Spezialisten mit Insiderwissen, wahrscheinlich sogar ONE- oder VULKAN-Techniker, am Werk waren und wir schleunigst handeln müssen."

„Aber das hört sich doch alles noch irgendwie harmlos an, keine Toten oder Verletzte, keine Bedrohung des Weltfriedens, d. h., es sind keine Ölreserven bedroht und keine Großmacht wurde angegriffen. Die Technik muss man doch im Notfall einfach nur neu aufbauen." Krieger sprach das aus, was auch die anderen dachten.

„Wissen Sie, was es bedeutet, wenn ein Land, eine Region, einen kompletten Stromausfall hat? Man rechnet bereits heute Nacht mit den ersten Plünderungen. 240.000 Urlauber werden plötzlich nicht mehr bedient, nix mehr mit all inklusive.

Ohne Strom geht heute nichts mehr, keine Tankstelle, keine Ladenkasse, kein Restaurant, auch Handy-Akkus sind schnell leer. Nur mit viel Polizei und Militär kann die Anarchie verhindert werden und Marokkos Militär befindet sich zu 70 Prozent in der Westsahara zur Bewachung der Grenze.

Am schlimmsten ist jedoch die Signalwirkung, die durch diese Aktion ausgehen kann, wenn sie nicht schnellstmöglich gestoppt wird. Hier hat man den empfindlichsten Punkt unserer Gesellschaft bloßgelegt. Nicht die Kraftwerke, sondern die

Hochspannungsleitungen und deren Schaltzentralen sind die neuralgischen Punkte. Erinnern Sie sich an den Stromausfall im November 2006 bei uns, als eine Hochspannungsleitung über der Ems abgeschaltet wurde, um ein neu gebautes Kreuzfahrtschiff der Meyer Werft zu überführen? Dies führte zu einer Netzüberlastung und im Anschluss zu Trafo-Abschaltungen und Stromausfällen in ganz Europa. Es waren 15 Millionen Menschen betroffen. Der Stromausfall dauerte nur ca. eine Stunde und man errechnete schon Milliarden Kosten für die Industrie.

Übrigens, gleichzeitig mit unserer Besprechung werden die Wohnungen der vier Verdächtigen von Sondereinsatzkommandos gestürmt, eventuell Komplizen festgenommen und Beweismaterial sichergestellt."

„Dann fragen Sie doch mal nach, was man bei dem Hansen gefunden hat", schlug Schrenk vor.

Der andere BKA Mitarbeiter zog sein Handy und drückte eine Kurzwahltaste. Es dauerte nicht lange und er sagte: „Hier Schneider, haben Sie schon Ergebnisse?" Er hörte bestimmt zwei Minuten zu, ohne etwas zu sagen, dann antwortete er nur noch kurz: OK, gut gemacht. Bringen Sie ihn trotzdem zum Präsidium. Danke und tschüss und trennte die Verbindung.

Zu den Anwesenden sagte er: „Ich glaube, wir kriegen jetzt richtig Stress. Der Hansen lag ganz brav mit seiner Frau im Bett und wir haben nicht den kleinsten Hinweis gefunden, dass er irgendetwas mit der Marokko-Aktion zu tun hat. Auf jeden Fall kann er nicht derjenige von den Überwachungskameras sein.

Liebe Kollegen, jetzt müssen Sie uns ihre Theorie doch noch einmal genau erklären. Ich glaube, man hat uns da gewaltig an der Nase herumgeführt."

Teil 2 Westsahara

2.1 Lagebesprechung Sonderkommission Mandy, Polizeipräsidium, City Nord

Hauptkommissar Schrenk hatte von seinem Chef, Kriminalrat Holger Schönfelder die undankbare Aufgabe bekommen, sich zum Thema Westsaharakonflikt und Polisario zu informieren und die Kollegen mit allen relevanten Fakten zu versorgen. Wie es seine Art war, hatte er erst einmal eine Aufstellung, die die Historie in Stichworten darstellte, aus dem Internet heruntergeladen und per Beamer an die Wand projiziert.

Chronologie des Westsahara-Konflikts ***

__1884__ - Beginn der spanischen Kolonisierung der Westsahara - bestehend aus zwei Regionen: Saguia el Hamra im Norden, Rio de Oro im Süden. In den Jahren 1904-14 wird mit Frankreich - Kolonialmacht in Westafrika und Protektoratsmacht in Marokko - die Grenzziehung festgelegt.

__1958__ - Spanien tritt 25.000 qkm im Norden der Westsahara an das unabhängig gewordene Königreich Marokko ab. Die bisherige Kolonie wird vom Franco-Regime zur spanischen "Provinz" erklärt. Ab __1960__ werden große Phosphatlager entdeckt.

__1968__ - Spanien wird in der UNO-Resolution 2428 aufgefordert, ein Selbstbestimmungs-Referendum durchzuführen, kommt dieser Aufforderung aber nicht nach.

__1973__ - Gründung der Befreiungsfront Polisario ("Frente Popular para la Liberación de Seguía el Hamra y Rio de Oro").

__1975__ - Der Haager Internationale Gerichtshof (IGH) unterstreicht das Selbstbestimmungsrecht der sahrauischen Bevölkerung. Trotzdem: 350.000 unbewaffnete Marokkaner folgen einem Aufruf von König Hassan II. zum "Grünen Marsch" in die Westsahara (6. November); Spanien schließt mit Marokko und Mauretanien Abkommen, die zwei Drittel des Territoriums den Marokkanern, das südliche Drittel den Mauretaniern zusprechen.

1976 - *Die von Algerien unterstützte Polisario-Front ruft die "Demokratische Arabische Republik Sahara" (DARS) aus. Mohamed Abdelaziz wird Präsident.*

1979 - *Mauretanien unterzeichnet einen Friedensvertrag mit der DARS und räumt den südlichen Teil, in den umgehend die marokkanische Armee vorstößt. Es folgt ein Guerillakrieg, in dem die Polisario den Marokkanern schwere Verluste zufügt. 160.000 Sahrauis flüchten nach Algerien. Die Regierung in Rabat beginnt mit massivem Bevölkerungstransfer.*

1984 - *Die von über 80 Staaten anerkannte DARS wird in die Organisation der Afrikanischen Einheit (OAU) aufgenommen. Marokko tritt aus Protest aus der panafrikanischen Organisation aus.*

1988 - *Marokko und die DARS akzeptieren einen Waffenstillstandsplan von UNO-Generalsekretär Javier Perez de Cuellar.*

1991 - *Waffenstillstandsabkommen tritt in Kraft; UNO-Sicherheitsrat beschließt UNO-Westsahara-Mission (MINURSO) mit dem Auftrag, eine Volksabstimmung vorzubereiten.*

1992 - *Beginn der Erfassung der Abstimmungsberechtigten. Zwei Versuche, das Referendum durchzuführen, scheitern am Widerstand Marokkos. Die Aussöhnung zwischen Marokko und Algerien schwächt nur kurzfristig die Position der DARS.*

1996 - *UNO suspendiert Wählerregistrierung.*

1997 - *Ex-US-Außenminister James Baker wird UNO-Sonderbeauftragter für die Westsahara. Direktverhandlungen Marokko-DARS in Lissabon. Durchführung von Referendum scheitert abermals.*

2002 - *USA legen Autonomieplan vor. Spanien besteht auf Abhaltung von Unabhängigkeits-Referendum.*

2004 - *Baker, dessen Referendums-Plan von Marokko abgelehnt wird, gibt seinen Auftrag zurück. DARS lässt hundert marokkanische Gefangene frei. Der UNO-Sicherheitsrat fordert Marokko und die DARS auf, den Friedensplan Bakers zu akzeptieren.*

2005 - *DARS lässt die letzten marokkanischen Gefangenen frei und ruft UNO auf, die Erschließung von Ölvorkommen vor der Atlantikküste zu stoppen. Dabei ging es unter anderem um die zwischen*

Marokko und der französischen Total-Fina-Elf geschlossenen Bohrverträge.

2007 - *DARS stimmt einem Referendum mit drei Optionen (Unabhängigkeit, Anschluss an Marokko oder Autonomie) zu, Marokko lehnt Referendum weiter ab. Informelle Gespräche unter UNO-Schirmherrschaft bleiben ergebnislos.*

*** *Quelle: Der Standard (online), 8. Auguste 2009*

„Ich weiß nicht, wie es euch damit ergeht", so begann Schrenk seinen Vortrag, „aber ich habe, soweit ich mich erinnern kann, nie etwas von diesem Konflikt gehört, obwohl ich fleißiger Tagesschau-Gucker bin. Das bedeutet wohl, dass es in diesem Landstrich bisher nichts Interessantes für die Weltpolitik gab, Öl oder so. Deshalb hier erst einmal etwas Geschichte:

Mitte des 19. Jahrhunderts hatten die Franzosen, Italiener und Engländer die meisten Gebiete in Nordafrika besetzt und zu Kolonien erklärt. Spanien, das sich bereits auf dem amerikanischen Kontinent festgesetzt hatte, wollte jedoch auch hier mitspielen und besetzte das Gebiet unterhalb Marokkos. Nachdem Marokko jedoch 1956 von Frankreich die Unabhängigkeit erlangte, verstärkte sich auch in der Westsahara der Widerstand gegen die spanische Fremdherrschaft.

1965 forderte die Vollversammlung der Vereinten Nationen in ihrer ersten Resolution zum Westsaharakonflikt Spanien auf, die Westsahara zu Entkolonialisieren und der Bevölkerung das Recht auf Selbstbestimmung zu gewähren.

1967 erklärte sich Spanien dazu bereit, ein Referendum über den Status der Westsahara durchzuführen. Die Anrainerstaaten Marokko und Mauretanien unterstützen dieses Vorhaben. Nachdem Spanien die Durchführung dieses Referendums jedoch immer weiter hinauszögerte, gründete sich 1973 die sahrauische Befreiungsbewegung POLISARIO, die einen bewaffneten Widerstand gegen die spanische Herrschaft begann. POLISARIO entstand aus *Frente Popular para la Liberación de Seguía el Hamra y Rio de Oro* - zu deutsch: *Volksfront zur Befreiung von*

Saguia el Hamra und Rio de Oro – den besetzten Landesteilen der Westsahara.

1974 änderte Marokko offiziell seine Politik in der Westsaharafrage: Nun forderte der marokkanische König Hassan II. den Anschluss der Westsahara an Marokko ohne die Durchführung eines Referendums. Mauretanien und Marokko erwirkten noch im selben Jahr die Resolution 3292 der UN-Vollversammlung: Spanien wird aufgefordert, das Referendum nicht durchzuführen. Stattdessen sollte der Internationale Gerichtshof ein Gutachten zur Zugehörigkeit des westsaharischen Gebietes erstellen.

Der Internationale Gerichtshof wog zwischen den historischen Bindungen der Westsahara an Marokko und Mauretanien auf der einen Seite und dem Recht des sahrauischen Volkes auf Selbstbestimmung ab. Das endgültige Gutachten wurde am 16. Oktober 1975 veröffentlicht und stellte fest, dass das Selbstbestimmungsrecht einen höheren Wert hat. Daher solle die Bevölkerung der Westsahara in einem Referendum über seine Zukunft entscheiden.

Noch am gleichen Tag kündigte Hassan II. einen Marsch marokkanischer Zivilisten in die Westsahara an, um die historischen Bindungen zwischen Marokko und der Westsahara zu unterstreichen. Nachdem marokkanisches Militär im Vorfeld in der nördlichen Westsahara eingedrungen war, um ein Eingreifen Algeriens zu verhindern und um Polisariokräfte zu binden, fand der Grüne Marsch vom 6. bis 10. November statt. Marokko hatte 350.000 Teilnehmer organisiert, die an mehreren Stellen die marokkanisch-westsaharische Grenze überschritten und in westsaharisches Gebiet vorstießen. Nachdem am 26. Februar 1976 eine Versammlung sahrauischer Stammesfürsten der Aufteilung der Westsahara zwischen Marokko und Mauretanien zustimmte - ich weiß nicht, ob man sie genau wie die Indianer in Nordamerika vorher zwar wohl nicht besoffen, aber vielleicht anders `high` gemacht hatte – wertete Marokko und Mauretanien dies als ausreichende Zustimmung des Volkes und meinten, das Gebiet der Westsahara unter sich aufteilen zu können. Im Gegenzug rief die Polisario am 28. Februar 1976 die Demokratische Arabische Republik Sahara aus.

Die Vollversammlung der Vereinten Nationen forderte jedoch in der Resolution 3458 weiterhin die Durchführung eines Referendums.

Die POLISARIO, die seit 1975 finanziell und militärlogistisch von Algerien unterstützt wurde, focht einen intensiven Widerstandskampf gegen Marokko und Mauretanien. Infolge dieses Kampfes erklärte Mauretanien 1979 den Verzicht auf alle Ansprüche in der Westsahara, woraufhin Marokko auch das südliche, ehemals mauretanisch verwaltete Drittel der Westsahara annektierte. Im weiteren Verlauf des Konflikts konnte Marokko die Polisariokämpfer immer weiter ins Landesinnere zurückdrängen. Parallel dazu wurde ein System von Mauern angelegt, der sogenannte Marokkanische Wall, welches das Eindringen von Polisariokämpfer in marokkanisch kontrolliertes Gebiet verhindern sollte. Dieses Mauersystem wurde nach jedem bedeutenden Gebietsgewinn Marokkos erweitert, um die neu kontrollierten Gebiete zu schützen. Seit 1991 beträgt die Länge der äußersten Wallanlage, die das marokkanisch kontrollierte Territorium vom Polisariogebiet trennt, etwa 2500 Kilometer. Diese Mauern sind übrigens breiter und höher als die ehemalige Mauer in Berlin.

Die einheimischen Bewohner, die aufseiten der POLISARIO kämpften, flohen nach Algerien, wo ca. 160.000 Sahrauis seit 1976 in Flüchtlingslagern bei Tindouf leben und vollständig von Hilfslieferungen der EU, den Vereinten Nationen und anderer internationaler, nicht staatlicher Organisationen abhängig sind.

Der offene Kampf zwischen Marokko und der Polisario wurde 1991 durch einen Waffenstillstand beendet, der seit dem durch die von den Vereinten Nationen in der UN-Resolution 690 zustande gekommenen MINURSO Mission überwacht wird. Bis zur Resolution 1469 im Jahr 2002 hat sich der UN-

Sicherheitsrat mehrfach mit dem Westsaharakonflikt beschäftigt und immer wieder die Volksabstimmung gefordert.

Marokko kontrolliert derzeit die westlichen zwei Drittel des Landes, alle größeren Städte sowie die bedeutenden Phosphatvorkommen der Westsahara. Die POLISARIO bzw. die Demokratische Arabische Republik Sahara kontrollieren das Hinterland. Der größte Teil ihrer Angehörigen lebt jedoch außerhalb der Westsahara in westalgerischen Flüchtlingslagern.

Zusammen mit dem Waffenstillstandsabkommen von 1991 wurde vereinbart, dass die einheimische Bevölkerung im Jahr 1992 in einem Referendum über die Zukunft der Westsahara entscheiden sollte.

Die Durchführung des Referendums scheiterte noch in der Vorbereitungsphase, da sich Marokko und die POLISARIO nicht darüber einigen konnten, wer ein „Einheimischer" sei und somit die Berechtigung hätte, am Referendum teilzunehmen. Während die POLISARIO nur die Sahrauis, die zu Zeiten der spanischen Kolonialherrschaft in der Westsahara lebten, und deren Nachkommen als wahlberechtigt ansah, forderte Marokko, dass auch die umgesiedelten Marokkaner als Einheimische gelten sollten.

Auch ein 1997 erneut unternommener Versuch, ein Referendum zu organisieren, verlief im Sande: Der Vermittlungsvorschlag der Vereinten Nationen wurde nur von der POLISARIO akzeptiert.

Im April 2007 verabschiedete der UN-Sicherheitsrat die Resolution 1754, in welcher Marokko und die POLISARIO erneut zur Durchführung eines Referendums aufgerufen und die Friedensmission MINURSO bis Oktober 2007 verlängert wurden. Daraufhin fanden unter der Schirmherrschaft der Vereinten Nationen insgesamt vier Treffen zwischen Vertretern beider Seiten statt, die jedoch alle ergebnislos verliefen. Man verlängerte die Mission zuletzt bis zum 30. April 2010.

International stark beachtet werden die gewaltfreien Widerstandsaktionen der Menschenrechtsaktivistin Aminatu Haidar, die für die politische Selbstbestimmung der Westsahara eintritt.

Zur Wirtschaft: Weite Teile des Landes sind wirtschaftlich noch unerschlossen, das Straßennetz ist dünn. Die wesentlichen Wirtschaftszweige sind die Fischerei, der Anbau von Dattelpalmen und der Abbau von Phosphat. Die Vorkommen gehören zu den größten der Welt. Da es sich um den unerlaubten Abtransport von Bodenschätzen aus völkerrechtswidrig besetztem Gebiet handelt, kam es in der Vergangenheit vor, dass dies als Diebstahl angeprangert und die Schiffe mit ihrem Namen, ihrer IMO-Nummer und der Reederei veröffentlicht wurden. Es gibt Staaten wie z. B. Indien, die einerseits die Demokratische Arabische Republik Sahara anerkennen und andererseits genau dieses Phosphat importieren. Ein weiteres Beispiel dafür, dass im Ernstfall alle guten Absichten den Wirtschaftsinteressen hintenangestellt werden.

Die Westsahara wird von Marokko zunehmend auch für den Fremdenverkehr erschlossen. Die touristische Infrastruktur ist aber noch schwach entwickelt, obwohl es inzwischen auch spanische Direktflüge von den benachbarten Kanarischen Inseln gibt. Pauschaltourismus findet kaum statt.

Der Westküste wird ein großes Potenzial für die Gewinnung von Sonnen- und Windenergie zugeschrieben.

Die gesamte Wirtschaft der besetzten Gebiete wird aus Marokko stark subventioniert und im Rahmen der Besiedelung durch Marokkaner kräftig ausgebaut, während der nicht besetzte Ostteil sowie die Flüchtlingslager in Algerien weitgehend von internationaler Unterstützung abhängig sind.

So, das muss erst einmal reichen. Mein Wissen habe ich übrigens aus dem Internet, unter anderem aus Wikipedia."

Als alle nur staunend auf die Daten an der Wand guckten, ergänzte er noch: „Nun fragt nicht, warum ich euch das alles erzählt habe. Wir gehen davon aus, dass dies nicht nur der

Hintergrund für den Marokko-Anschlag ist, sondern auch direkt mit dem Mord an Mandy in Zusammenhang steht."

2.2 Brahim Mohamed lamin Sidamed hat Besuch aus Deutschland

Im geräumigen Zelt saß eine unverschleierte Frau und machte sich an einem metallenen Kessel zu schaffen, der auf einem tragbaren Holzkohleöfchen stand. Das Zelt war mit Teppichen ausgelegt und die kleinen Fenster sorgten für die Ventilation, die das Klima der Sahara erträglicher machten.

Den Deutschen, der heute die Sahrauis besuchte, hatte Brahim kennengelernt, als er einem Aushilfsjob beim algerischen Energieunternehmen New Energy Algeria, kurz NEAL, nachging. Der Gast hatte eine lange und beschwerliche Reise hinter sich: Vom algerischen Tindouf in das Lager Dakhla waren es 140 Kilometer. Rund 100 Kilometer über eine schnurgerade Asphaltpiste durch menschenleeres Wüstengebiet, die restlichen 40 Kilometer mit dem Land Rover mehr oder weniger querfeldein durch eine Sand- und Felswüste, in der nur die Einheimischen die nötigen Orientierungspunkte fanden.

Wer immer als Freund oder Fremdling im Zelt eines Sahrauis empfangen wird, bekommt zuerst einmal Tee. Die Zeremonie dauert meist über eine Stunde und hilft, den Reisenden auf einen anderen Lebensrhythmus einzustellen. Wenn das Wasser kocht, wird es in eine kleinere Kanne zu den Teeblättern gegossen. Immer wieder wird der sich entwickelnde Tee dann von einem Glas in ein anderes umgeschenkt, bis es schäumt. „Hier in der Sahara machen wir dreimal am Tag Tee: am Morgen, zu Mittag und am Abend", erläuterte Brahim seinem deutschen Freund. „Es werden immer drei Gläser getrunken. Das Erste, so heißt es, sei bitter wie das Leben, das Zweite süß wie die Liebe und das Dritte sanft wie der Tod." Die unterschiedliche Süße ist keine Täuschung des Gaumens, sie wird durch die kontrollierte Zugabe von Zucker erreicht. Beim zweiten Glas kommt noch etwas Minze hinzu. Minze und andere Kräuter können einige Familien in ihrem Hausgärtchen ernten.

Man hat Zeit. Nicht nur weil die Tageshitze zur Ruhe zwingt. Zwischen zwölf Uhr Mittag und fünf Uhr Nachmittag ist jeder gut beraten, wenn er körperliche Anstrengung vermeidet.

Neben dem Deutschen, den Brahim den anderen vier Anwesenden als seinen Freund und Gefährten Karlo vorstellte, waren noch Abdel, Hamadir, Tamir und Mohamed anwesend. Alle saßen um das auf kurzen Beinen stehende Silbertablett mit den Teegläsern herum auf den weichen Teppichen. Es wurde nicht Arabisch im hier üblichen Hassania-Dialekt gesprochen, sondern Spanisch. Wenn Karlo, der zwar leidlich spanisch sprach, etwas nicht verstand, übersetzte Brahim es ins Deutsche. Brahim war genau wie seine Schwester Alia im Schüleraustausch in der DDR gewesen, hatte jedoch später in Kuba und Spanien Informatik studiert. Nachdem sie lange über die Hitze, den fehlenden Regen und über vergangene Zeiten sowie über die alten Sitten und Gebräuche geredet hatten, kamen sie jetzt zum Grund von Karlos Besuch.

„Wie ihr wisst, haben Karlo und ich vor einiger Zeit gemeinsam für das Energieunternehmen NEAL gearbeitet. Karlo hat mich abends oft in sein Hotel zum Tee eingeladen und wir haben stundenlang über unsere grundlegend unterschiedlichen Probleme diskutiert. Es stellte sich heraus, dass wir, gerade weil wir von den Problemen des anderen so weit entfernt waren, jeweils Lösungsmöglichkeiten fanden, auf die man als Betroffener gar nicht kommt.

Unsere Republik bekennt sich zum Sozialismus. Die Spenden und Lebensmittellieferungen und Zuwendungen, die wir von den verschiedenen Organisationen erhalten, werden gleichmäßig und gerecht verteilt. Es gibt keine Reichen in den Lagern. Von außen gesehen sind alle arm. Spitäler, Schulen, medizinische Geräte werden von der Solidarität finanziert.

Ein wichtiger, aber auch verändernder Beitrag, den besonders spanische Familien leisten, ist die Aufnahme von Kindern während der Sommermonate, wenn es in der Sahara unerträglich heiß wird. Die 9- bis 14-jährigen Kinder verbessern dabei nicht nur ihre Sprachkenntnisse, sie lernen vor allem auch ein Stück Europa mit seinem westlichen Lebensstil kennen. Dabei werden natürlich auch Sehnsüchte nach Konsum und Wünsche nach einer Zukunft außerhalb des Lagers geweckt. Natürlich gefallen ihnen Computerspiele und Handys.

Nach der Rückkehr ist es dann besonders hart, hier wieder auf alles zu verzichten, woran man sich in Spanien gewöhnt hat; all der elektronische Schnickschnack, der aus dem Leben der Jugendlichen dort nicht mehr wegzudenken ist.

Bei uns im Lager gibt es ein Internetcafé, das mehrere Stunden täglich durch einen Generator mit Strom versorgt wird, doch wer es eilig hat oder größere Datenmengen herunterladen will, muss dort verzweifeln. Mobiltelefone sind nutzlos, einzig teure Satellitenhandys stellen eine Verbindung zur Außenwelt her.

Wenn man im Ausland einen Beruf gelernt hat, kann man ihn hier meist nicht ausüben. Wie gesagt, als Flüchtlinge werden die Sahrauis von außen mit Lebensmitteln versorgt. Der trockene Wüstenboden ist für Ackerbau nicht geeignet, an ein nomadisches Leben wie in der alten Zeit ist nicht zu denken, denn in Algerien sind die Vertriebenen nur geduldet. Wasser muss mit Tanklastern herbeigebracht werden. Brunnenbohrungen waren erfolglos.

Aber Auswandern ist keine Lösung. Wir wollen keine zerrissenen Familien mit alleinstehenden Vätern oder Müttern. Die Lösung muss gemeinsam gesucht werden.

In der gegenwärtigen Situation besteht die Gefahr, in ein passives Nichtstuerdasein zu verfallen: Zu arbeiten gibt es nichts, Nahrung wird vom Welternährungsprogramm und dem UNO-Flüchtlingshochkommissariat geliefert..

In unserer Schule lernen die Kinder, dass ihr fruchtbares Heimatland mit den reichen Fischgründen besetzt ist, sie jedoch eines Tages dort ein Leben in Würde und Wohlstand führen werden. Wann es so weit sein wird, kann ihnen niemand sagen."

Er machte eine Pause, denn die erste Runde Tee war fertig und es wurde in Ruhe getrunken, die leeren Gläser dann zurück auf das Tablett gestellt. Keiner der Anwesenden sagte etwas, denn es war klar, dass Brahim noch nicht zum Punkt gekommen war.

„Eigentlich sah es ja gar nicht so schlecht für uns aus: Die Generalversammlung der Vereinten Nationen, in der alle Staaten eine Stimme haben, hat mehrere Resolutionen zu unseren Gunsten verabschiedet. Aber im Sicherheitsrat gibt es einflussreiche Länder wie Frankreich und die USA, die keinerlei Druck auf Marokko ausüben wollen, diese Resolutionen zu erfüllen. Besonders die Franzosen stehen aus historischen Gründen auf der Seite Marokkos und haben jede Lösung blockiert.

Die UNO ist ein sehr wertvolles Instrument für die ganze Welt und die internationale Gemeinschaft sollte daran interessiert sein, ihr Scheitern in unserer Sache zu verhindern. In der EU gibt es viele Staaten, die auf der Seite des Rechts stehen, die nordischen Staaten haben ein gutes Beispiel abgegeben. Österreich, Deutschland und Italien haben bisher die Selbstbestimmung der Sahrauis unterstützt. Norwegen ist einen Schritt weitergegangen und hat seine Konzerne, die im marokkanisch besetzten Gebiet tätig waren, abgezogen. Das Beispiel sollte Schule machen. In einigen Staaten gibt es Druck der Zivilgesellschaft, dass die Demokratische Arabische Republik Sahara (DARS) anerkannt wird und ihre Vertreter diplomatischen Status bekommen. Das wäre ein klares Signal gegenüber Marokko.

Spanien nimmt eine zwiespältige Position ein. Die Zivilgesellschaft war immer sehr solidarisch mit uns. Es gibt zahlreiche Städtepartnerschaften und an die 10 000 Kinder verbringen jedes Jahr die Sommermonate in Spanien. Schauspieler, Schriftsteller, Journalisten, Sportler unterstützen uns, aber die Regierung zieht da nicht richtig mit. Das ist ein Problem, das mit der

Dekolonisierung zusammenhängt. Es gibt aber in der spanischen Regierung Leute, die empfänglich für unser Problem sind und ich hoffe, dass in der hoffentlich zweiten Amtszeit Zapateros eine Kurskorrektur eingeleitet wird. Unser Problem darf nur nicht aus den Köpfen der Leute verdrängt werden.

Marokko spielt auf Zeit. Dem Königreich bereiten jedoch drei Faktoren zunehmend Sorgen. Neben der Standfestigkeit der Polisario und den ehemaligen Bewohnern der Westsahara in den Flüchtlingslagern regt sich in den Städten der besetzten Gebiete wachsender Volkswiderstand. Zudem steigen die anfallenden Kosten: Für die Besatzung zahlt die Regierung in Rabat nach Berechnungen des Ökonom Fouad Abdelmoumni, Chef der marokkanischen Vereinigung für Mikrokredite, umgerechnet zehn Millionen Euro pro Tag. Abdelmoumni ermittelte, dass die marokkanischen Militärausgaben fünf Prozent des nationalen Bruttoinlandsproduktes ausmachen.

Alle Unternehmen, die in der Westsahara investieren und sich an den Bodenschätzen der Sahrauis bereichern, sind von Steuern befreit. Die britische Zeitung The Guardian berichtete bereits 2007, dass das `Maroccan American Policy Centre` 30 Millionen Euro ausgegeben hat, um US Lobbygruppen in der Frage der Westsahara auf seine Seite zu ziehen.

Für Marokko sind das Investitionen in die Zukunft. So rechnet der König mit der Westsahara als festem Bestandteil seines Herrschaftsbereichs.

Die Polisario wird seit 1991, als der bewaffnete Kampf eingestellt wurde und die UNO eine Truppe, genannt MINURSO, zur Vorbereitung einer Volksabstimmung entsandte, hingehalten. Sie hat schlechte Karten, solange sich die Vereinten Nationen nur als Mittler verstehen, und solange Madrid und Paris an der Seite der marokkanischen Besetzer die Volksabstimmung blockieren.

Jetzt kommt eine neue, indirekte, aber nicht sofort erkennbare und daher besonders gefährliche Bedrohung aus Deutschland:

Im Jahr 2050 sollen 15 Prozent des europäischen Strombedarfs mit Importen aus Nordafrika gedeckt werden. Im Rahmen der "Desertec", einer Initiative mehrerer, vorwiegend deutscher Unternehmen für eine nachhaltige Stromerzeugung, sollen riesige Solarkraftwerke in der Wüste die Stromversorgung Europas verstärken. Der deutsche Wirtschaftsminister versprach der Desertec-Initiative finanzielle Förderung durch die deutsche Regierung. Auch von der EU erhofft man sich finanzielle Unterstützung für das 400 Milliarden Euro teure Projekt.

Im Juli 2009 wurde von der Desertec-Initiative für die zügige Umsetzung des Wüstenstromprojekts die Desertec Industrial Initiative Planungsgesellschaft (DII) gegründet. Bald soll nun das Pilotprojekt entstehen und zwar in Marokko, erklärte im Februar 2010 der Geschäftsführer von DII, Paul van Son. Das Konsortium führte bereits Gespräche mit der marokkanischen Energieministerin. Marokkos Regierung kündigte im November 2009 an, bis zum Jahr 2020 an fünf Standorten im Land Solarkraftwerke zu bauen. Zwei der Standorte liegen in der Westsahara, in El Aiun und am Cap Boujdour.

Die Förderung des Desertec-Projektes würde damit zu einem Bruch in der bisherigen Marokko-Außenpolitik Deutschlands führen. Bislang hat das Auswärtige Amt in Berlin stets Wert darauf gelegt, dass keine Projekte in der von Marokko kontrollierten Westsahara mit deutschen Steuergeldern gefördert werden. Man wollte nicht den Anschein erwecken, dass Deutschland die völkerrechtswidrige Einverleibung der Westsahara durch Marokko international anerkennt.

Zusätzlich hat Marokko erst kürzlich mit der EU ein Fischereiabkommen geschlossen, das auch die fischreichen Hoheitsgewässer der Westsahara mit einschließt. Der lange Küstenstreifen der Westsahara gilt als eines der fischreichsten Fanggebiete der Welt. Nun fischen deutsche und andere europäische hoch technisierte Fischfangboote unsere Fischgründe leer.

Diese Art der wirtschaftlichen Ausbeutung unseres Landes hat große negative Auswirkungen auf die Position der sahrauischen Bevölkerung im Westsahara-Konflikt. Durch das Abschließen von derartigen wirtschaftlichen Verträgen und die Ausbeutung der natürlichen Ressourcen im Gebiet der Westsahara bestärken die internationalen Akteure, seien es nun Staaten oder Unternehmen, die Position Marokkos und diskriminieren und ignorieren mit ihrem Verhalten gleichzeitig die sahrauische Bevölkerung mit ihrer legitimen Forderung nach Unabhängigkeit."

Brahim machte noch einmal eine Pause, die zweite Runde Tee war fertig. Wieder sagte keiner etwas, denn man merkte: gleich wird klar, warum sie heute hier zusammensaßen.

„Außer Karlo waren alle bei den Paraden zu unserem Nationalfeiertag am 27. Februar im Lager Dakhla. Ihr habt miterlebt, wie die alten Kämpfer, die Clanchefs der Herren der Winde, der Tuaregs, der Berberstämme und andere Partisanen und Kämpfer der 1970er Jahre ihre Waffen, meist alte Vorderlader, demonstrativ an uns Junge übergeben haben.

Dies war kein Spaß und sollte nicht als Theateraufführung verstanden werden. Es war ernst gemeint und sie haben recht: Wenn nicht jetzt, wann wollen wir endlich etwas tun, um unser Land, unser Recht zurückzubekommen? Wir haben uns lange genug an der Nase herumführen lassen durch Marokko, der UN und den Staaten der EU.

Wir haben beschlossen, den Kampf wieder aktiv aufzunehmen und werden mit modernen Waffen die Lehren des Che Guevara und Ho Chi Minhs für uns nutzen. Wir werden Marokko und seine Verbündeten so unter Druck setzen, dass:

- Die Weltöffentlichkeit sich mit einem Hauptaugenmerk unserem Konflikt annimmt.
- Endlich die UN-Resolutionen zur Selbstbestimmung umgesetzt werden.
- Marokko sich aus den besetzten Gebieten zurückzieht.
- DARS, die Demokratische Arabische Republik Sahara, weltweit anerkannt wird.

Das sahrauische Volk hat sich immer zu einem toleranten Islam bekannt, der nicht als Werkzeug der Unterdrückung missbraucht wird. Wir haben leider festgestellt, dass uns aus der westlichen Welt mehr Unterstützung zuteil werden könnte als aus den meisten islamischen und arabischen Staaten. Hier müssen wir ansetzen. Der Fanatismus hat immer nur Hass und Unheil über die Menschen gebracht und dem Ansehen des Islam als tolerante Religion geschadet. Das, was wir jetzt vorhaben, ist kein Kampf der Religionen, hat nichts mit Al-Qaida zu tun, sondern soll uns nur das, was uns zusteht, nämlich unsere Heimat, wieder zurückgeben."

Jetzt war es heraus, aber jetzt wollten die Anwesenden auch konkreter wissen, was sie vorhatten.

Brahims alter Freund und Klassenkamerad aus der Schulzeit im Lager Smara meldete sich zu Wort: „Gut gesprochen, alter Freund, aber nun werde mal etwas konkreter. Habt ihr eine Atombombe geklaut und in Casablanca deponiert?"

„Viel besser. Eine Atomexplosion würde uns ja auch schaden, damit gewinnt man keine Freunde.

Wir leben seit 34 Jahren hier in unseren Lagern ohne Strom. Notstromdiesel gibt es nur beim Protocollo, unserem Veranstaltungszentrum und bei der Bäckerei. Seit einigen Jahren haben zwar die meisten Zelte ein kleines Solarpanel, mit dem sie tagsüber eine Autobatterie aufladen, aber Strom aus der Steckdose gibt es bei uns nicht. Es kann sich kaum einer im schönen Europa und auch nicht in den meisten anderen Ländern der Welt vorstellen, wie es ist, ohne Wasser und Strom zu leben.

Aber die Marokkaner werden wieder lernen müssen, ohne Strom auszukommen. Wir werden ganz Marokko in ein Land ohne Strom zurückversetzen. Sie sollen sehen, wie weit man heute ohne Strom kommt. Ich kann es euch jetzt schon sagen: Das Land wird im Chaos versinken!"

Die vier Gäste sahen sich an. Man merkte, dass sie nicht so recht verstanden, was Brahim damit meinte: ganz Marokko ohne Strom? Man kann doch nicht in einem ganzen Land alle Leitungen zerstören.

Brahim sah die fragenden Blicke und sagte deshalb: „Jetzt wird euch mein Freund Karlo, der eigentlich Karl heißt und bei der großen Firma VULKAN in Deutschland arbeitet, einmal erklären, wie das mit der Stromversorgung in den hoch entwickelten Ländern funktioniert. Karlo, bitte mach' es aber nicht zu kompliziert."

Karlo wusste nicht so recht, wie er anfangen sollte, deshalb stellte er sich erst einmal vor:

„Ich erzähle erst ein bisschen von meiner Arbeit: Ich bin Ingenieur der Elektrotechnik und seit fast 25 Jahren bei VULKAN angestellt. Seit 15 Jahren führe ich als Projektleiter die Umstellung oder Erneuerung kompletter Hochspannungsinfrastrukturen in sogenannten Entwicklungsländern durch. Im Klartext sieht das so aus: Ein Sultan oder Regierungschef möchte in seinem Land oder seiner Stadt Strom aus der Steckdose haben und ich sorge dafür, dass er es bekommt. VULKAN als General-Auftragnehmer baut dann Kraftwerke, legt Hochspannungsleitungen, Trafostationen, Anschlüsse an weltweite Verbundnetze und legt auch die Steckdosen in das Schlafgemach des Sultans. Das Ganze dauert natürlich meist mehrere Jahre und kostet eine Menge Geld, das übrigens oft aus irgendwelchen Entwicklungshilfe- oder anderen Fördertöpfen der EU kommt. Ich arbeite natürlich mit vielen Kollegen und Fachleuten von anderen Firmen zusammen, kenne nicht jeden Schalter und jede Steckdose, aber ich weiß, worauf es ankommt und wo sich die wichtigen Systeme, die Herzstücke, befinden."

„Ihr könnt ihm glauben, ich habe es selbst gesehen, er plant nicht nur das große Ganze, er kennt sich auch noch mit den ganzen Steuerungssystemen aus und hat Zugang zu allen Computern", sagte Brahim mit Begeisterung in der Stimme.

Karlo setzte seinen Vortrag fort: „Die kritischen Stellen sind die Schaltzentralen und Trafostationen, in einigen Bereichen

auch die Hochspannungsleitungen. Die Stromnetze in allen größeren Staaten werden aufgeteilt in:
- Höchstspannungsnetze – sie verteilen die Energie aus Großkraftwerken z. B. AKWs, landesweit.
- Hochspannungsnetze – sie verteilen die Energie aus den Höchstspannungsnetzen auf größere Gebiete und Ballungszentren über Umspannwerke.
- Mittelspannungsnetze - sie versorgen Industriebetriebe oder decken den Bedarf von Endverbrauchern über Ortsnetz-Trafostationen.
- Niederspannungsnetze – sie versorgen Stromkunden mit kleinem und mittlerem Bedarf- die klassischen Energieversorgungsunternehmen.

In Nordeuropa sind die Netze länderübergreifend verbunden. Hier kann jeweils Strom von irgendwoher zugeschaltet werden. Wenn einmal eine Station ausfällt, wird über andere die Versorgung gewährleistet. In Deutschland gibt es ungefähr 700 solcher zentraler Umspannwerke und Trafostationen mit einer Schaltzentrale in Braunweiler. Diese und einige Großtransformatoren an der Grenze zur ehemaligen DDR, die als Übergangspunkte von West- nach Osteuropa dienen, müsste man als Erstes ausschalten, damit es in Deutschland dunkel würde, aber auch dann bekämen wir vom Nachbarland schnell wieder die Vollversorgung. Was glaubt Ihr, wie viele zentrale Schaltstationen es in Marokko gibt?"

Die Anderen zuckten nur die Schultern. „Schätzt mal", verlangte Karlo von ihnen.

Einer sagte dann: „Vielleicht 50?"

„Genau vier, wobei der Anschluss in Tanger noch mit einem Untersee-Back-up-Kabel gesichert ist. Deshalb müssen wir hier auch ein wenig Gewalt anwenden. Die anderen können wir sauber abschalten und es wird im ganzen Land dunkel", man merkte Karlo an, dass er wusste, wovon er sprach und dass er von dem Plan überzeugt war.

Nach diesem Vortrag war es erst einmal mucksmäuschenstill, aber dann redeten plötzlich alle durcheinander. Sie wollten Einzelheiten wissen, hatten viele Fragen und Bedenken. Karlo und Brahim konnten jedoch fürs Erste das Meiste entkräften.

Dann kam die dritte Runde Tee und es kehrte wieder etwas Ruhe ein. Aus der Stille heraus fragte Abdel, der nicht nur auch Informatiker war, sondern auch noch eine wichtige Funktion in der Polisario innehatte: „Wieso weiht ihr gerade uns in eure Pläne ein? Muss das nicht der gesamte Rat wissen?"

Brahim grinste ein wenig und holte eine Mappe hervor, die er wohl extra bereitgelegt hatte. Ihr entnahm er vier Fotos. Bevor er die Fotos jedoch zeigte, sagte er: „Für das Vorhaben, so wie wir es geplant haben, brauchen wir einige Mitstreiter in Europa und fünf Helfer in Marokko. Die Helfer in Marokko könntet ihr sein."

Sofort antwortete wieder Abdel: „Ich würde sofort verhaftet werden, bin dort als Polisario bekannt und habe Einreiseverbot."

„Du reist ja nicht als Abdel Mahmoud Salek, sondern als Fred Bauske aus Deutschland ein", und er zeigte ihm ein Foto, auf dem ein Mann abgebildet war, der, wenn man nicht genau hinsah, eine große Ähnlichkeit mit ihm hatte. Ähnlich dichte schwarze Haare, die gleichen tief liegenden Augen und die fein geschnittene Nase.

„Die Augenfarbe und der Teint stimmen zwar nicht ganz, aber das kann man ja leicht mit Kontaktlinsen und Schminke ändern", sagte Brahim noch ergänzend.

„Ich spreche doch gar kein Deutsch, das fällt doch sofort auf", entgegnete Abdel.

„Das musst du auch nicht. Du bist Geschäftsmann und reist über Madrid in Tanger ein. Da freut sich jeder Grenzbeamte, wenn du mit ihm spanisch sprichst. Arabisch solltest du allerdings besser nicht sprechen."

„Habt ihr für uns auch deutsche Doppelgänger?" Fragte jetzt Tamir.

„Für dich und Mohamed ja, Hamadir wird Franzose. Du sprichst doch sogar spanisch und französisch, oder?" Hamadir nickte.

„Abdel hat es ganz richtig gesagt: Wir brauchen für unser Vorhaben die Rückendeckung des Rates oder zumindest eines Teils des Rats. Wir wollen die Herren jedoch erst einweihen, wenn die Voraussetzungen für die Durchführung geklärt sind. Dazu gehört, dass ihr bereit seid, eure Freiheit zu riskieren und das wir die Originalpässe eurer Doppelgänger bekommen, ohne dass diese es merken."

Mohamed, der bisher nichts gesagt hatte, stand auf und rief mit erhobener Faust: „Freiheit für alle Sahrauis, ich bin dabei."

Die anderen waren nicht so schnell überzeugt, wollten erst noch mehr Einzelheiten erfahren: was sie zu tun hatten, wo das Risiko lag und vieles mehr, aber am Ende waren doch alle bereit, die ihnen zugedachte Rolle zu übernehmen. Das Ganze wurde mit einer Runde Zigaretten besiegelt und Abdel wurde beauftragt, die Sache als mögliches Vorhaben dem Rat vorzulegen und wenn möglich, einen Präsentationstermin auszumachen.

Tamir wollte noch wissen, woher das Geld für die Aktion stammte und brachte Brahim damit deutlich in Verlegenheit. Er musste zugeben, dass er Spendenmittel einer österreichischen Hilfsorganisation, 50.000,- Euro, die für den Druck neuer Schulbücher vorgesehen waren, hierfür vorerst Fremdverwenden wollte. Das für die Vorbereitungen in Europa benötigte Geld hätten die Mitstreiter dort selbst besorgt.

2.3 Vorbereitung Aktion Sonnenfinsternis

Die nächsten Tage saßen die Sechs täglich von morgens bis spät in die Nacht zusammen und gingen Brahims und Karlos Pläne in allen Einzelheiten durch. Vieles wurde geändert oder neuen Gesichtspunkten angepasst. Auch hatten die vier hinzugekommenen Mitstreiter neue Ideen, die auf ihre Umsetzbarkeit geprüft und dann mit eingearbeitet wurden. Der Tag null der Aktion war für Freitag in sechs Wochen geplant. Vorher waren noch folgende Meilensteine wegzuräumen:

- Fortschrittliche Ratsmitglieder überzeugen und einbeziehen.
- Hauptquartier in Tindouf und im Volksmuseum einrichten.
- Reisepässe + VULKAN-Mitarbeiterausweise beschaffen.
- Schaltzentralen in Marokko besuchen und Aktionen vorbereiten.
- Europäische Mitstreiter absichern.
- Rückzugswege finden.
- Mögliche Massenmobilisierung vorbereiten.
- Medien-Statements vorbereiten.

Abdel hatte bereits zweimal wohlgesonnene Kollegen aus dem Rat mitgebracht. Beide konnten relativ schnell für das Vorhaben gewonnen werden. Aber der Rat bestand aus 23 Mitgliedern.

Das Projekt Sonnenfinsternis war für die nächste Sitzung des Sonderausschusses UNO Referendum als 3. Tagesordnungspunkt aufgenommen worden. Hier sollte sich entscheiden, ob man mit einer Unterstützung der Polisario rechnen konnte, oder ob man als Separatistenbewegung auftreten musste.

Die Sondersitzung fand im Volkskundemuseum, in einem Tagungsraum statt. Es hatte sich herumgesprochen, dass etwas Besonderes anstand, alle Mitglieder waren gekommen.

Brahim und Karlo waren als Gäste ebenfalls anwesend und Abdel übergab ihnen schnell das Wort. Sie gingen genauso vor, wie damals, als sie die vier Mitstreiter überzeugen wollten. Jetzt mussten sie sich jedoch genauere Fragen gefallen lassen.

Man wollte wissen, welche Interessen Karlo an dem Vorhaben habe. Ebenfalls wurde gefragt, welche Zerstörung in Marokko angerichtet werden würde und wie genau man vorgehen wollte. Aber all dieses war in der Zwischenzeit von den sechs Verschwörern genau ausgearbeitet worden und man konnte jede Frage zur Zufriedenheit beantworten. Karlos Beweggründe waren zwar für die meisten nicht nachvollziehbar, aber man glaubte ihm. Da die Zerstörungen sehr gering werden sollten, war auch dies kein Thema mehr. Was die Machbarkeit der Vorgehensweise betraf, konnte man nur optimistisch sein und hoffen, dass das Vordringen bis in die Schaltzentralen mit der falschen Identität und den VULKAN-Firmenausweisen gelang.

Am Ende stimmten alle dem Vorhaben zu und es bildete sich eine zusätzliche Arbeitsgruppe, die mögliche Aktionen nach dem Anschlag vorbereiten sollte, jeweils abhängig von dem Erfolg und der Reaktion Marokkos und der Weltengemeinschaft.

Die Sitzung dauerte wesentlich länger als vorgesehen. Als man sich endlich trennte, war an Schlaf war für die meisten noch nicht zu denken. Man konnte sich jedoch nicht mit anderen austauschen, denn über eines war man sich einig: es galt höchste Geheimhaltung.

Am nächsten Tag kam Tamir schon früh mit seinem Land Rover, Baujahr 1949, vorbei. Dieses klapprige Gefährt hatte ihn sein Vater finanziert, der aufgrund seiner Arbeit während der Besatzungszeit eine kleine Rente aus Spanien erhielt. Sie wollten die lange Fahrt nach Tindouf antreten, um hier die nötigen

Vorbereitungen durchzuführen. Außerdem wollte Karlo dort einen weiteren Mitstreiter treffen.

Brahim hatte in Tindouf, in der Nähe des Busbahnhofs, ein Internetcafé gefunden, in dem er einen hinteren Raum für zwei Wochen, die zwei Wochen vor dem Tag null, reserviert hatte. Ein Hotel war auch um die Ecke. Karlo prüfte kurz die Internet-Anbindung und Übertragungsrate mit seinem Laptop. Er war nicht begeistert, meinte aber, dass es ausreichen würde.

Dann fuhren sie zum Flughafen. In einer halben Stunde sollte der Flieger aus Madrid landen, mit dem der VULKAN-Kollege ankommen wollte. Das Flugzeug landete pünktlich und der Kollege freute sich, dass er abgeholt wurde. Besonders als er Karlo sah.

„Hallo Heiko", begrüßte Karlo ihn auf Deutsch, „hattest du einen guten Flug und hat alles geklappt?"

„Alles bestens", antwortete der Kollege, „ Brahims Schwester und ihre Freundin waren fleißig. Sie haben die vier sauberen Pässe besorgt und ich habe vier VULKAN-Firmenausweise beschafft. Bei denen müsst ihr noch die Bilder austauschen. Läuft also alles nach Plan. Habt ihr schon den Knallfrosch fertig?"

„Noch nicht, den baut ein Freund in Casablanca, er braucht nur noch den Zünder. Er sagte mir, er nimmt ihn aus einem Auto, von einem Gurtstraffer, soll kein Problem sein. Auch in Afrika fahren inzwischen genug neue Luxus-Karossen rum, die so etwas eingebaut haben."

„Wieso holt er sich den Zünder aus einem Sicherheitsgurt? Das habe ich noch nie gehört."

„Hab' ich ihn auch gefragt. Er sagte, bei Airbags und Gurtstraffern setzt die Autoindustrie 100 Prozent funktionierende Technik ein und alles ist kompakt in einem kurzen Alu-Rohrstück: E-Anschluss mit Stecker, Glühdraht, Zündpille und Brandbeschleuniger. Besser geht's nicht, damit bekommt man jeden selbst gebastelten Knallfrosch entzündet."

„Aha", Karlo wechselte jetzt ins Spanische und stellte den beiden anderen Heiko als langjährigen VULKAN Kollegen vor. Heiko hatte bis vor Kurzem bei VULKAN weltweite Supportdienste vor Ort geleistet und kannte jede der Schaltzentralen in Marokko auch von innen. Er sollte jetzt die „neuen Mitarbeiter" beim marokkanischen Stromversorger einführen, und zwar bereits in der nächsten Woche.

Um alles Weitere zu besprechen, zogen sie sich auf das angemietete Hotelzimmer zurück.

Als Erstes bestaunten sie die deutschen Reisepässe bzw. die Passbilder, denen sie entsprechen sollten.

Abdel und Fred Bauske passten ganz gut, Hamadir und Stephane Deforq, der Franzose auch, aber die beiden anderen erkannten sich in ihren ausgewählten Doppelgängern nicht wieder. Besonders die ins Rotblond gehende Haarpracht des Werner Hansen irritierte etwas. Wenn man jedoch genau hinsah, erkannte man, dass Ausdruck und Gesichtsform mit der von Mohamed übereinstimmte.

„Ihr müsst doch zugeben, dass meine Schwester gute Arbeit geleistet hat. Finde erst einmal unter all den blonden Nordeuropäern solche Ähnlichkeiten. Aber ich wusste, Alia schafft das", bemerkte Brahim, „nur schade, dass sie nicht weiß, wo sie hingehört."

„Vielleicht hat sie ja jetzt ihre Bestimmung gefunden, sie kommt doch jetzt zu uns zurück", antwortete Abdel.

Alia und Abdel waren einmal sehr eng befreundet und es sah schon nach einer späteren Heirat aus, aber ein damaliges DARS-Ratsmitglied war mit Alias Vater gut bekannt, besuchte ihn regelmäßig und verguckte sich dabei wohl in Alia. Auf jeden Fall war sie ihm versprochen, Abdel hatte keine Chance. Zu einer Heirat mit dem Regierungschef kam es jedoch nicht, weil Alia nicht aus Europa zurückkam. Sie erklärte in einem langen Brief an ihre Eltern, dass sie erst zurückkommen würde, wenn die Rechte der Frauen in der Frente Polisario nicht nur erklärt, sondern auch im alltäglichen Leben umgesetzt sein würden.

Abdel ist mit einer anderen Frau glücklich geworden, schon lange verheiratet und hat sechs Kinder.

„Alia muss auf jeden Fall erst einmal aus Europa verschwinden und wo kann sie sich besser verstecken als bei uns. Außerdem brauchen wir weiterhin ihre Hilfe. Sie spricht nicht nur fünf Sprachen, sie kann auch formuliert schreiben und agitieren. Wenn es nach mir geht, würde ich ihr gleich einen Posten in der Frente geben", Brahim liebte seine Schwester, das merkte man sofort, „vielleicht können wir sie ja einmal mit Aminatu Haidar zusammenbringen.

Jetzt wollten die anderen aber wissen, wie es weitergehen sollte. Karlo listete die anstehenden Aufgaben auf:

- VULKAN-Ausweise korrigieren.
- Gesichtsmaske der Vier erarbeiten und testen – wo, wer, womit?
- Genauen Zeitplan erstellen – Flüge, Einsatzorte, wer, wann, wo.
- Ausrüstung vervollständigen und testen.
- Strategiebesprechung mit Generalsekretär der Frente, Präsident der DARS.

Sie hatten also mehr als genug zu tun. Einiges konnte sofort geklärt werden, anderes wurde auf Arbeitsgruppen verteilt.

Es war schon dunkel, als die vier Sahrauis Karlo und Heiko verließen und mit ihrem alten Jeep zurück ins Flüchtlingslager Smara fuhren.

2.4 Der große Test – alles oder nichts!

Es blieben nur noch zwei Wochen bis zum Tag null. Heute sollte sich zeigen, ob ihr Plan mit den falschen Identitäten funktionierte. Brahim hatte Flugtickets und Visa für Abdel, Tamir, Mohamed und Hamadir von Tindouf nach Madrid besorgt, Karlo welche für Fred Bauske, Werner Hansen, Stephane Deforq und Harry W. Zitlow von Madrid nach Casablanca. Heiko Lose würde sie begleiten.

Bei der Einreise in Madrid mussten sie sich als Sahrauis mit Wohnort Flüchtlingslager Algerien einige Fragen gefallen lassen. Sie waren jedoch vorbereitet und hatte die Adressen von Gastfamilien parat, die vorsichtshalber auch eingeweiht waren. Als sie die Sperre passiert hatten, waren sie alle das erste Mal durchgeschwitzt.

Dann veränderten sie ihr Aussehen. Die Toilette am Ende des wenig benutzten Gangways D3 betraten sie als Araber und verließen sie als Europäer.

Jetzt kam der zweite Test, den sie jedoch mit Hilfe von Heiko Lose ohne Probleme bestanden. Sie traten als Gruppe von fünf VULKAN-Technikern an den Iberia Schalter und checkten gemeinsam ein. Die Stewardess verglich nur die Namen in den Ausweisen mit denen auf den Tickets und gab jedem einen Boardingpass. Damit ging es dann ohne Probleme durch die Personen- und Handgepäckkontrolle und nach dem Aufruf des Fluges auch an Bord der Maschine.

Es dauerte knapp drei Stunden, bis sie vor der Passkontrolle des Flughafens Casablanca wieder hintereinander standen, zuerst Lose. Bei ihm dauerte es sehr lange, er hatte eine Menge Fragen zu beantworten. Die anderen wussten jedoch nicht welche und er gab auch keine Zeichen.

Sie hatten die Prozedur mehrfach geübt: Nichts sagen, nur den Pass auf den Tresen legen. Bei Fragen immer erst so tun, als hätte man sie nicht verstanden. Alles möglichst langsam machen, damit sich ein Stau bildet.

Dann bekam Heiko Lose seinen Pass zurück und verschwand hinter dem Schalter.

Nun legte Abdel seinen Pass auf den Tresen. Der Zöllner schlug den Pass auf, guckte auf das Bild und dann unendlich lange in Abdels Gesicht. Er fragte etwas, aber Abdel verstand es nicht, es war wohl Englisch oder Deutsch. Abdel reagierte erst einmal nicht, aber der Grenzbeamte schaute ihn fragend an. Was sollte er machen? Lose war außer Sichtweite und konnte nicht helfen. Er beugte sich vor und sagte viel zu laut auf Spanisch: „Ich habe Sie nicht verstanden, Sie können Spanisch mit mir sprechen."

Der Beamte schreckte wegen der Lautstärke kurz zurück, dann entspannte er sich jedoch und lächelte freundlich. Er freute sich, dass der Ausländer sich die Mühe gemacht hatte, Spanisch zu lernen. „Ich fragte, ob sie zu der VULKAN-Gruppe gehören", sagte er jetzt auf Spanisch.

„Ja", antwortete Abdel, „und meine drei Kollegen auch." Dabei zeigte er auf die Nächsten in der Schlange.

Der Beamte kopierte den Reisepass, drückte einen Stempel hinein und sagte beim Zurückgeben: „Viel Erfolg in Marokko."

Die drei anderen kamen, ohne ein Wort zu wechseln, durch die Kontrolle. Sie gingen langsam und schweigend zum Gepäckband. Erst als sie mit ihrem Gepäck auch die letzte Zollkontrolle und den Ausgang passiert hatten, fingen alle an, durcheinanderzureden. Die Anspannung ließ langsam nach.

Die erste große Hürde war überwunden.

Mit einem Taxi fuhren sie zum Hotel Windsor. Sie hatten zwei Doppel- und ein Einzelzimmer reserviert.

Jetzt galt: Nicht auffallen, d. h. immer angemessen gekleidet sein, nicht unsicher auftreten, keine ungewollten Kontakte.

Ihr weiteres Programm sah wie folgt aus:
- Leihwagen beschaffen.

- Einführen der neuen deutschen Kollegen in die Niederlassungen/Schaltstationen des marokkanischen Energieunternehmens ONE und Einspielen des Sicherheits-Updates.
- „Knallfrosch" in Empfang nehmen.
- Tag null vorbereiten.
- Rückzugsweg sicherstellen.

Als Erstes besuchte Heiko Lose mit Tamir das Umspannwerk hier in Casablanca. Die anderen blieben im Hotel bzw. in dessen Nähe.

Lose hatte sich angekündigt, um ein Sicherheits-Update einzuspielen und bei der Gelegenheit seinen VULKAN-Kollegen einzuführen. Der Systemadministrator wunderte sich zwar, dass jemand persönlich vorbeikam, denn sonst wurde meist alles "remote – aus der Ferne" durchgeführt oder er musste es gemäß Anleitung machen. Aber die Deutschen waren sowieso manchmal komisch. Alles nahmen sie so genau. Jetzt wollten sie prüfen, ob die Datensicherungsbänder feuersicher aufbewahrt wurden, dabei hatten sie den Tresor doch damals selbst aufgestellt.

Der Administrator erwartete sie schon. Erst schaltete er den Werksausweis des neuen Kollegen frei, sodass dieser auch allein ins Rechenzentrum kam, dann machten sie eine kurze Führung durch das Werk. Lose lobte die Ordnung und Sauberkeit und zeigte sich sehr zufrieden mit allem. Auch die LTO-Magnetbänder im Tresor waren übersichtlich einsortiert, die Systembänder schnell aufzufinden.

Lose wusste, dass täglich um 15.00 Uhr „NetMeeting"-Telefonkonferenzen am Computer mit allen Standorten zwecks Statusabgleich und Voraus-Bedarfsschätzung stattfanden. Er hatte deshalb den Besuch auf nachmittags gelegt, damit sie einige Zeit ungestört arbeiten konnten. Als der Administrator sich wegen des Meetings entschuldigte, setzten sie sich an eine Konsole und Lose überprüfte als Erstes die Passwörter. Das ihm bekannte Root-Passwort funktionierte noch. Er legte sicherheitshalber einen weiteren Benutzer mit Root-Rechten an.

Interessanterweise setzte VULKAN vorwiegend IBM-Unix-Rechner ein. Lose zeigte Tamir, wie man mit dem Hilfsprogramm SMIT auf einfachem Wege neue Software installieren konnte. Mehr hatte er am Tag null nicht zu tun: CD einlegen, als Benutzer Root `smitty install latest` eingeben und den Suchpfad auf die CD legen. Dann lief die Installation von der CD automatisch durch. Dies testeten sie mit einem einfachen Treiber-Update.

Dann gingen sie noch einmal zum Tresor, überprüften die Kombination der Schließung und kennzeichneten das Systemband mit einer Markierung.

Jetzt war alles vorbereitet.

Sie tranken mit dem Administrator noch einen Tee, bevor sie sich verabschiedeten, trugen sich aus dem Wachbuch aus und fuhren zurück ins Hotel.

An den drei anderen Standorten verlief es ähnlich. Nach Tanger fuhr Lose mit Hamadir. Hier mussten sie noch den optimalen Platz für den Knallfrosch finden. Sie entschieden sich letztendlich für den Core-Switch im Rechenzentrum.

2.5 Allein mit der Bombe

Die Bombe hatte ihnen ein Franzose gebaut, der schon vor dem Waffenstillstand für die Polisario Sprengstoff besorgt hatte. Er galt als absolut zuverlässig. Trotzdem war die Bombe ein Sicherheitsrisiko. Würde sie wirklich wie versprochen funktionieren? Ist sie vielleicht zu schwach oder noch schlimmer zu stark?

Hier mussten sie jedoch dem Experten vertrauen.

Am Mittwoch, genau neun Tage vor dem Tag null, verabschiedete sich Heiko Lose von seinen Mitstreitern. Er musste noch einmal nach Europa, eine wichtige Aufgabe erfüllen.

Für Abdel, Tamir, Hamadir und Mohamed begann nun die Zeit des Wartens. Erst nächsten Donnerstag wollten sie sich trennen und mit Bus und Bahn in die Städte ihrer Schaltzentralen fahren. Sie hatten sich marokkanische Handys besorgt und konnten sich hierüber abstimmen.

Den Leihwagen hatte Lose am Flughafen abgegeben. Sie wollten es nicht riskieren, mit ihrer nicht vorhandenen, bzw. geringen Fahrpraxis einen Unfall zu verursachen, um dadurch mit ihrem gesamten Vorhaben aufzufliegen.

So musste auch Hamadir mit seiner sensiblen Fracht mit dem Überlandbus fast 400 km nach Tanger fahren. Vom Busbahnhof zum Hotel nahm er ein Taxi.

Der Taxifahrer freute sich, da er Hamadir anhand seines Dialektes sofort als West-Sahara-Bewohner erkannte. Er stammte aus Dakhla. Seine Familie wurde 1992 zwangsumgesiedelt. Er schimpfte auf die marokkanische Regierung und wünschte sich einen Volksaufstand. Abdel hätte ihm am Liebsten von seinem Vorhaben erzählt, sagte aber natürlich nichts dergleichen. Im Gegenteil, er wechselte das Thema und sie sprachen nur noch über den wachsenden Verkehr und die viel zu vielen neuen Taxis, die meist von schwarzen Zuwanderern aus Mali und der Elfenbeinküste gefahren wurden.

Beim Bezahlen rundete er den Fahrpreis großzügig nach oben ab, was den Fahrer veranlasste, ihm seine Visitenkarte zu geben. Er und sein Taxi seien immer erreichbar, und wenn man eine Fahrt einen Tag im Voraus bestellte, gebe es auch einen Sonderpreis ohne Taxameter, sagte er noch.

Hamadir steckte die Karte sorgfältig weg und dachte: „Netter Kerl, wer weiß, wozu ich den vielleicht noch brauche."

Im Hotel ging er die nächsten Schritte immer wieder durch: Als Erstes das Root-Passwort ändern, dann von der CD das Lose-Programm installieren. Dies sollte den Zugang zu den Steuerungsrechnern für Karlo über die Online-Support-Anbindung von VULKAN ermöglichen. Dann zum Tresor, die Systembänder entnehmen und diese anstelle des Routers, der die Bombe enthielt, in der Aktentasche verstauen. Die Bombe in dem mitgebrachten Router Scharfschalten - Zeitschaltuhr 15.30 + eine Stunde - und unter dem zentralen Cisco-Core-Switch deponieren. Dann verabschieden, beim Pförtner abmelden und langsam das Gelände verlassen.

Bis auf den Part mit der Bombe hatten alle den gleichen Ablauf zu bewerkstelligen.

Aufgrund seiner besonderen Aufgabe übernahm Hamadir die Führungsrolle des Teams und nur er würde den Telefonkontakt aufrechterhalten. Wenn er seinen Teil erfolgreich durchgeführt hatte, sollten die anderen parallel arbeiten.

Als Hamadir am Donnerstagabend die Drei nacheinander anrief, waren alle inzwischen in den verschiedenen Hotels angekommen und warteten auf ihren Einsatzbefehl. Lose war noch nicht wieder aus Deutschland zurück. Er hatte die Aufgabe, die Vier einzusammeln und wieder nach Algerien zurückzubringen. An eine ruhige Nacht war nicht zu denken.

Hamadir meldete am Freitag um 14.00 Uhr seine Ankunft an der Schaltzentrale Tanger, was wiederum den Start der drei anderen Aktivisten bedeutete. 15.40 Uhr trug der Wachmann in das Besucherbuch ein, als Hamadir sich verabschiedete.

Um Viertel nach vier verließen die drei anderen jeweils ihre Schaltzentralen und pünktlich um 16.30 Uhr explodierte die Bombe, die bedauerlicherweise etwas zu stark ausgelegt war. Es wurde nicht nur das Rechenzentrum beschädigt, sondern auch die drei angrenzenden Büroräume. Zwei Systemadministratoren kamen mit leichten Verletzungen ins Krankenhaus, das inzwischen nur noch über ein Notstromaggregat elektrisch versorgt wurde.

Es war alles glattgegangen. Karlo hatte die Kontrolle über sämtliche verbliebenen Zentralrechner und konnte die Schaltstationen nach Belieben überlasten oder herunterfahren.

Nach zwei Stunden war Marokko stromlos, nach drei Stunden wussten die Verantwortlichen, dass es sich nicht um einen normalen technischen Defekt handelte. Nach fünf Stunden waren die Staatsorgane, Geheimdienste und Auslandsgeheimdienste eingeschaltet. Nach sechs Stunden war CNN in Marokko live auf Sendung. Ebenfalls nach sechs Stunden waren vier Terroristen nach den Bildern von Überwachungskameras identifiziert worden und als die Deutschen Bauske, Zitlow, Hansen und dem Franzosen Deforq weltweit zur Fahndung ausgeschrieben.

Noch funktionierte ein Teil des Mobilfunknetzes in Marokko. So waren die Bilder von den vier Terroristen noch verbreitet worden. Jeder Polizist, aber auch viele normale Bürger suchten diese Verbrecher, die es gewagt hatten, den Fortschritt des aufstrebenden nordafrikanischen Musterlandes mit einer einzigen kleinen Bombe zurückzudrehen.

Sie hatten alle sofort nach ihrem Einsatz im Hotel ausgecheckt und sich zu dem jeweils vereinbarten Treffpunkt begeben.

Lose, der sie aufsammeln und außer Landes bringen sollte, hatte Tamir gleich an seinem Einsatzort nach Verlassen des Werksgeländes in Casablanca erwartet. Gemeinsam waren sie nun wie geplant mit dem geliehenen Kastenwagen auf dem Weg zum zweiten Treffpunkt in Tanger. Keiner hatte jedoch damit gerechnet, dass der Geheimdienst und die Polizei so gut zusammenarbeiten würden. Alle Ausfallstraßen waren abgesperrt. Hinzu kam das Verkehrschaos, das aufgrund des Stromausfalls entstand. Verkehrsampeln und Straßenbeleuchtungen waren ausgefallen. Sie mussten ihre Pläne ändern, jeder musste auf eigene Faust den Weg außer Landes suchen oder für einige Zeit in Marokko untertauchen.

Lose hatte das Handy des echten Bauskes aus Deutschland mitgebracht und benutzte dieses, um die Staatsorgane weiter zu verwirren und in dem Glauben zu bestätigen, dass Hamburger Terroristen für die Aktion verantwortlich seien. Er gab nur kurz das für diesen Fall vereinbarte Codewort durch.

Mohamed wusste, dass auch er am Werkstor abgeholt werden sollte, wusste jedoch nicht, dass es eine Frau sein würde. Sie sprach ihn aber mit dem vereinbarten Satz an und geleitete ihn dann zu einem nagelneuen VW, offensichtlich einem Mietwagen. Sie stellte sich als Alia Mohamed bint Sidamed vor.

Das war also Brahims Schwester, die sich so lange in Europa aufgehalten hatte.

„Kämpfst du jetzt für unsere Sache?", fragte Mohamed.

„Das habe ich immer getan", war ihre kurze Antwort.

„Bleibst du denn jetzt auch bei uns?"

„Wenn die Aufgabe es zulässt und ihr mich so akzeptiert, wie ich bin", war ihre mehrdeutige Antwort.

Sie stiegen ins Auto und fuhren los.

„Kennst du den Weg nach Agadir zum Versteck von Abdel?", fragte Mohamed. Sie guckte ihn nur kurz an und sagte dann: „Glaubst du, ich habe mich nicht vorbereitet?"

Er fragte nicht weiter.

Dann fielen auch die letzten Verkehrsampeln aus. Die Ortschaften, durch die sie kamen, waren verändert, keine Leuchtreklame mehr.

Sie grinsten beide. „Gute Arbeit", sagte Alia nur. Das genügte, um die Situation zu entspannen. Mohamed konnte nicht mehr an sich halten und erzählte ihr nun jeden Schritt im Einzelnen. Auch was sich jetzt entwickeln könnte, schilderte er in den buntesten Farben.

„Nun lass uns erst einmal Abdel finden und dann heil über die Grenze nach Algerien kommen", mit diesen Worten brachte sie ihn erst einmal zum Verstummen.

Sie waren noch 50 km vom Treffpunkt entfernt, als sie die erste Straßensperre passierten. In die Stadt hinein gab es keine Probleme, aber heraus wurde jedes Fahrzeug angehalten und durchsucht.

Alia stoppte in der nächsten kleinen Ortschaft vor einer Bäckerei und ging in den Laden. Als sie wieder herauskam, hatte sich ihre Miene verfinstert.

„Wir müssen unsere Identität ändern. Über Fernsehen und Radio - viele haben hier batteriebetriebene - werden drei Deutsche und ein Franzose gesucht, die für die Anschläge auf Marokkos Stromversorgung verantwortlich gemacht werden. Auch mich als Polin werden sie sicherlich verdächtigen. Ich werde kurz Lose anrufen, gib mir bitte dein Mobiltelefon!" Alia wollte nicht diskutieren, das gab sie klar zu erkennen.

Mohamed schaltete es ein und gab es ihr. Loses Nummer war einprogrammiert, er meldete sich sofort. Das Gespräch dauerte höchstens 30 Sekunden, dann legte sie auf.

„Wir kehren um", sagte sie. „Du musst zu Fuß die Kontrolle umgehen. Ich fahre allein zurück und warte an der übernächsten Kurve auf dich. Abdel muss erst einmal untertauchen bzw. sich allein durchschlagen. Lose hat auch nur Tamir bei sich und fährt direkt zur Grenze."

„Das ist so nicht geplant, ich lasse Abdel hier nicht allein zurück", antwortete Mohamed.

„Das ist so beschlossen und das Beste für die Sache. Wenn wir hier weiter durch die Gegend fahren, werden wir alle geschnappt. Zum Erfolg gehört auch, dass sie die Deutschen für die Aktion verantwortlich machen, nicht uns Polisario. Es darf keiner von uns gefangen werden."

Mohamed sagte nichts mehr und blieb sitzen, als sie den Wagen wendete und wieder Richtung Ortsausgang fuhr. In der Kurve vor der Kontrolle ließ sie ihn aussteigen. „Ich warte eine Stunde."

Die Kontrolle ließ sie erst durch, nachdem sie fürchterlich auf die bösen Terroristen geschimpft hatte.

Mohamed kam genau nach einer Stunde am vereinbarten Treffpunkt an, staubbedeckt und mit einem Fez auf dem Kopf.

„Ich habe einen Bauern getroffen, dem habe ich meine neuen Schuhe gegen seine alten Schuhe plus Fes eingetauscht."

Alia sagte nichts, dachte aber: „Hoffentlich erzählt der das nicht gleich im Dorf herum."

Die Fahrt verlief jedoch wider Erwarten problemlos. Sie trafen auf keine weiteren Straßensperren.

Die letzten 80 km vor der Grenze fuhren sie ohne Licht. Die Straße konnte man durch das Mondlicht ausreichend erkennen und sie selbst wollten von Hubschraubern oder anderen Grenzposten nicht schon von Weitem gesehen werden.

Gegen vier Uhr morgens sendeten sie die vereinbarte SMS, die besagte, dass sie wieder in Algerien waren.

Weitere sieben Stunden später hatten sie das Containerlager bei Rabouni erreicht. In einem der über 2000 leeren Container, die ursprünglich einmal Hilfslieferungen der UNO enthielten, dann aber aus Kostengründen nicht wieder zurück transportiert wurden und so hier seit über zehn Jahren langsam vor sich hin rosteten, versteckten sie den VW, der so schnell nicht wieder bei Sixt auftauchen würde.

Ins Lager Smara fuhren sie in einem LKW, der getrocknete Bohnen transportierte. Alia war seit Langem nicht mehr so aufgeregt wie jetzt, als sie die Lehmbauten und die grünen Zelte sah.

Zum Glück stürzten sich alle des Empfangskomitees auf Mohamed. Nur einer kam langsam auf sie zu. Es war Brahim. Er hatte Tränen in den Augen und seine Stimme versagte ihm.

„Ich bin wieder zu Hause", flüsterte sie, „jetzt musst du mich beschützen, damit mich nicht wieder jemand gegen meinen Willen verheiraten will."

Brahim löste sich aus der Umarmung, trat einen Schritt zurück, betrachtete sie von oben bis unten und sagte, jetzt wieder völlig gefasst: „Ich glaube, das kannst du selbst."

„Habt ihr schon Nachricht von den anderen?"

„Ja, Lose ist mit Tamir auf dem Weg hierher. Sie sind kurz vor der algerischen Grenze. Die beiden anderen haben den Kontakt zu uns vorsichtshalber abgebrochen, sind aber noch in ihren Verstecken in Sicherheit. Karlo ist auch auf dem Weg zu uns. Der Rat tagt ständig im Protocollo.

Du gehörst natürlich zu meiner Familie, komm' jetzt erst einmal mit in mein Zelt. Da kannst du dich waschen und umziehen. Wir gehen dann zusammen zur Ratssitzung."

Teil 3 Schmetterlingseffekte

3.1 Terrorrist, Ehebrecher oder Einfaltspinsel

Sonntag gab es das Frühstück schon sehr früh, ich schlief noch, als es mir jemand hereinbrachte. Es war sehr üppig: sechs Brötchen, zwei Eier, verschiedener Aufschnitt, Kaffee und Saft. Ich wollte eigentlich fragen, wie es nun weitergeht, aber bevor ich mich versah, war mein Bewacher wieder verschwunden.

Sonst gab es immer gegen 1.00 Uhr das Mittagessen, heute rührte sich auch um 2.00 Uhr noch nichts. Ich aß die Reste des Frühstücks und kam zu der Überzeugung, dass meine Bewacher im Moment nicht in der Nähe waren. Ich klopfte zuerst wie wild gegen die Tür, keine Reaktion. Dann schlug ich eine Fensterscheibe ein. Auch jetzt passierte nichts. Ich traute mich jedoch noch nicht hinaus, sollte doch erst Montag meine Freiheit wiederbekommen.

Die Nachrichten im Radio waren jetzt eindeutig: Einer der Haupttäter des Terroranschlags in Marokko war ich, Fred B. aus Hamburg. Von den sogenannten Komplizen kannte ich jedoch niemanden. Mein Friseur war eine Frau und nicht ein Heinz T. Genauso wenig kannte ich den Anwalt oder den Franzosen, doch das beschäftigte mich nur am Rande. Es war jetzt früher Nachmittag und das Haus, abgesehen von mir, scheinbar immer noch leer.

Konnte ich es wagen, die Tür einzuschlagen und einfach so zu verschwinden? Was würde passieren, wenn man mich erwischte? Wie käme ich überhaupt von hier weg?

Ich untersuchte erst einmal das Fenster und den Fluchtweg über das Dach. Der Fenstergriff war abgeschlossen, aber die Streben konnte man leicht zerbrechen. Das Dach war jedoch ziemlich schräge und mindestens fünf Meter hoch.

Die Tür hing in einer massiven Zarge, das Türblatt war in Sandwich-Leichtbauweise ausgeführt. Mit einem schweren, spitzen Gegenstand konnte man bestimmt ein Loch hineinschlagen. Mit einem Stuhl war das leicht möglich.

Sollte ich es riskieren?

Irgendwie widerstrebte es mir, etwas zu zerstören, wenn es doch nur noch einige Stunden dauern sollte, bis ich sowieso frei wäre. Ich legte mich aufs Bett und starrte zur Decke. Irgendwann fiel ich in einen leichten Schlaf.

Ein Traum verfolgte mich. Es war eine Szene aus einem alten Tatort-Krimi: Kommissar Schimanski und sein Kollege Tanner stehen vor der verschlossenen Wohnungstür eines Verdächtigen. Schimanski schmeißt sich mit Anlauf gegen die Tür, scheitert aber kläglich, flucht laut und hält sich die schmerzende Schulter. Der elegant gekleidete Tanner drückt einfach die Türklinke hinunter und siehe da, die Tür ging auf, sie war gar nicht abgeschlossen.

Blitzschnell war ich aus dem Bett und stand an der Tür. Schon beim Herunterdrücken der Klinke merkte ich, dass das Türblatt nur von dem Schnappverschluss und nicht mehr von dem Sperrriegel zugehalten wurde.

Die Tür musste schon seit heute Morgen unverschlossen gewesen sein.

Jetzt stand ich in der offenen Tür und wusste nicht, was ich machen sollte. Im Treppenhaus war es dunkel und im ganzen Haus ruhig. Ich ging erst einmal zurück, setzte mich und überlegte. Scheinbar hatte man mich bereits freigelassen, ich musste jedoch selbst sehen, wie ich von hier wegkommen konnte. Es war jetzt kurz vor 20 Uhr und bereits dunkel. Zu Fuß einfach loslaufen war naiv und gefährlich. In meiner Erinnerung war das nächste Haus mindestens fünf Kilometer entfernt.

Ich könnte das Haus anzünden und auf die Feuerwehr warten, würde dann aber mit Sicherheit andere Scherereien bekommen.

Was war mit meinem Auto?

Ich suchte meine Sachen zusammen und ging langsam die Treppe hinunter. Auch die Haustür war offen. Ohne die anderen Räume zu durchsuchen, ging ich hinaus und zur Scheune. Hier gab es die nächste Überraschung: Mein Audi stand wohlbehalten an der Stelle, an der ich ihn verlassen hatte und ... Tatsächlich, der Schlüssel steckte im Zündschloss.

Man wollte mir wohl wirklich nichts Böses. Ich hatte meine Aufgabe erfüllt und sollte jetzt wieder nach Hause fahren.

Irgendwie gefiel mir das nicht. Ich wollte nicht das machen, was andere von mir wollten, sondern dass, was ich wollte.

Aber was wollte ich?

Ich wollte nach Hause zu meiner Familie, klarstellen, dass ich mit den Terrorristen nichts zu tun hatte und dann wieder normal zur Arbeit gehen.

Ich wollte mein altes Leben wiederhaben.

Der Wagen sprang sofort an. Ich fuhr auf den Hof, machte das Scheunentor brav zu und knipste überall das Licht aus. Bevor ich jedoch losfuhr, zog ich erst einmal Bilanz:

Ich war unversehrt und hatte fast alle meine Sachen, Auto, Papiere. Nur das GPS und mein Handy waren weg. Zu Hause und auf der Arbeit hatte ich mich abgemeldet.

Wenn das mit diesen komischen Nachrichten nicht wäre, könnte morgen alles wieder beim Alten sein. Warum sollte ich überhaupt der Fred B. sein?

Ich hatte mich da in etwas reingesteigert. Ich werde jetzt nach Hause fahren und alles wird gut.

Als der Motor brummte und ich sah, dass noch für über 300 km Benzin im Tank war, sah die Welt für mich wieder viel besser aus. Radio an und los ging es. Nach einer Stunde Fahrt über Nebenstraßen und kleine Dörfer erreichte ich die Kleinstadt Brzeg. Von hier war die Autobahn ausgeschildert. Kurz vor der Autobahnauffahrt fand ich noch eine große Tankstelle, an der ich noch einmal volltankte und TukTuk-Kekse, zwei polnische Würste und eine große Cola kaufte. Danach wusste ich, dass ich gerettet und nach meinen Berechnungen in spätestens sechs Stunden zu Hause sein würde.

An der Grenze war mehr los als sonst. Überall standen Grenzbeamte mit Maschinengewehren, aber angehalten wurde nur der Audi Q7 vor mir, ich nicht.

Pinkelpausen machte ich an kleinen Parkplätzen. Die großen Rastplätze mied ich. Ich wollte nicht noch einmal von jemandem angesprochen werden.

Um halb drei Uhr morgens merkte ich, wie mir während der Fahrt die Augen zufielen. Ich stoppte auf dem nächsten Parkplatz und machte ein kurzes Nickerchen auf dem Rücksitz. 45 Minuten später war ich wieder unterwegs Richtung Hamburg. Als ich die Autobahn an der Ausfahrt Stemwarde verließ, war es kurz vor 4.00 Uhr, die Stunde des Jägers.

Unbehelligt passierte ich auch Rahlstedt, bog in unsere Seitenstraße ein und ließ letztendlich den Wagen ohne Gas in unseren Carport rollen.

Im Haus und auch bei den Nachbarn war alles dunkel. Was hatte ich erwartet, um diese Zeit?

Irgendwie wünschte ich mir einen netten Empfang, ich war schließlich über eine Woche weg. „Wenn ich mich erst einmal gesammelt habe, werde ich Simone liebevoll wecken", dachte ich bei mir.

Den „netten" Empfang sollte ich auch noch bekommen, aber anders als erwartet.

Ich schloss leise die Haustür auf und machte das kleine Licht im Flur an.

War das wirklich unser Haus?

Es kam mir alles so unbekannt vor, aber die Tapeten hatte ich mit Simone zusammen angeklebt, die Garderobe und die kleine Kommode mit ihr zusammen ausgesucht. Trotzdem: Das war nicht das Haus, das ich vor einer Woche verlassen hatte. Es standen keine Schuhe herum, keine Jacke hing an den Garderobenhaken, keine Sporttasche der Kinder stand im Weg.

So sah es nur aus, wenn wir für länger verreist waren.

Jetzt ging ich in die Küche.

Auch hier alles aufgeräumt, kein Geschirr in der Spüle.

Ein Blick in den Kühlschrank beruhigte mich wieder etwas. Er war nicht leer, aber verderbliche Sachen, wie frisches Gemüse oder offener Aufschnitt fehlten.

Es gab aber drei Flaschen meines Lieblingsbieres, von dem ich mir gleich eines herausnahm.

Wir hatten einen festen Flaschenöffner an der Wand, gleich neben dem Kühlschrank. Die Flasche öffnen und den ersten tiefen Schluck nehmen, war eine eingeübte Bewegung.

Doch in dem Moment, als mir das eiskalte Bier die Kehle hinunterlief, explodierte alles um mich herum.

Zuerst war es ein extrem lauter Knall, der die nächtliche Stille durchbrach, dann klirrte es aus allen Richtungen und dann wurde ich umgeworfen und um mich herum wurde es schwarz. Im Fallen sah ich Schatten herumlaufen und hörte Stimmen: „Wohnzimmer gesichert, Flur gesichert, Objekt gesichert."

Jetzt wurde ich hochgerissen, meine Arme auf dem Rücken zusammengeschnürt und dann von drei schwarz vermummten Gestalten aus dem Haus in einen unauffälligen Van geschubst, der sofort davonfuhr.

Die ganze Aktion dauerte maximal zwei Minuten.

Ich hatte immer noch den Biergeschmack im Mund, als ich begann, um Hilfe zu schreien. Meine vermummten Bewacher reagierten jedoch nicht. Sie hatten mich auf eine Sitzbank gedrückt und sofort meine Arme und Beine mit massiven Kunststoff-Befestigungsstrapsen an Stahlstreben gebunden. Ich war wie angenagelt.

Ziemlich schnell begriff ich, dass ich verloren hatte. Ich war den neuerlichen Entführern hilflos ausgeliefert. Aber warum hatten sie mich in Polen erst laufen lassen, um mich jetzt erneut zu entführen?

Wieso war ich so wichtig?

Dann las ich die Schrift auf den Rücken der Männer und ich wusste instinktiv, es wird nie wieder so wie früher.

3.2 Im Räderwerk der Justiz

Der Zugriff auf Fred Bauske verbreitete sich lauffeuerartig. Alle wollten am ersten Verhör teilnehmen. Heiner von Schlottau vom BKA und Heinz Schrenk – Kripo Hamburg, Sonderkommission Mandy, hatten die Ehre. Kriminalrat Holger Schönfelder, Chef von Schrenk und Thomas Strüver, Chef von von Schlottau, sowie Staatsanwalt Bröse sahen und hörten hinter der Scheibe zu.

Das Verhör dauerte über drei Stunden.

Bauske beantwortete jede der Fragen wahrheitsgemäß. Er schien sogar erleichtert, dass er endlich alles loswerden konnte, erzählte alles, was ihm im letzten Monat widerfahren war.

Immer wieder wurde ihm unterstellt, er hätte aktiv an dem Anschlag in Marokko und der Vorbereitung teilgenommen, doch es war nicht zu übersehen, dass er ehrlich verblüfft war, oft sogar nicht verstand, was sie ihm eigentlich vorwarfen.

Schönfelder sagte einmal mehr zu sich selbst als zum Kollegen vom BKA: „Entweder er ist ein sehr guter Schauspieler oder er hat wirklich keine Ahnung, was sich da in Marokko abgespielt hat."

War es überhaupt theoretisch möglich, am Freitag am Attentat beteiligt gewesen zu sein, so wie es die Aufnahmen der Videoüberwachung der ONE-Verteilerstation aussagten?

Es war traurig genug, dass man ihn auf seinem Weg nach Hause nirgends bemerkt hatte, besonders, wenn er, wie er immer wieder betonte, die Grenze von Polen nach Deutschland auf einer Autobahn passiert hatte. Aber hätte er unerkannt per Flieger von Algerien zurück nach Deutschland fliegen können? Definitiv nicht als Fred Bauske.

In Algerien ist er jedenfalls offiziell am 14.5. eingereist und hat das Land gemäß Zollbehörden noch nicht wieder verlassen.

Sie waren in dem Verhör inzwischen an einem Punkt angelangt, der sie nicht weiterkommen ließ. Von Schlottau vom

BKA schlug deshalb eine Beratungspause vor. Bauske bekam neue Getränke und die beiden Polizisten zogen sich in das Nachbarzimmer zu ihren Chefs zurück. Hier waren inzwischen auch Benno Krieger und Gabi Scheunemann eingetroffen.

„Herr Schrenk, Sie kennen den Bauske am längsten, fassen Sie bitte einmal zusammen, was Bauske erlebt haben will und wie er die Zusammenhänge sieht", sagte der BKA-Chef, der viel umgänglicher war, als man sich diese Kollegen immer vorstellte.

„Tja, da ist einiges, was sich ziemlich unwahrscheinlich anhört, aber ich will versuchen, meine Interpretationen einmal herauszulassen. Also: Er ist genau wie die anderen von einer Alina Sliwinski mit der gleichen Story - Auto defekt, Mitfahrgelegenheit, wichtiger Termin – an der bewussten Autobahnraststätte angesprochen worden. Hat sie jedoch an einem anderen Hotel, nicht im Reichshof, wie der Hansen die andere Alina, sondern im Fürst Bismarck, abgeliefert. Er hat sich im Gegensatz zu den anderen abends mit ihr verabredet und es kam zum Schäferstündchen, was auch das Auto auf dem Parkplatz vor dem Gewerkschaftshaus erklärt. Die andere Alina, die später ermordete Mandy, die nachweislich am selben Abend im Nachbarhotel abgestiegen war, will er nicht getroffen haben. Es kam zu weiteren Treffen, ich nenne diese Alina jetzt einmal die echte Alina, also mit der echten Alina. Noch einmal im Bismarck und zweimal im Rellinger Hof. Beim letzten Treffen dort will er auch Mandy kennengelernt haben. Am Tag der Ermordung hat er sie nachmittags noch gesehen, will sich dann jedoch mit der echten Alina gegen 15.30 Uhr von ihr verabschiedet haben. Er war mit der echten Alina danach noch an der Alster und anderen Orten, um sie um 20.35 Uhr am Dammtorbahnhof in den Zug nach Berlin zu setzen.

Nachdem wir ihn zwei Tage später wegen des Mordes besucht und aufgeschreckt hatten, versuchte er vergeblich, seine Alina zu erreichen. Er besaß jedoch nur ihre Visitenkarte. Da er sowieso oft in Polen beruflich zu tun hat, beschloss er, sie in ihrer Firma aufzusuchen, wurde dort jedoch nicht richtig vorgelassen. Abends traf er sich dann mit dem Chef der Firma im Hotel, der ihm versprach, für den nächsten Tag eine Zusammenkunft mit seiner Alina zu arrangieren. Dies sollte in einem abgelegenen Bauernhof stattfinden, letzte Woche Dienstag. Hier gab es jedoch kein Wiedersehen, sondern er wurde dort eingesperrt, und bis vorgestern bewacht. Sonntag war das Haus leer und er konnte fliehen. Sein Auto stand mit Schlüssel vor der Tür.

Von der geklauten Identität wusste er nichts. Er hatte seinen Reisepass wohl bereits vermisst, dachte aber, er hätte ihn nur verlegt. Von der Sache mit Alina hat er nur einem guten Freund erzählt, seine Frau wusste davon nichts. Was hätte er der auch erzählen sollen. Uns hätte er angelogen, weil seine Frau nichts wissen sollte. Er wollte seine Ehe nicht gefährden. Sind wir Männer wirklich so naiv?

Insgesamt scheint er mir glaubwürdig. So eine verrückte Geschichte kann man sich nicht ausdenken."

„Er tut ja so, als wenn er von dem Attentat nichts gewusst hat, oder besser, es sieht so aus, als wenn er auch jetzt kaum etwas Genaueres davon weiß - weniger als wir", bemerkte der BKA-Kollege, „was auch logisch wäre, wenn es stimmt, dass er die letzte Woche isoliert war."

„Ich schlage vor", schaltete sich jetzt Schönfelder ein, „wir konfrontieren ihn mit unserer Sichtweise der Dinge. Da müssten ihm eigentlich einige Verhaltensweisen seiner Alina in einem anderen Licht erscheinen. Ich glaube kaum, dass nur die große Liebe der Grund für das mehrfache Zusammentreffen war. Wobei ich das wirklich nicht verstehe: Den Ausweis hat sie ihm doch sicher beim ersten Treffen schon geklaut.

Übrigens: Vergessen Sie nicht, dass wir hier in zwei Fällen ermitteln: dem Attentat in Marokko und dem Mordfall Mandy Nietsch. Schrenk, was denken Sie, ist er ein Attentäter oder eher ein Mörder?"

„Sehen Sie sich den Typen doch einmal an, das ist der klassische Ingenieur. Wenn der jemanden beseitigen wollte, hätte er eine Falle konstruiert oder andere technische Geräte eingesetzt. Für das Attentat könnte ich ihn mir eher vorstellen, als Bombenbeschaffer oder Hilfs-Terrorist. Aber wie sollte er das von hier aus gemacht haben? Er war genauso wenig in Marokko, wie die anderen Drei. Ich denke aber, wir werden über ihn Einzelheiten erfahren, die uns in beiden Fällen weiterbringen. Es müssen nur die richtigen Fragen gestellt werden. Lassen Sie uns nur machen", sagte Schrenk, stand auf und ging mit von Schlottau wieder hinüber in das Verhörzimmer zu Bauske.

Dieser hatte sich einige Gedanken gemacht und wollte nicht weiter aussagen. Erst wenn er seine Frau oder einen Anwalt anrufen dürfe.

Das Telefon bekam er, aber die beiden Polizisten blieben im Raum. Er wählte gleich die Handynummer von Simone, denn der BKA-Beamte hatte ihm erzählt, dass seine Frau mit den Kindern zu ihren Eltern geflüchtet sei.

Bevor das BKA sie verhören wollte, belagerten bereits Reporter und Paparazzi ihr Haus, um den Terroristen Fred Bauske live zu interviewen und wenn möglich exklusiv unter Vertrag zu nehmen. Auch die Kinder konnten nicht mehr ungestört zur Schule gehen und waren für eine Woche beurlaubt.

Simone nahm nach dem fünften Klingeln mit einem kurzen, fragenden „Ja" ab.

„Hallo Simone, hier ist Freddie, ich bin bei der Polizei, aber das wird sich alles aufklären."

„Mensch Fred, was hast du bloß gemacht. Du glaubst gar nicht, was hier los war! Vor unserem Haus waren Fernsehwagen und Hunderte von Reportern aus der ganzen Welt. Was hast du da für 'ne Scheiße angestellt! Und auch die Geschichte mit der Polin, die mir die Polizisten erzählt haben. Ist da was Wahres dran?"

„Simone, bitte glaube mir, ich hab mit dem ganzen Zeug in Marokko nichts zu tun. Die haben mir scheinbar meinen Ausweis geklaut und sind dann unter meinem Namen gereist."

„Und was war mit der Polin? Hast du mit der rumgemacht? Sag mir die Wahrheit."

„Ich weiß, das war dumm von mir. Aber Simone, bitte glaube mir, ich liebe nur dich. Ich will euch doch nicht verlieren. Das ist alles ein großes Missverständnis. Bitte hole mich ab, ich werde dir alles erklären. Gemeinsam stehen wir das durch."

Jetzt war es erst einmal still in der Leitung.

„Simone, bist du noch da?"

„Ich komme dich besuchen und wehe, du erzählst mir irgendwelche Märchen. Wo bist du jetzt genau?"

Er fragte die Beamten, fragte auch, ob Simone kommen dürfe, und gab dann alles an Simone weiter. Sie sagte noch einmal, dass er sich gar nicht vorstellen könnte, was sie in den letzten Tagen durchgemacht hätten und legte dann auf.

Er musste sich erst einmal sammeln.

Das muss ja wirklich grausam sein, wenn man für die Familie eines Terroristen gehalten wird, immer verfolgt von den Medien.

Konnte er ihr wirklich alles erzählen? Würde sie ihm, vielleicht den Kindern zuliebe alles verzeihen und ihm eine zweite Chance geben?

Nur die Wahrheit und das komplette Schuldeingeständnis konnten ihn retten. „Wäre es umgekehrt, ich würde ihr verzeihen", dachte er.

Jetzt wurde ihm bewusst, dass er den Anwalt ganz vergessen hatte. Aber wenn das mit Simone geklärt wäre, würde das andere ganz von allein wieder ins Lot kommen.

„Herr Bauske, setzen Sie sich bitte", die Beamten wollten das Verhör fortsetzen. „Wir erzählen jetzt einmal, wie wir das sehen:

Den Anfang glauben wir Ihnen. Sie haben sich in die Frau verliebt und sie hat schnell gemerkt, dass Sie ihr aus der Hand fressen. Sie haben sie hin und her kutschiert, das Hotel bezahlt, Zugfahrten gebucht und so weiter. Als Alinas Partnerin Mandy die ganze Sache zu gefährlich wurde, wollte sie auspacken und hat sich mit einem Anwalt getroffen. Das ist belegt. Ihre Freundin hat das mitbekommen. Mit dem Verrat wäre die ganze Aktion aufgeflogen. Deshalb mussten Sie sie aus dem Verkehr ziehen. Sie wollten sie bestimmt nicht umbringen, nur einschüchtern, haben aber dann doch zu fest zugeschlagen. Dass Sie sie auf dem Rastplatz nahe ihrer Arbeitsstelle entsorgt haben, war im Nachhinein nicht besonders schlau, wahrscheinlich sind sie beim Verstecken der Leiche gestört worden. Danach hat sich erst Alina in Polen verkrochen und als Sie merkten, dass wir Ihnen auf den Fersen waren, folgten Sie ihr. Als der Terroranschlag geglückt war, hat man Sie nicht mehr gebraucht und in die Wüste geschickt.

Glauben Sie wirklich, wir glauben Ihnen die Entführungsgeschichte? Welchen Sinn hätte die? Sie wussten doch angeblich von nichts?

Haben Sie Mandy erschlagen oder war es Alina?

Wenn es ein Unfall war, bekommen Sie mildernde Umstände. Die Spurensicherung hat im Rellinger Hof alles abgesichert. Wir werden sowieso alles herausbekommen.

Herr Bauske, nun sind Sie dran", Schrenk war richtig in Fahrt gekommen.

„So ein Schwachsinn, ich sage nichts mehr, ich will einen Anwalt."

„Der kann das Geschehene auch nicht ungeschehen machen", Schrenk wollte ihn provozieren.

„Mit welchem Zug ist Alina am Mordtag nach Polen gefahren? Es gibt Video-Überwachungskameras auf den meisten Bahnhöfen. Wenn wir sie darauf sehen, haben Sie ein Alibi", das war der BKA-Beamte, der Bauske beruhigen wollte.

„Das sagte ich bereits, 20.35 Uhr, Dammtor. Da werden sie uns über 10 Minuten sehen können. Ich habe Alina hineinbegleitet und dann noch an ihrem Fenster gestanden."

„Wir werden das prüfen", er wusste, dass Frau Scheunemann schon nach der ersten Aussage losgefahren war, um die Bänder zu besorgen.

„Die Firma EVISPOS, die Sie uns genannt haben, gibt es nicht. Nicht im Internet und auch nicht in dem Ort Oława. Wie hieß das Hotel, in dem Sie gewohnt haben wollen?"

„Irgendetwas mit Jakob sowieso, Jakob Sobieski glaube ich. Ich habe 100 prozentig die Internetseiten gesehen. Kann man so etwas spurlos beseitigen?"

„Wir werden auch das prüfen", Heiner von Schlottau hatte jetzt die Befragung übernommen, „gehen wir einmal davon aus, dass sie die Wahrheit sagen, und lassen Sie uns einmal gemeinsam alles Gewesene rekonstruieren und den Sinn in den Handlungen erkennen.

Zwei Frauen sprechen bestimmte Männer an, uns sind vier bekannt, um ihnen die Reisepässe zu klauen. Dabei erzählen sie ihnen eine aufwendig konstruierte Geschichte, gehen mit ihnen Kaffee trinken und sogar ins Bett. Nur wegen der Reisepässe?

Die Frauen treffen sich mehrfach in Hamburg. Warum? Was bereiten sie vor? Den Anschlag in Marokko? Allein?

Fred Bauske war immer dabei, will aber nichts mitbekommen haben. Ist Ihnen denn gar nichts aufgefallen? Auch im Nachhinein nicht?

Welche Aufgabe hatte die Firma in Polen, die scheinbar schlagartig aufgelöst wurde?

Herr Bauske, Sie müssen zugeben, dass da einiges sehr mysteriös aussieht. Helfen Sie uns, das Ganze zu durchleuchten."

„Wollen Sie behaupten, Alina hätte auch mit den anderen geschlafen? Gibt es dafür Beweise?" Nur das interessierte Bauske.

„Es reicht doch, dass sie mit Ihnen im Bett war, nur um an Ihren Pass zu kommen."

„Wir haben uns ineinander verliebt, beide. Das können Sie mir glauben. Da war nichts Berechnendes dabei. Sie hat auch mit keinem anderen geschlafen. Das weiß ich ganz genau."

„Ist ja gut, Herr Bauske, lassen wir das Thema vorerst einmal", der BKA-Mann hatte es geschafft, dass Bauske wieder mit ihnen sprach und den Anwalt vergessen hatte, „was glauben Sie, was die Frauen in Hamburg gemacht haben?"

„Ich weiß es nicht, viel konnte es nicht sein, denn die meiste Zeit waren wir zusammen. Alina war jedoch immer schon im Hotel, bevor ich nach der Arbeit zu ihr kam. Bei unserem letzten Treffen war sie mit Mandy über diverse Pläne und Aufstellungen gebeugt. Ich sollte scheinbar nicht sehen, was es war. Sie falteten alles schnell zusammen. Außer Mandy habe ich jedoch niemanden gesehen, auch keine Spuren. Der ältere Herr in Polen kannte Alina, bei den anderen dort bin ich mir nicht sicher."

„Wir wissen von den Portiers der Hotels, dass die Damen auch noch anderen Herrenbesuch hatten, jedoch nie über Nacht.

Herr Bauske, wenn Sie tage- und nächtelang mit der Frau zusammen waren, haben Sie doch bestimmt auch persönliche Dinge besprochen, ihre gemeinsame Zukunft geplant. So etwas macht doch jeder."

„Wir waren uns im Großen und Ganzen immer einig. Haben die große Politik sozial gerecht umgestaltet, waren beide für mehr Staat in den Versorgungsdienstleistungen – Energie und Gesundheit. Oberstes Ziel sollte Arbeit und Wohlstand für alle sein. Nur wir beide tauchten in unseren Diskussionen nicht auf. Wir wussten, dass es für uns kompliziert wird. So kompliziert hätte ich jedoch nicht gedacht."

„Wollten Sie zusammenleben, gemeinsame Kinder haben, Urlaub machen usw., gemeinsam alt werden. Darüber redet man doch, gerade wenn man verliebt ist."

„Fahrradtouren, gemeinsam Urlaub machen, ja, aber sonst, nichts Bestimmtes, wir wussten wohl, dass es für uns auf einfachem Wege keine gemeinsame Zukunft gab."

In dem Moment klopfte jemand an die Tür, es war die Kollegin Beierle. „Die Frau von dem Herrn sitzt unten. Kann sie ihn heute schon besuchen?"

„In zehn Minuten, wir holen sie dann", sagte Schrenk.

Von Schlottau setzte das Verhör fort: „Herr Bauske, Sie machen es uns wirklich nicht leicht, ich sehe keinerlei Mithilfe ihrerseits. Sie wollen mir doch nicht weismachen, Alina wollte von Ihnen nichts außer Sex?"

„Ich bin sicher, es war beiderseitige Liebe. Ich glaube sogar, sie wollte mich da soweit es ging raushalten."

„Das erzählen Sie mal Ihrer Frau. Für uns sind sie weiterhin der Hauptverdächtige im Mordfall Mandy und auch in der Attentatsgeschichte stecken Sie tiefer drin, als sie behaupten. Wir unterbrechen das Verhör jetzt und Sie können Ihre Frau sprechen. Solange es keine Beweise für Ihre Unschuld gibt, bleiben Sie weiter in U-Haft."

Die beiden Beamten gingen hinaus und ließen Bauske allein. Er stand auch auf und lief aufgeregt im Verhörzimmer hin und her. Er wusste, es kommt jetzt auf die ersten Minuten an.

Aus Bauskes Wahrnehmung dauerte es ewig lange, bis die Tür wieder geöffnet und Simone hereingelassen wurde. Er blieb stehen und schaute sie erwartungsvoll an. Ihre braunen Locken hingen ihr wie ungekämmt ins Gesicht, aber sonst sah sie Klasse aus. Die 501 saß perfekt. Auch die weiße Bluse und die kurze Bolero-Jacke betonten ihre gute Figur.

Wie würde sie ihn empfangen?

Auch sie blieb stehen und schaute ihn an, sagte aber nichts.

Er ging auf sie zu und sagte: „Simone, Schatz, ich bin so froh, dass du da bist." Dabei breitete er seine Arme aus, um sie in den Arm nehmen zu können.

Sie schlängelte sich jedoch an ihm vorbei und setzte sich an den Tisch. Ohne ihn anzusehen, sagte sie: „Setz dich jetzt erst einmal hin und erzähle mir alles ganz genau und ehrlich, was du alles angestellt hast. Fang mit dem Freitag an, als die Kripoleute bei uns waren und bitte, verarsch mich nicht wie damals, als wir dein Auto untersucht haben."

Er trat von hinten an sie heran und startete einen zweiten Versuch, sie in den Arm zu nehmen. Als sie steif sitzen blieb und sein Vorhaben nicht erwiderte, setzte er sich ihr gegenüber auf den Stuhl und fing an zu erzählen.

Er erzählte vom Treffen im Rellinger Hof, dass er Mandy am Mordtag noch gesehen hatte. Er wisse jetzt, dass es falsch war, ihr nichts davon zu erzählen, aber er wollte damals nicht zugeben, dass er sich mit einer anderen Frau getroffen hatte.

Sie sagte nichts dazu.

Dann erzählte er vom ersten Treffen an der Autobahnraststätte und dass das die Masche der Frauen war, um an die Reisepässe der Männer zu kommen, die ihren Attentätern in Marokko ähnlich sahen. Wieso sie gerade ihn ausgesucht, bzw. wie sie ihn gefunden hatten, konnte er ihr nicht erklären.

Das mit dem Mord ließ ihn natürlich nicht in Ruhe. Er wusste, dass er verdächtig war, deshalb wollte er die andere Frau zur Rede stellen und ist ihr nach Polen hinterhergefahren. Dort hat er sie allerdings nicht aufspüren können. Im Gegenteil, er wurde entführt und auf einem einsamen Bauernhof eingesperrt. Die Mails schrieb er unter Aufsicht. Von der Marokko-Aktion wusste er nichts, hatte nicht die leiseste Ahnung.

„Ich weiß, ich hätte dich gleich ins Vertrauen ziehen müssen, gleich, als die Kripo bei uns war", jetzt sah er Simone mit möglichst traurigen Augen an und hoffte auf ihr Verständnis.

Sie guckte an ihm vorbei ins Leere. Atmete tief durch und sagte ganz leise:

„Ich bin unheimlich traurig!

Wir leben jetzt über 15 Jahre zusammen, haben uns nie richtig schlimm gestritten, haben alles, was man sich wünscht: Nette Kinder, viele Freunde, Haus, nette Nachbarn, gute Arbeit, schöne Urlaubszeiten und immer noch Spaß im Bett und das wirfst du einfach mal eben so weg. Wie oft warst du mit der Polin im Bett? Ein Mal oder öfters?"

„Simone, bitte glaube mir, ich liebe nur dich und ich werde immer nur dich lieben. Was ich gemacht habe, war saublöd, aber ich kann es nicht rückgängig machen. Mein Verstand war ausgeschaltet. Bitte verzeihe mir, wir sind doch eine Familie."

„Also öfters! Dann stimmt das, was die Polizisten gesagt haben und was groß und breit in einer bekannten Boulevard-Zeitung stand: Braver Bürger Fred B im Bett zum Terroristen gemacht.

Diesen Fred habe ich nie kennengelernt und will ihn auch nicht kennen. Soll ich das alles einfach so vergessen? Wie soll ich dir je wieder vertrauen?"

„Ich werde alles tun, damit du mir verzeihst", sagte Fred ganz leise.

„Hast du eigentlich eine Ahnung, was bei uns los war? Wie die Kinder in der Schule verspottet werden? Der Vater, der Schwerenöter, tut alles für 'ne schnelle Nummer. Wird sogar zum Terroristen. Das kann man nicht so einfach wegwischen.

Ich gebe dir einen gut gemeinten Rat: Gib uns etwas Zeit! Unter Umständen brauchen wir viel Zeit, ich und die Kinder. Man sagt ja: Die Zeit heilt alle Wunden. Wir wollen uns nicht von irgendwelchen Leuten, Zeitungen oder Nachbarn beeinflussen lassen, aber im Moment wollen wir dich nicht in unserer Nähe haben. Durch das Schlamassel musst du allein durch. Übrigens: Deine Firma hat dich fristlos gekündigt, heute kam es per Einschreiben."

Simone stand auf und sah das Häufchen Elend, das da vor ihr saß, jetzt doch mit etwas Mitleid an. Fast wäre sie auf ihn zugegangen und hätte ihn in den Arm genommen, aber sie hatte sich fest vorgenommen, nicht schwach zu werden und dafür gab es ja auch keinen Grund.

Fred Bauske sagte kein Wort mehr. Er wusste, Simone hatte in allem Recht. Er musste jetzt wohl büßen für seine Dummheiten. Als sie draußen war, konnte er die Tränen nicht mehr zurückhalten.

3.3 Inoffizielle Lagebesprechung Mordkommission Hamburg, Dienstagmorgen

Benno Krieger saß neben Gabi Scheunemann vor deren PC und beide starrten gebannt auf den Monitor. Die Kommissarsanwärterin war seit drei Stunden dabei, die Videoaufnahmen verschiedener Bahnhofskameras vom 14.5., 20.00 – 21.00 Uhr, auszuwerten. Sie hatte mehrere Sequenzen für die Besprechung herausgeschnitten.

Der erste Film zeigte den Dammtorbahnhof aus drei Einstellungen, beginnend um 20.22 Uhr. Der Bahnsteigbereich war fast leer, ein Zug musste gerade abgefahren sein. Zwei Jugendliche gingen die mittlere Treppe hinunter. Kurz darauf kam an der Nordtreppe ein Pärchen herauf, eng umschlungen. Er trug einen Koffer. Die Frau war fast einen Kopf kleiner als der Mann.

„Das ist also die echte Alina, endlich haben wir ein Bild von ihr", sagte Krieger, „hol' sie mal näher ran."

„Kommt gleich, immer mit der Ruhe", antwortete Gabi Scheunemann.

Das Pärchen ging auf die Kamera zu, ließ sich dann jedoch auf einer Bank nieder. Sie saßen halb aufeinander und redeten miteinander, nur unterbrochen durch regelmäßige Küsse. Als der Zug einrollte, standen sie auf, gingen auf das Gleis zu und schauten intensiv in die Fenster der einzelnen Waggons. So wie es wohl jeder macht, der keine Platzreservierung hat. Man hält Ausschau nach möglichst leeren Abteilen. Sie stiegen gemeinsam ein. Kurz vor Abfahrt des Zuges kam er an einer anderen Tür wieder heraus und lief zu einem weiter hinten gelegenen Fenster. Als der Zug anfuhr, gab es die übliche Abschiedsszene. Die Sequenz endete um genau 20.36 Uhr.

„Alles genau, wie Bauske es erzählte", sagte Krieger, „ist er damit aus dem Schneider? Der Mord geschah zwischen 20 und

22 Uhr. Zusammen mit der Aussage seiner Frau hat er damit ein nicht zu widerlegendes Alibi."

„Ich hab noch mehr." Gabi Scheunemann startete eine weitere Filmsequenz, die auch Bilder von Überwachungskameras eines Bahnhofes zeigten. Dieser Bahnhof war viel belebter. Es war ein Kommen und Gehen. Dann wurde die Einfahrt des Zuges nach Berlin auf Gleis 12 angekündigt. Gleis 12 bedeutete, dass es der Hauptbahnhof sein musste, nur hier gab es so viele Gleise. Ein großes Gedränge setzte ein, als die Türen geöffnet wurden. Erstaunlich schnell verschwanden die Menschenmassen in dem Zug, der Bahnbereich war plötzlich fast leer. Nur eine einzelne Frau mit einem Koffer ging auf die Rolltreppe zu.

„Das ist ja unsere Alina", Krieger tickte auf den Monitor, „wieso steigt die hier wieder aus, nachdem sie erst eine Station vorher eingestiegen war. Entweder wollen die uns verarschen, oder Alina den Bauske. Ich bin gespannt, was er sagt, wenn wir ihm das zeigen."

„Es geht noch weiter", Scheunemann war sichtbar stolz auf ihre Erfolge, „das ist jetzt das S-Bahn-Gleis am Hauptbahnhof."

Hier waren wieder viele Passanten, aber man konnte Alina mit ihrem Koffer genau erkennen. Sie stieg in die S11 Richtung Poppenbüttel.

„Jetzt müsste man wissen, wo sie ausgestiegen ist. Wie viele Stationen gibt es bis Poppenbüttel?", fragte Krieger.

„16, aber nur die letzten Wagen fahren so weit, die ersten drei Wagen werden in Ohlsdorf abgekoppelt und fahren, na wohin wohl: zum Flughafen Fuhlsbüttel."

„Scheiße, die hat sich aus dem Staub gemacht. Da gibt es aber 'ne Menge Arbeit für uns: Alle Passagierlisten durchgehen. Ihren Namen wird sie bestimmt nicht benutzt haben."

Sie guckten sich die Aufzeichnungen noch einmal in der großen Runde mit den anderen Mitarbeitern der Sonderkommission an. Ein besonderes Lob bekam die Kollegin für ihre Initiative, auch die Aufnahmen am Hauptbahnhof zu kontrollieren.

Als sie Bauske mit der Aufnahme konfrontierten, war der ehrlich überrascht und sprachlos, murmelte nur: „Das verstehe ich nicht, was hat sie mir bloß sonst noch alles vorgemacht?"

Weiterhelfen konnte er ihnen jedoch nicht, obwohl sie ihn noch auf verschiedenste Weise in die Mangel nahmen. Es war offensichtlich: Er war total verunsichert, sein Glaube an die große Liebe war zerstört. Doch das alles brachte die Ermittlungen nicht voran. Er wusste wirklich nicht mehr als das, was er bereits gesagt hatte, war über die Vorbereitungen des Anschlags in Marokko nicht eingeweiht.

Nach zwei Tagen Untersuchungshaft wurde er mit Auflagen entlassen.

3.4 Lagebesprechung SOKO Marokko, Dienstag, 16 Uhr

Im großen Sitzungssaal waren alle Stühle besetzt. An jedem Platz lag eine Mappe mit den neuesten Ermittlungsergebnissen.

Thomas Strüver vom BKA eröffnete die Sitzung mit dem Hinweis auf die Mappe, wollte aber vorher noch einige Anmerkungen machen, die dort nicht aufgeführt waren.

„Ohne Frage haben wir uns in zwei Punkten nicht mit Ruhm bekleckert. Ich möchte Sie bitten, sich in beiden Fällen strikt an die jetzt von mir vorgegebene Linie zu halten.

Dass Bauske unerkannt über die deutsch-polnische Grenze gekommen ist, lag daran, dass er einen wenig bekannten Übergang genutzt hat, der nur von polnischen Polizisten gesichert wurde. Man kann bei der Gelegenheit ruhig auf den Personalabbau beim Grenzschutz hinweisen.

Dass wir das Spiel mit den Doppelgängern nicht erkannt haben, leugnen wir. Es gibt keine offizielle Presseerklärung in diese Richtung. Die Presse hat ihre eigenen Quellen genutzt, d. h., einer aus unseren Reihen hat geplaudert, oder sie haben CIA-Quellen abgehört. Die Reporter waren ja teilweise eher bei den Beschuldigten, als wir.

Nun zu den Fakten: Die vier Deutschen sind definitiv keine Terroristen und waren zu keiner Zeit an dem Anschlag beteiligt. Es wurden nur ihre Identitäten benutzt. Die wahren Täter sind noch nicht identifiziert. Die Verfolgung in Marokko fällt, solange keine Bundesbürger beteiligt sind, nicht in unseren Zuständigkeitsbereich. Wir müssen jedoch lückenlos herausfinden, was die Aufgabe dieser Alina war bzw. ist. Wir glauben, über sie an die Täter herankommen zu können. Wir haben unsere Informationen bereits an den polnischen Dienst ABW und an den CIA weitergegeben, tauschen unsere Kenntnisstände darüber regelmäßig aus.

In der Mappe vor ihnen ist alles Bekannte aufgelistet. Aufgrund ihrer guten deutschen Sprachkenntnisse gehen wir davon aus, dass Alina mehrere Jahre hier verbracht hat, vermutlich jedoch unter anderem Namen. Die Eltern der Ermordeten glauben, auf den Bildern der Bahnhofsüberwachungskameras die ehemalige Gastschülerin und Freundin ihrer Tochter erkannt zu haben. Die hieß damals gemäß Schulunterlagen Alia Mohamed bint Sidamed und kam aus einem Flüchtlingslager Algeriens, in dem Vertriebene der Westsahara leben. Die Lager gibt es immer noch. Viele der Bewohner gehören der Freiheitsbewegung Polisario an. Es dürfte kein Zufall sein, dass ausgerechnet eine Bewegung Young Polisario die Verantwortung für die Anschläge in Marokko übernommen hat. Ich bin sicher, würde man in die Lager mal richtig reingehen, hätte man auch die Schuldigen. 170.000 Leute muss man doch in den Griff bekommen. Die Lager stehen unter dem Schutz der UNO. Deshalb waren jetzt auch die Blauhelme so schnell da unten und haben verhindert, dass es zu einem offenen Bürgerkrieg kommt.

Was wir weiter über diese Alia wissen, ist, dass sie später noch einmal in Deutschland gemeldet war. Im Rahmen eines deutsch-russischen Förderprogramms studierte sie in Berlin internationales Recht und erreichte ihren Abschluss 2001. Zu der Zeit wohnte sie wieder bei Gasteltern, in dem Fall bei einer alleinstehenden, pensionierten Lehrerin, die regelmäßig Studenten bei sich aufnimmt. Die Dame kann sich noch gut an Alia erinnern, charakterisiert sie als selbstbewusste, intelligente junge Dame, die genau wusste, was sie wollte. Nach bestandener Prüfung ist sie jedoch nicht zurück in ihr Heimatland gegangen. Sie meinte, das wäre nicht möglich. Sie soll aber einen Freund gehabt haben. Auch einen dieser Studenten, den sie in dessen Heimatland, nach Polen, begleitet hat.

Hier verliert sich ihre Spur. In Polen war nie eine Alia Mohamed bint Sidamed und auch keine Alina Sliwinski gemeldet. Unser Nahost-Experte hat mich auf die Bedeutung der Namen im Islam hingewiesen. Alia heißt Flamme, Alina ist die Auserwählte, die Ermächtigte. Ob das etwas zu bedeuten hat, wissen wir nicht.

Sie taucht erst wieder in den etwas wirren Geschichten des Herrn Bauske auf, die er wohl wirklich so erlebt und wahrgenommen hat, wie von ihm berichtet. Nur verwertbare Fakten enthalten sie kaum. Die Aktionen waren von langer Hand vorbereitet. Der Deckmantel mit der Firma EVISPOS wurde sicherlich nicht nur für die Ausweisbeschaffung aufgebaut. Da steckt mehr dahinter. Die Ermittlung der polnischen Kollegen läuft noch, aber ob uns das in unserem Fall weiterbringt, wage ich zu bezweifeln.

Wir erhoffen uns mehr, wenn wir ihren polnischen Freund von 2001 ermitteln können. Hierzu findet heute noch eine Telefonkonferenz mit Polen statt.

Unklar ist auch, wo sie sich jetzt aufhält. Die Aufnahmen der Überwachungskameras vom Hauptbahnhof und vom Flughafen Fuhlsbüttel zeigen eindeutig, dass sie um 21.42 am Flughafen war. Wir konnten jedoch trotz Durchsicht aller Passagierlisten keinen Hinweis finden, ob und wenn, wohin und unter welchem Namen sie geflogen ist.

Wir müssen jedoch davon ausgehen, dass sie Deutschland verlassen hat.

Bitte gehen Sie jetzt die Mappe durch und machen sich mit Ihren Aufgaben vertraut. Für Fragen steht Ihnen Herr von Schlottau zur Verfügung."

3.5 Inoffizielle Lagebesprechung Mordfall Mandy, Mittwochmorgen

Schönfelder hatte seine Mitarbeiter in seinem Büro um sich versammelt. Auf der Fahrt ins Büro hatte er beim Bäcker gehalten und eine Platte Butterkuchen mitgebracht. Frischen Kaffee besorgte Schrenk gerade.

„Was gibt es zu feiern, Sie haben doch im Winter Geburtstag?", fragte Krieger, doch eigentlich war ihm der Grund egal. Er griff zu, ohne die Antwort abzuwarten.

„Ich dachte mir, ein bisschen Nervennahrung kann nicht schaden, denn so lass` ich Euch aus dem Fall Mandy nicht rauskommen. Von wegen das BKA macht das schon! Die machen im Mordfall gar nichts, kümmern sich nur um die Attentatsgeschichte. Dabei hängt das 100prozentig zusammen und ich glaube, wir sind kurz vor der Lösung des Falls", begann der Chef die Besprechung in lockerer Form.

„Wir haben uns zu sehr auf den Bauske fixiert, von ihm zumindest erwartet, dass er uns den Mörder liefern kann. Aber Pustekuchen, wir haben immer mehr Beteiligte, die es nicht gewesen sein können. Bauske und die Alina fallen jetzt auch aus. Durch die Video-Überwachungskameras haben beide ein eindeutiges Alibi.

Wer bleibt dann noch, außer dem großen Unbekannten?" Schrenk nahm sich zu seinem Kaffee auch ein Stück Kuchen und sprach weiter: „Auf dem Zettel stehen noch VULKAN und Dittsche, die wir aber beide noch nicht kennen. Außerdem haben wir einige Namen von Personen, die zur Mordzeit auch im Rellinger Hof waren. Hier müssen wir noch genauer nachforschen."

„Frau Scheunemann, Sie sind so still heute Morgen. Was hat das zu bedeuten? Nehmen Sie sich doch auch ein Stück Kuchen und dann raus mit der Sprache, wer ist für Sie jetzt der Hauptverdächtige?" Schönfelder hielt große Stücke auf seine Kommissarsanwärterin.

„Ich mag es ja gar nicht sagen, aber für mich ist klar, wer der Mörder ist. Es fehlen mir nur die Motive", antwortete Gabi Scheunemann gelassen.

Die drei Herren guckten sich an und staunten.

„Würde unsere Sherlockine Holmes so gnädig sein und uns kleine Watsons die Augen öffnen?" Krieger fand es jetzt doch ein wenig arrogant, wie Gabi es genoss, schlauer zu sein als ihre erfahrenen Hauptkommissare.

Gabi trat an das Whiteboard, nahm sich einen Filzstift und malte drei zusammenhängende Rechtecke an die Tafel. Jeweils in ein Rechteck schrieb sie 101, 104, 106.

„Das sind die drei Doppelzimmer des Rellinger Hofs, die in der Nacht vor dem Mord belegt waren. 101 hatte der HP-Mann, 104 Alina und Mandy, 106 der Privatmann Heiko Lose.

So sagt es das Belegbuch des Hotels.

Gemäß Aussagen der Beteiligten hat sich in 101 der HP-Lustmolch mit einem Callgirl vergnügt.

Bauske hat gesagt, er hätte mit Alina in 104 eine wunderschöne Nacht verbracht.

Da taucht die Frage auf: Wo hat Mandy geschlafen? Bestimmt nicht am Fußende von Alina und Fred. Das Zimmermädchen hat ausgesagt, dass auch in 106 beide Betten benutzt wurden. Von Lose und Mandy?

Weiter sagte das Zimmermädchen aus: Alina, Mandy und der HP-Mann blieben nur eine Nacht, haben jeweils kurz vor 10 Uhr am Mordtag ausgecheckt. Wobei der Portier und auch das Zimmermädchen behaupten, nicht gesehen zu haben, wer wann mit wem abgefahren ist. Der Herr in 106 blieb zwei Nächte.

Den Lose aus 106 haben wir bisher nicht erreicht. Im Protokoll steht nur, man hat mit seinem „Arbeitgeber" gesprochen. Er sei, gemäß Aussage seines Arbeitgebers, im Urlaub. Es steht nicht darin, wie sein Arbeitgeber heißt. Ich wollte genauer wissen, wann er wieder zurück sein wird und habe dabei zwangsweise herausgefunden, wer sein Brötchengeber ist. Jetzt haltet euch fest: Er arbeitet bei der VULKAN Systemtechnik AG."

Sie machte eine Pause. Als von den anderen nur Kommentare wie: Ach du Scheiße, das ist der Hammer und: wieso steht das nicht im Protokoll, kam, setzte sie ihren Vortrag fort.

„Könnte Heiko Lose der fünfte Kandidat von dem Zettel sein, der unter – VULKAN - geführt wurde?

Ich habe mir auch noch einmal die Befragung von Bauske angehört. Am Mordtag hat er ja noch gearbeitet und dann nachmittags Alina vom Hotel Rellinger Hof abgeholt.

Er hat Folgendes ausgesagt: Alina hatte schon ausgecheckt und ihren Koffer in Mandys Zimmer gestellt.

Das kann eigentlich nur das Zimmer von Lose gewesen sein. Alle anderen Zimmer waren in dieser Nacht nicht belegt, Mandy hatte offiziell zusammen mit Alina ausgecheckt.

Zusätzlich sagte Bauske, Originalzitat:

Die beiden Frauen gaben sich beim Abschied sehr geheimnisvoll und umarmten sich, als wenn sie sich nun länger nicht sehen würden. Alina sagte beim Weggehen noch zu Mandy, sie solle vorsichtig mit VULKAN umgehen. Originalzitat: `Ich fragte im Auto dann nach, ob sie bei VULKAN auch Leute hätten und sie antwortete: Noch nicht, aber das wird `ne ganz große Nummer.

Hieraus ergeben sich für mich folgende Schlussfolgerungen:

Mandy hat beide Nächte bei Lose im Zimmer geschlafen.

Lose ist für mich Hauptverdächtiger im Mordfall Mandy Nietsch.

Lose könnte VULKAN sein.

Lose könnte als VULKAN-Spezialist auch am Attentat in Marokko beteiligt gewesen sein."

Jetzt nahm sie das angepriesene Stück Butterkuchen und biss genussvoll ein großes Stück ab. Ihren Kollegen hatte es die Sprache verschlagen.

3.6 Am Boden zerstört

Wie tief kann man eigentlich sinken, fragte ich mich, als ich mit meinem Rechtsanwalt vor dem Untersuchungsgefängnis am Holstenglacis stand. Den Anwalt hatte mir Wolfi besorgt. Ich kann mich eigentlich nicht beklagen, er hat mich nicht mit dauernden Fragen genervt, sondern mich nur aufgrund irgendwelcher Verfahrensfehler und Fristüberschreitungen herausbekommen.

„So Herr Bauske, jetzt gehen wir erst einmal einen ordentlichen Kaffee trinken und ich sage Ihnen, an welche Auflagen Sie sich unbedingt halten müssen und was Sie vermeiden sollten."

Ich sagte nichts, folgte ihm Richtung Karolinenviertel. Er ging zielstrebig auf eine Eckkneipe zu, die er garantiert nicht das erste Mal aufsuchte. „Hier kann man gut Frühstücken und der Kaffee ist von bester Qualität und Fair Trade."

Wir bestellten beide das große Frühstück mit Speck und Spiegelei. Es war wirklich ansprechend zurechtgemacht und schmeckte auch noch lecker.

Die Wirtin schenkte gerade Kaffee nach, als ein Mann mittleren Alters, der alternative Typ, an unseren Tisch kam und mich ansprach:

„Hej, du bist doch der Ingenieur, der Marokko aufgemischt hat. Bist du wieder frei? Könntest du morgen auf der großen Demo ein paar Worte sagen? Ich bin im Vorbereitungs-Komitee, das wäre der Hit, Infos aus erster Hand."

Ich wusste nicht, was der Typ von mir wollte, guckte wohl völlig verstört von ihm zu meinem Anwalt, der an meiner Stelle antwortete:

„Wir müssen Sie enttäuschen, der Herr weiß gar nicht, wovon Sie sprechen. Er war nie in Marokko und hat auch nichts aufgemischt. Hier wird gerade eine Existenz zerstört und Typen wie Sie sind daran nicht ganz unschuldig."

„Was soll das denn, ich hab doch nur gefragt? Er sieht ihm aber auch total ähnlich. Dann entschuldigen Sie bitte", sagte er und zog sich wieder an seinen Tisch zurück.

Jetzt bedrängte ich den Anwalt: „Können Sie mir das Erklären? Wieso kennen mich wildfremde Menschen aus einem Stadtviertel, in dem ich noch nie war?"

„Sie und ihre drei Kollegen sind Berühmtheiten in Hamburg, ach was sag ich, nicht nur in Hamburg, in ganz Deutschland. Vielleicht sogar in der ganzen westlichen Welt. Zumindest haben weltweit Zeitungen das Foto gedruckt, das von Überwachungskameras eines marokkanischen Umspannschaltwerks aufgenommen wurde und ihr Gesicht zeigt. Und so wie es aussieht, könnten die Leute mit den geklauten Gesichtern die neuen Helden der Szene werden.

Sie waren ja die letzten Tage von allen Informationsquellen abgeschnitten, wissen also gar nicht, was sich alles ereignet hat. Ich weiß auch nur, was in den Medien gebracht wurde. Habe aber versucht, mich möglichst objektiv zu informieren. Mir war gleich klar, dass ihr Fall mehr ist, als eine normale Pflichtverteidigung.

Ich fass` mal kurz zusammen, was in den Zeitungen stand:

Zuerst hieß es, wieder Terror aus Hamburg, Friseur und Ingenieur bomben Marokko in die Steinzeit zurück – so ´ne typische Bild-Schlagzeile der letzten Woche. Immer wurden gleich Fotos von ihren Gesichtern veröffentlicht. Als es dann zu Sondersendungen im Fernsehen kam, sprach man plötzlich von Doppelgängern, aber es wurde nie dementiert, es wurde nie klar gesagt, man hätte sich geirrt und der Hamburger Ingenieur hat nichts damit zu tun. Die anderen Drei fanden es aber wohl ganz toll, in den Zeitungen zu stehen, d. h. der Anwalt nicht, der hat eine einstweilige Verfügung erwirkt und wurde dann auch nicht mehr erwähnt. Der Friseur ist inzwischen ein richtiger Medienstar, war schon in mehreren Talkshows, wird auch schon zu anderen Themen eingeladen.

Der Franzose war bei Anne Will in der Talkshow, hat da aber ausgiebig über das Schicksal seiner Großmutter berichtet, die von den Nazis aus Frankreich verschleppt wurde und als Zwangsarbeiterin in Brandenburg die V1 und V2 bauen musste. Hier wurde sie kurz vor Kriegsende, wie die meisten dort eingesetzten Zwangsarbeiter, im KZ ermordet. Er wurde nach dieser Geschichte nicht weiter befragt und auch nicht mehr zu anderen Interviews eingeladen. Das Thema NS-Zwangsarbeit ist bei uns nicht beliebt und im Fernsehen wohl nicht erwünscht, nicht werbewirksam, erzeugt bei vielen Leuten immer noch Unbehagen und Schuldbewusstsein.

Sie sollten es sich genau überlegen, wie Sie mit den Medien umgehen. Für den Friseur ist es Werbung für seine Kette, eine Familie hat er nicht."

„Ich brauche unbedingt Ruhe und muss mein Privat- und Berufsleben erst einmal regeln. Wie sieht es denn jetzt in Marokko aus, haben die wieder Strom? Ist alles wieder normal? Was ist das für eine Demo, von der der Typ gesprochen hat?"

„Oh, das scheint der erste Anschlag zu sein, der nicht im Terror endet. Zumindest wurde die Weltöffentlichkeit geweckt und das Ganze zieht größere Kreise als erwartet. Was haben Sie denn bisher mitbekommen?"

„Ich kenne nur die ersten Meldungen aus dem Radio, dass ein Hamburger Friseur und ein Ingenieur, der ja wohl ich sein sollte, in ganz Marokko das Licht ausgeschaltet haben."

„Na, da hat sich ja doch einiges ergeben und täglich gibt es neue Veröffentlichungen, ob das immer die ganze Wahrheit ist, kann jedoch bezweifelt werden.

Als klar wurde, dass es sich um einen Anschlag handelte und es nicht so leicht war, die Stromversorgung wieder herzustellen, hat Marokko seine Armee in den Städten und Touristenzentren zusammengezogen, um dort Plünderungen und Übergriffen vorzubeugen. Das bedeutete aber, dass sie einen Großteil ihrer Soldaten aus der besetzten West-Sahara abziehen mussten. Hierauf hatten die Polisariokämpfer, die höchstwahrscheinlich hinter den Anschlägen stecken, was aber bisher nicht bewiesen ist, scheinbar nur gewartet.

Al-Jazzira, der arabische Nachrichtensender, zeigte vorgestern live, wie eine Einheit gut ausgerüsteter Freiheitskämpfer, mit Mannschaftswagen, Panzerfäusten etc., einen Grenzposten in dem besetzten Gebiet stürmte und nach kurzem Kampf eroberte. Anschließend sah man, wie die Einheit in einem dahinterliegenden Grenzort freudestrahlend von der Bevölkerung begrüßt wurde. Diese Bilder gingen um die Welt. Plötzlich berichteten alle Medien nicht nur über den Stromausfall, sondern auch über die Hintergründe der seit über 34 Jahre dauernde Besetzung der West-Sahara und der Vertreibung der Sahrauis. In Spanien bildete sich spontan eine Protestbewegung. Gestern demonstrierten allein in Madrid über 30.000 Menschen und forderten Freiheit und Selbstbestimmung für das westafrikanische Volk.

Bei uns hat eine Gruppe – Freies Afrika – für morgen eine Demo und Kundgebung initiiert. Die Stimmung, die auch von den Medien wiedergegeben wird, ist eher pro Freiheitskämpfer; mich würde es nicht wundern, wenn die Beteiligung recht hoch ist.

Als es absehbar wurde, dass Marokkos Regierung nicht genügend Soldaten hat, um sowohl im Land, als auch in den besetzten Gebieten für Ruhe zu sorgen, forderte ihr Premierminister militärische Unterstützung in Frankreich an und Sarkozy, der seit zwei Jahren versucht, an Marokko Atomkraftwerke zu verkaufen, hat sofort seine Force de Frappe mit einem Flugzeugträger in Bewegung gesetzt - offiziell, um französische Touristen in Sicherheit zu bringen.

Dies wiederum rief die UNO auf den Plan. Es gab eine Sondersitzung und den Beschluss, mit UN-Blauhelmtruppen die Sicherheit in den besetzten Gebieten zu gewährleisten. Von Marokko wurde hierfür die Zusage zu der seit Langem verweigerten Volksbefragung eingefordert. Sogar die Amis haben sich eingeschaltet. Hillary persönlich hat den marokkanischen

Außenminister angerufen und bearbeitet. Die USA wollen auf keinen Fall einen weiteren Krisenherd in Afrika.

Meines Erachtens haben die Terroristen damit schon sehr viel erreicht. Im Radio habe ich gehört, dass es wohl auch direkte Verhandlungen zwischen dem marokkanischen Energieunternehmen und den Attentätern gibt. Man fordert eine Freischaltung der alten EDV-Umgebung für die endgültige Zusage der Regierung zur Volksbefragung. Für heute Nacht ist da irgendetwas geplant. Sie sollten zur Abwechslung mal wieder die Tagesschau gucken."

„Ich muss jetzt erst einmal mein Privatleben regeln, wohnen, Arbeit, Familie: Alles ist wohl kaputt. Meine Frau hat mich nicht mehr besucht, mir nur noch einen Brief geschickt. Sie will die vorläufige Trennung. Ich soll von unserem Haus fernbleiben. Die Kinder soll ich nur sehen, wenn sie es ausdrücklich wünschen. Mein Arbeitgeber hat mir wegen der Mitgliedschaft in einer terroristischen Vereinigung und der Verwicklung in einem Mordfall fristlos gekündigt. Ist das überhaupt rechtens? Ich bin doch nachweislich in keiner Terrorzelle."

„Der Kündigung können Sie widersprechen, die ist so nicht haltbar, aber das Vertrauensverhältnis zwischen Ihnen und ihrem Arbeitgeber könnte durch die Vorfälle schon gestört sein, was wiederum als Kündigungsgrund herhalten kann. Können Sie das nicht anders regeln? Können Sie nicht direkt mit Ihrem Chef oder dem Personalleiter sprechen und den Sachverhalt erläutern? Vielleicht nehmen die dann die Kündigung formlos zurück.

Ihre Familiensituation kann ich nicht beurteilen, aber bedenken Sie, was Ihre Frau und die Kinder in der letzten Zeit durchgemacht haben. Das war das reinste Spießrutenlaufen, in der Nachbarschaft, in der Schule. Geben Sie ihnen ein wenig Zeit und keinen Anlass zu neuer Wut. Meist heilt die Zeit alle Wunden."

Schon wieder dieses: Meist heilt die Zeit alle Wunden. Darüber musste ich erst einmal nachdenken. Wolfi hatte mir nicht nur einen guten Rechtsanwalt, sondern auch noch einen netten Lebensberater besorgt. Solche Leute könnte ich als Freunde gebrauchen. Meinen privaten Freundeskreis hatte ich in letzter Zeit stark vernachlässigt und ich wollte dort auch keine Fronten aufkommen lassen. Sie müssten sich sonst für mich oder Simone entscheiden und das bewirkt immer Unfrieden auf einer Seite.

„Vielen Dank, Herr Ringler, ich glaube, Sie haben in allem Recht. Zu meinem Chef habe ich ein sehr gutes Verhältnis, den werde ich als Erstes anrufen. Mein Auto habe ich ja auch noch, das muss ich nur von zu Hause abholen. Es steht vor unserem Haus, meine Frau benutzt es als Briefkasten für meine Post. Dann werde ich mir ein Zimmer suchen oder ich gehe erst einmal in ein Hotel.

Wenn ich alles geregelt habe, würde ich Sie gern noch einmal zum Essen einladen, denn Sie haben mir mehr geholfen, als es ihr Job verlangt. Muss ich Ihnen noch etwas unterschreiben, damit Sie ihr Geld bekommen?"

„Im Moment nicht, das haben Sie ja bereits, aber, und das befürchte ich, wenn es zu weiteren Anklagen kommt, müssen Sie mich erneut bevollmächtigen."

„Meinen Sie, es ist für mich noch nicht vorbei?"

„Solange der Mörder dieser Mandy nicht gefasst ist, müssen Sie zumindest mit weiteren Fragen rechnen. Auch das BKA oder andere Geheimdienste werden Sie weiter beobachten, das ist für mich klar. Die haben doch sonst keine Verdächtigen." Herr Ringler hatte so seine Erfahrungen.

„Egal, ich werde jetzt erst einmal versuchen, meinen Job zu retten. Regelmäßige Arbeit wird mich wieder auf andere Gedanken bringen. Das Andere ergibt sich dann, hoffe ich."

Herr Ringler antwortete darauf nicht, sondern erzählte von einem anderen Fall, in dem der Beklagte auf dem ersten Blick alles verloren hatte, dann aber ein völlig anderes Leben begann und im Endeffekt viel glücklicher wurde. Ich glaube nicht, dass mir die Geschichte gefallen hat.

Bei der Verabschiedung gab der Anwalt mir noch seine Karte, auf deren Rückseite er meine Auflagen und Verpflichtungen mit Uhrzeiten und Telefonnummern notiert hatte.

Ich fuhr mit der Taxe zu mir nach Hause, dass ich jedoch nicht mehr betreten konnte. Simone hatte die Schlösser ausgetauscht. Mein Auto stand nicht mehr in der Einfahrt, sondern an der Straße ein paar Meter entfernt. Der Autoschlüssel lag, so wie Simone es in ihrem Brief beschrieben hatte, unter einem Stein neben dem Regenrinnenablauf. Auf den Beifahrersitz hatte sie einen Karton gestellt, der voller Briefe war. Viel mehr als sonst üblich – die Auswirkungen meiner neuen Berühmtheit. Im Laderaum standen zwei Koffer und mein alter Rucksack sowie mehrere Plastiktüten vollgestopft mit meiner Kleidung und meinen Schuhen, ein paar Handtüchern, Badesachen, Rasierapparat, Zahnbürste und anderen persönlichen Kleinigkeiten.

Ich habe mir nichts davon angesehen, sondern bin gleich losgefahren. Nach ungefähr 10 Minuten, ich war kurz vor Wandsbek Markt, wurde mir bewusst, dass ich gar kein Ziel hatte.

Wohin sollte ich?

Zur Firma? Ich war gekündigt, durfte das Gelände nicht betreten.

Zur Schule meiner Kinder? Ich hatte versprochen, sie nicht zu bedrängen.

Zu Freunden? Was konnten die für mich tun? Ich riskierte nur die Freundschaft.

Zur Arbeitsstätte von Simone? Sie hatte sich eindeutig geäußert.

Ich fuhr Wandsbek Markt in ein Parkhaus und schlenderte anschließend durch die Einkaufspassage auf der Suche nach einer öffentlichen Telefonzelle. In Zeiten, in denen fast jeder ein Mobiltelefon hat, sind solche Einrichtungen selten geworden. Eine freundliche Dame an der Passagen-Auskunft konnte mir jedoch weiterhelfen und schickte mich in den zweiten Stock.

Das öffentliche Telefon funktionierte nur mit Telefonkarte, die ich nicht besaß. In einem Kiosk im Erdgeschoss konnte ich jedoch eine kaufen. Die Durchwahl von meinem Chef wusste ich auswendig und er ging auch selbst an den Apparat. Zum Glück hatte er die eingehenden Anrufe nicht umgeleitet, was er oft tat. Da wir uns schon sehr lange kennen und zusammenarbeiten, gehöre ich zu den wenigen Kollegen, mit denen er sich duzt.

Er meldete sich mit seinem Nachnamen. Ich sagte: „Manfred, erschreck dich nicht, ich bin es, Fred, Fred Bauske."

Es blieb still auf der anderen Seite.

„Manfred, bist du noch da? Ich muss mit dir reden. Die haben mich rausgeschmissen, nur wegen der Zeitungsberichte. Das ist alles falsch, ich hab doch nichts gemacht, Manfred, hörst du? Sag doch was!"

„Das hab ich befürchtet, dass du mich anrufst. Ich hab das alles ja auch nicht geglaubt, aber wir können doch nicht so tun, als wenn nichts gewesen wäre. Wir können doch keinen Terrorverdächtigen zu Kundenabnahmen schicken. Die lassen dich doch gar nicht ins Werk."

„Aber alle Vorwürfe gegen mich sind fallen gelassen worden. Das war jemand anderes, ich war nie in Marokko, ich bin voll rehabilitiert", antwortete ich ziemlich verzweifelt.

„Du bist aber rechtmäßig fristlos gekündigt, damit bist du draußen. Ich kann da gar nichts machen, dir höchstens ein gutes Zeugnis schreiben."

„Das ist doch Quatsch, natürlich könnt ihr die Kündigung zurücknehmen. Ich werde sonst dagegen angehen. Mein Anwalt sagt, fristlos ist nicht haltbar. Sprich doch noch einmal mit der Personalabteilung. Ich habe meine Arbeit doch auch immer gut gemacht, soll ich jetzt zum Wettbewerber gehen? Angebote habe ich mehrfach bekommen, auch Headhunter rufen mich regelmäßig an."

„Du hast ja recht, ich habe wirklich niemanden, der im Moment deine Arbeit macht. Wir fahren voll auf Risiko. Wenn es jetzt zu einer Rückrufaktion kommt, sehen wir in puncto Nachweispflicht alt aus, sind mit den Dokumenten weit zurück."

Er machte eine kurze Pause. Ich blieb auch still, begann aber zu hoffen.

„Pass auf, du rufst um 15.00 Uhr noch einmal an. Ich werde sehen, was ich machen kann. Werde wohl den alten Renke anrufen müssen, denn im Endeffekt entscheidet sowieso er. Ich hoffe nur, ich hab` mit dir nicht auf Sand gebaut", sagte er und legte ohne Abschied auf.

So, das Wichtigste hatte ich erst einmal eingeleitet. Ich konnte auf jeden Fall hoffen, meinen Job wiederzubekommen. Jetzt musste eine Wohnung her. Nur, wie sollte das gehen, ohne Telefon, ohne Internet. Konnte ich bei jemandem Unterschlüpfen? Bei Freunden, Eltern, Bruder oder anderen Verwandten? So weit war ich noch nicht gesunken. Noch hatte ich Geld, ich würde erst einmal in ein Hotel oder eine Pension gehen. Ob die mir im Rellinger Hof noch einmal ein Zimmer vermieten würden? Wäre günstig zur Arbeit und einen Internetanschluss gibt es dort auch. Aber ich käme wieder in die alte Mühle, dabei will ich doch alles um Alina herum vergessen.

Wir hatten in der Firma einmal einen Wirtschaftsprüfer, der wohnte preiswert und gut in einem Hotel in der Nähe des Flughafens.

Ich fuhr also zum Flughafen und stellte mich brav bei der Touristeninformation an. Man gab mir eine Übersicht der Hotels im Umkreis von 5 km. Als ich die Namen las, wusste ich auch wieder, wo der Wirtschaftsprüfer abgestiegen war. *Das Hotel*, so hieß es, lag zwar direkt in der Einflugschneise, war aber preiswert und sauber, erst vor ca. zwei Jahren neu erbaut worden. Da zwischen 23.00 Uhr und 6.00 Uhr ein Start- und Landeverbot bestand, sollte man in dieser Zeit zumindest auch Ruhe finden. Ich buchte ein Einzelzimmer für 7 Nächte und bekam daraufhin sogar noch einen Wochenrabatt.

Nachdem ich meine Koffer und Taschen ins Zimmer gebracht hatte, legte ich mich erst einmal auf das Bett und dachte nach.

„Was brauche ich noch, um wieder als normaler Mensch auftreten zu können? Ein Handy und einen Computer!"

Der Herr an der Rezeption beschrieb mir den Weg zu einem der gängigen Elektronik-Kaufhäuser. Dort verbrachte ich über eine Stunde, ging dann aber mit einem bereits freigeschalteten Vertragshandy und einem kleinen, schicken, weinroten Netbook aus dem Laden.

Jetzt musste ich mich beeilen, es war bereits 10 vor 3 Uhr.

Vom Hotelzimmer aus wählte ich die Nummer meines Chefs. Oder musste ich sagen: meines Exchefs?

Er nahm wieder selbst das Gespräch an und kam gleich zur Sache: „Ich habe mit Renke gesprochen, er überlässt mir die Entscheidung. Sollte es schief gehen, ist es mit meiner Karriere vorbei. Ich hatte auch schon mit Alloffs, dem Personalchef, einen Termin. So ganz einfach geht es nicht. Weitermachen wie bisher, als wäre nichts geschehen, das kriegen wir nicht hin. Aber ich glaube, wir haben einen gangbaren Weg gefunden. Kannst du heute noch in die Firma kommen, so gegen 18.00 Uhr? Dann können wir Nägel mit Köpfen machen."

Natürlich sagte ich zu. Auf meine Fragen nach Einzelheiten und was er mit „Nägel mit Köpfen" meinte, gab er mir keine Auskünfte. Ich sollte es abwarten.

Ich hatte keine Lust, meine Koffer und Taschen auszupacken, ging einfach ein Stück spazieren. Wenn ich das Telefonat richtig verstand, sollte ich meinen Job wiederbekommen, jedoch verändert. Weniger Geld? Andere Aufgaben? War mir eigentlich egal. Ich brauchte erst einmal wieder Stabilität in meinem Leben und die wäre mit dem Job ein Stück zurück.

Auf meinem Spaziergang kam ich an einem Wegweiser zu einem Fast Food Restaurant einer bekannten Burgerkette vorbei. Mir wurde bewusst, dass mich großer Hunger quälte, deshalb folgte ich dem Schild und bestellte mir Pommes und drei

Burger. Sollte so mein zukünftiges Leben aussehen: Frühstück im Hotel, Abendessen bei MC Do oder Burger King?

Egal, es schmeckte auf jeden Fall besser als gedacht und satt wurde ich auch.

Um Punkt 18.00 Uhr stand ich vor dem Pförtner unserer Firma. Er war informiert und meldete mich gleich bei HR an. Die Personalabteilung heißt seit Kurzem Human Ressource, kurz HR.

Frau Keup, die Assistentin des Personalchefs holte mich ab und führte mich, ohne ein persönliches Wort zu sagen, zum Büro ihres Chefs. Manfred Höltzel saß schon am Besprechungstisch, Herr Alloffs, unser Deutschland-Personalleiter, kam hinter seinem Schreibtisch hervor, ging auf mich zu und gab mir die Hand.

„Herr Bauske, Sie machen ja Sachen. So oft wie im letzten Monat wurde unsere Firma noch nie in den Medien erwähnt, und alles ohne Geld dafür zu bezahlen. Kostenlose Werbung. Na ja, da ist ja einiges durcheinandergegangen. Setzen Sie sich doch und erzählen Sie uns, was Ihnen wirklich passiert ist. Die fünf Minuten Zeit müssen wir haben."

Ich wusste nicht, ob ich darauf eingehen sollte. Wollte er nur seine Neugierde befriedigen oder wollten sie mich testen? Ich musste vorsichtig sein, das war klar.

„Das meiste stand wohl schon in den Zeitungen, zwar oft verdreht und übertrieben, aber kurz gesagt: Man hat mir meinen Reisepass geklaut und ich wollte herausbekommen wer. Dabei bin ich diesen Leuten bei einer großen Sache in die Quere gekommen. Sie haben mich kurzerhand entführt und eingesperrt. Als ich wieder freigelassen wurde, hat mich die ganze Welt als Terrorist gesucht. Ein Doppelgänger hatte sich mit meinem Ausweis Zutritt zu einer Stromleitzentrale oder so was gesucht und diese irgendwie zerstört. Inzwischen weiß man, dass ich absolut unschuldig bin, deshalb ist meines Erachtens die fristlose Kündigung auch nicht gerechtfertigt."

War ich zu weit gegangen?

Nun schaltete sich Manfred, mein Chef, ein: „Herr Bauske, Sie müssen verstehen, dass wir so handeln mussten. Wie Sie selbst sagten, die ganze Welt hielt Sie für einen Terroristen und so einer soll für uns bei BMW oder VW Werkzeugfreigaben durchsetzen?"

„Aber inzwischen ist doch allen klar, dass nicht ich das war, sondern ein anderer", erwiderte ich, hatte aber wohl bemerkt, dass er mich siezte.

„Ist das wirklich so, hat das wirklich jeder so verstanden?" Antwortete jetzt wieder Herr Alloffs. „Es gibt da noch viele Ungereimtheiten und alle, die wir befragt haben, waren der Meinung, dass Sie da irgendwie mit drinstecken. Sie wissen doch: Von einem Gerücht, das die Runde gemacht hat, bleibt immer etwas hängen."

„Wie kann ich Ihnen denn meine Unschuld beweisen?" Fragte ich jetzt vorsichtiger.

„Darum geht es nicht, wir glauben Ihnen ja", antwortete der Personalchef. „Ich sage Ihnen jetzt ganz ehrlich, vor welchem Problem wir stehen: Einerseits haben Sie in der Vergangenheit gute Arbeit geleistet und Ihr Fehlen reißt bei uns eine Lücke. Andererseits wissen wir nicht, wie weit Sie noch so zuverlässig sind, nach der Sache mit dieser Frau. Vor allen Dingen, wir wissen nicht, wie das Umfeld reagiert, wie sich das Ganze entwickelt. Wir können nicht einfach so tun als wäre nichts geschehen, business as usual."

„Wir müssen uns auch absichern, das musst du doch verstehen." Manfred war wohl unbeabsichtigt wieder zum Du übergegangen.

Jetzt stand Alloffs auf und begann auf und ab zu gehen, ohne mich aus den Augen zu lassen.

„Wir haben folgendes Konstrukt entwickelt: Die fristlose Kündigung nehmen wir zurück, Sie unterschreiben uns im Gegenzug einen Aufhebungsvertrag zum 30.3. nächsten Jahres. Dieser Aufhebungsvertrag wird jedoch nur vollzogen, d. h. von Arbeitgeberseite unterschrieben, wenn gegen Sie weitere Anklagepunkte auftauchen und Sie weiter in polizeiliche Ermittlungen hineingezogen werden. Sollte dies bis zum 31.1. nicht der Fall sein, bleibt das Arbeitsverhältnis unbefristet bestehen. So etwas ist nicht üblich, wir wissen das. Die Alternative wäre für Sie der Klageweg, den Sie vielleicht gewinnen, der aber das Vertrauensverhältnis stark belastet."

Ich überlegte kurz. Aufhebungsvertrag ist kaum besser als eine Kündigung, macht sich nur besser im Lebenslauf. „Zu einem Auflösungsvertrag gehört immer eine Abfindung, denn man bekommt eine Sperrfrist vom Arbeitsamt, also keine Arbeitslosenunterstützung. Haben Sie das berücksichtigt?"

„Das ist in diesem Fall ja wohl nicht notwendig, wir wollen davon doch keinen Gebrauch machen." Alloffs wusste, dass ihr Konstrukt nicht logisch war.

„Eine marktübliche Abfindung oder eine Lohnfortzahlung über das Datum hinaus, mindestens über den Zeitraum der Sperrfrist, muss der Vertrag schon enthalten, in jedem Fall muss ich das mit meinem Anwalt durchgehen." Ich war jetzt ganz entspannt, so einen Blödsinn hatte ich nicht erwartet.

Die Beiden sahen sich an und überlegten.

„Wir gehen das Ganze noch einmal durch. Bitte rufen Sie Herrn Höltzel morgen wieder gegen 15 Uhr an."

Beide standen auf und gaben mir unmissverständlich zu verstehen, dass die Besprechung beendet war.

Draußen auf dem Firmenparkplatz hatte ich plötzlich das Gefühl, das ich hier nicht mehr hingehörte.

3.7 Lagebesprechung SOKO Marokko, Mittwoch 16 Uhr

Der große Sitzungssaal war heute nicht ganz gefüllt, die Politiker fehlten, dafür war ein Herr vom MAD, vom Militärischen Abschirmdienst, anwesend.

„Wie ich hörte, waren alle fleißig. Es gibt einige neue Ergebnisse." Damit eröffnete Herr Strüver die Sitzung und deutete dabei auf die Mappe mit den Ermittlungsergebnissen, die um einiges dicker geworden war. Als Nächstes stellte er Herrn Brian Berg vom MAD vor, der durch seinen Akzent seine US-amerikanische Herkunft nicht verbergen konnte. Herr Berg kam ursprünglich von der NSA, dem nationalen US-amerikanischen Sicherheitsdienst und bildet jetzt die Kontaktstelle zwischen den beiden Diensten. Er sollte die neuesten Bewertungen der Computerkriminalität in dem Fall darstellen. Ihm wurde als Erstes das Wort erteilt.

„Ich will nicht lange über die Abhängigkeiten unserer modernen Welt von Computern, Netzwerken und elektronischen Steuerungssystemen dozieren, dass wissen Sie alle nur zu gut. Nur so viel: Der gerade das erste Mal aufgetretene Wurm Stuxnet war der bisher gefährlichste und ausgeklügeltste Angriff aus dem Netz, der höchstwahrscheinlich mit der Absicht entwickelt wurde, das iranische Atomprogramm zu sabotieren. Hierzu sollte er zielgerichtet spezielle Anlagensteuerungen angreifen. Über den Erfolg gibt es unterschiedliche Aussagen. Es gibt jedoch deutliche Anzeichen, dass durch Stuxnet die höchstempfindlichen Steuerungen der Zentrifugen zur Anreicherung von Uran so gestört worden sind, dass das Atomprogramm erheblichen Schaden genommen hat. Inzwischen wird befürchtet, dass Stuxnet bereits als Vorbild für andere Angriffe dient, und es wurden schon Vorstellungen von Katastrophen bis hin zur Kernschmelze geweckt. Stuxnet war eine gezielte Sabotageaktion, die einen erheblichen Aufwand an Expertenwissen und

Kosten für den Einkauf von sogenannten Exploits erfordert hat. Unter Exploits versteht man im EDV-Bereich Schadprogramme bzw. eine Befehlsfolge, die Sicherheitslücken und Fehlfunktionen von Anwendungsprogrammen ausnutzt, um sich programmtechnisch Möglichkeiten zur Manipulation von Rechnern zu verschaffen oder Internetserver lahmzulegen. Stuxnet war aber noch mehr: Stuxnet war eine Machtdemonstration!

Stuxnet hat zunächst bewusst gemacht, dass schadenstiftende Software in Abläufe kontrollierend eingreifen, reale Dinge bewegen, physikalische Systeme steuern kann. Stuxnet hat aber insbesondere sehr deutlich gezeigt, wie effektiv und effizient Angriffe ablaufen können, die auf der einfachen Tatsache beruhen, dass im modernen Anlagenbau massiv Standard-IT eingesetzt wird.

Die europäische Agentur für Internetsicherheit - European Network and Information Security Agency, ENISA - will in den Stuxnet-Angriffen einen Paradigmenwechsel hinsichtlich gezielter Angriffe gegen wichtige Marktressourcen entdeckt haben. Sie warnt vor ähnlichen Attacken in naher Zukunft. Laut ENISA müsse Europa seine Vorkehrungen zum Schutz kritischer Infrastrukturen neu überdenken. Da die NSA eng mit der UNIT8200, dem israelischen Nachrichtendienst, zusammenarbeitet, waren wir in diesem Fall vorgewarnt. Aber Ihr könnt euch sicher sein, die Bösen Schlafen nicht und es wird der Tag kommen, da erwischen sie auch uns.

Dies vorweg, hat eigentlich nicht direkt mit unserem Fall zu tun.

Eines wird jedoch bei der Diskussion über die Cyberangriffe vergessen oder verdrängt: Die größte Gefahr droht nicht von außen. Die größte Gefahr sind frustrierte, irregeleitete oder irgendwie beeinflusste Mitarbeiter der großen IT-Firmen, IT-Administratoren oder andere Insider bzw. eigene Mitarbeiter, die die kritischen Anlagen bedienen oder administrieren, die Admin- oder Root-Passwörter kennen. Die können in aller Ruhe, sogar bei bezahlter Arbeitszeit, Scripte schreiben, Programme ändern oder Festplatten löschen. Auch einer Eurer IT-Mitarbeiter kann morgen einer religiösen Sekte beitreten und sich für irgendetwas rächen wollen.

Bestes Beispiel sind WikiLeaks und der Soldat Manning. Über acht Monate lang hatte Manning, ein einfacher Soldat, nach eigenen Angaben Zugang zu Geheimdienstdaten des US-Außenministeriums. Angeblich sei es für ihn ein Kinderspiel gewesen, die Dokumente zu stehlen. Er brachte einfach Musik auf einer wiederbeschreibbaren CD-RW mit, die in seinem Fall mit „Lady Gaga" beschriftet war, löschte die Musik und schrieb die geheimen Dokumente als komprimierte und gesplittete Datei auf den Datenträger. Niemand schöpfte Verdacht. Während des wohl größten Data Spillage - unberechtigter Datentransfer auf unautorisierte Systeme – der US- amerikanischen Geschichte hörte er scheinbar Lady Gagas CD 'Telephone`.

Jetzt wieder zu unserem Fall: Es konnte inzwischen eindeutig nachgewiesen werden, dass die Angriffe in Marokko von innen heraus geführt wurden. Es waren VULKAN- und Kraftwerks-Mitarbeiter, die die EDV manipuliert und unter ihre Kontrolle gebracht haben. Wir kennen die Namen, die Gesichter und im Groben auch, was gemacht wurde. Bei den Attentätern handelt es sich nicht um irgendwelche Verrückte mit übersteigertem Geltungsbedürfnis, sondern um politische Aktivisten aus Deutschland und der Westsahara. Bekennerschreiben wie sonst üblich, hat es hier nicht gegeben, aber es gibt ja bereits diverse Kontakte zwischen der marokkanischen Regierung und den Terroristen. Gestern Nacht gab es eine größere Aktion, ich habe hierüber einige Bilder."

Er hatte seinen Laptop auf den Beamer geschaltet und startete einen Film. Aus großer Höhe, eindeutig eine Satellitenaufnahme, war ein in völliger Dunkelheit liegender Küstenstreifen in Umrissen zu erkennen. In der oberen rechten Ecke des Films lief eine Digitaluhr. Es war 10 Sekunden vor 21 Uhr. Exakt um 21 Uhr wurde es dort unten plötzlich hell, Tausende elektrische Lichtquellen gingen gleichzeitig an. Es waren Ortschaften,

Straßen und ein größeres Industriegelände erkennbar. Jemand im Raum murmelte „Geil", doch nach ca. einer Minute war der Spuk vorbei, alle Lampen wieder aus und man konnte den Küstenstreifen mit der Infrastruktur im Dunkeln nur erahnen.

„Diese Terroristen sind keine Aufschneider, die haben tatsächlich immer noch alle Rechner unter ihrer Kontrolle. Aber wir verstehen auch unser Handwerk. Unsere Techniker haben alles eingesetzt, was sie an Sniffer-Technologie zur Verfügung haben und die eine Minute hat genügt, um die Rechnerzugriffe auf die Umspannstationen zurückverfolgen zu können. Wir wissen jetzt, in welcher Stadt sie sitzen und könnten sie mit entsprechendem Aufwand wohl auch hochnehmen, aber hier kommt jetzt die Politik ins Spiel. Stimmt Marokko der Volksabstimmung in der Westsahara zu, wollen die, ich nenne sie jetzt bewusst nicht mehr Terroristen, obwohl sie das ja sind, ich nenne sie jetzt `Stromabschalter`, so wurde es mir nämlich vorgegeben. Also, stimmt Marokko der Volksabstimmung, wie von der UN gefordert zu, dann sollen alle übernommenen Rechner von den Stromabschaltern wieder freigegeben und in den Ursprungszustand zurückgesetzt werden. Dann wäre die Stromversorgung sofort wieder hergestellt.

Meine Chefs haben von ganz oben, ich sag nur Hillary, die Order bekommen, diese Lösung anzustreben.

Auch wenn hier den Terroristen nachgegeben wird, kann vielleicht ein Krisenherd, der seit über 30 Jahren gärt und mit Sicherheit irgendwann zur Explosion käme, entspannt werden.

Die Entscheidung soll noch heute fallen. Das US-Außenministerium wirkt massiv auf die marokkanische Regierung ein und auch Spanien hat bereits Flagge gezeigt – nach dem Motto: Es soll euer Schaden nicht sein."

„Können Sie uns genauer sagen, wer dahinter steckt? Und hat man eine Ahnung, welche Ressourcen den Attentätern zur Verfügung stehen? Ich denke nur an das Video des Überfallkommandos an dem Grenzwall", fragte Thomas Strüver.

Brian wartete ein wenig mit der Antwort, wodurch die Spannung noch einmal anstieg.

„Das ist jetzt aber wirklich topsecret: Schon aufgrund des Videos ist es keine Überraschung, dass es eine Verbindung zu den Flüchtlingslagern der Sahrauis um Tindouf gibt. Wir haben jedoch eindeutige Beweise, dass die Stromabschalter sowohl Verbindungen nach Deutschland als auch in die Türkei haben. Mit beiden Ländern waren die Rechner während der einen Minute verbunden, d. h., dort sitzen wahrscheinlich die Strippenzieher."

Er machte wieder eine Pause. Als jedoch der Kollege vom BKA eine Frage stellen wollte, unterbrach ihn Brian. „Ich habe den zweiten Teil der Frage noch nicht beantwortet, den zu den Ressourcen.

Dies ist auch schwierig, denn alles sah so aus, als wenn wir es mit einer Gruppe von 10-15 Leuten zu tun hätten, aber dieser Grenzüberfall

Größere Organisationen fallen immer irgendwie auf. Von denen hatte jedoch kein Geheimdienst etwas mitbekommen.

Spontan lässt sich so ein Überfall mit entsprechendem Gerät nicht organisieren. So etwas muss vorbereitet und geprobt werden. Wo waren die Panzerwagen und Waffen versteckt? In unterirdischen Depots? Wie bei Saddam Hussein die nicht vorhandenen Chemie- und Atomwaffen?

Unsere Satellitenüberwachung in diesem Gebiet ist sicherlich nicht perfekt, die Gegend ist im Allgemeinen nicht besonders interessant, aber irgendetwas hätten wir mitbekommen müssen. Wir haben für jeden Tag der Aktion alle Satellitenaufnahmen ausgewertet, jedoch nichts gefunden. Am gesamten Grenzstreifen war absolut „Tote Hose."

Wieder machte er eine Pause, aber keiner wagte, eine Bemerkung einzuwerfen.

„Das lässt nur einen Schluss zu: Die Aktion ist ganz großes Kino. Im wahrsten Sinne des Wortes. Das ist Hollywood pur."

„Aber das wäre doch erst recht aufgefallen, hätte man so etwas im Grenzgebiet inszeniert. Außerdem: Da kommt doch keiner hin, da ist alles vermint", musste der Kollege vom BKA anmerken.

Jetzt startete Brian einen neuen Videoclip, der genau den bekannten Al-Jazzira Beitrag zeigte. Er stoppte den Film, als eines der Fahrzeuge in Großaufnahme zu sehen war.

„Sie müssten diesen Fahrzeugtyp eigentlich kennen, für mich war er unbekannt", die Frage richtete Brian an die deutschen Kollegen, „oder haben sie diese Marke schon vergessen?"

Keiner antwortete. Was wollte er damit sagen?

„Wir haben natürlich nicht nur die Fahrzeuge, sondern auch die Waffen genau analysiert", sprach er nun weiter, „es handelt sich alles um altes NVA-Material. Falls jemand es nicht mehr weiß: NVA steht für Nationale Volksarmee der DDR. Den Älteren von Euch müssten doch die Waffen des deutschen Bruders noch bekannt sein. Die Fahrzeuge, Panzerfäuste, Lafetten, wirklich alles aus der DDR.

Nun drängt sich die Frage auf: Wo haben die diese ollen Klamotten her bzw. wo haben die die so lange versteckt? Die DDR war ja mit der DARS freundschaftlich verbunden, hat den Staat anerkannt, von daher wäre es denkbar."

Brian rief am Laptop seinen Browser auf und zeigte Bilder eines Spiegelartikels aus dem Jahre 1991, auf dem das türkische Militär gegen aufständische Kurden vorging.

Exakt mit den gleichen Fahrzeugen und Waffen.

„20% der NVA-Bestände wurden nach der Wiedervereinigung verschrottet, 15% verschwanden, aber 65% wurden an den damals noch neuen Bündnispartner Türkei verkauft, besser gesagt verschenkt. Damals mit der Auflage, die Waffen nicht gegen die Kurden einzusetzen. Deshalb der Spiegelartikel, denn daran haben die sich natürlich nicht gehalten.

Also, wir gehen davon aus, dass es sich bei dem gezeigten Sahara-Überfall um gefälschte, abgewandelte Aufnahmen aus irgendwelchen türkischen Archiven handelt. Die Wüste, die ihr da seht, ist nicht die Sahara, sondern irgendein türkisches Hinterland."

„Aber so was können doch ein paar durchgeknallte Beduinen nicht auf die Beine stellen, da stecken doch Leute wie Gaddafi oder jemand anderes mit Geld, vielleicht doch sogar Al-Qaida dahinter", sagte der BKA-Kollege, der sich dabei richtig erregte.

Daraufhin stand Thomas Strüver auf und übernahm wieder das Wort: „Vielen Dank, Brian, ich denke, wir brauchen Ihre Sachkenntnis nachher noch einmal, aber es gibt ja noch mehr Ergebnisse. Wir sollten erst einmal alles hören und dann sehen, wo wir stehen. Wer berichtet als Nächstes?"

Strüver vom BKA und Schönfelder guckten sich an. „Soll ich?", fragte Schönfelder, aber als BKA-Mitarbeiter fühlte von Schlottau sich an dieser Stelle für zuständig und übernahm das Wort.

„Die Dame mit den verschiedenen Namen hat es uns ganz schön schwer gemacht, ihre Spuren aufzudecken. Zum Glück hatten die Kollegen von der Kripo bereits das Feld bestellt und wir konnten jetzt ernten. Sie hat sich aber leider auch oft in Sumpfgebiete begeben. Deshalb gibt es noch einige Lücken in ihrem Lebenslauf.

Eindeutig zuweisen können wir ihr folgende Zeiträume, Namen und Orte:

Geboren 1975 in der Demokratischen Arabischen Republik Sahara, d. h. in Algerien (gemäß der damaligen Schulanmeldung in der DDR), aufgewachsen in einem der Flüchtlingslager nahe Tindouf

1987 -1988   Schüleraustausch in Lübbenau/DDR

Die DDR nahm regelmäßig Austauschschüler aus der befreundeten Demokratischen Arabischen Republik Sahara, DARS, auf. So kam 1987 die damals 12-jährige Alia Mohamed bint Sidamed nach Lübbenau zur Familie Schneider und freundete sich in der Schule mit Mandy an, zu der sie auch später den Kontakt aufrecht hielt. Nach einem Jahr musste sie wieder zurück. Von 1987 – 1995 haben wir bisher keine Nachweise, sie war höchstwahrscheinlich wieder in ihrem Flüchtlingslager.

Belegt ist dann wieder, und dann durchgehend ohne Unterbrechung 1995 – 2005:

1995 - 1998	*Studium BWL und Recht in St. Petersburg als Alia*
1998 - 2001	*Studium Internationales Recht in Berlin als Alia*
2002	*Hochzeit mit Pjotre Sawitzki in Warschau neuer Name Alina Sawitzki*
2003	*Hochzeit wird wg. falscher Angaben annulliert → neuer Freund?*
2003 - 2005	*Arbeit als Dolmetscherin und Synchronsprecherin in Lodz als Alina Sawitzki*
2005 - 2009	*keine Infos zu: Wohnort, Kontobewegung, Steuern etc. → wann hat sie wieder den Namen geändert? → ab wann nennt sie sich Alina Sliwinski?*
ab Feb. 2009	*Evispos Polen → nur Beleg für Anmietung der Räume, jedoch keine offiziellen Daten, keine Firmenanmeldung; verschiedene Internetseiten, jetzt jedoch entfernt*

Sie soll eine gute, zielstrebige Studentin gewesen sein. Nach dem Studium fiel sie in ein Vakuum (Aussage ihres damaligen Freundes und späteren Ehemannes). Aufgrund ihres Passes und der beginnenden Perestroika hatte sie keine Aussicht auf eine Anstellung oder auf eine Laufbahn, wie von ihr angestrebt, im diplomatischen Dienst. Die Hochzeit ist sie angeblich nur eingegangen, um einen anderen Namen und Pass zu bekommen.

In Lodz konnten wir noch keine Befragungen in ihrem damaligen Freundeskreis durchführen. Sie hatte einen gut dotierten Job, wohnte jedoch in einer WG, bzw. war dort gemeldet.

2005 ist sie dann verschwunden oder abgetaucht. Dann folgte diese Evispos-Geschichte. Die wurde eindeutig als Betrugsunternehmen angelegt. Wir konnten drei verschiedene Internetseiten mit völlig unterschiedlichem Inhalt rekonstruieren. Die Firma war einmal im Bereich Finanzdienstleistung, einmal im Bereich Neue Medien und einmal im Bereich Personaldienstleistung tätig. Alle im Internet aufgeführten Personen sind nicht existent.

Ihre Bewegungen in Hamburg in den letzten Wochen vor den Anschlägen konnten größtenteils von den Kollegen der Hamburger Kripo nachgeprüft werden. Mit wem und zu welchem Zweck sie sich, außer mit Bauske und Mandy, noch in Hamburg traf, können wir noch nicht sagen. Eine Schlüsselrolle nimmt wahrscheinlich ein VULKAN-Mitarbeiter ein, den sie zumindest am Mordtag getroffen hat.

Mit einiger Wahrscheinlichkeit hat sie Hamburg am Mordtag verlassen. Letzter bekannter Aufenthaltsort war der Flughafen Hamburg, 13.5., 21.45 Uhr. Alle Passagierlisten des 13. und 14. wurden überprüft, eine Alina Sliwinski oder Sawitzki war nicht darauf. Wir glauben, sie hat wieder mit einem neuen Namen das Land verlassen. Mit beiden Namen ist sie über Interpol zur Fahndung ausgeschrieben, bisher jedoch ohne Erfolg.

Herr Schönfelder, den Lose haben Sie identifiziert, was haben Sie über den Herrn in Erfahrung bringen können?"

„Im Sinne des Strafgesetzbuches ist er noch nicht aufgefallen, könnte jedoch einer der Aktiven in Marokko gewesen sein. Bei VULKAN ist er zurzeit bei vollen Bezügen beurlaubt. Gegen ihn läuft ein Ermittlungsverfahren wegen Bestechung und Vorteilsnahme. Er ist Projektleiter im Kraftwerksbau und soll im Rahmen verschiedener Genehmigungsverfahren den jeweiligen Verantwortlichen die Entscheidung mit Geschenken, in einem Fall war es ein Mercedes, erleichtert haben. In seiner Wohnung war er seit mehreren Wochen nicht mehr. Sein Aufenthaltsort ist unbekannt, auch im Bekanntenkreis. Eine Befragung seiner Kollegen konnte noch nicht vorgenommen werden, da diese international eingesetzt sind. Da sind wir noch dran."

„Was wissen wir über die wahren Terroristen, über die Doppelgänger?", fragte jetzt Staatsanwalt Bröse.

Hier konnte wieder der BKA-Mann Heiner von Schlottau glänzen: „Nachdem wir Tindouf in Algerien als Standort der Terroristen ausgemacht hatten, haben wir alle Passagierlisten des dortigen Flughafens überprüft und siehe da, wir fanden einen Heiko Lose, der am 17.4., fast drei Wochen vor dem Attentat, eingereist und eine Woche später wieder ausgereist war. Am selben Tag, an dem Lose zurück nach Madrid flog, ist ein Timo Struntz von Madrid nach Casablanca geflogen. Timo Struntz war ein VULKAN-Kollege von Heiko Lose. Es war reiner Zufall, dass wir das heraus bekommen haben, denn den Struntz gibt es gar nicht mehr. Der hat vor sechs Monaten Selbstmord begangen. Struntz war auch wegen Bestechung angeklagt und: Struntz und Lose waren befreundet.

Wir vermuten, dass dieser Struntz eigentlich Lose war, aber warum dieses Theater?

Die genauen Hintergründe für den Selbstmord konnten wir noch nicht erfahren, wir haben erst heute einen Termin in der Personalabteilung bei VULKAN in München.

Was aber noch interessanter ist: In dem Flug am 23.4., Tindouf nach Madrid, in dem Heiko Lose saß, waren auch vier Herren aus der Demokratischen Arabischen Republik Sahara, die mit einem Touristenvisum irgendwelche Gastfamilien ihrer Kinder besuchen wollten. In Madrid sind sie eingereist, bei den Gasteltern jedoch nie angekommen.

Das sind mit hoher Wahrscheinlichkeit unsere Terroristen.

Wo die sich jedoch aufhalten, wissen wir nicht. Trotz Großfahndung in Spanien und Marokko, sofort nach den Anschlägen, ist keiner von ihnen gefasst worden. Und mal im Ernst: Würden wir sie jetzt festnehmen, würden wir sie nur zu Helden machen."

Jetzt schaltete sich wieder Brian Berg ein: „Ihr könnt euch sicher sein, es ist den US-amerikanischen Sicherheitsberatern nicht leicht gefallen, den Terroristen quasi nachzugeben, aber hier wird ein feindlicher Angriff in das Strategiekonzept der USA eingebaut und positiv genutzt. Wenn man durch diese Aktion den Krisenherd Westsahara unter Kontrolle bekommt, wäre das genial."

„Glauben Sie wirklich, dass man mit der Polisario zusammenarbeiten kann?", fragte der Herr Staatsanwalt. „Die Marokkaner sind meines Erachtens berechenbarer."

„Ganz ehrlich, ich möchte mir dazu keine Meinung anmaßen, das ist eine Nummer zu groß für mich. Das ist Politik." Die anderen nickten Brian zu und gaben ihm recht.

„Das bestimmt aber unser weiteres Vorgehen, unsere Polizeiarbeit", bemerkte der Staatsanwalt nur noch.

Thomas Strüver schaute auf die Uhr, stand auf und signalisierte damit, dass er zum Abschluss kommen wollte.

„Was machen wir jetzt? Alle Aktivitäten einstellen und den Fall der Politik überlassen?"

„Wir haben da ja auch noch den Mordfall Mandy", wagte Kriminalrat Schönfelder einzuwerfen, „unsere SOKO besteht noch und wir werden nicht locker lassen, bevor wir nicht den Mörder oder die Mörderin dingfest gemacht haben."

„Dann fass' ich mal zusammen", antwortete Thomas Strüver, „oberste Prämisse ist immer noch, Schaden von unserem Land fernzuhalten. Wenn deutsche Staatsbürger in den Anschlag verwickelt sind, und das sieht immer noch so aus, dann müssen wir das klären und diejenigen mit allen uns zur Verfügung stehenden Mitteln verfolgen.

Ich schlage eine Aufgabenteilung vor: Das BKA ermittelt den Hintergrund der VULKAN-Leute und der Kollege Schönfelder versucht, über das Umfeld der Mandy die Lücken in Alinas Lebenslauf zu füllen. Morgen treffen wir uns zur gleichen Zeit wieder."

3.8 Neuanfang

Heute beginnt meine zweite Woche nach dem Wiedereinstieg in das Berufsleben. Mein Anwalt hatte mir zwar davon abgeraten, den Auflösungsvertrag zu unterschreiben, obwohl er meinte, dass man diesen, wenn es denn dazu käme, in jedem Fall anfechten könnte, aber ich brauchte klare Verhältnisse. Nachdem man meiner Forderung nach einer Abfindung nachgekommen war, und zwar höher, als ich erwartet hatte, habe ich unterschrieben. Am darauffolgenden Montag ging ich dann zur Arbeit, als wäre nichts geschehen. Die Kollegen hielten sich auffällig zurück und stellten kaum Fragen.

Dienstag fuhr ich schon wieder zu unserem Zweigwerk nach Polen und verbrachte dort den Rest der Woche. Am Telefon kamen dann doch die unausweichlichen Fragen: Wie war das mit der Frau? War das eine Araberin? Wie war die Entführung? Kannst du noch ruhig schlafen? Warst du richtig im Knast und so weiter und so fort? Ich habe immer brav erzählt und glaube, das Verhältnis zu den Kollegen wird langsam wieder normal. Auch hier gilt: Die Zeit heilt alle Wunden.

Heute Morgen fand ich auf meinem Schreibtisch eine Kiste mit Post vor, obenauf ein Zettel mit der Bemerkung: Posteingänge während Abwesenheit.

Es war mehr Post als sonst.

Mehrere Briefe waren nicht, wie allgemein üblich an Firma Finkemann, zu Händen Herrn Bauske, gerichtet, sondern an Herrn Bauske bei Firma Finkemann. Diese Briefe waren doch tatsächlich, trotz der Vorfälle um meine Person, nicht geöffnet worden. Viel dachte ich mir dabei nicht, aber spannend war es doch. Meist war kein Absender erkennbar. Vier der Briefe hatten maschinell bedruckte Etikettenaufkleber, einer war handschriftlich adressiert. Den legte ich erst einmal zur Seite und öffnete erst die anderen. Alles Anfragen von Fernsehsendern, eine sogar von der BBC aus England. Das hatte sich zum Glück erledigt.

Werbung oder Angebote jeglicher Art gingen ungeprüft ins Altpapier. In den Hauspostumschlägen waren nur Originaldokumente, die ich schon vorher als PDF erhalten hatte. Das kam alles in den Ablagekorb, um später weggeheftet zu werden.

Jetzt blieb nur noch der mit handgeschriebener Anschrift versehene Umschlag.

Ich begutachtete ihn noch einmal von vorn und hinten. Neutrales Papier. Die Schrift ausgeprägt, relativ aufrecht, fest. Könnte weiblich sein, muss es aber nicht. In meinen Kopf hatte sich schon beim ersten Blickkontakt die Frage eingegraben:

Ist er von Alina, oder ist es etwa auch nur Werbung?

Ich suchte den Brieföffner, den ich irgendwo in den Tiefen des Schreibtisches hatte. Ich wollte nichts beschädigen. Er sollte eigentlich in der obersten Schublade sein, war er aber nicht. Auch nicht in der Zweiten und Dritten. Ich nahm mir eine Büroklammer, bog sie auf und wollte damit zur Tat schreiten, rutschte aber ab und pikte die Spitze ins Nagelfleisch des linken Daumens. Es war richtig schmerzhaft und blutete zu allem Überfluss auch noch. Mit einem Papiertaschentuch wollte ich das Bluten verhindern, dabei fand ich den Brieföffner unter den Taschentüchern. Jetzt war der Schmerz vergessen, der Brief schnell geöffnet und ich zog drei beidseitig eng beschriebene Bögen heraus. Am Ende des Briefes stand:

Ich werde dich nie vergessen – in Liebe, Alina

Langsam ließ ich mich in meinen Bürostuhl gleiten und starrte nur auf diesen letzten Satz.

Da klingelte das Telefon, der Chef.

Bevor ich ran ging, faltete ich den Brief zusammen, steckte ihn wieder in den Umschlag und dann in meine Laptoptasche. Was der Chef von mir wollte, habe ich nicht verstanden, hab aber trotzdem mehrmals ja gesagt und dann aufgelegt.

Ich werde dich nie vergessen – in Liebe, Alina

Ich wusste es: Sie war nicht falsch, nicht berechnend. Solche Gefühle kann man nicht vortäuschen.

Ich wollte gerade das Telefon umleiten, um dann in Ruhe den Brief lesen zu können, als die Assistentin des Chefs neben mir stand: „Wo bleiben Sie denn, die anderen warten alle schon auf Sie. Sie haben doch gesagt, Sie kommen sofort."

Es war eine ungewöhnliche Zusammenkunft von unseren Führungskräften, die tatsächlich nur auf mich warteten. Neben meinem Chef waren noch unser Werksleiter und Geschäftsführer, unser Technikleiter und der Werksleiter unseres polnischen Werkes sowie seine Assistentin anwesend.

„Herr Bauske, willkommen zurück im realen Leben", begrüßte mich Herr Dr. Renke, unser großer Chef, Werksleiter und Geschäftsführer und streckte mir die Hand entgegen. Wir waren uns nach meiner Auszeit noch nicht wieder begegnet.

„Sie wundern sich sicher über diese unplanmäßige Besprechung, aber manchmal muss man auch spontan entscheiden. Das ist ja nichts Neues für Sie und uns. Übrigens: meine Anerkennung, wie Sie durch die Mühlen der letzten Ereignisse hindurchgekommen sind.

Aber jetzt zum Anlass unserer Zusammenkunft. Als global operierender Automobilzulieferer müssen wir die Zeichen der Zeit erkennen und entsprechend reagieren. Die Vorgaben für Entwicklungszyklen von neuen Produkten werden immer kürzer, das heißt, wir müssen deshalb unsere Entwicklungsabteilungen ausbauen, was die Kostenstruktur ungünstig verändert. Um hier wettbewerbsfähig bleiben zu können, darf sich der Overhead jedoch nicht erhöhen. Das hat uns zu der Entscheidung geführt, die neuen Werkzeuge im kostengünstigeren Ausland zu entwickeln. Im Klartext: Wir werden in unserem Werk in Polen eine Entwicklungsabteilung aufbauen, beginnend mit fünf CAD-Arbeitsplätzen sowie entsprechenden Möglichkeiten im Werkstattbereich für Versuchs- und Musterbau."

Er machte eine Pause und schaute aus dem Fenster. Keiner sagte etwas, man hätte eine Stecknadel beim Herunterfallen gehört.

„Lieber Herr Bauske, Sie haben in der Vergangenheit sowie auch in jüngster Zeit bewiesen, dass Sie mit schwierigen Situationen, auch unter extremem Stress, überlegt und zielstrebig umgehen können. Deshalb möchten wir Ihnen die Position des Leiters Technik für die neu aufzubauende Abteilung anbieten. Die Position hat volle Budgetverantwortung und berichtet direkt an mich."

Ich war baff.

So kann sich plötzlich alles ändern. Gestern noch der böse Loser, heute der Shootingstar.

Wollte ich das wirklich? Ich brauchte auf jeden Fall Bedenkzeit, aber durfte man das sagen?

„Wir alle sind überzeugt davon, dass Sie dieser Herausforderung gewachsen sind und unsere Firma dadurch ganz weit nach vorne bringen. Außer Herrn Höltzel, der Sie gern behalten würde, wünschen wir uns eine schnelle Entscheidung ihrerseits, wobei ich es verstehen kann, wenn Sie eine Nacht darüber schlafen wollen. Nun, was sagen Sie?"

Ich war inzwischen ganz gelassen und konnte wieder klar denken: „Ich fühle mich geehrt, erfreut und erleichtert. Geehrt, weil Sie mir und nicht einem Kollegen die Position anbieten; erfreut, weil ich darin eine große Chance für mich sehe und erleichtert, weil Sie mir damit zeigen, dass Sie mir meine privaten Fehler verzeihen können. Spontan möchte ich zusagen, aber es gibt doch einiges zu bedenken, was erst in Einzelgesprächen geklärt werden kann. Ich möchte tatsächlich eine Nacht darüber schlafen."

Der große Chef klopfte mir auf die Schulter. „Ich setze auf Sie. Falls Sie noch Fragen haben, lassen Sie sich nicht von meiner Sekretärin aufhalten, meine Tür ist immer offen für Sie."

Er reichte mir noch einmal die Hand und ging dann hinaus. Kaum war die Tür geschlossen, sprangen alle auf und gratulierten mir. Unser Leiter Technik bot mir spontan das Du an, wir seien ja ungefähr im gleichen Alter und jetzt Partner im Job. Ich sagte zu allem etwas Allgemeines, war innerlich jedoch total unsicher, denn eine Frage beschäftigte mich besonders: Sollte ich meine Familie endgültig abschreiben und nach Polen verschwinden?

Die Anderen merkten, dass ich gedanklich nicht so richtig bei ihnen war und so löste sich die Runde dann auch schnell auf. Manfred bat mich, ihn in sein Büro zu begleiten. Hier bot er mir erst einmal einen Tee an.

„Mensch alter Junge, jetzt kommst du doch noch ganz groß raus. Mach' da zwei Jahre den großen Zampano und dir steht auch bei uns alles offen, wenn es uns dann noch gibt."

„Hast du mich da empfohlen oder ist das ein Schleudersitz, für den man ein Bauernopfer braucht?", fragte ich zurück.

„Ne, ne, der Alte hat dich ins Gespräch gebracht. Ihm hat es wohl gefallen, wie du die Abfindung durchgesetzt hast. Außerdem haben die Polen nur Gutes über dich und deine Arbeit dort berichtet. Es ist wichtig, dass die Leitung Technik und die Werksleitung zusammen und nicht gegeneinander arbeiten. Du kennst doch den Standardspruch vom Alten: Die Produktion kann nur so gut sein, wie es die Technik zulässt. Aber im Ernst, du bist für mich auch eine Idealbesetzung, kennst die Materie, hast Technik gelernt und achtest auf Qualität. Wenn du jetzt die Menschenführung noch hinkriegst, dann kann eigentlich nichts schiefgehen."

„Im Prinzip kann ich mir das auch vorstellen, gerade jetzt, wo mich hier eigentlich alles ankotzt. Aber ich habe Angst, dass ich meine Familie dadurch ganz verliere."

„Das kann ich nicht beurteilen, aber manchmal ist Abstand die beste Medizin und aus der Welt bist du ja nicht. Für Jugendliche kann es auch interessant sein, einmal im Monat für ein Wochenende nach Polen zu fahren. Klär das für dich, da kann dir keiner helfen. Aber ein zweites Mal bekommst du in unserer Firma diese Chance nicht."

Ich sagte nichts dazu, trank meinen Tee aus und ging zurück an meinen Schreibtisch. Den Rest des Tages schrieb ich Abnahmeprotokolle. Erst zu Hause wollte ich dem unausweichlichen ins Auge sehen: Eine Entscheidung fällen und den Brief lesen.

3.9 SOKO Mandy ermittelt in Brandenburg

Heinz Schrenk und Benno Krieger waren seit Langem einmal wieder gemeinsam außerhalb Hamburgs im Einsatz. Seitdem Gabi Scheunemann ihr Team bereicherte, machte Heinz mehr und mehr Innendienst und Benno fuhr mit Gabi zu den Tatorten.

Schönfelder hatte seine Leute sowie den Staatsanwalt umgehend über die BKA-Besprechung informiert. Alle begrüßten es, dass die SOKO jetzt wieder ein offizieller Teil der BKA-Ermittlungen war.

„Wir müssen uns vorrangig wie gefordert um die Lücken in Alinas Lebenslauf kümmern, aber uns natürlich auch mit dem Lose beschäftigen", bestimmte Schönfelder und bildete zwei Teams. Schrenk und Krieger sollten in Mandys Umfeld nach neuen Spuren zum Verbleib von Alina ermitteln, Scheunemann und ein neu hinzugezogenes Teammitglied, Bernd Riddler, in Sachen Lose forschen.

Um niemandem auf den Schlips zu treten, wollten sie zuerst bei den Kollegen im Polizeipräsidium Potsdam vorsprechen, den bisherigen Ermittlungsstand durchgehen, dann zur Wache Lübben fahren und erst danach Termine mit Mandys Angehörigen und Freunden ausmachen.

Die Gespräche mit den Kollegen erbrachten zwar faktisch nichts Neues, verbesserten aber das Vertrauensverhältnis und die Basis für die Zusammenarbeit. Man stellte fest: Auch im großen Hamburg wird nur mit Wasser gekocht.

Bei Mandys Eltern waren sie nachmittags zur Kaffee-Zeit angemeldet. Sie wurden bereits erwartet, Fotoalben lagen bereit. Die Gespräche wurden ruhig und relativ entspannt geführt. Nur einmal brach Frau Schlüter in Tränen aus und fragte in die Runde: „Warum hat sie sich bloß darauf eingelassen und sich mit diesen Leuten abgegeben. Was hatte diese Alia, dass Mandy ihr jeden Wunsch erfüllte?"

Sie erfuhren weitere Einzelheiten aus Mandys Leben, jedoch wenig Neues zu ihrer Alina, die ursprünglich wohl Alia hieß. Als sie die Beiden verließen, hatten sie die Namen und Adressen von Mandys Ex-Ehegatten, von Freunden und Bekannten und von ihrem Chef.

Die beiden Polizisten fuhren zurück zur Wache nach Lübben, um von dort die weiteren Treffen zu koordinieren. Dies war schwieriger als erwartet. Der Einzige, den sie telefonisch erreichten, war Mandys ehemaliger Chef. Sie bekamen einen Termin für den nächsten Tag.

Mandys erster Mann, der Ruder-Leistungssportler, war gerade in einer Entzugsklinik, durfte keinen Besuch empfangen.

Ihr zweiter Ehemann, von dem sie vor einem 3/4 Jahr geschieden wurde, hielt sich gerade aus beruflichen Gründen im Ausland auf. Er war Kameramann bei einer Firma für Spezialeffekte der Babelsberger Filmstudios, die gerade irgendwo im Ausland drehten. Er sollte aber heute Abend noch zurückkommen. Von den Freunden und Bekannten konnten sie keinen telefonisch erreichen.

Mandy hatte neben Alia eine beste Freundin: Theresa Wiese, geborene Nachtigal. Die wohnte mit Mann und Tochter immer noch in Calau, also gleich im Nachbarort. Da fuhren sie hin, nachdem sie gemütlich zünftig die regionale Küche probiert hatten: Pellkartoffeln, Brathering und Leinöl. Es war kurz vor acht, Tagesschauzeit. Wer jetzt nicht zu Hause war, kommt spät oder gar nicht mehr.

Eine große Frau in Hausanzug, mit einem Geschirrtuch in der Hand, öffnete vorsichtig die Tür. Sie stellten sich vor und erläuterten den Grund ihres Erscheinens. Die Frau zögerte, sagte: „Mein Mann ist beim Fußball, können Sie nicht an einem anderen Tag wiederkommen?" Aber sie erklärten, dass sie extra aus Hamburg angereist seien, es äußerst dringend wäre und sie vielleicht helfen könnte, den Mord an ihrer Freundin aufzuklären. Das überzeugte sie. Die Tochter, die gleich sehen wollte, wer da gekommen war, durfte heute ausnahmsweise noch das

Quiz im Fernsehen anschauen, sodass die Befragung in der Küche stattfand.

Sie erfuhren noch einmal, was Mandy für eine nette Person war, freundlich, verlässlich, verantwortungsvoll, aber auch immer zu Späßen bereit. Die Freundin erzählte von großen Partys, von gemeinsamen Cliquen und Jungenfreundschaften. Nur bei ihren Männern hätte Mandy einen Hang zu irgendwie tragischen Gestalten gehabt. Zwar gut aussehend, aber immer leicht chaotisch.

Ihr erster Freund war der Gitarrist der Schülerband, der immer mit Cowboy-Hut herumlief.

Ihr erster Ehemann war ein Sport-Ehrgeizling, den eigentlich nichts anderes interessierte als sein Rudern. Theresa vermutete, dass er wohl alle damals gängigen DDR-Mittelchen genommen hätte, die zwar die Muskeln aufbauten, aber ihm das Interesse an dem anderen Geschlecht verlieren ließ. Sie glaubte, er war nicht traurig, als Mandy die Scheidung einreichte.

Dann hatte sie etwas mit einem verheirateten Arbeitskollegen. Der wurde jedoch bald darauf versetzt (Mandys Chef war der Bürgermeister und der sah hierdurch ein Unglück auf sich zukommen).

Als Letztes, zu der Zeit war Alia gerade wieder in Deutschland, hat sie ihren zweiten Mann kennengelernt und sich unsterblich in ihn verliebt. Das war jedoch ziemlich kompliziert, denn dieser Kerl wiederum war total in Alia vernarrt und Alia, obwohl Moslem, war kein Kind von Traurigkeit. Wie sagt man so schön: Die ließ nichts anbrennen. Mandy hat damals so manche Träne bei Theresa vergossen. Aber Alia machte Mandys neuem Schwarm dann wohl doch deutlich klar, dass er bei ihr keine Chancen hätte. Theresa glaubte, dass Alia dies nur Mandy zuliebe so deutlich ausgesprochen hatte.

Alia pendelte damals zwischen Polen, Berlin und Leipzig. Die Frage, was Alia in den drei Städten gemacht hat, konnte Theresa nicht genau beantworten. Nur so viel: In Polen wohnte sie und hatte dort wohl auch einen Freund. In Leipzig und Berlin arbeitete sie, was, wusste Theresa jedoch nicht.

Irgendwann tauchte Alia nicht mehr auf und drei Monate später, im Juni 2005, fand für die Freundinnen überraschend, die Hochzeit zwischen Mandy und Daniel, so hieß der heiß Umworbene, statt. Auch da war Alia nicht dabei. Theresa beschrieb Daniel als gut aussehenden, sportlichen Typ, der nur einen Fehler hatte, er war Pyromane, zündelte dauernd irgendwo. Jetzt kann er sich ja wohl in seinem Job bei dieser Spezialeffektefirma der Babelsberg-Studios abreagieren. Dort sorgt er insbesondere für Pyrotechnikeffekte.

Alia tauchte erst 2008 wieder auf.

Kurz darauf besuchte Mandy ihre Freundin Theresa auf deren Arbeitsstelle bei der Sparkasse Spree-Neiße und bat um Rat bei einer Geldanlage. Es ging um spezielle Umweltfonds aus Leipzig, die die Beteiligung wahlweise als Treugeber oder als Kommanditist an Fotovoltaik-Anlagen auf Dächern europäischer Supermarktzentren beinhalteten. Die Fonds wollten in zehn Anlagen mit einer Gesamtleistung von rund 8 MW investieren, indem Kommanditanteile von Projektgesellschaften übernommen werden sollten. Als seriöses Geldinstitut hat Theresas Bank davon strikt abgeraten. Mandy hat das Thema nie wieder angesprochen.

Irgendetwas bahnte sich dann doch zwischen Alia und Daniel an. Angeblich war es beruflich, aber Mandy glaubte das nicht. Alia besuchte Daniel wohl mehrfach auf seiner Arbeitsstelle. Später erzählte Mandy, dass es um einen Auftrag zwischen Daniels Firma und der staatlichen Filmschule in Lodz ging, aber Mandy und Daniel hatten seitdem dauernd Zoff. Als Daniel mal wieder länger zu Filmaufnahmen im Ausland war, hat Mandy sich auf einer Betriebsfeier etwas zu gut amüsiert, was im Ort schnell die Runde machte. Daniel zog dann irgendwann aus der gemeinsamen Wohnung aus und lebt jetzt wohl in Berlin.

Kommissar Krieger machte sich eifrig Notizen. Hauptkommissar Schrenk führte hauptsächlich die Befragung durch. Als Theresa geendet hatte, las Krieger ihr seine wesentlichen Punkte und die daraus resultierenden Fragen noch einmal vor, doch Theresa viel im Moment nichts Neues mehr ein. Bei der Verabschiedung sagte sie plötzlich: „EVISPOS, so hieß der Fond, nachdem sich Mandy erkundigt hatte."

Krieger und Schrenk guckten sich an, dann sagten sie wie aus einem Munde: „Everything is possible." Damit ließen sie Theresa erstaunt zurück.

„Es hat sich doch schon gelohnt, hierher zu fahren. Jetzt müssen wir aber unbedingt noch den letzten Ex aufsuchen, der müsste eigentlich die noch vorhandenen Lücken ausfüllen können", sagte Krieger zu Schrenk, als sie ins Auto einstiegen.

Ihre hiesigen Kollegen hatten ihnen Zimmer im Treff Hotel in Lübbenau gebucht. Sie waren noch einmal zur Wache gefahren, um sich die Adresse und Telefonnummern, privat und beruflich, von Daniel Nietsch ermitteln zu lassen. Mandys Exmann war tatsächlich bereits ordnungsgemäß in Berlin, d. h. in Potsdam, gemeldet. Seine neue Adresse, die Max-Volmer-Straße, war nicht weit von den Filmstudios entfernt. Jetzt konnte er zu Fuß zur Arbeit gehen, vorher musste er über 120 km für eine Strecke zurücklegen.

Den Abend verbrachten sie im Restaurant des Hotels bei einem leckeren Schweinebraten mit Bratkartoffeln. Dazu tranken sie dunkles Bier. Beim dritten Bier waren sie sich einig, dass sie diese Alia gerne einmal kennenlernen wollten, jedoch nicht als Polizisten.

Um 7.30 Uhr hatten sie sich zum Frühstück verabredet. Schrenk trank nur Kaffee, aß ein halbes Brötchen und ein gekochtes Ei. Krieger war schon wieder mit Speck, Rührei, Bohnen und Toast dabei. Er mochte die englische Lebensart.

Bevor sie zum Termin mit Mandys Chef, dem Bürgermeister von Callum fuhren, riefen sie Nietsch an. Sie erreichten ihn unter seiner privaten Festnetznummer und verabredeten sich mit ihm um 12.00 Uhr an seiner Arbeitsstelle.

Der Bürgermeister hatte wenig Zeit und bestätigte auch nur das bisherige Bild, das sie von Mandy hatten.

Die Firma von Daniel Nietsch war nicht leicht zu finden, denn deren Räumlichkeiten lagen mitten auf dem Gelände der Filmstudios und waren nicht besonders ausgeschildert. Erst nachdem sie ein drittes Mal eine der hektisch herumlaufenden Personen nach dem Weg gefragt hatten, fanden sie den unscheinbaren Schuppen, der die Spezialeffektefirma beherbergte.

Innen sah es wie in einem MI6-Labor in den James-Bond-Filmen aus. Ein Mechaniker, den sie fragten, wo sie Herrn Nietsch finden könnten, schickte sie eine Freitreppe hinauf auf eine Balustrade. Hier gab es Büros und Besprechungsräume, alles durch große Glasfenster einsehbar. Eine Dame, die ihnen entgegenkam, zeigte auf Nachfrage auf eines der hinteren Büros. Sie konnten von außen sehen, dass in dem Büro jemand hinter einem großen Monitor saß und am Computer arbeitete. Bevor sie anklopfen konnten, hatte er ihnen schon die Tür geöffnet.

In dem Büro gab es eine Sitzecke mit Tisch, zu der er sie führte. Schrenk stellte sich und Krieger vor und erklärte, was sie von ihm wollten.

Krieger guckte sich in dem Büro um. In einem großen Regal befanden sich diverse Modelle von Landschaften, Gebäuden, Fahrzeugen und Maschinen. Die freien Wandflächen hingen voll mit Postern und Bildern, auf denen Sprengungen abgebildet waren, zusammensackende Gebäude, Schornsteine, ein Staudamm und auch mehrere Fotos vom 11. September. Das Flugzeug im Tower und mehrmals die einstürzenden Türme.

Nietsch bemerkte, dass Krieger beim Ansehen dieser Bilder die Stirn runzelte. „Besser hätten wir das nicht in Szene setzen können", sagte er.

„Herr Nietsch, jetzt zur Sache: Wie war das Verhältnis zwischen Mandy und Alia aus ihrer Sicht?" Schrenk übernahm heute das Fragenstellen.

„Ganz ehrlich, ich weiß es nicht. Sie waren wohl früher beste Freundinnen, aber irgendwann kam es zu Konkurrenzsituationen, die Mandy nicht so gut verkraftete. Meist ist so etwas ja auch eingebildet. Dann kam auch noch die Sache mit dem Geld dazwischen und Sie wissen ja, bei Geld hört die Freundschaft auf."

„Die Sache mit dem Geld müssen Sie uns genauer erklären", sagte Schrenk.

„Na ja, Mandy hatte sich ein Auto gekauft, Z3 Cabrio, natürlich auf Schüttelscheck. Wir hatten uns gerade kennengelernt, waren aber noch nicht verheiratet. Ich gebe zu, auch das Fahrzeug hat mich ganz schön beeindruckt. Sie hatte das Auto gerade zwei Monate, beim ersten Frost ist sie ins Schleudern gekommen. Ihr ist dank Airbags nichts passiert, aber das Auto war Schrott. Jetzt hatte sie kein Auto und musste trotzdem monatlich 630 Euro an die Bank überweisen, denn sie hatte an der Vollkasko-Versicherung gespart.

Alia hat ihr damals 10.000 Euro für einen kleinen Skoda geliehen. Ich weiß nicht, ob sie ihr das jemals zurückgezahlt hat, zumindest nicht in der Zeit, als wir verheiratet waren."

„Und deshalb gab es Streit zwischen den beiden?"

„Nein, das war nie ein Thema, aber Mandy nahm so etwas sehr Ernst, hatte deshalb bestimmt immer ein schlechtes Gewissen. Ich glaube, die Freundschaft war dadurch nicht mehr so entspannt."

„Wissen Sie, wo Alia das Geld herhatte? Hatte sie einen reichen Freund?", fragte Krieger.

„Sie war damals als Anlageberaterin unterwegs. Es gibt immer Leute, die nicht genug bekommen können, meistens welche, die schon mehr haben als sie brauchen. Deren Geld hat sie wahrscheinlich umverteilt. Uns hat sie mit ihren Fondsgesellschaften in Ruhe gelassen."

„Wissen Sie darüber Genaueres? Den Namen der Firma? Was genau sie angeboten hat?", fragte jetzt wieder Schrenk.

„Nein, das weiß ich nicht, es waren irgendwelche Solarfonds. Soweit ich weiß, hat Mandy darüber mit Theresa gequatscht. Das war ihre beste Freundin. Die ist bei der Bank beschäftigt."

„Wir haben bereits mit Frau Wiese gesprochen, haben aber dieses Thema scheinbar nicht ausreichend hinterfragt, müssen wir noch nachholen. Sie erzählte uns jedoch von Gerüchten, die Ihnen und Alia ein Verhältnis nachsagten. Wie ist ihr Verhältnis zu Alia? Haben Sie immer noch Kontakt zu ihr?" Schrenk konnte auch direkt sein.

„Das war klar, dass die Tratschen so etwas behaupten. Pure Eifersucht, dabei haben es Frauen wie Alia gar nicht so leicht. Sie strahlen so etwas Unnahbares aus, was so manch einen Mann abschreckt. Ich habe eigentlich keine Probleme mit Frauen und bisher auch jede, wenn ich es darauf angelegt habe, herumgekriegt. Aber bei Alia hatte ich Hemmungen, habe mir Pläne zurechtgelegt, wie ich sie am besten für mich gewinnen kann und Strategien entwickelt. Hat aber alles nicht funktioniert. Normalerweise lass' ich es einfach laufen und sage das, was mir gerade in den Sinn kommt. Meist klappt das. Bei Alia konnte ich das nicht. Ich sage es auch Ihnen klar und endgültig: Ich habe und hatte nie ein Verhältnis mit Alia. Ich gebe zu, ich hätte es gern gehabt, aber ich war wohl nicht ihr Typ."

Krieger machte sich wieder eifrig Notizen und Schrenk fragte weiter: „Bitte erzählen Sie uns alles, was sie über Alia wissen, vom Kennenlernen bis zum letzten Kontakt, auch Nebensächlichkeiten können wichtig sein."

„Ich hab die beiden auf einem Volksfest in Lübben kennengelernt, fand beide hübsch, war aber besonders von der exotischen Schönheit Alias angetan. Hab' ordentlich gebaggert und es sah auch so aus, als ob ich Erfolg haben würde, aber sie hat mich immer wieder hingehalten. Irgendwann kam es dann zur Aussprache zwischen uns und sie hat mir eindeutig zu verstehen gegeben, dass ich nie mehr als ihr guter Freund werden könnte. Ich war damals total in sie verliebt, deshalb ging so etwas nicht. Ich bin den beiden dann aus dem Weg gegangen. Vier Wochen später lud mich Mandy zu ihrer Geburtstagsparty ein. Alia war inzwischen abgereist. Auf der Party hat es zwischen Mandy und mir gefunkt. Sechs Monate später waren wir verheiratet und Mandy war schwanger. Leider hatte sie eine Fehlgeburt, vielleicht wäre sonst alles anders geworden.

Ich habe Alia erst vor gut einem Jahr wiedergetroffen, beruflich. Sie wohnte inzwischen in Polens Filmmetropole Lodz und war mit einem Professor der staatlichen Filmhochschule befreundet, außerdem hieß sie jetzt anders. Ich habe sie weiterhin Alia genannt. Ich war ganz schön geschockt, als sie hier hereinkam. Mandy hatte keine Ahnung davon. Ich weiß nicht, woher sie von meiner Tätigkeit hier wusste. Sie tat so, als hätten wir uns nie gestritten und bat um meine Hilfe für ihren Freund. Der plante ein großes Filmprojekt, hatte jedoch nur begrenzte Mittel. Es ging um die Darstellung einer militärischen Eroberung mit viel Pyrotechnik, mein Spezialgebiet. Der Film wäre die Abschlussarbeit seines Vorzeigesemesters und sollte zur Berlinale in der Kategorie Nachwuchsförderung eingereicht werden. Außer Spesen war für mich da zwar nichts zu holen, aber ich würde als Verantwortlicher für die Spezialeffekte im Nachspann genannt werden."

„Und? Haben Sie's gemacht?", wollte Krieger wissen.

„Das ist schon etwas Besonderes, wenn man im Nachspann aufgelistet wird, das kann der Durchbruch sein. Ja, ich habe es gemacht."

„Und wenn jemand anderes damit gekommen wäre, hätten Sie es dann auch gemacht?" Krieger fragte weiter nach.

„OK, ich sage es ehrlich: Wäre nicht Alia gekommen, hätte ich demjenigen einen Vogel gezeigt. Ich bin doch nicht die Wohlfahrt. Aber Alia kann ich nichts abschlagen. Ich habe mir sogar besondere Mühe gegeben, habe mir eine Woche unbezahlten Urlaub genommen und die Dreharbeiten vor Ort in der

Türkei betreut. Die Szenen sind wirklich gut geworden, aber aus irgendeinem Grund haben sie den Film dann doch nicht zur Berlinale fertigbekommen. Das Endprodukt habe ich gar nicht gesehen."

„Haben Sie dabei etwas mit Alia angefangen? Hatten Sie ein Verhältnis mit ihr?", jetzt fragte wieder Schrenk.

„Nein, zwischen Alia und mir hat sich nichts geändert. Wir sind jetzt sogar wieder gute Freunde, das hat am Ende sogar Mandy akzeptiert."

„Erzählen Sie von den Filmszenen, worum ging es da genau?"

„Es spielte in Südamerika. Ein fiktiver totalitärer Staat hat sein Land durch eine dicke Mauer geschützt, hat alles vermint. Freiheitskämpfer überwinden jedoch mit einfachsten Waffen und Guerillataktik den Schutzwall und befreien die dahinter liegenden Orte. Es hat ordentlich gescheppert und gekracht. Die Pyrotechnik war mein Werk."

Krieger und Schrenk guckten sich an und dachten das Gleiche.

„Sehen Sie eigentlich fern, die täglichen Nachrichten?", fragte dann Schrenk.

„Nachrichten? Nö, da wird man doch nur verarscht, die Wahrheit sagt doch schon lange keiner mehr. Ich guck nur Action-Filme, aus denen ich was lernen kann", war Nietschs Antwort.

Krieger stand auf und ging auf den Computer zu. „Kann ich hier ins Internet?", fragte er. „Ich will Ihnen etwas Spannendes zeigen."

Nietsch stand auch auf, schaltete den Bildschirmschoner frei und überließ Krieger die Tastatur. Der rief sofort YouTube auf und gab die drei Suchbegriffe Marokko, Polisario, Grenzeroberung ein.

Als der Al-Jazzira-Bericht vom Überfall der Polisario auf den Grenzwall im besetzten Gebiet über den Monitor flimmerte, fing Nietsch an zu stottern: „Das ist, ... nein, doch nicht, ...

doch das kenn ich ganz genau", jetzt wurde er lauter, „das sind meine Aufnahmen, meine Effekte, wer hat das reingestellt? Woher haben die das?"

Dabei zeigte er mit dem ausgestreckten Arm auf den Bildschirm und guckte abwechselnd von Schrenk zu Krieger und zum Monitor.

„Sie haben nichts von dem Marokkokonflikt gehört, der die ganze westliche Welt beunruhigt? Nichts im Fernsehen gesehen?"

„Doch, das hab ich wohl mitgekriegt, aber was hat das mit meinen Filmaufnahmen zu tun?" Nietsch verstand immer noch nicht.

„Das sind von Al-Jazzira gesendete Livebilder von der Erstürmung des marokkanischen Grenzwalls und der Befreiung besetzter Dörfer durch die Polisario vor genau einer Woche", antwortete Krieger.

„So ein Schwachsinn, die Effekte erkenn' ich genau, habe sogar noch das Manuskript. Die Fahnen sind nachträglich eingebaut worden, auch die Personen sind optisch manipuliert. Das ist aber kein großes Problem, das kann jeder, der die entsprechende Software hat." Er hörte plötzlich auf zu sprechen, hielt den Atem an, um sich dann mit der flachen Hand auf die Stirn zu schlagen.

„Ich glaub das nicht. Die Tussi hat mich für soon' politisches Ding missbraucht. Ich hatte wirklich keine Ahnung, dass die so etwas vorhatten. Ich bin auch zu blöd." Er konnte sich gar nicht wieder beruhigen.

„Mit wem haben Sie dort zusammengearbeitet, wer war ihr Auftraggeber", fragte Schrenk.

Er kramte eine Weile in einer Hängeregistratur und zog dann ein DinA4-Blatt heraus. Es war eine Art Arbeitsplan. Oben war ein Briefkopf aufgedruckt - Państwowa Wyższa Szkoła Filmowa i Teatralna im. Leona Schillera w Lodzi.

„Das bedeutet auf Deutsch: Staatliche Hochschule für Film, Fernsehen und Theater „Leon Schiller" in Lodz. Die Filmschule ist weltweit bekannt und hat so berühmte Regisseure wie Roman Polanski oder Andrzej Wajda hervorgebracht.

Die Studenten realisieren jedes Jahr eine Vielzahl von sogenannten „Etüden"-Kurzfilme, die ein Teil der Prüfungen sind. Die Lehrer arbeiten im Allgemeinen auch in der praktischen Welt und nur wenige haben einen rein akademischen Hintergrund. Die Schule verfügt über eigenes professionelles Equipment wie Kameras, Studios, Schneideräume, ein Tonstudio, ein Theater usw. Sie funktioniert im Prinzip wie ein kleines Filmstudio. Es gibt diverse Förderprogramme. Unser Film wurde unter anderem von einem Verein aus Leipzig finanziell unterstützt. Ich glaube eigentlich nicht, dass es von vornherein als Polisario-Überfall geplant war.

Organisiert hat das alles Prof. Daniel Wawrzyniak. Er scheint mir sehr beliebt zu sein, fordert besonders Spontaneität und Improvisationsfähigkeit bei den Studenten. Letztes Jahr ist er zweimal in Schlafanzug und Bademantel in die Vorlesung gekommen, hat sich in die letzte Reihe gesetzt und von den Studenten Reaktionen darauf gefordert."

„Die Filmschule scheint ja irgendwie speziell zu sein, studieren dort auch Ausländer?", wollte Schrenk wissen.

„Na klar, es gibt vielmehr Bewerber als Ausbildungsplätze. Wer einen Abschluss von dort vorweisen kann, dem steht die Filmwelt offen, es werden jedoch in jedem Lehrgang nur zehn Ausländer angenommen.

Das entscheidende Merkmal der Schule ist die Leidenschaft für das Visuelle. In der Praxis heißt das: zuerst das Handwerk, dann die Kunst. In der Filmschule dreht man nicht auf Digital Video, sondern auf 35 mm. Selbst die kürzeste Lichtübung ist ein kleiner Kinofilm. Das ist besonders, weil es besonders teuer ist. Und weil es so teuer ist, hat jeder Student pro Film nur 16 Minuten Filmmaterial zur Verfügung. Jede Einstellung muss stimmen, da man nicht wie bei Digital Video einfach nochmals drehen kann. Das soll Konzentration und Genauigkeit fördern, und das wird seit 50 Jahren so gemacht. Die Schule ist alte

Schule, und die Pädagogik wurde auch nach dem Zerfall des Ostblocks nicht verändert."

Er machte eine kurze Pause. Man merkte, er hätte auch gern die Möglichkeit einer solchen Ausbildung gehabt, wechselte dann jedoch das Thema.

„Ist Alia in dieses Marokko-Ding verwickelt? Sind Sie deshalb hinter ihr her oder geht es immer noch um den Mord an Mandy? Ist Alia etwa die Mörderin?"

Schrenk und Krieger gingen auf seine Fragen nicht ein. „Wir brauchen von Ihnen noch die Namen der am Film Beteiligten."

Er suchte kurz im Computer nach einigen Dokumenten und Mails und erstellte dann eine Liste mit über 20 Namen sowie einigen Adressen und Hinweisen. Seine letzte Frage, ob er wegen der Filmaufnahmen belangt werden könnte, konnten sie verneinen. Wie werbewirksam es ist, wenn man sich als Schöpfer dieses Streifens ausgibt, konnten sie jedoch nicht beurteilen. Das könne auch nach hinten losgehen, befürchtete Krieger.

3.10 Lagebesprechung SOKO-Marokko, Donnerstag, 16 Uhr

Thomas Strüver schloss die schwere Tür des großen Sitzungssaals hinter sich und begann sofort mit der Frage: „Haben Sie schon die neuesten Nachrichten aus Marokko gehört? Es hat vor einer Stunde ein Geheimtreffen zwischen einem spanischen Diplomaten, einem UNO-Vertreter, dem marokkanischen Ministerpräsidenten und zwei Vertretern der Frente Polisario gegeben. Es wurde ein endgültiger Termin zur Durchführung der UN-Resolution 1754, Durchführung eines Referendums, in dem das sahrauische Volk der Westsahara selbst bestimmen kann, zu welchem Staat es gehören will, festgelegt und in einem Dokument verbindlich bestätigt. Das ist ein voller Erfolg der UN– und US-amerikanischen Friedenspolitik."

„Ich würde sagen: Ein voller Erfolg der Terroristen", widersprach Staatsanwalt Bröse.

„Sie haben ja recht, aber das ist Politik. Was gestern böse war, kann heute gut sein – und morgen umgekehrt. Ausnahmsweise haben es die, die gestern noch böse waren, so geschickt angestellt, dass sie heute die Helden sind. Wer sich das ausgedacht hat, der gehört als Berater in die UNO oder noch besser nach Palästina."

„Vielleicht kriegen die ja irgendwann noch den Friedensnobelpreis", ergänzte Bröse sarkastisch.

„Für uns bedeutet das einen erheblichen Druckabbau. Wer im Einzelnen die Täter sind, will gar keiner mehr wissen. Im Gegenteil, man würde nur Helden aus ihnen machen. So kann man das als Erfolg der UN-Diplomatie verkaufen. Ihre Teams haben inzwischen ja noch weitere Details ermittelt. Dies muss in einer Art Abschlussbericht mit den möglichen Schlussfolgerungen ausführlich niedergelegt werden. Die weitere Entwicklung können wir dann entspannt aus der Ferne beobachten."

„Halt stopp, den Fall Mandy wollen wir aber in jedem Fall aufklären und die Verantwortlichen zur Rechenschaft ziehen", erwiderte Schönfelder.

„Ja natürlich, also lassen Sie uns beginnen. Was konnten Sie ermitteln?", lenkte der BKA-Chef ein.

Schönfelder berichtete, was er telefonisch von Schrenk aus Brandenburg gehört hatte und dass seine Mitarbeiter erst morgen, wenn sie Mandys Ex-Ehemann getroffen hätten, wieder zurückkämen. Er könne erst dann ein komplettes Bild der neuesten Ermittlungen zur Alina darstellen. Es sieht aber so aus, als könnten die letzten Lücken gefüllt werden.

Von den polnischen Recherchen berichtete Strüver: „Unsere Kollegen von der CID policja haben sowohl Alinas Ehemann, den Pjotre Sawitzki in Warschau sowie ihre späteren Freunde in Lodz aufgesucht und ausgiebig befragt. Hierdurch ergibt sich folgendes Bild:

Alina hatte es nicht schwer, Kontakte zu knüpfen und Freunde zu finden. Die Freundschaften waren immer ehrlich. Sie hatte aber auch keine Scheu, Beziehungen zu nutzen. Ihren Pjotre hat sie aus Liebe geheiratet, aber auch, weil sie ihre beruflichen Möglichkeiten mit einem neuen Namen und einer neuen Staatsangehörigkeit verbessern wollte. Die Trennung ging einseitig von ihr aus. Durch ihren Job als Synchronsprecherin lernte sie viele interessante Leute kennen. Da konnte Pjotre bald nicht mehr mithalten. Einem Filmregisseur folgte sie nach Lodz, mit dem sie lange Zeit dort zusammenwohnte. Beide sind jedoch seit knapp einem Jahr von dort verschwunden. Keiner weiß wohin. Verschiedene Bekannte äußerten die Vermutung, dass der Regisseur jetzt in der Türkei arbeiten würde, Mandy jedoch in Berlin."

„Hilft uns das weiter?", fragte Schlottau, „ist wohl nicht so entscheidend. Wichtiger scheint mir jetzt dieser VULKAN-Mann. Was konnte über den ermittelt werden?"

Auch hier berichtete Strüver: „Der Lose gehört, oder besser, gehörte zu einem Team von vier Projektleitern, die weltweit

Großprojekte im Bereich Energieversorgung abwickelten. Es ging meist um 2–3-stellige Millionenbeträge. Oft waren es Vorhaben in Ländern der sogenannten zweiten und Dritten Welt.

Wie wir alle wissen, wird dort mit allen Mitteln um die Projekte, um Genehmigungsverfahren, um die Anpassung von Umweltauflagen usw. gekämpft. So manch ein Regierungsbeamter, Landesfürst oder Pressevertreter muss im Einzelfall umgestimmt werden und das funktioniert meist nur mit Bakschisch. Alle wissen es, jeder macht es. Nur manchmal läuft das Ganze aus dem Ruder. Einer der Mitspieler fühlt sich übervorteilt oder noch schlimmer, ausgeschlossen und fängt an zu plaudern. So kam es letztes Jahr in den USA zu Korruptionsanklagen gegen die VULKAN Systemtechnik AG. Um die Strafzahlungen im Rahmen zu halten, brauchte man Bauernopfer. Dies wurden die Projektleiter. Noch laufen die Verfahren zwar, aber in jedem Fall ist es das berufliche Ende dieser Leute, wobei sie bestimmt nicht in Armut verfallen. Ihr Schäfchen haben sie bereits seit Langem im Trockenen.

Doch diese Leute verbinden scheinbar mehr mit ihrem Beruf, als man glaubt. Alles gestandene Männer, Diplomingenieure, gut bezahlt und seit Langem erfolgreich im Beruf sind sie nun die Bösewichte. Nichts mehr mit Vulkanier, wie sich die VULKAN-Mitarbeiter selbst nennen, nichts mehr mit großer Familie. Sie sind plötzlich schuld, dass die Bilanz wegen der Strafzahlungen schlechter als erwartet ausfällt, dass die Börsenkurse fallen.

Einer der Vier, Timo Struntz hat sich deshalb letzte Weihnachten das Leben genommen und in seinem Abschiedsbrief beteuert, dass er alles nur zum Wohle der Firma getan habe und die Schande nicht ertrage. Er hinterlässt eine Ehefrau und drei Kinder. Neben seiner Familie hatte er nur einen guten Freund: seinen Kollegen Heiko Lose.

Nun zu Lose selbst. Er ist bei VULKAN bei vollen Bezügen beurlaubt. In seiner Wohnung war er seit mehreren Wochen nicht mehr. Sein Aufenthaltsort ist unbekannt, auch im Bekanntenkreis, der eher klein ist, hat keiner etwas von ihm gehört. Seine noch aktiven Kollegen bedauern es, dass er „über die Klinge springen musste", wie einer sagte.

Sein letzter bekannter Aufenthaltsort war der Flughafen Madrid. Er kam aus Tindouf in Algerien, von dem Ort, in dem die Drahtzieher der Marokko-Anschläge sitzen. In Madrid war er mit seinem Firmenwagen. Er tankt immer noch mit seiner VULKAN-Tankkarte. Anhand der Tankabrechnungen konnten wir nachvollziehen, dass er am Tag nach der Ermordung Mandys noch nachts nach Leipzig und zwei Tage später nach Madrid gefahren ist. Von dort ist er nach Tindouf in Algerien geflogen und eine Woche später wieder nach Madrid zurückgekehrt. Seitdem haben wir von Lose keine Spuren mehr gefunden. Keine Tankabrechnungen, keine Kontobewegung.

Jedoch: Mit dem Verschwinden von Heiko Lose taucht jemand anderes in den Passagierlisten eines Fluges von Madrid nach Casablanca und fünf Tage später wieder zurück auf: Timo Struntz. Wir glauben, dass das Lose war. Er ist leider auf keinem Bild der Überwachungskameras zu erkennen. Hat sich wohl bewusst entsprechend verhalten und gekleidet.

Warum macht er das?

Unser Profiler meint, er will uns damit etwas sagen, etwas ankündigen. Das Thema Lose sei noch nicht beendet."

3.11 Lagebesprechung SOKO Mandy

Schrenk und Krieger trafen gegen 16.00 Uhr wieder im Präsidium ein. Um 16.30 Uhr setzte sich die SOKO bereits bei Schönfelder im Büro zusammen.

„Na, wie sind die Hotels im Spreewald? Gab es ordentlich Gurken und Radeberger?" Gabis Frage war an Benno Krieger gerichtet.

„Es gab keine Gurkenprinzessin zum Zimmer, dafür aber Schwarzer Steiger", antwortete Benno grinsend.

Schönfelder verstand das zwar nicht, grinste aber auch. „Dann fährt das nächste Mal Frau Scheunemann mit, so ein sächsischer Bergmann wäre doch mal was anderes."

Benno und Gabi schauten sich kurz an, konnten sich dann das Lachen nicht verkneifen.

Schrenk, der die ganze Zeit ernst geblieben war, sagte aufklärend: „Erstens ist der Spreewald nicht in Sachsen, sondern in Brandenburg und zweitens ist Schwarzer Steiger kein Bergmann, sondern ein dunkles Bier. Aber jetzt zur Sache, wir haben einiges in Erfahrung gebracht. Benno, du hast die Aufzeichnungen, also leg' mal los."

Krieger berichtete ausführlich von allen Befragungen. Seine Aufzeichnungen waren detailliert und übersichtlich, so berichtete er auch von allen Ereignissen in der Abfolge, wie sie sie erlebt hatten, ohne etwas zu vergessen. Als er von der Filmschule in Lodz und den besonderen Lernmethoden berichtete, unterbrach ihn Schönfelder: „Auch wenn ihr mich vielleicht wieder belächelt, aber ich hatte sofort eine Assoziation, als ich mir den Professor in Schlafanzug und Bademantel vorstellte."

Er machte eine Pause und guckte fragend in die Runde. Keiner sagte etwas, das Lachen vorhin war schon unverschämt genug gewesen.

„Ich hatte sofort unseren Dittsche aus dem Fernsehen vor Augen."

Wieder sagte keiner etwas und Schönfelder wollte sich schon entschuldigen, als Krieger leise erwiderte: „Das könnte tatsächlich unser Dittsche sein, wieso bin ich nicht darauf gekommen? Natürlich, das ist Dittsche. Den richtigen Namen des Professors kann kein Deutscher aussprechen. Herr Schönfelder, das ist genial, jetzt haben wir alle von dem Zettel."

„Immer mit der Ruhe", sagte Schrenk dazu, „das ist in Polen, da kennt keiner unseren Fernseh-Dittsche. Das ist schon ziemlich weit hergeholt, aber vielleicht weiß unser Pyrotechniker mehr, er hat uns ja auch davon erzählt. Gib' mir mal seine Telefonnummer."

Er nahm sich Kriegers Unterlagen, holte sein Handy raus und begann, als er den Eintrag gefunden hatte, sofort zu wählen. Nach achtmaligem Klingeln ging jemand ran. Schrenk erkannte sofort Nietsches Stimme, meldete sich kurz mit Schrenk, Kripo Hamburg, und kam dann gleich zur Sache: „Wie hieß noch der Professor, der manchmal in Schlafanzug und Morgenmantel in die Vorlesung kam?"

Schrenk hatte auf Lautsprecher gestellt, damit die anderen mithören konnten. Sein Trick funktionierte, denn Nietsch antwortete so eindeutig, dass kein Zweifel mehr bestehen konnte.

„Oh, das kann man kaum aussprechen, irgendetwas mit waczwacz. Die Deutschen haben ihn immer nur Dittsche genannt, was er nicht verstand und ihn zuerst geärgert hat. Dann hat jemand ihm eine Folge der Sendung aufgenommen und vorgeführt. Das benutzt er jetzt sogar als Beispiel für das Thema Spontandreh. Ich habe Ihnen doch den Namen aufgeschrieben. Er ist mit Sicherheit auf der Liste."

Schrenk bedankte und verabschiedete sich.

Schönfelder war stolz wie ein Pfau.

Als Nächstes berichtete der Chef von den letzten Sitzungen des BKA.

Zum Schluss durfte Gabi Scheunemann vortragen, was sie über Lose ermitteln konnte.

„Der Kollege Riddler und ich durften ja Hannover unsicher machen. Der Lose wohnt in einer netten Gegend in der Südstadt, nahe dem Maschsee. Hat eine Eigentumswohnung in einem modernen Sechsparteienhaus. Seine Nachbarn wussten nur Gutes von ihm zu berichten. Kein Wunder, er ist fast nie zu Hause. Interessanter war der Besuch bei der Frau seines Freundes und Arbeitskollegen Timo Struntz. Unser Besuch wühlte natürlich wieder die Trauer um den Selbstmord ihres Mannes auf. Sie suchte immer noch eine Rechtfertigung für seine Tat. Dieser Typ ging wohl voll für seine Firma auf. Immer kam zuerst VULKAN, dann lange nichts, dann seine Familie und dann gleich seine Freunde, auch alles Vulkanier mit mehr als 15-jähriger Firmenzugehörigkeit.

Seine Frau meint, seine Veränderung hätte begonnen, als er einen neuen, sehr jungen Chef bekommen hätte und sein Bereich umstrukturiert wurde. Projektabwicklung wie früher, als der Projektverantwortliche frei schalten und walten konnte, nur das Endergebnis stimmen musste, gab es nicht mehr. Jetzt muss das Projekt wohl in viele Teilabschnitte, mit sogenannten Tollgates aufgeteilt werden, die wiederum von diversen Leuten genehmigt und freigeschaltet werden müssen, damit man weitermachen kann. Er fühlte sich in seiner Handlungs- und Entscheidungsfähigkeit total eingeschränkt, was er als Degradierung und persönliche Missachtung seiner Verdienste betrachtete. Er sah sogar VULKAN den Bach runtergehen. Schuld wäre der neue Typ Manager, der ohne Rücksicht auf Verluste nur sein persönliches Vorankommen sieht und mit vorauseilendem Gehorsam seine Vorgesetzten für sich gewinnen will. Das Wohl der Firma interessiert diese Leute überhaupt nicht. Kurz bevor es kritisch wird, verlassen sie das sinkende Schiff. Mit diesen Worten hätte er sich mehrfach bei ihr beschwert.

Als dann die Korruptionsvorwürfe und später sogar die Anklagen gegen ihn erhoben wurden, wollte er erst an die Presse gehen, hoffte dann aber auf Rückendeckung seiner Geschäftsführung. Man versprach ihm, ihn in jedem Fall zu rehabilitieren. Es kam jedoch zu einem Vergleich mit hohen Strafzahlungen und den zwei Bauernopfern, die als Alleinschuldige hingestellt wurden. Damit ist für ihn eine Welt zusammengebrochen. Auch seine verehrten Bereichsgeschäftsführer haben ihn wie eine heiße Kartoffel fallen gelassen.

Diese Schande hat er nicht verkraftet.

Wir haben sie dann nach seinen Kollegen, besonders Heiko Lose befragt. Sie sagte, sie mache sich Sorgen um Heiko, er hätte sich jetzt seit drei Wochen nicht mehr gemeldet. Sonst hat er jede Woche angerufen. Er würde sich sehr liebevoll besonders um die Kinder kümmern, ist der Patenonkel von allen Dreien und hat diese viel zu sehr verwöhnt. Wenn er in Hannover ist, kommt er immer vorbei und bringt etwas mit.

Wenn die Männer allein unterwegs waren - sie gingen manchmal zum Sport oder in ein Konzert, manchmal auch zu politischen Veranstaltungen - nannte Frau Struntz es immer ‚seine Männergruppe'. Dazu gehörte neben Lose noch ein Kollege namens Karl Ott. Der war etwas älter und auch ruhiger als die anderen. Frau Struntz meinte, in brenzligen Situationen hätten sie immer Ott um Rat gefragt.

Auf die Frage, ob sie sich vorstellen könnte, dass Lose in ein Wirtschaftsverbrechen gegen seinen Arbeitgeber verwickelt sein könnte, hat sie lange überlegt und dann genickt. Früher niemals, aber jetzt, nach den Vorfällen, wäre so etwas wohl möglich, war ihre Antwort.

Ich fragte dann noch, wie sein Verhältnis zu Frauen wäre. Sie überlegte wieder etwas länger und antwortete dann: Timo meinte, Lose hätte es richtig gemacht. Seit der Scheidung von seiner deutschen Frau ist er hier den Frauen aus dem Weg gegangen. Er hat jedoch eine Freundin auf Kuba. Der ermöglicht er ein relativ sorgenfreies Leben durch monatliche Überweisungen.

Ihr gegenüber sei er immer höflich und nett, nie aufdringlich, ein Gentleman eben. Auf die Frage, ob er aufbrausend oder jähzornig sei, antwortete sie: im Großen und Ganzen nein.

Wenn er jedoch einmal in Rage wäre, sei es besser, ihm nicht in die Quere zu kommen.

Zum Kollegen Ott konnte sie nichts sagen, außer dass ihr Mann immer mit großem Respekt von ihm sprach."

„Habt ihr herausfinden können, wo die beiden Typen sich jetzt aufhalten", fragte Krieger.

„Lose ist verschwunden, letztes offizielles Erscheinen war in Madrid am 7. Mai. Seine Tankkarte wurde das letzte Mal in Spanien, nahe Valencia, am 17. Mai benutzt. Seitdem gibt es keine Spur, keine Kontobewegung, kein Handy, keine Kreditkartenbenutzung.

Den Ott haben wir noch nicht entsprechend durchleuchtet, ist uns ja erst seit heute bekannt. Wir werden hier wohl die Hilfe vom BKA benötigen. Gemeldet ist er in München, gemäß VULKAN nimmt er gerade seinen Jahresurlaub plus Resturlaub vom Vorjahr. Kommt erst am 7.6. wieder in die Firma. Wir meinen, das spricht alles für seine Beteiligung an der Aktion."

Gabi Scheunemann schaute noch einmal in ihre Unterlagen, sagte dann: „Mehr haben wir im Moment nicht."

„Schön", sagte Herr Strüver, „das sieht ja alles so aus, als wenn die VULKAN-Menschen mit den globalen Veränderungen nicht zurechtkommen und sich für irgendetwas rächen wollen. Wir sind da, glaube ich, ganz nah dran. Nur, dass will keiner mehr wissen. Und im Mordfall Mandy hilft uns das auch nicht weiter. Was meinen Sie Herr Schrenk?"

„Mir fehlt noch die Klammer, die das alles zusammenhält. Ich muss mir das in einer neuen Übersicht aufschreiben. Vielleicht sehe ich dann klarer."

„Na ja, jeder hat so seine Methoden. Wir sehen uns dann ausnahmsweise morgen, am Samstag, um 11.00 Uhr."

3.12 Wiedersehen mit Alina

Als ich am Tag des neuen Jobangebots, später nannte ich ihn den Tag des Wahnsinns, abends zurück in mein Hotelzimmer kam, legte ich erst einmal eine CD auf. Ich war inzwischen wieder bei den `Element of Crimes' angekommen, suchte gezielt den Song: Bring den Vorschlaghammer mit. Hoffte, dass die Jungs mir mit ihren Tipps helfen konnten.

Bring den Vorschlaghammer mit,
Wenn du heute Abend kommst,
Dann haun' wir alles kurz und klein.
Der ganze alte Schrott muss `raus
Und neuer Schrott muss `rein,
Bis morgen muss der ganze Rotz verschwunden sein.

Was gibt es bei mir kurz und klein zu schlagen? Möbel, Einrichtungsgegenstände habe ich nicht, hab jedoch viele Erinnerungen an gute Zeiten. Soll ich die alle kurz und klein hauen?

Dann müsste ich die „Festplatte" formatieren – den Begriff brachte meine Tochter mit nach Hause, als die Großen in ihrer Schule Abifeier hatten. Einige haben sich schon in der Schule auffällig betrunken. Sie sagten, sie wollten alles vergessen, hätten versucht, die Festplatte zu formatieren.

Bei mir funktioniert das nicht, hab' es schon versucht, hat das Gegenteil bewirkt. Je mehr Alkohol, umso mehr hab' ich mich nach den `alten Zeiten` gesehnt.

Ich wohnte inzwischen nicht mehr in dem Hotel am Flughafen, sondern tatsächlich im Rellinger Hof. In meiner aufgestauten Post auf der Arbeitsstelle hatte ich einen Gutschein für eine Woche frei wohnen im Doppelzimmer mit Frühstück vorgefunden, den ich jetzt einlöste. Es war als Dank für die ungewollte Werbung gedacht. Nach den Zeitungsberichten über die ungestörten Möglichkeiten in dem Nebentrakt des Hotels haben sie jetzt Reservierungen für drei Monate im Voraus. Ich hatte ein Zimmer im Haupthaus und werde behandelt wie der Bürgermeister persönlich. Man stellte mir sogar eine Flasche meines Lieblingsrotweins von der Ahr auf das Zimmer.

Diese Flasche hatte ich jetzt entkorkt, mich in den Sessel gesetzt und den Brief von Alina herausgeholt.

Ich las alles langsam und gründlich und ohne Unterbrechung durch. Danach faltete ich den Brief wieder sorgfältig zusammen und steckte ihn in meine Brieftasche. Dann nahm ich das Weinglas, prüfte das Aroma, roch die Frucht, den Schieferboden und freute mich an dem besonderen, typischen Geschmack des Ahrweins.

Jetzt wusste ich alles, jetzt hatte alles einen Sinn. Ich war glücklich und traurig zugleich.

Sie hatte mich benutzt, aber letztendlich doch geliebt. Sie hatte große Sehnsucht nach mir und wusste doch, dass wir uns nie wieder in den Armen halten würden.

Wie stark musste man sein, um sein persönliches Glück dem Wohl seines Volkes zu opfern, beste Freundin und Geliebten für eine politische Idee aufzugeben.

Würde ich sie wirklich nie wiedersehen können? Ich wollte es nicht akzeptieren. Das Leben ist doch lang und nur der Tod endgültig. Es musste einen Weg geben.

Ich musste das alles mit Wolfi besprechen, nur ihm konnte ich alles erzählen und er konnte mir alles sagen, ohne dass einer von uns beleidigt war, von Mann zu Mann. Zuerst versuchte ich es im Institut, keiner ging ran. Dann mit seiner Handynummer, auch nur die Mailbox. Ich bat um Rückruf.

Beim zweiten Glas Wein merkte ich, dass ich hungrig war. Dem konnte abgeholfen werden. Ich ging nur schnell runter in die zum Hotel gehörende Gaststätte. Die Küche war ausgezeichnet und auch von den Kellnerinnen wurde ich bevorzugt bedient. Alle mochten mich hier.

Als mir der Wein gebracht wurde, ich hatte mir noch ein Glas von dem Spätburgunder des Weinguts Sonnenberg aus

Bad Neuenahr bringen lassen, flüsterte die Kellnerin mir vertraulich zu: „Die Polizei war schon wieder da, sogar Leute vom Bundeskriminalamt. Sie haben endlich die beschlagnahmten Gegenstände aus Zimmer 106 zurückgebracht. Was denken die eigentlich? Wir werden die Sachen doch nicht wieder zurückstellen. Da klebt doch Blut dran. Ich glaub' ja, dass es der Vertreter war. Der war bestimmt im Sexrausch, und als die Mandy nicht so wollte wie er, hat er zugeschlagen. Die arme junge Frau tut mir so leid."

„Das hilft ihr jetzt auch nicht mehr", dachte ich, sagte aber: „Man kann es leider nicht ungeschehen machen", und fragte dann weiter: „Haben die denn noch keine konkreten Spuren?"

„Die sagen ja nichts, fragen immer nur. Jetzt dreht sich aber alles um den Herrn aus Zimmer 106, da hat wohl auch die Mandy zum Schluss übernachtet. Wir dachten ja, sie wäre abgereist."

„Hoffentlich kriegen sie ihn, wäre schlimm, wenn der Mörder ungeschoren davonkommt", sagte ich und griff zum Weinglas. Sie erkannte das Zeichen richtig, ich wollte nicht weiter darüber reden. Sie sagte nur: „Das stimmt", und ging zurück zum Tresen.

Mir wurde auf einmal bewusst, dass ich eine der drei Personen war, die wusste, wie es wirklich abgelaufen ist. Musste ich alles der Polizei erzählen? Dehnen Alinas Brief zeigen?

Ich wollte nicht schon wieder in die Presse kommen, mein Leben hatte sich gerade wieder einigermaßen normalisiert. Der Brief bleibt mein Geheimnis, keiner wird ihn je zu Gesicht bekommen.

Ich hatte das Rellinger Dreierlei bestellt: Sauerfleisch, eingelegten Brathering und Roastbeef mit Bratkartoffeln und Salat, dazu natürlich ein gepflegtes Bier. Als ich fertig war, brachte mir die Kellnerin noch unaufgefordert einen Aquavit, den ich nicht ablehnte. Gegen halb zehn ging ich satt und zufrieden, mit leichter Schlagseite, wie man in Norddeutschland für beschwipst sagt, wieder aufs Zimmer. Hier überlegte ich mir, was ich mit dem angebrochenen Abend noch anfangen könnte.

Wolfi hatte nicht zurückgerufen. Es blieb nur ein Zug durch die Gemeinde. Das macht zwar allein meist nicht so richtig Spaß, aber manchmal ergab sich ja etwas. Ich war gerade dabei, mir die Zähne zu putzen, als mein Leben erneut durcheinandergewirbelt wurde.

Im Zimmer lief der Fernseher. Irgendetwas aus der laufenden Sendung irritierte mich.

Dann klingelte das Hoteltelefon, nicht mein Handy.

Wer kannte diese Nummer? Ich lief mit der Zahnbürste im Mund zum Telefon, registrierte kurz, dass da jemand in den Nachrichten war, den ich kannte, nahm den Hörer hoch und sagte so etwas wie: „Jo?"

„Hier ist Dobberitz von der Rezeption. Sie sind doch Herr Bauske?"

Ich sagte jetzt zweimal „Jo Jo".

„Ich wollt' ja nur sagen, ich glaub, da ist die hübsche Dame aus 104 im Fernsehen, im Zweiten. Die, mit der Sie damals weggefahren sind."

Jetzt guckte ich zum Fernseher. Zwei Nordafrikaner, ein Mann und eine Frau wurden interviewt. Das Gespräch fand in einer Hotellobby statt. Der Moderator fragte auf Deutsch, die Frau übersetzte ins Arabische, der Mann antwortete arabisch, die Frau übersetzte die Antwort ins Deutsche. Manchmal antwortete die Frau auch direkt in Deutsch, was den Araber scheinbar nicht störte.

Die Frau war Alina, eindeutig.

Sie war zwar völlig anders gekleidet, als ich sie kannte, trug jetzt eine Mlahef, das typische afrikanische Tuchgewand, das locker um Kopf, Schultern und Körper gewickelt war. Aber ihr Gesicht und auch Teile ihres Haares waren zu sehen.

Wie in ihrem Brief erhofft, hatte sich ihr Vorhaben scheinbar entwickelt wie geplant. Wenn sie sprach, wurden ihr Name und ihre Funktion eingeblendet: Aida Mohamed bint Sidamed,

Ratssprecherin Demokratische Arabische Republik Sahara, DARS.

Wieso hieß sie jetzt Aida? Ich kannte sie als Alina, die Polizisten sprachen von Alia und jetzt Aida? Was bedeutete das? Ist es in der arabischen Welt üblich, dass man seinen Vornamen dauernd ändert? Ich glaube nicht.

Auf einmal wurde mir bewusst, dass mich jemand rief. Von irgendwo her kam ein leises, krächzendes Hallo. Ich hatte den Telefonhörer noch in der Hand und der Portier war noch dran.

„Ja, Sie haben recht, das ist sie. Danke für den Hinweis", sagte ich noch schnell in den Hörer und legte auf.

„Feiern Sie den Erfolg jetzt ausgiebig?", fragte der Reporter gerade die beiden Sahrauis.

Alina übersetzte es kurz ins Arabische, wartete aber nicht erst die Reaktion ihres Partners, des Präsidenten der DARS und Generalsekretär der Frente Polisario ab, sondern antworte umgehend in Deutsch: „Es gibt noch nichts zu feiern. Erst wenn unser Volk wieder selbstbestimmt in Freiheit leben kann, können Sie uns noch einmal fragen."

„Ich danke Ihnen für das Gespräch und wünsche weiterhin viel Erfolg. As-Salam `Aleikum", sagte der Reporter ehrfurchtsvoll.

„Wa Aleikum As-Salam", antworteten die Beiden.

Damit endete der Beitrag und es war wieder Maybritt Illner im Studio des Heute-Journals zu sehen und zu hören und sagte, dass sie das Gespräch heute Nachmittag aufgezeichnet hätten.

Ich saß auf dem Bett und starrte auf den Fernseher.

Sie hatte es geschafft, war irgendwie mit neuer oder alter Identität zurück in ihr Land gekommen.

Meine Geliebte Alina Sliwinski gab es jedoch nicht mehr.

Ich musste mich wohl damit abfinden. Oder gab es eine Zukunft für uns?

Das konnte ich nur mit Wolfi besprechen, seinen Rat würde ich diesmal unbedingt befolgen.

3.13 Die Kreise schließen sich

Im Präsidium hatte sich „hoher Besuch" angesagt, die Herren von Schlottau und Strüver vom BKA hatten sich angekündigt. Die Morgenbesprechung wurde aus diesem Grunde um 30 Minuten verschoben. Die beiden wollten sich zuerst mit Schönfelder abstimmen. Als die Drei dann ins große Besprechungszimmer kamen, war der Rest der Mannschaft erst einmal etwas reservierter als gewöhnlich. Besonders der Herr Staatsanwalt fühlte sich übergangen, da er nicht als Erster informiert worden war.

„So Leute", begann Schönfelder bewusst locker, „jetzt lassen Sie uns den Sack zumachen. Mit den neuen Infos müssten eigentlich alle Unklarheiten beseitigt sein. Die Schlüsselperson ist wohl tatsächlich dieser Karl Ott. Frau Scheunemann, das war mal wieder goldrichtig, dass Sie die Frau Struntz zum Reden gebracht haben. Aber ich will nicht vorgreifen. Bitte Herr Strüver, berichten Sie, was Sie über den Ott herausgefunden haben."

„Ja, das war ziemlich spannend, besonders wenn sich plötzlich ganz neue Wege aufzeigen.

Also von vorn: VULKAN hat bestätigt, dass der Ott eine ungekrönte Führungsrolle innehat. Sein offizieller Titel ist „Group Senior Spezialist Plant Projecting." Er ist jedoch seit dem 1. April im Urlaub, hat seinen Jahresurlaub plus zwei Wochen Resturlaub vom Vorjahr genommen. Will mal so richtig ausspannen und ist nicht erreichbar. Wie uns von Nachbarn bestätigt wurde, war er seit April auch nicht mehr in seiner Wohnung in München. Auch nicht seine Frau oder seine Kinder.

Er ist seit 25 Jahren mit Maria Almarez, einer Spanierin, verheiratet. Die beiden haben zwei Töchter. Eine studiert in Tübingen, die andere arbeitet für die GTZ zurzeit in Somalia.

Von der Nachbarin, die die Wohnung versorgt, Post aus dem Briefkasten nimmt usw. haben wir erfahren, dass die Otts Urlaub in ihrem Ferienhaus in Südspanien machen. Sie sind oft dort, denn sie sind leidenschaftliche Surfer.

Auf dem kleinen Dienstweg haben wir die spanische Nationalpolizei CNP eingeschaltet, die hat Folgendes herausgefunden:

Das Ferienhaus ist eine kleine Villa in Conil de la Frontera, das liegt zwischen Gibraltar und Cádiz. Cádiz ist ca. 30 km vom Ferienhaus entfernt und hat einen großen Sport- und Fischereihafen. Tanger in Marokko ist ca. 100 km entfernt, 100 km Wasserweg. Unsere spanischen Kollegen waren sogar vor Ort, haben aber niemanden vorgefunden. Die Befragung der Nachbarn hat ergeben, dass die Otts mehrfach Besuch aus Deutschland hatten, jetzt aber schon länger weg sind. Der letzte Besucher hat sogar sein Auto dort gelassen. Obwohl dieses in der Garage steht, konnten die Spanier die Nummer ermitteln. Wir haben nicht gefragt, wie sie das gemacht haben, denn der Erfolg gibt dem Ermittler immer recht.

Das Auto in der Garage ist der Firmenwagen von Heiko Lose. Kein Wunder also, dass unsere Fahndung danach bisher erfolglos blieb."

„Wie ist die Nummer genau und was ist das für ein Fahrzeugtyp?", unterbrach Krieger den Vortrag. „Ist es vielleicht ein BMW GT mit Münchner Nummer?"

„Ja, das stimmt genau. VULKAN hat den Hauptsitz in München. Wo ist Ihnen das Auto schon einmal untergekommen?", fragte jetzt Strüver zurück.

„Die Kiste stand vor dem Hotel, als Mandy ermordet wurde. Das Auto muss schnellstmöglich in die KTA", war seine Antwort.

„Halt, stopp, jetzt komm' ich nicht mehr mit", schaltete sich Schönfelder ein, „was bedeutet das denn jetzt?

Soll das heißen, dass Lose erst Mandy umgebracht hat, dann gemütlich mit dem Auto bis in die unterste Spitze Spaniens gefahren ist, danach ohne Auto nach Marokko übergesetzt hat, den Anschlag verübte und nun irgendwo am Strand die Sonne genießt?"

Schrenk, der sein Laptop vor sich stehen hatte, begann jetzt gleichzeitig zu tippen und zu sprechen. „Bevor wir jetzt wild spekulieren, sollten wir die Fakten sprechen lassen. Bitte sehen Sie sich einmal meine Übersicht an. Ich pflege nur noch eben die neuen Daten ein."

Er hatte zwischenzeitlich den Beamer an den Laptop angeschlossen und diesen mit der Fernbedienung eingeschaltet. In einer Tabelle wurden die bekannten Ereignisse mit den beteiligten Personen in Beziehung gebracht. Man konnte genau sehen, wer sich wann wo aufhielt und damit für welche Tat infrage kam.

„Die Übersicht zeigt vier wichtige Fakten, wobei wohl davon ausgegangen werden kann, dass der Flugpassagier Struntz unser Lose ist:

Lose hatte die Möglichkeit, vom 7. bis 11. Mai in Marokko und am 12. Mai im Rellinger Hof gewesen zu sein. Die Autofahrt von Madrid ist in 20 Stunden zu schaffen.

Für die Rückfahrt von Rellingen über Leipzig zum Ferienhaus des Karl Otts war ebenfalls genug Zeit.

Auch den Anschlag konnte er noch verüben.

Höchstwahrscheinlich sind er und Ott noch in Marokko oder Algerien, d. h., das Ferienhaus muss unbedingt überwacht werden."

„Damit scheint sich der Kreis ja zu schließen", sagte jetzt wieder Strüver nach ausführlicher Betrachtung der Tabelle, „die Übersicht macht es einem doch wesentlich leichter, das Ganze zu erkennen."

„Jeder hat so seine Methoden", antwortete Schrenk mit Blick auf Schönfelder.

„Sie weisen hier nach, dass Lose und Ott die Attentäter sein könnten und Lose der Mörder von Mandy, aber waren sie es auch? Es fehlen immer noch die Beweise." Schönfelder sprach jetzt direkt zu Schrenk. „Erweitern Sie ihre Liste doch bitte um die Rubrik: Next Steps."

Schrenk schrieb sofort: nächste Schritte – wer verantwortlich?

- Überwachung Ferienhaus Ott
- Sicherstellung BMW Lose
- Ott zur Fahndung ausschreiben
- Fahrzeuge Ott ermitteln und zur Fahndung ausschreiben

Keiner sagte etwas, alle blickten gebannt auf die Leinwand. „Was noch und wer ist verantwortlich?", fragte Schrenk.

Jetzt meldete sich Gabi Scheunemann zu Wort. „Wo ist eigentlich die Frau Ott? Könnte die auch in die Fälle verwickelt sein? Was macht die beruflich?"

Schrenk schrieb sofort in seine Liste:

- Aufenthaltsort/Legende Maria Ott

„Was ich auch noch anmerken möchte: So einfach ist es nicht, mal so eben mit dem Boot von Spanien nach Marokko rüberschippern und erst recht nicht zurück. Die Küste wird streng bewacht, schon wegen der ganzen afrikanischen Flüchtlinge. Ich erinnere nur an die Bilder im Fernsehen von fast verdursteten, abgemagerten Afrikanern, die vor der Küste aufgegriffen wurden. Ich sehe das noch nicht so klar."

„Damit hat sie recht", sagte der BKA-Mann zur Bestätigung.

„Hat eigentlich jemand die Fährverbindungen überprüft? Ich weiß, da gibt es mehrere, aber ohne Reisepass geht da gar nichts", das fragte jetzt Krieger, der bisher noch gar nichts gesagt hatte.

Keiner antwortete, nur Schrenk beugte sich wieder zu seinem Laptop vor und begann zu schreiben:

- Passagierlisten Fähren nach Marokko überprüfen.

„Auch von und nach den Kanaren?", fragte der BKA-Mann.

Schrenk schrieb wieder:

- Passagierlisten Fähren nach Marokko überprüfen – auch von Kanaren

„Das hat jetzt höchste Priorität. Frau Scheunemann, das machen Sie", befahl Schönfelder.

Dann verteilte er die anderen Aufgaben. Als sie aufstanden, meinte er noch einen aufmunternden Spruch machen zu müssen.

„Noch ist der Sack nicht zu, noch guckt er raus, aber wenn wir jetzt alle gemeinsam zuziehen, kriegt er keine Luft mehr und gibt auf."

„Oder verreckt uns und wir kriegen nie raus, wie es wirklich war", dachte Schrenk, sagte aber nichts.

Wenn er wüsste, wie Recht er hatte.

3.14 Es geht voran

Seit gestern bin ich jetzt offiziell an meiner neuen Arbeitsstätte, habe ein eigenes Büro mit Besprechungsecke und eine eigene Sekretärin. Mein Umzug war genauso unkompliziert wie die Hotelwechsel vorher. Vier Kartons mit Kleidung und Schuhen, eine Sporttasche, ein Bücher- und Aktenkarton und das Elektro- bzw. Elektronik-Equipment. Man hat mir eine möblierte Werkswohnung besorgt, zu der sogar ein Frühstücks- und Reinigungsservice gehört.

Am polnischen Standort bin ich mit einem Willkommensfrühstück empfangen worden. Alle Abteilungsleiter waren anwesend. Da ich die meisten schon kannte, war es eine lockere Atmosphäre, in der mir viele gute Ratschläge mit auf den Weg gegeben wurden.

Alle wussten, dass ich ein recht großes Budget zur Verfügung hatte, deshalb wurde ich von Freund und Feind gleichermaßen umworben.

Unser großer Häuptling hatte mich vor Kurzem einmal beiseite genommen und mir einige „gute Ratschläge" mit auf den Weg gegeben, von denen mir nur einer in Erinnerung geblieben ist. Er meinte, in der Ebene, in der ich mich jetzt befände, gibt es nur Freund oder Feind, nichts dazwischen. Man braucht zwei, drei Kollegen bzw. Mitarbeiter, auf die man sich voll und ganz verlassen kann, die auch in Krisenzeiten zu einem stehen. Alle anderen würden, wenn die Luft dünn wird, sowieso zum erstbesten überlaufen, der ihnen Sauerstoff verspricht.

Ich arbeitete eigentlich rund um die Uhr. Auch abends in der Wohnung dauerte es lange, bevor ich abschalten konnte. Gelegentlich telefonierte ich mit den Kindern. Wir hatten uns vor meinem Umzug noch einmal getroffen, die ganze Familie in unserem Haus in Rahlstedt.

Es war eine komische Situation: Ich war ein Fremder in meinem Haus, in meiner Familie. Eine ganze Weile ging es gut, wir redeten munter drauflos und erzählten von Freunden und Bekannten, von der Arbeit, der Schule. Als ich dann Simone fragte, ob sie und die Kinder mich in Polen besuchen würden, sagte sie erst einmal nichts, überlegte nur und sah die Kinder fragend an. Plötzlich sprang Jura auf, rannte auf sein Zimmer und schrie dabei: Ich will nicht, dass mein Papa weggeht, er soll wieder bei uns sein.

Ich wollte erst hinterher laufen, sah dann jedoch Simones vorwurfsvollen Blick und blieb sitzen. Als Eva meine Hand nahm und sie fest drückte, konnte ich nicht mehr. Ich lehnte mein Gesicht an ihre Schulter und fing lauthals an zu heulen.

Später, als sich alle wieder beruhigt hatten, gingen wir noch gemeinsam in ein Fast-Food-Restaurant. Wir hatten uns darauf geeinigt, dass wir uns mindestens alle 14 Tage besuchen würden. Am Wochenende in zwei Wochen wollten Simone und die Kinder mit dem Auto kommen, später, einmal im Monat, die Kinder mit der Bahn. Sonst käme ich nach Hamburg.

Aber auch von Alina wurde ich verfolgt. Eine Zeit lang gab es keine Nachrichtensendung, in der sie nicht zu Wort kam. Auch im polnischen Fernsehen hatte ich sie schon gesehen, ebenfalls in den Zeitungen.

Mein Verhältnis zu ihr, meine Gefühle, veränderten sich jedoch langsam. Je berühmter sie wurde, umso größer wurde die Distanz zu ihr. Sie war inzwischen mit ihrem DARS-Präsidenten schon in Spanien gewesen, war dort mit dem Ministerpräsidenten Zapatero und spanischen Wirtschaftsvertretern zusammengekommen. Zapatero und der Generalsekretär der Frente Polisario haben sehr medienwirksam Zusammenarbeitsabkommen unterschrieben. Auch hier war sie immer dabei, obwohl ein Dolmetscher gar nicht benötigt wurde.

War das bei mir nun Eifersucht oder etwas anderes?

Mein Freund Wolfgang hatte mir dazu seine eindeutige Meinung mitgeteilt. Bei unserem letzten Männerabend in „Omas Apotheke", einer Kneipe im Schanzenviertel, hatte er mir, nachdem wir bereits einige Bierchen intus hatten, den Kopf gewaschen. Wolfgang verglich Alina und mich mit Schulfreunden. Wenn wir uns jetzt wiedersehen würden, wäre es wie bei einem Ehemaligen-Klassentreffen. Man hatte sich einfach weiterentwickelt und sprach, bildlich betrachtet, nicht mehr die gleiche Sprache. Sowie man die alten Erinnerungen durchhatte, gab es keine Gemeinsamkeiten mehr.

Ich wollte dies generell nicht bestätigen. Meines Erachtens gibt es auch die Fälle, bei denen sich Leute jahrelang nicht gesehen haben und es nach fünfminütigem Wiedersehen so ist, als wären sie täglich zusammen gewesen. Doch er hatte recht, zwischen Alina und mir lagen inzwischen Welten.

Auf seinen Einwand, sie hätte mich ja anrufen können, z. B. aus Spanien, hatte ich nur geantwortet. „Sie braucht jetzt ihre ganze Kraft für ihre Aufgabe in der Frente, ich würde alles nur kompliziert machen."

„Sicher", hat er geantwortet, „aber glaube mir, das Abenteuer ist beendet, schließe es in drei Teufels Namen doch endlich ab."

Er verstehe dies sowieso nicht, da ich doch auch noch sehr an meiner Familie hänge. Ich hatte ihm von der Szene mit meinen Kindern und unserem Arrangement der Besuchsregelung erzählt.

„Ich finde, du kannst dich nicht beklagen. Du hast mehr Glück als jeder andere, den ich kenne und der sich so ähnlich angestellt hat. Der Schweizer Psychologe Carl Gustav Jung hat einmal gesagt:

Auch das glücklichste Leben ist nicht ohne ein gewisses Maß an Dunkelheit denkbar, und das Wort Glück würde seine Bedeutung verlieren, hätte es nicht seinen Widerpart in der Traurigkeit."

Wolfi beeindruckte mich immer wieder mit seinem Allgemeinwissen und seinem guten Gedächtnis. Er las aber auch Bücher zu den abstrusesten Themen. Auf der anderen Seite wusste er oft nicht, was den Durchschnittsbürger beschäftigte. Doch das bekam er oft genug von seinen Kindern zu hören.

Jedes Mal, wenn ich ihn zu Hause besuchte, was allerdings nicht oft vorkam, fiel irgendwann der Satz: „Ach Papa, du hast ja überhaupt keine Ahnung, was in der Welt so abgeht." Trotzdem war sein Rat immer gefragt.

Dann diskutierten wir die Situation in Marokko und der Westsahara. Er meinte, ich müsste stolz darauf sein, dass ich am Sieg der Gerechtigkeit beteiligt war. Wir wunderten uns beide, dass in den Medien von den Attentätern gar nicht mehr gesprochen wurde. Jetzt war zwar in Marokko alles wieder in Ordnung, die Energieversorgung war wieder vollständig hergestellt und die Truppen größtenteils wieder in ihre Stützpunkte an den Grenzen zurückgekehrt, aber der fünftägige Stromausfall hatte einen wirtschaftlichen Schaden in Milliardenhöhe verursacht.

Das Thema selbst, Angriff auf die Energie-Infrastruktur eines Landes von innen heraus, war jedoch weiter ein Thema in den Regierungsausschüssen und in den Medien.

Ein Bier später fiel mir plötzlich ein, dass ich mich noch gar nicht für die Vermittlung des Rechtsanwalts bedankt hatte. Ich erzählte ihm auch die Geschichte, in der mir Herr Ringler von einem ähnlichen Fall berichtete, in dem der Beklagte auf den ersten Blick alles verloren hatte, dann aber ein völlig anderes Leben begann und im Endeffekt viel glücklicher wurde.

Sein Kommentar hierzu war mal wieder typisch, aber wahrscheinlich von einem alten Philosophen geklaut. Er sagte: „Diejenigen Berge, über die man im Leben am schwersten hinwegkommt, häufen sich immer aus Sandkörnern auf."

3.15 Schmetterlingseffekt

Das Lager Smara hatte sich stark verändert. Vorbei war es mit der Ruhe, vorbei war es mit der Regelmäßigkeit des Tagesablaufs. Nur die Schulkinder hatten weiter wie gewohnt ihren Stundenplan und wurden von morgens 8.00 Uhr bis nachmittags 15.30 Uhr in der Schule unterrichtet. Erst nach dem Fahnenappell rannten sie, wie alle Kinder auf der Welt, mit lautem Gebrüll durch das Schultor hinaus in alle Himmelsrichtungen, heim zu ihrer Familie.

Durch die vielen Fremden, die ständig anrollenden Versorgungslastwagen, die vielen zusätzlichen Pkws und Pick-ups, Busse, Taxis und sogar Motorräder, war es vorbei mit der seit über 30 Jahren herrschenden Ruhe. Man konnte nicht mehr irgendwie auf den Wegen gehen. Immer musste man aufpassen, nicht einem Fahrzeug in die Quere zu kommen.

Ständig gab es irgendwo Lärm, lief ein mobiles Notstrom-Dieselaggregat und Kamerateams suchten die besondere Einstellung mit der Exklusivnachricht.

Die Anzahl der Läden hatte sich verdreifacht. Die Warenlieferungen gegen Bargeld aus Algerien waren inzwischen fast so umfangreich wie die Lebensmittelspenden der UNO. Aus den zwei Kiosken waren mittlerweile zwölf geworden, vier davon mit Tischen und Stühlen davor und eisgekühlten Getränken im Angebot. Der Kiosk in der Ortsmitte erweiterte gerade seinen überdachten Sitzbereich und hatte ein großes Schild mit der Aufschrift `Restaurant Liberty` auf dem Dach angebracht.

Es gab jetzt drei Barbier- und zwei Friseursalons, die auch Henna-Tattoos anboten.

Zwei Kunstgalerien – eine mit Sandbildern - und diverse Auto-Servicestationen gab es schon früher, sie nannten sich jetzt jedoch anders.

Auffällig waren auch die vielen Männer, die im Ort umherliefen und etwas zu erledigen hatten. Normalerweise sah man die Männer sehr selten außerhalb ihrer Behausungen. Man ging höchstens zum Nachbarn oder Verwandten zum Teetrinken, Diskutieren, Spielen oder Fernsehgucken.

Das alles hatte damit zu tun, dass plötzlich Geld im Umlauf war. Mehr Geld als jemals zuvor.

Im Rat sah man diese Entwicklung mit Besorgnis, wollte jedoch nicht unüberlegt oder spontan eingreifen. Man war hierauf einfach nicht vorbereitet und man sah auch keine Möglichkeit, auf die Erfahrungen befreundeter Regierungen zurückgreifen zu können.

Der Vorschlag eines Ratsmitglieds, sich von Genossen aus Kuba beraten zu lassen, wurde erst einmal zurückgestellt.

In Marokko beschloss man drastische Maßnahmen bezüglich Internetkontrolle und Schutz aller kraftwerksnahen Anlagen. Jede Umspannstation wurde jetzt militärisch bewacht, externe Mitarbeiter durften diese Anlagen nur noch unter ständiger Begleitung betreten. Netzwerk Anbindungen dieser Betriebe ans Internet wurden unterbrochen. Jeder Mitarbeiter wurde staatspolitisch überprüft.

Weltweit hatten Hackerangriffe auf Kraftwerksanlagen um 64% zugenommen, wobei diese Angriffe oft auch von staatlichen Organisationen und Geheimdiensten ausgingen. In einem Fall konnten die Urheber eindeutig ermittelt werden: Es war eine Unterorganisation der islamischen Jihad Union, gesteuert vom usbekischen Geheimdienst. Man redete sich damit heraus, dass man Schwachstellen aufdecken wollte.

VULKAN musste einen Rückschlag bei den Verhandlungen um den Ausbau des chilenischen Eisenbahnnetzes hinnehmen. Eigentlich war der Vertragsabschluss schon beschlossen. Aufgrund der Vorfälle in Marokko stellte man das Angebot noch einmal zur Prüfung und zum Vergleich mit anderen Anbietern wegen Sicherheitsbedenken zurück.

Die Aktienkurse der Firmen, die Notstromaggregate und Notstromdiesel herstellten, verdoppelten sich innerhalb eines Monats.

In Brüssel arbeitete man an einem neuen Gesetz, das eine jährliche Unbedenklichkeitsprüfung für Angestellte in sicherheitsrelevanten Berufen vorschreiben sollte. Auch die sogenannte Terror-Datenbank, die bereits jetzt in allen Mittel- und Großbetrieben vorgeschrieben war – hier werden die Namen der Mitarbeiterdatenbank mit den Namen einer offiziellen Terroristen-Datenbank ständig abgeglichen – soll auf öffentliche Bereiche ausgedehnt werden.

3.16 Abschied

Karl, der hier im Flüchtlingslager der Sahrauis von allen Karlo genannt wurde, war überall gern gesehen. Seine Rolle bei der Marokko-Aktion hatte sich nicht verheimlichen lassen. Im Gegenteil, inzwischen wurden ihm wahre Wundertaten nachgesagt. Sogar der Muezzin hatte ihn schon einmal mit in sein Gebet aufgenommen. Das war ihm gar nicht recht, denn eines war sicher: Unter den vielen Reportern und Mitarbeitern waren bestimmt diverse Spione der CIA oder anderer Geheimdienste, die jederzeit hier ihr Unwesen treiben konnten.

Auch Brahim und die anderen Aktivisten waren zu Helden geworden, obwohl Abdel und Hamadir immer noch nicht zurückkommen konnten. Man wusste sie aber in Sicherheit an einem Ort, an dem sie definitiv nicht gesucht würden.

Karls Abschied stand unmittelbar bevor, denn auch sein Rückweg war von langer Hand geplant und nicht ganz einfach. Eingereist war er von Spanien mit der FRS-Fähre von Tarifa nach Tanger. Er hatte das Auto und den Reisepass seines Schwagers benutzt. Seine Frau, eine ausgebildete Maskenbildnerin, die lange an den Münchner Kammerspielen arbeitete, hatte ihn entsprechend vorbereitet. Zum Glück waren er und Marias Bruder ähnliche Typen. Doch auch hier wurde bei der Kontrolle von den Grenzbeamten weniger auf das Bild geachtet, sondern vor allem die Passnummer mit den Fahndungslisten verglichen.

Von Tanger war er quer durch Marokko zu dem ihm genannten Übergang nach Algerien gefahren. Dort hatte ihn Brahim bereits erwartet und bis in das Containerdorf geleitet. Hier hatten sie den Wagen seines Schwagers in einem der vielen leeren Container versteckt.

Der Rückweg sollte über die gleiche Route verlaufen, nur dass er zwischendurch Identität und Fahrzeug wechseln wollte.

Vor zwei Wochen hatten nämlich die Touristen Herr und Frau Ott ihren Sommerurlaub in Marokko angetreten. Dass Herr Ott eigentlich Herr Almarez war, konnte der Grenzbeamte nicht erkennen, denn der Einreisende hatte den Originalpass des Karl Ott und er sah auch so aus wie auf dem Passfoto. Die grüne Augenfarbe hatte er den Kontaktlinsen zu verdanken.

So erlebten die Geschwister zuerst einige entspannte Tage in der Ferienanlage. Dann kam es zum Stromausfall und dem anschließenden Chaos. In dem Durcheinander zogen unbemerkt von den Nachbarn, zwei weitere Männer in ihr Appartement ein, die beiden Polisariokämpfer, denen der Weg zurück in das Flüchtlingslager abgeschnitten wurde. Da sie die Räume nicht verließen, bestand auch keine Gefahr der Entdeckung. Die Polizei suchte in der nur von europäischen Touristen genutzten Ferienanlage nicht nach ihnen.

Abschied nehmen bedeutete bei den Sahrauis vor allem, dass man dem Reisenden noch einmal persönlich Glück wünschte und so war es ein Kommen und Gehen in Brahims Zelt. Hier wohnte Karlo immer noch. Viele brachten ein kleines Geschenk mit oder wollten mit ihm eine Zigarette rauchen. Immer wieder musste er erzählen, wie sie die Stromversorgung unter ihre Kontrolle gebracht hatten. Da viele die EDV-technischen Zusammenhänge nicht verstanden, erdachte er sich eine Erklärung mit einem elektronischen „Schlüssel". Die Anlagen waren durch dicke Panzertüren gesichert, erzählte er, die man nur mit einem elektronischen Schlüssel öffnen könne. Diesen Schlüssel hätten sie gestohlen. Ohne den Schlüssel käme man an die Anlagen nicht heran und könnte sie nicht wieder einschalten. So einfach war es.

Im Prinzip war es ja auch nicht falsch, der Schlüssel waren die Root-Passwörter und im Panzerschrank die Sicherungsbänder.

Heiko Lose, der auch immer noch im Lager war, hielt sich die ganze Zeit versteckt. Er litt unter einem extremen Verfolgungswahn, was Karl Ott sehr beunruhigte, denn in der Vergangenheit hatte er Heiko immer als eher draufgängerischen, furchtlosen Typen erlebt.

Die Sahrauis, in deren Zelt Lose wohnte, sagten, er schliefe fast den ganzen Tag und wäre an Gesprächen nicht interessiert. Nur die Tee-Zeremonie genoss er, dann redete er auch. Er sprach viel von Wiedergutmachung und „alles hat seinen Preis."

Obwohl er morgen früh zusammen mit Karl Ott das Lager verlassen würde, wollte er niemanden sehen. Man akzeptierte dies schweren Herzens. Karl hoffte, dass er auf der Rückfahrt wieder der Alte werden würde.

Auch Brahims Schwester, die inzwischen bei ihrer Mutter in einem eigenen Zelt wohnte, besuchte Karl, um ihn zu verabschieden. Mit ihr machte er einen kleinen Spaziergang zu den Ziegen- und Kamelausläufen zum Rand des Lagers. Er wollte sich ungestört mit ihr unterhalten.

Die Beiden hatten sich mehrmals zur Vorbereitung der Marokko-Aktion in Deutschland getroffen, als sie noch Alina genannt wurde. So sagte er auch jetzt Alina zu ihr, was sie nicht störte.

„Was wir vollbracht haben, ist, glaube ich, schon eine beachtliche Leistung. Gut, wir haben wohl auch einiges Glück gehabt, schon allein, dass wir immer ohne Probleme die Grenzen passieren konnten. Aber die ganzen Planungen und Vorbereitungen, die haben ja hauptsächlich wir beide durchgeführt. Irgendwann wird man dich hoffentlich entsprechend würdigen."

„Ach weißt du, Karlo, ich habe lange gebraucht, um zu erkennen, dass man als Frau in der arabischen Welt nur mit kleinen Schritten vorankommt und meine Position als Sprecherin des Rats ist viel mehr, als ich erhoffen konnte. Ich bin sicher, das habe ich auch deinem und Brahims Druck zu verdanken. Weißt du übrigens, wie man mich nach meiner Rückkehr zuerst nennen wollte?"

Sie beantwortete die Frage selbst: „Asada, das bedeutet offiziell Löwin. Eigentlich gar nicht so schlecht. Der Name wird von Männern aber auch als Schimpfwort gebraucht und bedeutet so etwas wie Nymphomanin. Wie kommen die dazu?

Mit Aida, was die Zurückkommende heißt, kann ich zwar leben, es zeichnet mich aber nicht aus. Ich werde mich wohl irgendwann wieder Alia nennen."

„Was ist eigentlich mit Heiko los? Du hast ihn in letzter Zeit doch auch mehrfach erlebt. Ich kenne ihn gar nicht so in sich gekehrt. Außerdem habe ich das Gefühl, das du ihm aus dem Weg gehst. Ist in Deutschland etwas vorgefallen, von dem ich nichts weiß?"

„Ich habe ihn in beiden Phasen kennengelernt, mal war er völlig aufgedreht, wollte die Welt aus den Angeln heben, kein Problem war ihm zu groß. Dann, eine Woche später, sah er überall Gefahren und wollte in Ruhe gelassen werden. Für mich wirkte das fast manisch-depressiv, aber du wirst jetzt ja zwei Tage mit ihm zusammen im Auto sitzen, dann werdet ihr euch hoffentlich aussprechen. Ansonsten hast du es richtig beobachtet, mein Freund ist er nicht, aber mehr sage ich nicht dazu."

„Heiko hat mir erzählt, du hattest einen Mann in Deutschland und einen in Polen, hast du dich von beiden richtig getrennt, oder planst du einen Weg zurück?"

Auf diese Frage antwortete sie erst einmal nicht, ging weiter und blickte dabei runter in den Sand. Er sagte aber auch nichts, wartete geduldig auf eine Antwort.

Sie waren beide die ganze Zeit sehr ernsthaft, doch plötzlich grinste sie und sagte: „Ein Beduinen-Sprichwort sagt: Ein Reiter, der auf zwei Kamelen gleichzeitig sitzen will, wird stürzen. Meine Zukunft ist hier. Ich will dazu beitragen, dass wir wieder als stolzes Volk selbstbestimmt in unserem Land leben können. Einen Weg zurück gibt es für mich nicht."

Dann blieb sie jedoch stehen und ergriff Karls Hand. Er merkte, sie war aufgeregt, als sie jetzt zu sprechen begann: „Es fällt mir schwer, dich noch einmal um Hilfe zu bitten, aber dieses Mal ist es für mich wirklich wichtig. Es wird meine weitere Zukunft entscheiden."

Sie drückte seine Hand so fest, dass es fast wehtat.

„Ich muss noch einmal nach Europa. Für die Erledigung dieser letzten Aufgabe benötige ich eine unauffällige normale Unterkunft, kein Hotel. Bitte frage nicht nach den Hintergründen. Es betrifft nur mich, nicht euch und auch nicht die Polisario. Ich muss in meiner Vergangenheit aufräumen, nur dann kann ich ein vollwertiger Kämpfer für unsere Sache sein."

Karl mochte seine Mitstreiterin, er würde ihr in jedem Fall helfen, doch ihm war nicht wohl bei dem Gedanken, dass sie allein auf sich gestellt operieren wollte, und er war auch ein wenig neugierig.

„Liebe Alina, natürlich werde ich dir helfen, aber bitte, mach keine Alleingänge. Wenn du mich nicht einweihen willst, dann informiere deinen Bruder oder einen anderen Mitstreiter. Du weißt selbst, was einem alles durch Zufall passieren kann."

Er schaute sie eindringlich an, doch sie schüttelte nur den Kopf. „Bei dieser Sache kann mir keiner von euch helfen, doch im Notfall gibt es jemanden, der mir zur Seite stehen wird. Also, wie sieht es aus? Ich brauche nichts Besonderes, will nur ungestört sein."

„Maria und ich haben ein Ferienhaus in Süd-Spanien, in der Nähe von Cádiz, das steht ab dem nächsten Monat leer. Wir werden es so schnell nicht wieder nutzen können und Marias Bruder, der dort auch gelegentlich Ferien macht, wohl auch nicht. Da könntest du bleiben, solange du willst. Die Nachbarn zu beiden Seiten sind nette Leute. Ich kann dir für beide einen Brief mitgeben, der deine Anwesenheit erklärt. Ein Auto steht dir dort auch zur Verfügung. Wohin musst du denn letztendlich? Willst du wieder nach Deutschland oder Polen?"

Sie überlegte lange, schaute ihn dann ernst und ein wenig traurig an und sagte: „Es fällt mir schwer, dir nichts zu erzählen, aber glaube mir, es ist besser so, obwohl du mir wahrscheinlich als einziger echter Freund bleibst. Alle anderen werden es nicht verstehen, wenn ich jetzt wieder verschwinde. Ich werde jedoch meiner Großmutter - sie ist die Einzige, die mich nicht bedrängt - einige Notfallinformationen geben."

Karl war damit noch nicht zufrieden. „Alina, du kannst hier nicht einfach verschwinden, du musst den Leuten schon irgendeine nachvollziehbare Erklärung geben. Wenn du jetzt in der heißen Phase vor der Volksabstimmung und der dann folgenden Staatsübernahme nicht hier bist, wird dir das keiner verzeihen und, ehrlich gesagt, ich könnte das auch nicht verstehen. Du wirst doch hier gebraucht."

Es war ihr anzusehen, dass sie unter einer großen Last litt und ihr jetzt das Schweigen sehr schwer fiel.

„OK Karl, du hast es so gewollt. Ich werde dich in mein Geheimnis einweihen, dein absolutes Stillschweigen gegenüber jedem anderen vorausgesetzt. Aber damit trägst du auch an meiner Last." Alina wirkte erleichtert, dass sie sich jemandem anvertrauen konnte. Sie fühlte jedoch, dass, wenn jemand sie verstehen konnte, es nur jemand sein kann, der beide Welten kennt: die Arabische und die westliche.

Sie redete mehrere Minuten, ohne dass Karl sie unterbrach. Als sie geendet hatte, sagte er erst einmal nichts, bevor er dann nur lakonisch antwortete: „Wow, in deiner Haut möchte ich nicht stecken."

Da sie nichts weiter sagte, fuhr er fort: „Irgendwie scheint sich alles zu wiederholen, nur mit umgekehrten Vorzeichen. Damals wollte man dich gegen deinen Willen verheiraten, jetzt willst du, aber dein Auserwählter will nicht. Es ist doch verrückt."

„Er will ja auch, nur nicht so schnell und er meint, die Initiative müsse von ihm ausgehen. Ich hätte es nicht vor seinen Ratskollegen verkünden sollen. Ein unverzeihlicher Fehler. Dabei waren wir uns doch schon einig. Jetzt will er bis nach dem Referendum warten und dann die ganze Hochzeits-Prozedur abspulen, mit Henna-Abend und den ganzen Feiern.

Wir sind doch keine jungen Leute mehr. Meine Freundin aus den Schultagen ist bereits Großmutter und unter diesen Umständen, so dachte ich, würde er aus seiner zweiten Heirat keinen besonderen Akt machen."

Sie machte eine Pause, dachte kurz nach, bevor sie weiter sprach.

„OK, es ist erst sieben Monate her, das seine Frau bei der Geburt ihres Kindes starb, aber gerade deshalb ist es doch gut, wenn schnell eine neue Frau ins Haus kommt."

Karl Ott runzelte die Stirn. „So etwas von dir, wo du doch immer an die Emanzipation erinnerst. Da muss man doch stutzig werden. Du bist zwar für hiesige Verhältnisse mit deinen 35 Jahren eine „alte Frau" und hättest schon längst unter die Haube gehört, aber dass du es jetzt so eilig hast, kann man nicht so richtig verstehen. Nimm es mir nicht übel, aber die Torschlusspanik nimmt man dir nicht so richtig ab, das passt nicht zu dir. Da steckt doch noch etwas anderes dahinter. Wenn du mir das nicht sagen willst, OK, aber dann bestätige mir wenigstens, dass es noch etwas gibt."

„Es gibt noch eine Menge Geld, das auf einem Firmenkonto liegt, für das ich eine Vollmacht habe und das unser neuer Staat dringend benötigt. Die Spender haben es zwar in einen Solarfond eingezahlt, aber wir werden es vorübergehend anderweitig einsetzen. Die Transferierung über eine befreundete österreichische Hilfsorganisation muss ich noch organisieren", antwortete sie, wusste aber, dass er mit der Erklärung noch nicht zufrieden war.

Sie kämpfte mit sich, ob sie ihm auch ihr letztes Geheimnis anvertrauen sollte. Sah sich kurz um, ob sie beobachtet wurden, und nahm ihn dann in den Arm, dabei flüsterte sie ihm etwas ins Ohr.

Wer jetzt in Gesichtsausdrücken lesen konnte, sah in Karls Mimik einen Wandel von Freude zu Fragen zu Erschrecken. Um Klarheit zu bekommen, fragte er nur noch: „Aus Deutschland?"

Als sie nickte, verstand er alles und wusste, dass ihre Situation tatsächlich kompliziert, wenn nicht sogar aussichtslos war.

„Geh in unser Haus in Cádiz, wir werden dafür sorgen, dass du nicht die ganze Zeit allein bist. Willst du nicht doch jemanden aus deiner Vergangenheit informieren? Soll ich das machen?", fragte er noch, doch sie schüttelte energisch den Kopf.

„Mein Entschluss steht fest. Ich würde auch ohne deine Hilfe diesen Weg gehen", antwortete sie. Wieder ganz die alte Kämpferin.

„Informiere mich, wenn du aufbrichst. Ich werde dafür sorgen, dass du an der Fähre oder am Flughafen abgeholt wirst." Auch wenn er es nicht persönlich sein würde, so wusste er doch, dass er sich weiter um sie kümmern wollte.

„Ich habe deine Nummer und ich werde dich anrufen, denn ich werde deine Hilfe brauchen, ob ich will oder nicht. Du bist ein guter Mensch und mein bester Freund", sagte sie noch, dann versagte ihre Stimme.

Inzwischen waren sie wieder kurz vor Brahims Haima angekommen. Sie hatte sich wieder gefangen. „Ich gehe nicht noch einmal mit hinein, wünsche dir und deiner Familie immer Allahs Beistand. Kommt gut nach Hause."

„As-Salem `Aleikum. Du bist eine beeindruckende, starke Frau. Mit der Marokko-Aktion bist du in die Geschichte deines Volkes eingegangen, auch wenn es jetzt noch nicht von allen erkannt wird. Auch wenn du noch eine schwierige Aufgabe vor dir hast, wir sehen uns wieder. Vielleicht führt dich dein Schicksal wieder nach Deutschland. Du bist immer willkommen." Sie nahmen sich in die Arme und drückten sich lange aneinander. Dann löste sie sich schweigend und ging davon.

Er sah ihr noch so lange nach, bis sie hinter einer Ecke verschwand. „Wie viele unentdeckte Talente gibt es noch hier? Welche brachliegende Intelligenz", dachte er bei sich und ging wieder ins Zelt.

Es waren neue Besucher gekommen und er wurde freudig begrüßt. Fast bis Mitternacht besuchten ihn immer wieder Leute, um sich noch einmal für seinen Einsatz zu bedanken und ihm Allahs Segen mit auf den Weg zu geben. Dann wurden die Schlaflager bereitet und innerhalb von weniger als 30 Minuten versanken alle in einen mehr oder weniger tiefen Schlaf.

3.17 Lagebesprechung SOKO MaMa

Man hatte die Sonderkommissionen Marokko und Mandy zusammengelegt und einen neuen Namen erfunden: MaMa. Das BKA war nun nur noch mit einer Person vertreten. Offiziell gab es bereits einen Abschlussbericht zu dem Terroranschlag in Marokko. Eine Beteiligung deutscher Staatsbürger an der Planung konnte nicht ausgeschlossen, jedoch auch nicht eindeutig nachgewiesen werden. An den aktiven strafbaren Handlungen war nachweislich kein deutscher Staatsbürger beteiligt, Deutschland war rehabilitiert.

Die Hamburger Kripobeamten aus der Gruppe Schönfelder waren dennoch mit vollem Einsatz in der Aufklärung des Falles Mandy engagiert.

Schrenk hatte wieder seine obligatorische Aufstellung an die Leinwand projiziert:

- Überwachung Ferienhaus Ott →keine Kapazität
- Sicherstellung BMW Lose →keine Kapazität
- Ott zur Fahndung ausschreiben →erledigt, Interpol
- Fahrzeuge Ott ermitteln und zur Fahndung ausschreiben →erledigt, Interpol
- Aufenthaltsort/Legende Maria Almarez-Ott → seit vorgestern mit Mann in Marokko → siehe Abfrage Fähren → was machen sie dort? Urlaub?

Maria ist von Beruf Maskenbildnerin. War mit einigen Unterbrechungen von 1983 bis 2007 am Prinzregententheater in München angestellt. Hat als Auszubildende begonnen und ist bis zur Chefmaskenbildnerin aufgestiegen. Seit drei Jahren ist sie beruflich nicht mehr in Erscheinung getreten.

- Abfrage Fähren → es gibt insgesamt 64 Fährverbindungen, 20 Tage rückwirkend → Ergebnis:

→20.5. → Fähre FRS Tarifa - Tanger, Passagiere: Timo Struntz und Alina Sliwinski
→30.5. → Fähre FRS Tarifa - Tanger, Passagiere: Maria und Karl Ott → bisher ist keiner auf diesem Weg zurückgekommen.

Schrenk begann zu erläutern: „Das war `ne Scheißarbeit, erst einmal von den Spaniern die Passagierlisten zu bekommen, natürlich nur als Fax, und dann alles durchzugehen. Na ja, das ist aber nun einmal typische Polizeiarbeit, da muss man durch. Hat sich ja gelohnt.

Also, der Lose ist nicht allein, sondern in Begleitung von Alina unterwegs gewesen und beide waren zur Zeit des Anschlags in Marokko, mit großer Wahrscheinlichkeit irgendwie an der Aktion beteiligt.

Alina wird inzwischen wieder zu Hause in ihrem Flüchtlingscamp sein. Vielleicht war sie für die Logistik zuständig und hat die Attentäter zurückgebracht.

Warum sind Maria und Karl Ott jetzt, nachdem alles vorbei ist, nach Marokko eingereist?

Wollen sie Spuren beseitigen?

Unser Verdacht, Ott wäre der Hauptdrahtzieher und Hacker im Hintergrund in Tindouf, ist damit allerdings widerlegt.

Mit unserem Fahndungsaufruf nach Ott waren wir zwei Tage zu spät, sonst hätten wir ihn schon bei der Ausreise erwischt, aber er müsste in den nächsten Tagen zurückkommen, muss ja nächsten Montag wieder auf der Arbeit in München erscheinen.

Das ist erst einmal alles, habt ihr noch etwas anzumerken?"

Es blieb ruhig, die vielen neuen Informationen und Gesichtspunkte mussten erst einmal verarbeitet werden.

„Was haben wir eigentlich gegen Ott in der Hand? Was liegt gegen ihn vor?", fragte Schönfelder.

„Konkret nichts", antwortete Schrenk.

„Da steckt mehr dahinter. Dann noch seine Frau, die Maskenbildnerin. Am Theater ist es gang und gäbe, dass man aus einem Dr. Jackill einen Mr. Hide machen muss. Gute Maskenbildner sind Künstler, die machen aus jedem Mohamed einen deutschen Spießbürger, ist er nun Friseur, Rechtsanwalt oder Ingenieur. Die beiden Otts müssen wir unbedingt verhören", Gabi Scheunemann hatte sich richtig in Rage geredet, „aber bei denen müssen wir auf alles gefasst sein, ich glaube, die sind verdammt clever."

„Was können wir jetzt konkret machen? Müssen wir weitere Erkundigungen über die Frau am Theater in München einholen?" Schönfelder stellte die Fragen in den Raum.

Man war sich einig, dass das nicht erforderlich sei. Der BKA-Mann wollte noch einmal mit seinen spanischen Kollegen sprechen, inwieweit man doch noch eine Überwachung des Hauses von Ott bekommen könnte, zumindest täglich für ein paar Stunden. Auch die Grenzbeamten sollten mit einem gesonderten Aufruf noch einmal auf die Gesuchten Ott, Lose, Struntz und Sliwinski hingewiesen werden.

3.18 Der lange Weg zurück

Tamirs Bruder Mafud hatte von der Frente einen Toyota Land Cruiser zur Verfügung gestellt bekommen, um Karl Ott und Heiko Lose zu dem versteckten Fahrzeug, dem Peugeot seines Schwagers, mit dem er vor fast zwei Monaten hergekommen war, zu bringen. Zum Glück hatten sie damals den speziellen Container des Containerfriedhofs in einem Lageplan markiert. Wer weiß, ob sie ihn sonst unter den vielen, gleich aussehenden Containern so schnell wiedergefunden hätten.

Es war erst kurz nach 9 Uhr, draußen noch angenehm kühl, aber der Container hatte sich schon aufgeheizt. Karl war froh, dass der Wagen sofort ansprang und er ihn ins Freie fahren konnte. Mafud hatte zwei Kanister Benzin mitgebracht, was 40 Liter, d. h. ungefähr 400 km zusätzlicher Reichweite entsprach.

Nach einer kurzen Prüfung des Wagens - Kühlwasser, Reifendruck, Bremsen - setzten sie sich wieder in Bewegung. Mafud fuhr vorweg, die beiden Deutschen in dem Peugeot hinterher. In dem nahe gelegenen Ort Rabouni, in dem eines der wenigen größeren Gebäude - der Regierungssitz der DARS - stand, wurde noch einmal aufgetankt, was hier bedeutete, dass man Benzin aus Fässern mit einer Handpumpe in den Fahrzeugtank beförderte. Dann hieß es: 120 km Piste bis zur Grenze und weitere 150 km in Marokko bis zur ersten Asphaltstraße. Sie erreichten gerade mal eine Durchschnittsgeschwindigkeit von 20 km pro Stunde und waren deshalb erst gegen 18.00 Uhr im Grenzbereich. Ihre genaue Position kannten sie, da sie, ebenso wie Otts Frau, ein Satellitentelefon mit GPS-Funktion dabei hatten. Die Daten übermittelten sie per SMS und warteten auf Antwort, die auch umgehend ankam. Das aus Marokko kommende Auto war schon weit an ihnen vorbeigefahren und bereits auf der algerischen Seite. Karl bestätigte kurz den Empfang der Nachricht und setzte nun die Position seiner Frau als Treffpunkt fest. Also drehten die zwei Fahrzeuge um und steuerten die angegebenen Koordinaten an. Obwohl sie nur acht Kilometer voneinander entfernt waren, dauerte es noch einmal eine Stunde, bis sie sich trafen. Mafud entdeckte seinen Bruder Tamir, der auf einem Hügel stand, als Erster.

Es war eine große Freude. Nur Marias Bruder Pablo und Lose kamen sich ein wenig fehl am Platze vor, als die drei Sahrauis sowie Maria und Karl sich in den Armen lagen.

Die Nacht verbrachten sie in ihren Autos, die sie in ein ausgetrocknetes Flussbett, das nur alle zehn Jahre einmal Wasser führte, abgestellt hatten.

Bei der ersten Morgendämmerung brachen sie auf. Für den Toyota mit den drei Sahrauis ging es zurück ins Lager. Die zwei spanischen Fahrzeuge, eines mit dem Ehepaar Ott - Pablo und Karl hatten ihre Pässe zurückgetauscht -, sowie das andere mit den Herren Almarez und Lose fuhren die Sandpiste Richtung Westen. Das war noch einmal gefährlich, denn die Grenze wurde aus der Luft überwacht und die Fahrzeuge zogen eine lange Staubwolke hinter sich her.

Doch sie hatten Glück und kamen unbehelligt bis zur Hauptstraße nach Zag. Dort war bereits Agadir, ihr Ziel für diesen Tag, ausgeschildert. In Agadir hatten die Otts den Bungalow in der Ferienanlage gemietet. So konnten sich alle vier abends noch in der Brandung des Atlantiks erfrischen und die Strapazen der letzten Wochen für eine kurze Zeit vergessen.

Morgens checkten die richtigen Herr und Frau Ott ordnungsgemäß aus, ließen sich noch mit der Empfangsdame fotografieren und gaben ein großes Trinkgeld zum Abschied. Kurz darauf trafen sie sich mit den anderen beiden und in Kolonnenfahrt ging es dann die Küstenautobahn hinauf nach Tanger.

Es wurde bereits dunkel, als sie den Fähranleger erreichten.

Die nächste Fähre ging in 40 Minuten, danach fuhr noch eine Letzte, eine Stunde später.

Sie hatten sich noch nicht entschieden, wie sie vorgehen wollten.

Gemeinsam fahren, auf die Gefahr hin, dass sie alle verhaftet würden?

Nur das Ehepaar Ott?

Paolo allein, er wäre dann in Sicherheit?

Sie entschieden sich dafür, dass zuerst nur das Ehepaar fuhr.

Kämen sie ohne Probleme durch, würden die beiden Männer mit der nächsten Fähre nachkommen. Gäbe es Probleme, käme nur Paolo mit der nächsten Fähre nach. Lose würde dann später von Maria abgeholt und verkleidet werden.

Schon beim Fahrscheinkauf mussten sie ihre Ausweise vorlegen. Sie bekamen ohne Probleme ihre Tickets. Auch bei der Passkontrolle bekamen sie ordnungsgemäß ihre Ausreisestempel. Stutzig wurden sie jedoch, als sie sich auf der Fähre abweichend von den anderen Fahrzeugen als letzte hinter einen LKW stellen mussten, obwohl die Reihe der Pkws noch nicht voll war.

So kam es, dass sie erst als letzte die Fähre verlassen konnten und direkt zu einer schlagbaumgesicherten Ausfahrt geleitet wurden. Hier standen bereits mehrere Polizisten der Guardia Civil mit Maschinengewehren bereit und nahmen sie in Empfang.

Sie wurden behandelt wie gewaltbereite Schwerverbrecher. Ausziehen bis auf die Unterwäsche, Einzelunterbringung in kahlen Verhörzimmern und ewig langes Warten auf die Beantwortung von Fragen. Ein Anwalt wurde ihnen erst für den nächsten Tag zugesagt. Das erste Verhör durch den lokalen spanischen Grenzbeamten war mehr eine Aufnahme von Allgemeindaten: Wo kamen sie her? Wo wollten Sie hin? Was hatten Sie in Marokko gemacht usw.

Darauf waren sie vorbereitet, sie hatten sich genau abgestimmt. Nur dass sie so unmenschlich behandelt wurden, darauf waren sie nicht gefasst. Karl bereute es, dass er Maria mit in die Sache hineingezogen hatte.

Mit den Anderen hatten sie vereinbart, dass, wenn sie keine SMS schickten, bzw. nicht anriefen, es bedeute, dass sie Schwierigkeiten hätten und Plan B in Kraft treten sollte. Dann würde Paolo allein herüberkommen und sich um einen Rechtsanwalt kümmern.

Die Verhöre gingen bis nach Mitternacht, dann wurden sie jeweils in eine einfache Einzelzelle zum Schlafen gebracht.

Am nächsten Tag ließ man sich Zeit. Als sie dann wieder verhört wurden, waren sowohl ein spanischer und auch ein deutscher Beamter eines höheren Dienstes anwesend. Vier Stunden wurden sie in die Zange genommen. Man warf ihnen Mitgliedschaft in einer terroristischen Vereinigung und Beteiligung an einem Terroranschlag vor. Doch man hatte keinerlei Beweise, denn die Otts hatten für alle Tatzeiten Alibis.

Als endlich am frühen Nachmittag ein von Paolo beauftragter Rechtsanwalt eintraf, hatte dieser sie innerhalb einer halben Stunde herausgeholt.

Allerdings konnten sie nur unter Polizeibegleitung zu ihrem Haus. Man hatte einen Hausdurchsuchungsbeschluss, der sofort vollstreckt wurde. Maria und Karl mussten von draußen zusehen, wie drinnen ihr Haus durchwühlt wurde.

Nach einer Stunde zogen die Polizisten jedoch schlecht gelaunt ab. Der Deutsche sagte bei der Verabschiedung noch so etwas wie: „Seien Sie sich bloß nicht so sicher, wir kriegen Sie noch und wenn wir Sie auf Schritt und Tritt verfolgen müssen."

Karl und Maria sagten nichts, sie standen im Vordergarten, guckten sich nur an und verstanden die Welt nicht mehr.

Hatten die denn nicht in die Garage geguckt? Loses Auto ist doch nicht zu übersehen.

Paolo lief im Haus hin und her, versuchte etwas aufzuräumen.

Der Anwalt kam jetzt auf sie zu und sagte: „Schreiben Sie auf, was alles beschädigt wurde, manchmal bekommt man etwas ersetzt, ich werde mich dann darum kümmern. Ansonsten sehen Sie zu, dass Sie in den nächsten Monaten nicht irgendwo anecken. Die sind leicht nachtragend."

Damit verabschiedete auch er sich und verschwand mit seinem Auto.

Karl ging zur Garage und öffnete das Tor. Gähnende Leere, das Auto war weg. Paolo, das Schlitzohr musste es weggefahren haben.

Maria war inzwischen zu ihrem Bruder ins Haus gegangen und auch Karl stieß jetzt zu ihnen.

„Paolo, lass dich umarmen, das hast du gut gemacht", mit den Worten ging er auf seinen Schwager zu. Dieser wehrte ihn ab und sagte: „Das war doch selbstverständlich, dass ich für euch einen Rechtsanwalt besorgt habe." Dann drehte er sich im Kreis und machte dazu eine Grimasse und abwehrende Handbewegung. „Ich brauche frische Luft, kommt ihr mit raus?"

Er ging, ohne eine Antwort abzuwarten, nach hinten in den Garten. Die beiden Otts folgten ihm.

„Der Anwalt sagte, wir müssten bei den Vorwürfen damit rechnen, dass die uns weiter beobachten und vielleicht sogar das Haus verwanzt haben."

„Scheiße, und nun?", fragte Maria, „können wir jetzt nur noch im Freien offen reden?"

Paolo sah das alles locker. „Wieso, ihr fahrt doch morgen sowieso wieder nach München zurück, Karl muss doch wieder zur Arbeit und dann läuft euer Leben wieder wie früher. Die zwei Monate werden unser kleines Geheimnis bleiben."

Karl sagte nichts dazu, doch Maria war noch nicht überzeugt. „Hoffentlich hast du recht, wohin hast du eigentlich Loses Auto gebracht?"

„Welches Auto? Ich hab kein Auto weggebracht."

Jetzt erwachte Karl aus seiner Lethargie. „Komm Schwager, mach keine Witze, das Auto kann uns immer noch zum Verhängnis werden."

„Wieso? Der rechtmäßige Eigentümer fährt damit jetzt wahrscheinlich schon in Deutschland gemütlich durch die Gegend. Ich sehe da kein Verhängnis."

Nun ging Maria auf ihn zu und boxte ihm mehrfach auf die Brust. „Hast du etwa Lose mitgenommen? Und ihr habt keine Probleme an der Grenzkontrolle gehabt? War Lose nicht auf der Fahndungsliste? Das kann ich kaum glauben."

„Keine Ahnung, ob Lose auf den Fahndungslisten steht. Höchstwahrscheinlich schon, aber Loses Grenzübertritt hat ja kein Grenzschützer bemerkt."

„Brüderchen, wenn du nicht gleich alles erzählst, fahr ich nie wieder mit dir in den Urlaub. Wie habt ihr das gedreht?"

„Das ist gemein, Urlaub mit dir ist immer so schön erholsam. Nein, es war ganz einfach. Ich habe mir gedacht, wenn sie euch geschnappt haben, sind sie erst einmal entspannt und warum sollten sie mich mit meinem Kleinwagen großartig kontrollieren? Ich bin ein braver Spanier, der nach einem langen Urlaub zurückkommt. Dass anstatt Gepäck ein gesuchter Attentäter in meinem Kofferraum liegt: Wer sollte auf so eine blöde Idee kommen? So verrückt ist doch keiner."

„Doch, die Almarezs sind so wahnsinnig. Mensch Paolo, wenn das schief gegangen wäre, hätten sie dich für `zig Jahre in den Knast gesteckt."

„Ist es aber nicht und nun vergiss das Ganze. Lose ist auf jeden Fall gleich Richtung Deutschland gefahren und wollte auch nicht vor Frankreich haltmachen."

Karl wusste nicht, was er sagen sollte. Er konnte Paolo nur lange umarmen. Maria schüttelte immer wieder den Kopf und sagte zu sich: „Der Hund hat immer Glück gehabt, aber irgendwann fällt er auf die Schnauze. Hoffentlich kann ich ihm dann helfen."

3.19 Aktionärsversammlung - Vulkans heile Welt

Nach dem Fehlschlag mit der Festnahme der Otts in Spanien hatte das BKA in Deutschland den Fall Marokko abgeschlossen. Eine aktive Teilnahme deutscher Staatsbürger war für sie nicht nachweisbar.

Die Hamburger Sonderkommission im Mordfall Mandy hatte noch nicht aufgegeben und suchte immer noch nach dem Hauptverdächtigen Heiko Lose, der jedoch wie vom Erdboden verschwunden schien.

Zur Vernehmung von Loses Arbeitskollegen und Freund Karl Ott waren die Hauptkommissare Schrenk und Krieger auf dem Weg nach München. Sie trafen sich wie verabredet 30 Minuten vor der angegebenen Abflugzeit auf dem Flughafen Fuhlsbüttel am Abflugschalter. Beide hatten sich ihren besten Anzug und Krawatte angezogen, denn sie wollten sich vor der Befragung noch ein kleines Abenteuer gönnen.

Wie der Zufall es wollte, fand an diesem Tag in München die jährliche Aktionärsversammlung der Firma VULKAN statt.

Schrenk war einer der vielen, die sich 1996 von der Werbung für die T-Aktie durch den damals sehr populären Schauspieler Manfred Krug überzeugen ließen und ihr Gespartes vom Konto abhoben und in die „Volksaktie" investierten. Ein Teil der Anteilsscheine verkaufte er mit Gewinn, den er dann in VULKAN-Anteile investierte. Den größeren Teil der Telekomaktien hatte er jedoch immer noch, wer wollte schon 80% Verlust realisieren.

Mit 50 VULKAN-Aktien zählte er genauso zu den Kleinaktionären wie jemand, der 100.000 Aktien besaß. Dies entsprach immer noch weniger als einem Prozent des Grundkapitals und bedeutete damit, dass man keinen merklichen Einfluss auf das Unternehmen ausüben konnte.

Sie waren beide noch nie auf einer Hauptversammlung gewesen, wollten dies jetzt nachholen und erhofften sich darüber hinaus, ein Stimmungsbild zur Situation um den Korruptionsskandal zu erhalten. Im Flugzeug las Schrenk den Geschäftsbericht, den er mit der Einladung zugeschickt bekommen hatte.

„Weißt du, dass VULKAN die viertwertvollste Firma in Deutschland und die 49ste in der Welt ist?"

„Nein, ich weiß nur, dass die Anzahl ihrer Mitarbeiter in Deutschland von Jahr zu Jahr abnimmt", antwortete Benno Krieger.

„Und weißt du, dass VULKAN 1847 gegründet wurde und schon 1851 als größte deutsche Firma galt?"

„Nein, aber ich weiß, dass VULKAN als erster "Global Player" gilt. Sie haben schon damals in Österreich, England und Russland produziert. 1936 gab es über 20 ausländische Produktionsstätten, u. a. in Wien, Budapest, Mailand, Barcelona, Tokio und Buenos Aires. In Athen und Buenos Aires haben sie in den 1930iger Jahren die U-Bahn gebaut. An jedem Krieg haben sie dick mitverdient. 1939 war VULKAN mit 187.000 Beschäftigten größter Elektrokonzern der Welt, damals noch ohne Zwangsarbeiter. VULKAN produzierte in Auschwitz und Lublin mit von der SS angemieteten KZ-Häftlingen."

„Woher weißt du das alles, ich bin völlig überrascht", staunte Heinz Schrenk.

„Ich hab ein wenig im Internet recherchiert, da findet man so einiges."

„Hast du auch gelesen, was VULKAN alles Gutes tut? VULKAN spendet jedes Jahr über 30 Millionen Euro an die Wissenschaft, für humanitäre Zwecke und für Kunst und Kultur. Bei uns in Hamburg sind sie sogar Hauptsponsor des Projektes Umwelthauptstadt."

„Dass ich nicht lache, da ham' se den Bock zum Gärtner gemacht. Im Schwarzbuch Markenfirmen – Die Machenschaften der Weltkonzerne - wird VULKAN die Massenvertreibung und Zerstörung der Lebensgrundlagen durch Staudammprojekte sowie die Beteiligung am Bau von unsicheren Atomreaktoren vorgeworfen. Ebenso wird VULKAN eine Beteiligung am nordkoreanischen Atomprogramm unterstellt und die holen sich unsere Hamburger Grünen als Sponsor zur Verwirklichung der Umwelthauptstadt, das ist Ironie pur."

„Du bist ja richtig auf Krawall gebürstet, die haben dir doch nichts getan."

„Nee, eigentlich nicht, aber je mehr ich gelesen habe, desto wütender wurde ich. Eigentlich geht das gar nicht gegen VULKAN, mehr wegen der ganzen Verarsche, die überall abläuft. Weißt du, wer 2006 im Rahmen des Personalaustauschprogramms „Seitenwechsel" diverse Mitarbeiter der VULKAN Systemtechnik AG ins Auswärtige Amt holte, was als "neue Art von Lobbyismus" galt?"

Schrenk schüttelte den Kopf.

„Dein viel gepriesener damaliger Bundesaußenminister und alternativer Turnschuh-Vorzeigepolitiker. Und weißt du, wer 2009 einen millionenschweren Beratungsvertrag „zu außenpolitischen und unternehmensstrategischen Fragen" von VULKAN bekommen hat?"

Schrenk guckte ungläubig. „Einmal darfst du raten", setzte Krieger sein Frage- und Antwortspiel fort.

„Doch nicht etwa der gleiche ehemalige Obergrüne, der auch schon Berater im Pipeline-Geschäft eines anderen großen Unternehmens ist?"

„Genau der. Für Geld tun die doch inzwischen alles. VULKAN hat nicht nur deutsche Spitzenpolitiker, sondern auch die ehemalige Außenministerin der USA unter Vertrag. Leiter der VULKAN-Vertretung bei der EU in Brüssel ist übrigens ein ehemaliger EU-Botschafter der Bundesregierung."

Schrenk hatte erst einmal genug von dem Thema. Zu seinem Glück kam jetzt die Stewardess und brachte Kaffee und Wasser. Krieger hatte sich wieder beruhigt und las seine Tageszeitung.

Vom Flughafen fuhren sie mit S- und U-Bahn zum Olympiapark und waren pünktlich zur Eröffnung in der riesigen Olympiahalle.

Sie saßen im hinteren Bereich, sodass die auf dem Podium sitzenden Vorstände, angeführt von Peter Zünder und dem Aufsichtsratsvorsitzenden Gerhard Bromme, nur in Stecknadelgröße zu sehen waren. Aber man hatte Großbildleinwände und überall Lautsprecherboxen aufgestellt.

Ihre Sitznachbarn diskutierten über die letzten Korruptionsvorwürfe.

„Ach Heinz, das hab ich übrigens auch noch im Internet gelesen: So wie die Frau Struntz das dargestellt hat, bezüglich des Bestechungsfalls, in dem ihr Mann verwickelt war, ist es wohl nicht gewesen. Nicht nur ein paar Bauernopfer mussten herhalten, auch Vorstände mussten gehen und wurden von VULKAN auf Schadensersatz verklagt. Der Ex-Vorstandsvorsitzende hat fünf Millionen an VULKAN zahlen müssen. Die Konzernlenker haben wegen Korruptions- und Kartellverstößen eine massive Konfrontation mit Staatsanwälten und Aufsichtsbehörden erlebt, wurden für schuldig befunden und haben eine saftige Abstrafung erlebt. Der Vorstand wurde 2008 fast komplett ausgewechselt. Einzelne Ex-Vorstandsmitglieder wurden in Untersuchungshaft genommen, einige wurden rechtskräftig verurteilt, der Konzern musste Strafen von über einer Milliarde Euro an deutsche und US-amerikanische Behörden zahlen. Für die oberen Konzernetagen mussten rund 200 neue Mitarbeiter gefunden werden."

„Na, da bin ich gespannt, was die uns hier noch dazu erzählen."

Die Beiden waren überrascht, wie lebendig, interessant und abwechslungsreich die Redebeiträge waren. Die Präsentationen und Diagramme waren übersichtlich und verständlich, die Vortragenden ausgezeichnete Rhetoriker. Stimmung kam auf, als der Sprecher vom Dachverband der kritischen Aktionärinnen/Aktionäre seine Rede hielt. Schon der Beginn zeigte, dass er sich von den großen Konzernlenkern nicht beeindrucken ließ. Krieger schrieb die ersten Sätze mit:

Der Vorstandsvorsitzende Zünder hat die Farbe Grün entdeckt. Über Nacht hat er aus VULKAN einen grünen Technologiekonzern gefärbt. Dabei war grün jahrzehntelang als Technikfeind Nummer 1 verschrien und in der Industrie verhasst. Aber Ihr Mäntelchen, Herr Zünder, ist nur für Farbenblinde grün, für uns ist es gelbschwarz wie das Warnzeichen für Radioaktivität. Über die Beteiligung am französischen Atomkonzern Areva NP und das beabsichtigte Gemeinschaftsunternehmen mit dem russischen Konzern Rosatom schweigen Sie im Geschäftsbericht …

Am Ende gab es verhaltenen Beifall. Die direkt Angesprochenen beantworteten die Fragen nicht, verwiesen auf die Presse- oder Rechtsabteilung oder auf interne Schreiben, die man einsehen könnte.

Danach gab es die Möglichkeit, Fragen zu stellen. Einer der Anwesenden hatte wohl nur auf diesen Moment gewartet, denn er sprang sofort auf und lief zum Mikrofon. Schon nach den ersten Worten waren Schrenk und Krieger wie elektrisiert und sprangen auf, doch so schnell kamen sie aus ihrer Sitzreihe nicht heraus. Der Mann hatte sich höflich vorgestellt und kam dann gleich zu seiner Frage:

„Mein Name ist Heiko Lose, ich bin altgedienter Vulkanier und in leitender Tätigkeit. Ich mache mir große Sorgen um unsere Corporate Identity. Seit der Neuaufstellung Ende 2007, der Straffung der Bereiche und der Einführung der Tollgate-Projektabwicklungsmethode, mit der internen Kontrolle und dem gegenseitigen Misstrauen, hat die Selbstmordrate unter Vulkaniern erheblich zugenommen. In diesem Jahr gab es schon den dritten Fall und das wird nicht der Letzte sein. Wir werden noch der France Telecom Konkurrenz machen, die uns mit fünf Fällen nur leicht voraus ist. Ich meine, der Fisch stinkt vom Kopf her. Meinen sie nicht, dass hier grundlegend etwas geändert werden muss, Herr Dr. Zünder?"

Nachdem es einige Sekunden lang totenstill war, ging eine Unruhe durch die Reihen. Man merkte, der Mann hatte etwas vor. Zünder sprach erst kurz mit seinem Nebenmann, griff dann jedoch zum Mikrofon:

„Ich habe davon noch nichts gehört, Herr Lose, aber wenn sie es sagen, wird es sicher stimmen. Bitte bedenken sie: Wir haben über 405.000 Mitarbeiter, das ist mehr als Nürnberg Einwohner hat. Da kommt alles vor, auch so etwas Trauriges wie ein Selbstmord."

Die Sicherheitskräfte, die links und rechts der Bühne positioniert waren, sprachen in ihre versteckten Mikrofone und zwei Herren bewegten sich in Richtung auf den Sprecher zu.

„Hören Sie auf mit dem Gesülze", Lose fing an zu schwitzen. Man merkte, er stand unter starkem Stress und Adrenalin schoss in seine Adern. Als er wieder zu sprechen begann, zog er gleichzeitig einen dicken Kugelschreiber aus der Jacketttasche. „Ich habe meinen besten Freund und Arbeitskollegen verloren. Er hat sich umgebracht, weil er die Schande nicht mehr aushielt, von allen als korrupter Vulkanier wahrgenommen zu werden und eine gute Freundin ist in meinen Armen gestorben. Diese Bilder werde ich nicht mehr los. Ich gebe mir selbst eine Mitschuld, denn ich wäre stark genug gewesen, beides zu verhindern, was letztendlich auf Sie auch zutrifft."

Er sackte in sich zusammen und es sah so aus, als wenn er zusammenbrechen würde. Doch dann sah er die beiden Sicherheitskräfte auf sich zukommen. Er straffte sich wieder, fuchtelte mit dem großen Kugelschreiber durch die Luft und schrie jetzt in das Mikrofon: „Ich will es euch Aasgeiern nicht ersparen, auch Schuld auf euch zu laden, Schuld an meinem Tod. Dies hier in meiner Hand ist kein Kugelschreiber. Es ist ein von mir selbst hergestellter und getesteter Einschussstift. Komplett aus Kunststoff. Eure Eingangskontrolle mit den Metalldetektoren ist doch ein Witz für jemanden, der es ernst meint."

Er steckte sich blitzschnell den Stift in den Mund.

Ein Aufschrei ging durch den Saal. Die beiden Bodyguards blieben stehen und hielten die Luft an.

Dann zog Lose den Stift wieder genauso schnell aus dem Mund heraus und richtete ihn auf den ihm am nächsten sitzenden Besucher.

„Ich gebe euch 20 Sekunden, mir das Gerät abzunehmen, danach jage ich mir die Kugel in den Kopf. Aber geht kollegial vor. Der erste Einzelne, der mir zu nahe kommt, der fängt sich die Kugel ein."

Im Saal wurde es unbeschreiblich laut und eine große Unruhe entstand.

Die Personen vom Podium waren von ihren Bodyguards und Sicherheitsleuten bereits nach hinten gebracht worden. Die Leute in Loses Nähe hatten sich größtenteils, einer hatte damit begonnen und Hunderte machten es ihm nach, auf den Boden geworfen. Einige Mutige wollten auf ihn zugehen, als er jedoch auf sie zielte, gingen auch sie in Deckung.

Lose zählte laut rückwärts, er war inzwischen bei zwölf angekommen.

Die beiden Bodyguards hatten sich nun auf eine Strategie verständigt. Sie griffen gleichzeitig an ihr Halfter und wollten ihre Pistolen ziehen und entsichern.

Lose zielte jetzt nur noch auf die Beiden, die wie paralysiert in ihrer Handlung innehielten.

Er schrie sie an: „Nun schießt doch endlich, schießt, schießt mir ins Bein oder in die Schulter."

Dann krachte ein Schuss durch den Saal, es war ohrenbetäubend laut.

Lose registrierte, er war irgendwo getroffen worden. Das hielt ihn aber nicht davon ab, mit trauriger Stimme weiterzuzählen „3…..2…1…0."

Jetzt krachten mehrere Schüsse auf einmal, doch fast genauso laut wie der Knall waren die Schreie, die aus nächster Nähe von Lose kamen.

Ein Regen aus kleinsten Knochensplittern, Hirnwasser und Gehirnmasse hatte sich auf die Umstehenden, Umliegenden ergossen.

Lose sollte am Ende recht behalten: Das würden sie nie vergessen und die Selbstmordrate bei VULKAN hatte sich auf vier erhöht, nur noch einen hinter der France Telecom.

Teil 4 Laufen für den Frieden

4.1 Letzte Zweifel

Schrenk und Krieger waren wieder zurück in Hamburg. Gleich auf der Morgenbesprechung sollten sie das Erlebte erläutern. Alle hatten die Fakten schon mehrfach aus den Nachrichten erfahren, doch das war natürlich nicht ausreichend für die Polizeiarbeit.

Ihr Chef, Kriminalrat Schönfelder, und auch Staatsanwalt Bröse waren anwesend. Bröse setzte sich gleich ins Fettnäpfchen.

„Ich habe gehört, Sie waren auch auf der Aktionärsversammlung, konnten Sie denn da nicht eingreifen und diesen Verrückten von der verdammten Tat abhalten? Er hat doch richtig darum gebettelt. Genau diese Situation wird in der Ausbildung doch immer wieder geübt."

Diesmal war es Heinz Schrenk, der ausrastete.

„Soll das ein Witz sein? Glauben Sie, wir haben uns auch auf den Boden geschmissen und gejammert? Waren Sie schon einmal in einer voll besetzten Olympiahalle, in der eine Panik unter den Besuchern ausbricht? So eine Bemerkung kann nur von einem Sesselfurzer kommen, der keine Ahnung von der Realität hat." Schrenk drehte sich um und wollte den Raum verlassen.

Der Staatsanwalt war knallrot angelaufen, sagte leise etwas wie: Man wird doch mal fragen dürfen - bevor Schönfelder sich einschaltete: „Herr Bröse, das war ja wohl leicht daneben. Lassen Sie uns unsere Arbeit machen, wir mischen uns ja auch nicht in Ihre Aufgaben ein. So Krieger, jetzt berichten Sie mal."

Krieger war bekannt dafür, dass er so eine Art Tagebuch führte und deshalb immer alles ablaufgemäß wiedergeben konnte, ohne etwas zu vergessen. Er schaute kurz in seine Aufzeichnungen und erzählte dann erst vom Ablauf der Aktionärsversammlung, danach von Loses Auftritt und wie sie versucht hatten, nach vorne zu kommen. Doch in den 1 bis 2 Minuten hatten sie auch mit brachialer Gewalt keine Chance, sich eine Schneise durch die in Panik geratende Menge zu bahnen. Sie waren natürlich vorschriftsmäßig ohne Waffen unterwegs, schließlich waren sie auf der Versammlung nicht im Einsatz. Außerdem außerhalb ihres Zuständigkeitsbereiches und bei Reisen per Flugzeug ist es sowieso nur mit vielen Anträgen möglich, Waffen mitzunehmen. Als die Schüsse fielen, waren sie noch weit von dem Geschehen entfernt, alles geschah außerhalb ihres Sichtfeldes.

Die Aufnahmen, die sie von einem Fernsehsender bekommen hatten, zeigten den Tathergang in allen Einzelheiten. So genau, dass sogar das Fernsehen entschieden hatte, die Bilder nicht zu senden.

Krieger berichtete weiter: „Der Sicherheitsdienst hat schnell alles abgesperrt und die Versammlung abgebrochen. Die Kollegen, die dann kamen, konnten die Leute auch nur noch nach Hause schicken, es gab ja nichts zu ermitteln. Schade um die vielen Weißwürste und Brezeln, aber darauf hatten nur noch einige Hartgesottene Appetit.

Am nächsten Tag haben wir uns mit Karl Ott getroffen. Der war ziemlich fertig. Loses Selbstmord hat ihn sehr betroffen gemacht. Er bestritt jedoch, dass sie befreundet waren. Sie wären nur Kollegen, die sich gut verstanden und auf einer Wellenlänge tickten. Er sagte aus, er hätte Lose das letzte Mal vor drei Monaten gesehen, aber das hätte er doch auch schon den Beamten in Spanien gesagt.

Auf mich wirkte er glaubwürdig. Ein netter Kerl, der nichts mit unseren Fällen zu tun hat."

„Wart ihr noch bei den Münchner Kollegen? Gibt es so etwas wie einen Abschiedsbrief von Lose?" Gabi Scheunemann stellte einmal wieder die entscheidende Frage.

„Das Ganze ist ein wenig kompliziert, denn 1. weiß man nicht, wo Lose sich zuletzt aufgehalten hat und 2. hat das BKA die Sache wieder übernommen. Ich glaube kaum, dass seine Wohnung in Hannover die ganze Zeit überwacht wurde. Die Kapazitäten hat auch das BKA nicht. Außerdem hatten die ihren Fall doch schon abgeschlossen. Chef: Können Sie nicht noch einmal bei dem Stretter nachfragen, ob die einen Abschiedsbrief gefunden haben, möglichst mit einem Geständnis zum Mandy-Mord." Krieger wusste, dass der Chef gerne mit ermittelte.

Gabi Scheunemann war mit der Antwort noch nicht zufrieden. „Wie muss man denn die letzten Worte von Lose verstehen?"

Krieger wollte noch einmal die Filmaufnahmen zeigen, aber sie winkte ab. „Bitte nicht noch einmal die scheußlichen Bilder. Ich habe mir seine Worte aufgeschrieben, er hat Folgendes gesagt:

Ich habe meinen besten Freund und Arbeitskollegen verloren. Er hat sich umgebracht, weil er die Schande nicht mehr aushielt, von allen als korrupter Vulkanier wahrgenommen zu werden! Und eine gute Freundin ist in meinen Armen gestorben. Diese Bilder werde ich nicht mehr los. Ich gebe mir selbst eine Mitschuld, denn ich wäre stark genug gewesen, beides zu verhindern.

UND EINE GUTE FREUNDIN IST IN MEINEN ARMEN GESTORBEN.

Hat er damit Mandy gemeint? Das hört sich auf jeden Fall nicht wie ein kaltblütiger Mörder an."

Jetzt sagte Schrenk das erste Mal wieder etwas: „Benno und ich haben das auch so diskutiert und waren uns einig, dass wir da ansetzen müssen. Mithilfe der Münchner Kollegen konnten wir gestern noch die Personalabteilung von VULKAN bezüglich Selbstmorde befragen. Denen waren nur zwei bekannt, in beiden Fällen waren es Männer. Wir glauben deshalb, dass er mit der Freundin Mandy gemeint hat."

„Der war doch scheinbar durchgeknallt, da brauchen wir die Analyse eines Profilers, eines Psychologen", meinte Schönfelder. „Ich werde euch jetzt einmal erzählen, wie ich das sehe:

Das kann nur Mandy sein, von der er spricht, und wenn sie in seinen Armen gestorben ist, dann war er dabei. Vermutlich ein Unfall oder eine Effekt-Tat, die er gar nicht so wahrgenommen hat. Vielleicht rastete er manchmal aus und merkte dann gar nicht, was er tat. Ich meine, dies ist ein klares Geständnis und wir können den Fall abschließen."

Die drei Ermittler guckten sich an und dachten das Gleiche: „So ist er, unser Chef, immer pragmatisch und besorgt, dass die Statistik stimmt. Jeder abgeschlossene Fall ist ein guter Fall."

„Chef: Tun Sie mir den Gefallen und sprechen Sie noch einmal mit dem BKA. Ich werde eine Bewertung des Psychologen einholen", sagte Schrenk und schloss damit diesen Tagesordnungspunkt ab.

4.2 Polnische Zeitung mit Nachrichten aus Deutschland

Meine Abteilung in Polen etablierte sich. Obwohl noch im Aufbau waren drei meiner jungen Entwicklungsingenieure bereits in laufende Projekte eingebunden und unterstützten von hier aus die Kollegen in Deutschland. Wir fungierten als „verlängerte Werkbank". Die Ingenieure in Deutschland konzipierten die neuen Anlagen und entwarfen das Funktionsprinzip. Meine Leute machten dann die Detailarbeit und erstellten die technischen Unterlagen, CAD-Zeichnungen, Stücklisten, Angebotsanfragen usw. Natürlich fehlte es meinen Mitarbeitern noch an dem Firmen-Know-how, deshalb musste ich oft beratend zur Seite stehen und jede Zeichnung abnehmen. Ich koordinierte auch die Abstimmungen mit dem Stammwerk. Mein Arbeitstag dauerte in der Regel von morgens acht Uhr bis abends acht Uhr. Aber auch die jungen Leute waren mit hohem Engagement dabei. Man merkte, sie wollten den Deutschen zeigen, dass sie es genauso gut konnten.

Wenn ich abends allein zu Hause war, holte ich meist den Laptop heraus und bereitete die Arbeit für den nächsten Tag vor. Nur mittwochs nicht, da hatte ich meinen Polnisch Kurs.

Der Besuch von Simone und den Kindern verlief sehr harmonisch. Wir haben uns keinmal gestritten. Die Kinder fanden es richtig spannend und haben bereits zwei Worte Polnisch gelernt: guten Tag = Dobry dzień und: auf Wiedersehen = Pożegnanie. Ich bin gespannt, ob sie es noch wissen, wenn ich sie nächstes Wochenende in Hamburg besuche.

Alina oder besser Aida, wie sie sich jetzt nannte, verdrängte ich mehr und mehr. In den Medien tauchte sie nicht mehr auf. Obwohl das nicht stimmen musste, denn ich schaute kaum noch Fernsehen.

Aus zwei Gründen begann ich, jeden zweiten Abend zu joggen. Erstens weiß ich abends nichts mit mir anzufangen -

allein in Kneipen zu gehen, ist nicht mein Ding - und zweitens hatte ich in der kurzen Zeit hier bereits drei Kilo zugenommen. Das merkte ich jeden Morgen am Hosenbund.

Beim Joggen bekam man so schön den Kopf frei und mir fielen jedes Mal Lösungen für die gerade anstehenden Probleme ein.

Auf dem Weg zur Arbeit kaufte ich mir morgens immer eine polnische Tageszeitung zur Übung der Sprache. Anfangs die FAKT, die war am einfachsten zu lesen und ähnelte unserer größten Boulevard-Zeitung. Als ich erfuhr, dass sie dem gleichen deutschen Medien-Konzern gehörte, mir bewusst wurde, welche Meinungsmache damit möglich war, wechselte ich zur Gazeta Wyborcza. Das war wohl einmal das Sprachrohr der Gewerkschaft "Solidarność". Mir kam die Zeitung eher konservativ-liberal vor. Auf jeden Fall erfuhr ich hier die für Polen wichtigen Neuigkeiten und konnte mitreden, obwohl ich meist nur die Überschriften und die Bilduntertitel las.

Heute schlug ich die Schlagzeile jedoch bereits am Kiosk in meinem kleinen Taschenlexikon nach, denn das dazu gehörende Foto war schockierend. „VULKAN: Samobójstwo na zgromadzeniu akcjonariuszy" übersetzte ich mit „VULKAN: Selbstmord auf Aktionärsversammlung."

Noch hätte mich das nicht weiter beschäftigt, was hatte ich schon damit zu tun? Ich hatte keine Aktien und ging deshalb auch nicht auf Aktionärsversammlungen. Als ich jedoch im Laufe des Tages auf der Arbeit meinen privaten Mail-Account überprüfen wollte, war auch dort die Schlagzeile groß auf der Startseite und ich wurde neugierig. In dem Artikel tauchte der Name Heiko Lose auf. Ich wusste sofort, wo ich den Namen gelesen hatte, mindestens 20 mal.

Ich habe den Brief von Alina immer in meiner Brieftasche.

Meine Sekretärin, die mich vom Vorzimmer aus sehen konnte, kam herein und fragte besorgt: „Herr Bauske, was ist denn? Sie sind ja weiß wie Kreide. Soll ich Ihnen ein Glas Wasser bringen oder Tee?"

„Nein, nein, ist schon gut, lassen Sie mich bitte allein."

Beim Rausgehen fragte Sie noch: „Wirklich nichts? Soll ich die Tür zu machen?"

Ich nickte, griff mir dabei unter die Jacke, um meine Brieftasche herauszuholen. Sie sah das, drehte sich wieder um, kam mit besorgtem Blick auf mich zu und sagte: „Oh Gott, haben Sie etwas mit dem Herzen? Soll ich einen Arzt holen?"

Jetzt musste ich doch grinsen. „Nein, wirklich, es ist nichts. Ich kenne nur den Mann aus der Zeitung, den, der sich umgebracht hat. Sie müssen sich keine Sorgen machen, mir geht es gut."

Sie atmete auf. „Hätte ja gut sein können, soviel wie Sie arbeiten."

Als ich wieder auf die Zeitung blickte, ging sie leise hinaus und machte die Tür hinter sich zu.

Dass ich so erschrocken war, hatte einen anderen Grund. Ich machte mir Vorwürfe.

Wäre der Selbstmord vielleicht verhindert worden, wenn ich mit Alinas Brief zur Polizei gegangen wäre?

Ich las den Teil des Briefes noch einmal, in dem sie erklärte, was nach unserer Verabschiedung am Dammtorbahnhof passierte:

„Ich wusste ja, dass du und ich bald von der Polizei wegen der Sache in Marokko gesucht würden, wollte dich noch per Telefon kurz vorher warnen, aber das mit Mandy warf alles durcheinander. Als ich im Zug mein Handy anmachte, hatte ich eine Nachricht auf meiner Mailbox, ich sollte VULKAN anrufen. VULKAN ist Mandys und mein Beschützer, der immer in unserer Nähe war, wenn wir Aktionen machten, er heißt eigentlich Lose. Als ich ihn anrief, weinte er, stammelte, er hätte versagt, hat seine Aufgabe nicht erfüllt, hat Mandy nicht richtig beschützt. Sie wäre tot, ermordet.

Er war nur kurz zum Essen. Als er zurückkam, lag sie am Boden, mit verzerrtem Gesicht und verdrehten Augen. Sie atmete noch, zuckte wie bei einem epileptischen Anfall und stieß lallende Töne aus. Er wollte ihren Kopf schützen und drückte ihn in seinen Arm. Blut lief aus ihrem Ohr. Nach 2, 3 Minuten war dann alles vorbei. Er hat den Mörder wahrscheinlich noch gesehen. Ein Typ kam ihm entgegen, den er schon einmal mit uns gesehen hatte. Aber er konnte doch so etwas nicht ahnen.

Er hat dann Mandy auf dem Parkplatz abgelegt und mich am Flughafen abgeholt. Ich musste ja jetzt Mandys Auto zurück nach Polen bringen.

Obwohl ich Lose nicht mag, glaube ich ihm. Er hat seine Aufgaben immer sehr ernst genommen und seine Aufgabe war, uns zu beschützen. Ihm hat es gar nicht gefallen, dass du und ich zusammen waren. Er hat mir damit dauernd Stress gemacht, aber, bitte verrate ihn nicht bei der Polizei. Er hat unserer Sache sehr gedient."

Ich dachte bei mir: „Wieso hat die Polizei den Typen eigentlich nicht gesucht? Haben die denn gar keine Ahnung? Bei meinen Befragungen kam der nie vor. Würde er jetzt hinter Schloss und Riegel sitzen, wenn ich diese Informationen der Polizei gegeben hätte? Dann wäre er zwar eingesperrt, aber dafür noch am Leben."

Arbeiten konnte ich heute nicht mehr. Ich war zwar noch einige Stunden im Büro, brachte aber nichts Vernünftiges mehr zustande.

Abends joggte ich über zwei Stunden.

4.3 Loses Aktien

Schönfelder hatte die SOKO Mandy zu sich ins Büro bestellt, ohne Staatsanwalt.

„Wir müssen die Sache jetzt abschließen, das BKA hat auch bereits einen Schlussstrich gezogen. Sie haben Loses Wohnung noch einmal durchsucht, er ist dort gewesen, hat aber keinerlei Nachricht, geschweige denn einen Abschiedsbrief hinterlassen. Was soll's, das Opfer ist tot und ihr Mörder auch."

Seine drei Ermittler waren damit nicht zufrieden.

Schrenk fing vorsichtig an: „Ich habe noch einmal mit der Psychologin gesprochen, sie sagt, die Wortwahl ist authentisch, entspricht nicht der eines Totschlägers oder Mörders. Außerdem sagt sie: Der will die Welt aufrütteln, durch seine Tat etwas verändern, zumindest Leute zum Nachdenken bringen. So jemand schreibt immer einen Abschiedsbrief, und zwar einen wohlüberlegten, sendet oft sogar etwas an die Presse."

„Das ist noch nicht alles", sagte jetzt Krieger, „wir haben noch etwas in seinen Finanzen recherchiert. Er hat vor zwei Monaten, also kurz vor dem Anschlag in Marokko, alle seine VULKAN-Aktien verkauft, Aktien im Wert von fast 120.000 Euro. Den Erlös hat er in Aktien der Firmen TOGNUM AG und PRAMAC S.P.A investiert, beides Marktführer im Bereich Notstromaggregate und USV. USV steht für unterbrechungsfreie Stromversorgung, große Batteriepakete, die bei Stromausfall für eine kurze Zeit Notstrom liefern können.

Er hat die neuen Aktien aber nicht auf seinen Namen erworben, sondern, nun halten Sie sich fest, zu je einem Drittel auf die Namen seiner Patenkinder.

Der Aktienwert hat sich übrigens nach dem Marokko-Blackout fast verdreifacht. Jedes der Struntz-Kinder besitzt jetzt Aktien im Wert von über 100.000 Euro.

Wir drei, Gabi, Heinz und ich sind uns einig: wenn jemand einen Abschiedsbrief erhalten hat, dann Frau Struntz. Wie soll sie sonst den Kindern erklären, dass nun auch ihr Patenonkel, der ja fast ein Ersatzvater für sie war, nicht mehr da ist.

Frau Scheunemann und ich würden gern der Frau Struntz noch einmal einen Besuch abstatten, und zwar ohne telefonische Ankündigung."

Schönfelder: „Das sieht ja wirklich so aus, als hätte er alles von langer Hand geplant. Es spricht ihn aber auf keinen Fall schuldfrei, im Gegenteil. Er bereut seine Tat, will es mit Geld wieder gut machen und seiner Pflicht als Patenonkel nachkommen.

Aber ich kenne Sie ja, Sie werden keine Ruhe geben, bevor Sie dies nicht geprüft haben. Fahren Sie in Gottes Namen noch einmal zu der Struntz, aber danach ist Schluss, dann wird die Akte Mandy geschlossen", Schönfelder kannte sein Team und wusste, was er ihnen schuldig war.

4.4 Bauske und die Frauen

Das Wochenende mit den Kindern war großartig. Ich hatte tausend aufregende Sachen zu bieten, die zwar meist nur aufregend waren, weil sie in einem fremden Land passierten, aber es war eben doch alles anders als in Hamburg. Einkaufen im Einkaufszentrum, essen gehen, besonders im Fast-Food-Restaurant. Auch die Würstchenbude war anders. Stolz gab ich mit meinen Sprachkenntnissen an. Und ich konnte den großzügigen Papa spielen. Abends guckten wir gemeinsam Satellitenfernsehen, DSDS. Sie mussten auf nichts verzichten.

Beim Zubettgehen, ich hatte ihnen schon Gute Nacht gesagt und wollte nur noch kurz abschalten, fragte meine Tochter Eva mich, ob ich für immer in Polen bleiben wollte. Ich antwortete: „Natürlich nicht, ich will doch wieder mit euch zusammenleben. Sowie Simone und ihr mir meine Dummheit verziehen habt, komme ich wieder zu euch zurück."

Sie wurde sehr nachdenklich. Es war wohl auch nicht ganz fair, eine 12-Jährige mit so etwas zu belasten.

Am nächsten Morgen beim Frühstück, ihr Bruder schlief noch, erzählte sie mir, was sie wohl die halbe Nacht beschäftigt hatte: „Papa, ich glaube Mama wird dir so schnell nicht verzeihen. Sie hat, glaube ich, einen neuen Freund, einen, der besser aussieht als du und auch noch jünger ist."

Ich war total geschockt und sofort stinksauer, lief wahrscheinlich knallrot an, sagte jedoch nichts.

Wie konnte sie so etwas tun.

Ich verhielt mich doch absolut vorbildlich. Kein Streit ums Geld, keine Ansprüche, einsichtig, liebevoll zu den Kindern.

„Kenne ich ihn?", fragte ich nur.

Eva nickte. „Es ist Juras Tischtennislehrer."

„Was", ich war außer mir, „das ist doch ein großer Junge, der studiert doch noch, was will sie denn mit dem?"

„Der ist 33 und im Referendariat."

Langsam wurde mir bewusst, dass es ein großer Vertrauensbeweis war, dass sie mir das alles erzählte. Es belastete sie scheinbar sehr.

Ich musste die Situation wieder entspannen: „Ach, meine Evi, ich glaube, das geht vorbei. Ist doch verständlich, dass Simone sich rächen will. Danach sind wir uns quitt und können wieder zusammenkommen, wieder eine richtige Familie werden."

Eva wurde bald 13, war bereits in der Pubertät und dumm war sie auch nicht. So einfach war das nicht, das war ihr klar, aber sie sagte auch nichts mehr dazu. Als Jura an den Frühstückstisch kam, wechselten wir das Thema. Heute stand noch etwas Sightseeing in der Umgebung auf dem Programm.

Am frühen Nachmittag brachte ich sie zum Bahnhof. Ihr Zug fuhr pünktlich ab.

Abends kamen dann die Zweifel. Wie sollte es mit mir weitergehen? Wollte ich die besten Jahre meines Lebens nur der Firma widmen? Allem Weltlichen abschwören?

Ich war kein Machtmensch, sondern strebte nach Harmonie und wollte das Leben genießen.

Die Menschen, die ich liebte, entfernten sich von mir. Simone war nicht wegen der Kinder wieder zu mir zurückkehrt und Alina war für immer in der Wüste verloren.

Sollte ich hier eine neue Liebe wagen?

Affären war ich bisher aus dem Weg gegangen, obwohl es wohl stimmte: Männer mit Macht wirkten anziehend auf Frauen und ganz hässlich war ich auch nicht.

Nur in der Firma war das für mich tabu.

Hier fingen aber meine Probleme an. Zuerst meine Sekretärin, sie verhielt sich ziemlich eindeutig, obwohl sie verheiratet ist. Eigentlich war ich viel zu alt für sie, 14 Jahre älter. Jetzt fing sie an, mir sogar Essen von zu Hause mitzubringen, das sie dann in der Mikrowelle erwärmte und mir im Büro servierte. Hier musste ich unbedingt ein klärendes Gespräch führen. Ich wollte sie aber auf keinen Fall verlieren, denn eine bessere Assistentin konnte ich mir nicht vorstellen. Egal ob fachlich, menschlich oder organisatorisch, sie löste jedes Problem und sie sprach auch noch sehr gut deutsch.

Aber auch unsere Reisekosten-Sachbearbeiterin umwarb mich. Zu jeder Reiseabrechnung hatte sie Fragen und kam dann immer gleich zu mir ins Büro, vorzugsweise wenn das Vorzimmer nicht besetzt war. Dann stand sie vor meinem Schreibtisch und beugte sich tief zu mir herunter und präsentierte ihr Dekolleté.

Das Schlimme war, beide besuchten mich inzwischen auch nachts im Traum.

Irgendeine Lösung musste ich finden. Am besten wäre eine Beziehung außerhalb der Firma, aber war ich schon wieder soweit?

Fast jedes Mal, wenn ich joggte, kam mir eine sportliche Läuferin entgegen, die auf mich eine erotische Ausstrahlung ausübte. Ich wusste nicht, was es war? Besonders schön war sie nicht, mehr so der männlich herbe Typ, groß und durchtrainiert, aber sie hatte etwas. Ich würde das nächste Mal die Laufstrecke anders herum laufen und es langsam angehen lassen, dann müsste sie mich eigentlich überholen und ich könnte sie ansprechen. Hoffentlich konnte sie ein wenig deutsch oder englisch.

4.5 Loses Vermächtnis

Es war kurz nach 10 Uhr, als Gabi Scheunemann und Benno Krieger vor der Haustür von Cornelia Struntz standen. Irgendwie hatte sich das Haus verändert. Nicht nur das Namensschild war ausgetauscht worden. Beim letzten Besuch stand noch Peter Struntz an der Klingel, jetzt Familie Struntz. Auch der Vorgarten sah anders aus, freundlicher, nicht mehr so akkurat gepflegt, dafür mehr Blumenbeete.

Beide waren gespannt, ob sie Glück hätten, ob jemand öffnete, ob sie mit ihrer Vermutung recht hatten und ob sie damit weiterkämen. Die erste Frage wurde schnell beantwortet. Kaum hatten sie den Klingelknopf gedrückt, öffnete sich auch schon die Tür. Frau Struntz war chic gekleidet, ganz in Schwarz und ausgeh bereit, guckte jedoch irritiert, als sie die beiden Kommissare sah, die sie sofort wiedererkannte.

„Was wollen Sie denn hier", fragte sie, „wollen Sie mich zu Heikos Beerdigung abholen?"

Krieger sah kurz zu seiner Kollegin Gabi Scheunemann, die sofort reagierte: „Ja, wenn es ihnen Recht ist", antwortete sie, „aber wir hätten da noch ein paar Fragen vorher, es ist doch noch Zeit, oder?"

„Na ja, soviel Zeit auch nicht mehr, ich muss nämlich noch den Kranz abholen, aber kommen Sie erst einmal rein, für'n Kaffee reicht`s noch, wollen Sie einen?"

Sie guckten sich an, Krieger grinste. „Danke nein", sagte Krieger, „aber ein Glas Wasser wäre nett."

Frau Struntz holte zwei Gläser aus dem Küchenschrank, goss Wasser ein und forderte sie auf, sich zu setzen. „Sie wollen bestimmt wissen, ob er vorher irgendwelche Andeutungen gemacht hat oder ob ich etwas Derartiges geahnt habe? Kann ich beides mit Nein beantworten."

„Hat er denn auch in seinen Briefen oder Mails nichts angedeutet?" Gabi hatte jetzt wieder die Gesprächsführung übernommen.

„Vorher nicht, aber gestern kam ein Brief von ihm, der ist erst einen Tag nach dem Selbstmord abgestempelt. Ich weiß nicht, wie das geht, wahrscheinlich hat er ihn an einem abgelegenen Briefkasten eingesteckt, der nur selten geleert wird. Wollen Sie ihn sehen?"

Sie ging kurz ins Wohnzimmer und kam mit einem dicken Brief zurück. „Der Heiko muss ziemlich krank gewesen sein, im Kopf meine ich. Was der in letzter Zeit alles gemacht hat. Auf jeden Fall hatte er genauso einen Hass auf die Firma wie mein Mann. Aber deshalb macht man doch nicht solche Sachen. Wussten Sie, dass der das in Marokko war

Für die Kinder hätte er angeblich gesorgt, meint er. Als wenn mit Geld alles erledigt wäre. Hätte er doch bloß einmal mit mir gesprochen. Die Kinder brauchen kein Geld. OK, später für ein Studium vielleicht, aber jetzt brauchen sie Zuwendung und erwachsene Vorbilder. Das hätte ich ihm gesagt."

Sie reichte den Brief der Kommissarsanwärterin und sagte, bevor sie sich zum Fenster wegdrehte und lange hinaussah: „Ich will ihn aber wieder haben."

Die beiden lasen gemeinsam den Brief. Es waren fünf Bögen, beidseitig beschrieben.

Es begann genauso, wie die meisten Abschiedsbriefe beginnen: „Wenn du diese Zeilen von mir erhältst, dann weißt du wahrscheinlich bereits, dass ich tot oder im Gefängnis bin. Ich habe so viel Schuld auf mich geladen, dass ein Weiterleben nur von ständigen Schuldgefühlen geprägt und ich eine Belastung für alle wäre. Ich möchte, dass ihr mich als guten Freund und liebevollen Patenonkel in Erinnerung behaltet."

Dann folgten zwei Seiten Erinnerungen an schöne Ereignisse aus den letzten Jahren. Nur kurz ging er auf seine beruflichen Erfolge und seine Auslandserfahrungen ein, die seinen Horizont und seine Weltanschauung verändert hätten. So hätte er Elend und Unterdrückung gesehen, was ihn dazu gebracht hätte, helfen zu wollen. Neben der Bevölkerung Kubas hätten es ihm besonders die Bewohner der Saharazone angetan und er deshalb den Sahrauis bei dem Attentat in Marokko geholfen. Dass dabei ein großer wirtschaftlicher Schaden entstanden sei, störte ihn weniger, aber bei den Vorbereitungen ist eine junge deutsche Frau in seinen Armen gestorben. Er hätte damals, nur um das Projekt nicht zu gefährden, keinen Krankenwagen gerufen. Jetzt mache er sich große Vorwürfe, vielleicht wäre sie noch am Leben, hätte er damals schnell und anders reagiert.

Auf den nächsten Satz zeigte Krieger mit dem Finger und sagte: „Scheiße, das reicht nicht."

Aufgeschrieben hatte Lose: Bitte glaube mir, ich bin kein Mörder. Ich wohnte mit der Dame, die ich bereits seit zwei Monaten beschützte, in einem Motel. Ich war nur kurz weg zum Essen. Als ich zurückkam, habe ich noch gesehen, wie ein Mann, wahrscheinlich ihr Mörder, aus unserem Zimmer kam. Ich fand sie dann am Boden liegend, mit zuckendem Gesicht und Blut lief aus ihrem Ohr. Ich wollte ihr helfen, doch sie ist kurz darauf in meinen Armen gestorben. Das kann ich nicht vergessen, sehe es jeden Abend, wenn ich die Augen schließe. Hätte ich damals gleich den Krankenwagen gerufen, wer weiß.

Außerdem wollte er nicht, dass VULKAN mit der Schweinerei seiner Kündigung ungeschoren davonkam. Alle Welt sollte wissen, was da vor sich ging und wie immer wieder die Kleinen für die Großen die Köpfe hinhalten mussten. Deshalb wollte er ihnen wenigstens die Jubelfeier verderben.

„Den Brief müssen wir als Beweis mitnehmen, Sie bekommen ihn aber wieder", sagte Gabi Scheunemann zu Frau Struntz, faltete den Brief zusammen und steckte ihn ein.

„Wir sollten dann auch langsam losfahren, in einer Stunde beginnt die Trauerfeier", Cornelia Struntz hatte gar nicht zugehört.

Gabi und Benno guckten sich an, Benno zuckte die Schultern. „Frau Struntz", begann Gabi, „ich muss ihnen etwas gestehen: Wir wussten gar nicht, dass heute die Beerdigung ist, würden aber trotzdem gerne mitkommen und Sie auch wieder zurückbringen. Mein Kollege ist leider gar nicht passend gekleidet. Haben Sie noch die Sachen von ihrem Mann? Können Sie ihm eine dunkle Krawatte leihen?"

Sie nickte und ging ins Schlafzimmer, um kurz darauf mit einer schwarzen Krawatte, die sogar gebunden war, zurückzukommen.

Sie fuhren dann doch mit getrennten Autos, so mussten die beiden Polizisten nicht mit auf die anschließende Trauerfeier.

4.6 Die Akte wird geschlossen, der Fall ist gelöst!?

Der Abschiedsbrief verursachte heftige Diskussionen in der SOKO Mandy. Einig war man sich jedoch, dass er sich als Beweisstück für eine Mordanklage nicht eignete. Warum sollte der Schreiber nicht gelogen haben? Außerdem hat er nur geschrieben: Ein Mann kam aus unserem Zimmer. Das war gar nichts.

Was Schönfelder sagen würde, war allen klar und so kam es dann auch.

„Die Reise hättet ihr euch sparen können, wir sind so schlau wie zuvor. Will noch jemand etwas dazu sagen? Sonst löse ich die SOKO Mandy hiermit auf. Lose ist eindeutig schuldig, wegen unterlassener Hilfeleistung mit Todesfolge."

„Halt Stopp", Krieger musste es noch loswerden, „ Gabi und ich sind auf der Rückfahrt noch diverse Szenarien durchgegangen, aber nur eine davon macht für uns Sinn.

Lose sollte sie scheinbar beschützen, hat es zwei Monate erfolgreich getan, um sie dann umzubringen? Unglaubwürdig

Der Zufallsdieb oder Sittenstrolch? Unglaubwürdig.

Hotelangestellter? Dann hätte Lose nicht – ein Mann, den er mit den Damen zusammen gesehen hat - geschrieben.

Es bleibt nur einer der infrage kommt und das ist ... Hansen ... Und den knöpf ich mir noch mal vor, wenn es sein muss privat.

„Das lassen Sie schön bleiben. Wenn es nur ansatzweise eine Beschwerde in diese Richtung gibt, kommt diese Bemerkung in Ihre Personalakte. Ich wiederhole es noch einmal: Die Akte Mandy ist geschlossen." Schönfelder meinte es ernst.

4.7 Ein verhängnisvolles Geschenk

Die Zeit verging wie im Flug. Jetzt war ich schon fast ein halbes Jahr technischer Leiter in Polen und es schien sich hiermit eine Erfolgsstory für mich zu entwickeln. Von allen Seiten gab es anerkennende Worte.

Der beste Beweis, dass wir gute Arbeit leisteten, war, dass man mich ungestört agieren ließ. Ich hatte inzwischen 16 Leute eingestellt und eine kleine Musterwerkstatt aufgebaut. IT-technisch waren wir besser ausgestattet als unsere Zentrale. Den neuen Entwicklungsauftrag, Fensterabdeckschienen mit Staublippe für den neuen Omega, wickelten wir komplett alleinverantwortlich ab. Auch die Serienfertigung würde natürlich hier bei uns stattfinden.

In unserem Stammwerk im Norden Hamburgs wurde ich in der Belegschaft allerdings nicht mehr so freundlich empfangen. Der Betriebsratsvorsitzende, den ich schon lange kannte und mit dem ich mich duzte, nannte mich nur noch Rambo oder Jobkiller. Er arbeitete ursprünglich bei uns als Elektroniker und war für die Programmierung der Liniensteuerungen zuständig, ist jedoch seit geraumer Zeit, mindestens seit acht Jahren, freigestelltes Betriebsratsmitglied.

Er sagte einmal zu mir: „Ich weiß, warum ich nicht Ingenieur geworden bin. Ihr seid so technikverliebt, dass ihr über eventuelle Konsequenzen eures Handelns gar nicht nachdenkt. Eure Devise ist: Gib mir eine Aufgabe und ich löse sie, ob es Kanonen mit größerer Reichweite, Gewehre mit höherer Durchschlagskraft oder der Aufbau von Entwicklungsabteilungen in Low-Cost-Countries sind. Für einen Ingenieur sind das alles interessante Aufgaben und Herausforderungen, die es zu bewältigen gilt."

Ich fühlte mich doch ziemlich angemacht, das traf mich an einem wunden Punkt. „Weißt du", erwiderte ich, „ihr seid aber teilweise auch selbst schuld. Wie oft habe ich in letzter Zeit in eurer Entwicklungsabteilung bei unbeliebten, unangenehmen Arbeiten von den normalen Konstrukteuren den Satz gehört: Da habe ich keine Lust zu, dass können die Polen machen. So geht euer Know-how hier immer mehr verloren."

Er antwortete nur grinsend: „Ja ja, ich sag's ja, so sind sie, die Ingenieure. Haben für alles eine Rechtfertigung und wenn sie nicht mehr weiter wissen, gibt es ja immer noch die Ausrede: Wenn ich es nicht täte, würde es ein anderer machen."

Dieses Gespräch verfolgte mich den ganzen Tag. Zum Glück hatte ich mich für den Abend mit Wolfgang verabredet. Wir wollten seit Langem einmal wieder alte Zeiten aufleben lassen und hatten uns deshalb bei "Niewöhner" in der Gertigstraße verabredet. Hier hatten wir in unserer Jugend so manchen Blödsinn ausgeheckt.

Ich war wie gewohnt pünktlich zur verabredeten Zeit angekommen, Wolfi wie gewohnt 20 Minuten später. Beide waren wir empört, dass man renoviert hatte. Die schmuddelige Einrichtung aus den 1930iger Jahren hatte man doch tatsächlich ersetzt und auch die gelben, noch von Zigarettenrauch geteerten Wände und Decken neu gestrichen. Für uns war der Charme weg. Aber das gab sich schnell, denn die Speisen und Getränke stimmten immer noch und auch über die Preise konnte man nicht meckern.

Nachdem wir die alten Zeiten hinter uns gelassen hatten, fragte Wolfi mich, ob ich schon wieder einen neuen Reisepass hätte.

Ich hatte den tatsächlich erst vor zwei Wochen abgeholt. Für Polen brauchte ich ja keinen, aber wir wollten unsere Geschäftsbeziehungen weiter Richtung Osten ausbauen und dafür musste ich gewappnet sein. Das erzählte ich ihm und fragte gleichzeitig, warum er das wissen wollte.

„Das kann ich dir nicht sagen", antwortete er, „du weißt doch, Weihnachten steht vor der Tür, aber ich bräuchte die Nummer von deinem Pass."

Ich zeigte ihm den Pass und er schrieb die Nummer ab. Dies war wieder so ein Entscheidungsknoten in meinem Lebensnetz. Hätte ich noch keinen Reisepass, oder hätte ich ihm die Nummer nicht gegeben, wäre es nicht zu dem Weihnachtsgeschenk gekommen, das meinen nächsten Lebensabschnitt bestimmen sollte.

4.8 Kleine Dinge - große Wirkung

Benno Krieger hatte sich fein gemacht. Er hatte zwei der begehrten Plätze beim Buffet-Abend im ´Le Marrakesch` bekommen. Das war reine Glückssache, denn diese Veranstaltungen sind lange im Voraus ausgebucht, besonders in der Vorweihnachtszeit. Er hatte Glück, weil sie nur zu zweit waren. Benno hatte Gabi eingeladen. Auf die Einladungskarte hatte er geschrieben:

Liebe Gabi,
ich lade dich zu einem arabischen Abend
ins Restaurant Le Marrakesch ein.

Bitte genieße mit mir die orientalisch-üppige Vielfalt des köstlichen Buffets mit über 30 verschiedenen Vorspeisen (bis auf zwei alle vegetarisch), über zehn verschiedenen Hauptgerichten, Bauchtanz und einem superleckeren Dessert, umgeben vom Flair der Medina, warmem Kerzenlicht und schöner Musik.

Ich bin sicher, dass es ein unvergessliches Erlebnis wird!

Er hatte lange an dem Text gearbeitet und ihr die Karte in einem Umschlag erst zum Feierabend gegeben. Am nächsten Arbeitstag hatte sie zuerst nichts gesagt. Als er jedoch irgendwann einen Ausdruck vom Kopierer, der im Druckerraum stand, abholte, kam sie hinterher, drückte ihm einen flüchtigen Kuss auf die Wange und sagte nur: „Danke, ich freu mich drauf." Und verschwand wieder.

Am besagten Abend stand sie schon fertig an der Tür, als er sie abholte. Als Polizist kennt man die meisten Ecken der Stadt, doch in das abgelegene Industriegelände, in das Benno mit ihr fuhr, hatte es Gabi noch nicht verschlagen.

„Wird das `ne Entführung?", fragte sie, „ich warne dich, ich ruf die Polizei."

Sie waren auf einem stillgelegten Bahngelände angekommen und hielten vor einem alten Lokschuppen. Alles war nur spärlich beleuchtet, doch ein Schild zeigte an, dass sie richtig waren.

Mit dem Durchschreiten der Eingangstür betraten sie eine andere Welt. In den ehemaligen Eisenbahnschuppen hatte man eine Medina mit vielen kleinen Läden aufgebaut. Es duftete, wie man sich den Orient vorstellt. Eine leicht verschleierte und mit viel Klimperschmuck behängte junge Dame fragte sie nach ihren Namen und führte die Beiden zu ihrem Tisch. Sie bestellten Rotwein und Wasser und redeten über dies und das, mieden aber bewusst das Thema Arbeit.

Er erzählte von dem, was er alles machen wollte, bevor er zur Polizei kam. Sie erzählte von ihren Geschwistern, die alle mehr oder weniger im Leben gescheitert waren. Themen, die sie auf der Arbeit nie bereden würden.

Dann erklang ein lauter Gong. Eine Dame und ein Herr des Restaurants hielten eine kurze Rede. Am Ende wurden die verschiedenen Speisen und die Abfolge des Abends erklärt.

Nun begann ein "Run" auf das Buffet. Da auch Benno nicht darauf vorbereitet war, standen sie ziemlich weit hinten in der Schlange. Die Schnellen schritten bereits mit vollem Teller an ihnen vorbei zu ihren Tischen.

„Mach` deinen Teller nicht gleich so voll, probiere erst einmal alles, das Gedränge entspannt sich beim zweiten oder dritten Gang", sagte Benno zu Gabi, die gleich konterte: „Sagst du mir das oder dir? Wenn ich mir den Teller gleich voll knallen würde, wäre der Abend für mich gelaufen. Denk du dran, dass du dich nicht so vollstopfst, dass du mir zu Hause nachher nicht gleich einschläfst."

Benno freute sich. Gabi schien ihn auch zu mögen, vielleicht wurden sie ja heute noch ein Paar. „Jetzt bloß nichts mehr falsch machen", dachte er bei sich.

Doch dann kam alles anders als geplant.

Gabi kapitulierte bereits nach dem zweiten Gang, hatte jedoch noch etwas Platz für den Nachtisch gelassen, der aber noch nicht aufgetragen war. Benno ging noch einmal vor, bereits zur vierten Runde.

An der Schüssel mit den Kichererbsen stand ein großer Mann vor ihm, der sich umständlich den Teller belud. Benno erkannte ihn sofort, gab sich selbst aber nicht zu erkennen, sondern drehte sich ab, zu einem anderen Leckerbissen. Er füllte sich zwar weiterhin auf, ließ den Mann aber nicht mehr aus den Augen und beobachtete ihn, bis derjenige wieder an seinem Platz war.

„Ich hatte eben eine Begegnung der dritten Art", sagte er zu Gabi, als er sich wieder an den Tisch setzte.

„Was heißt das denn", wollte Gabi wissen.

„Man ahnt nichts Böses und da steht der Hansen neben einem, aber ich lass` mir nicht den Appetit verderben."

„Habt ihr miteinander gesprochen?", wollte Gabi wissen.

„Nein, er hat mich nicht gesehen und ich habe nichts gesagt. Er sitzt da hinten, wohl mit seiner und 'ner anderen Familie. Ich habe sie kurz beobachtet: scheinbar alles nette Leute. Wenn du da an den Säulen vorbeischaust, müsstest du sie eigentlich sehen können." Er zeigte kurz in die beschriebene Richtung und sie nickte bestätigend.

„Tatsächlich, das ist er." Nach einiger Zeit des Beobachtens sagte sie: „Du hast recht, die scheinen sich gut zu verstehen, mit den Kindern und auch mit den anderen Erwachsenen. Scheinen vorbildliche Familien zu sein. Und trotzdem hat er Dreck am Stecken. Aber wie du schon gesagt hast, wir lassen uns heute nicht den Abend verderben."

Er nickte und gab ihr einen Handkuss. Sie stand auf und wollte sich das Dessert holen, jedoch nicht ohne ihn gefragt zu haben, ob sie ihm etwas mitbringen könnte.

„Ich guck` erst einmal, was du so nimmst", sagte er und sie zog allein los.

Kaum war sie weg, kam Hansen zu ihm an den Tisch. „Hallo Herr Kommissar, entschuldigen Sie, dass ich Sie störe. Ich wollte mich nur kurz bedanken, dass Sie mich nicht vor meiner Familie und unseren Freunden bloßgestellt haben. Sie wissen es ja am besten, nur das Wort Kripo kann schon die Stimmung verderben."

„Wenn jemand nichts auf dem Kerbholz hat, muss er sich doch durch einen Polizisten nicht die Stimmung verderben lassen. Im Gegenteil, ich kenne viele Leute, die damit angeben, dass sie jemanden von der Kripo kennen", konterte Krieger.

„Sie wissen schon, wie ich das meine, schließlich war ich ja in einen Todesfall … Äh, so ein bisschen verwickelt."

„So kann man es auch sagen", war Kriegers Antwort.

„Wurde der Fall jetzt eigentlich aufgeklärt? Ich habe nichts mehr darüber in der Zeitung gelesen. Haben Sie den Täter?"

Krieger überlegte kurz, wie er antworten sollte, dann sagte er: „Ja und Nein. Ja, der Fall wurde aufgeklärt, wir wissen, wer der Täter war. Nein, wir haben den Täter noch nicht dingfest gemacht, noch fehlt es uns an den 100% gen Beweisen und gestanden hat er noch nicht. Aber wir arbeiten noch dran."

Hansen starrte ihn an. Es sah aus, als wäre er eingefroren. Dann sah er kurz zu seiner Familie hinüber und sagte leise: „Ja, dann nochmals vielen Dank, dass Sie uns nicht belästigen und noch einen schönen Abend. Grüßen Sie Ihre Frau."

Als er wieder weg war, kam Gabi zurück. „Ich habe extra gewartet. Es sah so aus, als wenn ihr etwas unter vier Augen zu bereden hättet."

Er erzählte ihr alles detailgetreu und endete mit den Worten: „Den quält was, ich hoffe, ich habe ihn so weit verunsichert, dass er irgendeinen Fehler macht. Den sehen wir noch einmal wieder, das sagt mir meine Erfahrung."

Benno Krieger hatte recht.

Die Bauchtanzvorführung fand in einem Nebenraum statt. Werner Hansen nutzte das Gedränge, um neben dem Kommissar zu stehen. Trotz der lauten Musik sprach er ihn erneut an.

„Sind Sie eigentlich noch an weiteren Informationen zu Mandy interessiert? Mir ist da eventuell noch etwas Wichtiges eingefallen. Sie könnten mich ja noch einmal im Büro besuchen", fragte er und schaute ihn dabei aufgeregt an.

„Was heißt interessiert? Es ist Ihre Pflicht, uns zu informieren. Kommen Sie doch bitte morgen ins Präsidium", konterte Krieger, obwohl das nur unnötigen Stress mit Schönfelder bedeutete.

„Nein, das geht nicht, aber ... es ist auch nicht so wichtig, ist ja wohl sowieso alles erledigt."

Krieger merkte, dass es jetzt auf der Kippe stand. Er hatte Hansen in einer entspannten Atmosphäre erwischt, durfte die Chance nicht entweichen lassen.

„Wissen Sie was", sagte er zu Hansen, „lassen Sie uns doch ein wenig frische Luft schnappen oder wollen Sie sich unbedingt die exotischen Schönheiten, die wahrscheinlich aus Barmbek-Süd oder Allermöhe-West kommen, ansehen? Mit Chance werden sie sogar von denen auf die Bühne gezogen und müssen auch ihre Hüften kreisen lassen. Mir passiert das garantiert und glauben Sie mir, das ist nur peinlich."

Hansen überlegte kurz, besprach etwas mit seiner Frau, die neben ihm stand, nickte dann Krieger zu und ging Richtung Ausgang. Der Kommissar folgte ihm, nicht ohne sich mit Blicken zu versichern, dass Gabi alles mitbekommen hatte.

„Sie haben wirklich eine nette Familie", sagte Krieger, „Sie müssen wohl auch netter sein, als ich es mir immer von Anwälten vorgestellt habe."

Hansen ging nicht darauf ein. Man sah ihm an, er quälte sich. Vielleicht spielte auch der Wein, den er getrunken hatte, eine Rolle. Er wollte etwas loswerden und hier gab es keine Zeugen. Außerdem konnten sie hier draußen nicht abgehört werden. Obwohl Tonaufnahmen ohne Zustimmung sowieso vor Gericht als Beweis nicht zugelassen würden. Das waren seine Gedanken, bevor er anfing zu sprechen.

„Wissen Sie, ich habe eigentlich alles falsch gemacht und bin trotzdem davongekommen. Ist eigentlich doch verrückt.

Nicht, dass Sie jetzt sonst was denken, ich bin kein Mörder. Ich habe wirklich nichts getan. Ich muss auch kein schlechtes Gewissen haben. Ich habe mich nur saublöd verhalten. Hätte gleich mit der Polizei zusammenarbeiten sollen."

Hansen machte eine Pause. Krieger merkte, dass er ihn jetzt nicht verschrecken durfte, und fragte deshalb auch nur sanft nach. „Das haben Sie dann ja nachher noch."

„Nein, nein, ich meine, wer kann denn das ahnen, das ihr Freund nicht den Krankenwagen ruft. Dann hätte ich das doch gemacht. Ich war doch auf dem Weg zum Auto, um mit meinem Handy den Notarzt zu rufen. Da hab ich gesehen, wie ihr Freund zurückgekommen ist, und dachte natürlich, dass der sofort die 112 anruft. Wer kann denn das nur ahnen. Ich hab sie wirklich gemocht, sie war eine schöne, sympathische Frau."

„Dann stimmt es nicht, dass sie sich an dem Mordtag an ihrem Auto von ihr verabschiedet hatten?", fragte Krieger vorsichtig nach.

„Doch, doch, aber wie gesagt, ich mochte sie und machte mir Sorgen. Ich habe doch gemerkt, dass sie da in etwas Gefährliches verwickelt war und sie sich wahrscheinlich strafbar machen würde. Ich wollte ihr doch nur helfen.

Deshalb hab ich nur so getan, als wenn ich wegfahre. Hab das Auto gleich wieder abgestellt und bin ihr heimlich gefolgt. Als ich dann an ihrem Hotelzimmer geklopft habe, hat sie ganz schön erschrocken geguckt.

Ich bin einfach an ihr vorbei rein und hab auf sie eingeredet, sie solle mir alles erzählen und ich würde sie in jedem Fall beschützen.

Sie hat nur geschrien, ich solle abhauen. Gleich käme ihr Freund und der dürfe mich auf keinen Fall sehen.

Sie hat auf mich eingeschlagen, auf meine Brust getrommelt.

Da habe ich sie an den Armen gepackt und festgehalten, hab sogar gesagt, dass, wenn sie es wirklich so will, ich gehen würde.

Aber sie hat sich losgerissen, ist dabei wohl über irgendetwas gestolpert und nach rückwärts gefallen. Dabei ist sie ganz unglücklich mit dem Hinterkopf auf die Tischkante geknallt."

Er konnte nicht weiter sprechen, fing an zu schluchzen. Krieger legte ihm eine Hand auf die Schulter, sagte aber nichts. Als Hansen sich wieder beruhigt hatte, erzählte er unaufgefordert weiter.

„Es sah gar nicht so schlimm aus, gar kein Blut. Sie wollte auch gleich wieder aufstehen. Doch dann setzte sie sich umständlich wieder hin und sagte lallend so etwas wie: Mir ist ganz komisch.

Dann verdrehte sie die Augen, man sah nur noch das Weiße. Gleichzeitig fing erst ihr Arm, dann der ganze Körper an zu zucken.

Es war fürchterlich."

Er konnte wieder nicht weiterreden. Krieger wartete geduldig.

„Was hätte ich denn machen sollen? Sie zuckte am ganzen Körper, schlug mit dem Kopf immer auf den Fußboden. Ich hab ihr sogar ein Kissen untergelegt und wollte dann den Notarzt rufen.

Mein Handy hatte ich im Auto in der Halterung zum Aufladen.

Sie war nicht tot, als ich gegangen bin. Für mich war es ein epileptischer Anfall. Das geht doch vorbei.

Als mir dann auf dem Hotelgang so ein Typ entgegenkam, hab ich mir gleich gedacht, dass das ihr Freund sei und ihn beobachtet. Ich habe genau gesehen, wie er in ihr Zimmer verschwunden ist. Da war für mich klar, dass der ihr entweder helfen kann, weil er weiß, wie man damit umgeht oder dass er sofort den Notarzt ruft.

Hätte ich nur die 112 angerufen."

Er wirkte jetzt wieder gefasst. Er war erleichtert, endlich war er es losgeworden.

„Warum haben Sie uns das denn nicht gleich erzählt, es hätte uns viel Arbeit erspart", sagte Krieger gezwungen freundlich. Er konnte sich vorstellen, wie die Sache den Rechtsanwalt die ganze Zeit gequält hatte.

„Ich weiß es nicht, habe mich da irgendwie reingeritten. Wenn man erst einmal anfängt, sich die Wahrheit zurechtzudrehen, findet man schwer den Weg zurück. Ich wollte einfach nicht in ein Anklageverfahren verwickelt werden und vor allen Dingen nicht, dass diese Gurkengeschichte noch einmal hervorgezogen wird."

Beide gingen jetzt schweigend das dritte Mal um das Gebäude herum und hingen ihren Gedanken nach.

„Muss ich denn jetzt noch mit einer Anklage rechnen?", fragte Hansen plötzlich wieder ganz sachlich.

„Das entscheidet der Staatsanwalt. Für mich ist das eindeutig Unterlassene Hilfeleistung mit Todesfolge. In jedem Fall Behinderung der Polizeiarbeit. Aber ganz ehrlich: Ich weiß nicht, wie es weitergeht. Es hängt auch von Ihrer Kooperationsbereitschaft ab. Wie gesagt: Entscheiden wird es der Staatsanwalt, Sie müssten das eigentlich wissen. Ihrer Familie möchte ich einen Medienprozess ersparen. Würde Ihnen ein Urteil auf Bewährung mit einer angemessenen Spende für z. B. Ärzte ohne Grenzen beruflich schaden?"

„Ich würde es wohl überleben, meinem Chef habe ich schon so etwas angedeutet. Er sagte, ich müsste reinen Tisch machen, dann würde er zu mir stehen. Nur meinen Anwaltsstatus dürfte ich nicht verlieren."

Krieger kämpfte mit sich, bevor er antwortete: „Wir sollten erst einmal mit dem Staatsanwalt unter sechs Augen reden. Wenn Sie weiterhin so einsichtig sind, werde ich mich für Sie einsetzen. Schließlich hätten wir ohne Ihr Geständnis die Wahrheit wahrscheinlich nie erfahren."

Hansen drehte sich zu ihm und streckte ihm die Hand entgegen. „Ich glaube, ich mag Sie. Ich werde Sie nicht enttäuschen."

„Nur zu Ihrer Information: Ich mag generell keine Rechtsanwälte."

„Habe verstanden, dann lassen Sie uns wieder reingehen, unsere Frauen machen sich bestimmt schon Sorgen."

Das stimmte auch, denn Hansens Frau kam ihnen bereits entgegen und schaute beide wütend an. „Die Kinder sind total müde und wollen nach Hause. Wir sind alle unterwegs und suchen dich, hast du denn kein Zeitgefühl?"

Krieger sagte nur zu Hansen gewandt: „Wir telefonieren", und ging dann voraus, zurück zu den Bauchtänzerinnen.

Trotz dieser aufregenden Ereignisse ließen die beiden Polizisten den Abend noch familiär ausklingen.

Heinz Schrenk war jedoch stinksauer, denn mitten in der Nacht wurde er vom Telefonklingeln geweckt, obwohl er keine Bereitschaft hatte.

Der Diensthabende an der Telefonannahme entschuldigte sich mit den Worten: „Ich habe den neuen Toten nicht bestellt und die beiden Kollegen, die Bereitschaft haben, haben beide ihr Telefon ausgestellt. Was bleibt mir da anderes übrig, als die nächste Nummer auf der Liste zu wählen."

4.9 Das Rätsel wird gelöst, alles beginnt von vorn

Dass Wolfi manchmal ein bisschen verrückte Sachen machte, wusste ich ja, aber mit seinem Weihnachtsgeschenk schoss er den Vogel ab.

Er hatte mich doch einfach bei einem Sahara-Marathon angemeldet und eine dazugehörende 8-tägige Reise auf meinen Namen gebucht. Deshalb brauchte er auch die Reisepassnummer.

Aber es kam noch besser:

Die Reise ging nicht irgendwohin in die Sahara, nein, es handelte sich um eine seit elf Jahren zum Nationalfeiertag der Sahrauis stattfindende Solidaritätsveranstaltung verschiedener Flüchtlings-Hilfsorganisationen, unter anderem der UNO, und ging in das Flüchtlingslager Smara nahe Tindouf in Algerien.

Ich gebe zu, ich freute mich riesig, nachdem ich mich von dem Schock erholt hatte. Er meinte, ich müsste das Thema Alina endgültig aufarbeiten, und wenn ich das jetzt nicht täte, würde ich den Rest meines Lebens einer Illusion nachhängen. Außerdem hätte ich mehrfach geäußert, dass ich gern einmal eine Wüste bereisen würde. Drittens könnte ich meinem neuen Hobby, dem Laufen, huldigen und hier gleich beweisen, was mein Training der letzten Monate gebracht hätte. Obendrein erfüllte die Reise noch einen guten Zweck, denn jeder gelaufene Kilometer erhöhte den Spendenbetrag der Hilfsorganisationen für ein Schulprojekt des Flüchtlingslagers.

Dies ging mir durch den Kopf, als ich im Flugzeug von Hamburg nach Madrid saß, um dort die anderen Reiseteilnehmer zu treffen und gemeinsam mit einer AIR-ALGERIE-Maschine weiter zu unserem Zielort zu fliegen.

Im Brief des Veranstalters `Lauftreffreisen`, den ich hervorgeholt hatte, stand:

Liebe Saharaläufer, die Reise zum Sahara-Marathon und zu den sahrauischen Flüchtlingen steht vor der Tür. Ich bin sicher, dass ihr unvergessliche Eindrücke von Land, Leuten und dem Sportevent sammeln werdet. Ich möchte euch allen herzlich danken, dass ihr durch eure Lauf-Teilnahme mit dazu beitragt, auf eine der längsten und bizarrsten Flüchtlingskrisen weltweit aufmerksam zu machen, die vom Rest der Welt leider vergessen wurde.

Der Lauf ist eine Mischung aus kontrolliertem Abenteuer, einmaligem Lauferlebnis und humanitärer Hilfe. Es ist zwar eine besondere Herausforderung, in der Sahara zu laufen, für einen geübten Läufer oder Läuferin mit der richtigen Vorbereitung jedoch durchaus machbar. Die trockene Hitze ist recht gut zu vertragen. Man muss es nur ruhig angehen lassen, genug trinken und ca. 45 Minuten mehr einplanen als für einen normalen Straßenmarathon.

Die Temperatur zu dieser Jahreszeit dürfte beim Start frühmorgens bei 10-15°C liegen, beim Zieleinlauf jedoch die 40°C überschritten haben.

Wir wohnen in den Lehmhäusern und Hauszelten der Sahrauis, immer 4-5 Läufer gemeinsam. Geschlafen wird auf dicken Schaumstoffmatratzen unter Decken.

Gegessen wird bei den Gastfamilien. Wichtig ist, Wasser nur aus verschlossenen Flaschen zu trinken.

Waschmöglichkeiten sind rar, Katzenwäsche ist angesagt. In dieser Umgebung lernt man automatisch den sparsamen Umgang mit Wasser. Meist ist jedoch ein einfacher kleiner Raum mit einer Wasserkanne vorhanden, in dem man sich anfeuchten, einseifen und abspülen kann.

Dann folgten ein Ablaufplan der vorgesehenen Aktivitäten, eine Liste der Haimas, der Wohneinheiten, mit der Zuordnung zu den Gastfamilien und allgemeine Hinweise zu Land und Leute.

Spannend wurde es auf dem Flughafen in Madrid. Hier trafen sich über 180 Laufverrückte, Sahara-Fans und Unterstützer der Sahrauis. Es waren Männer und Frauen aller Altersgruppen, von der 20-jährigen Auszubildenden bis zum 67-jährigen Rentner. Vorwiegend hörte man in der Gruppe Spanisch und Italienisch. Deutsch wurde nur von etwa 20 Teilnehmern gesprochen. Ins Auge fiel sofort, dass in dieser Gruppe alle Laufschuhe trugen. Man befürchtete, dass das Gepäck verloren gehen könnte oder verspätet ankam. Für alles könnte wahrscheinlich ein Ersatz gefunden werden, aber nicht für `eingelaufene` Sportschuhe.

Als wir in Tindouf die Zollkontrolle passierten, war es bereits nach Mitternacht. Es war bitterkalt und wir mussten unsere Pullover aus den Rucksäcken holen. Dies war nicht das letzte Mal, dass uns die Wüste überraschte.

Bereitstehende Lkws und Busse warteten auf uns, um Gepäck und Läufer zum Bestimmungsort zu transportieren. Die Fahrt nach Smara, dem größten der vier Flüchtlingslager mit ca. 60.000 Bewohnern ging 45 km über Asphaltpisten. Es dauerte noch einmal eine knappe Stunde, bevor wir in dem Lagerzentrum von den vielen einheimischen Frauen, den Abgesandten unserer Gastfamilien, in Empfang genommen wurden. Durch ein Megafon rief man irgendwann auch meinen Namen und kurze Zeit später spazierte ich mit zwei weiteren deutschen Läufern und einem Rumänen hinter Draicha, meiner Gastgeberin, durch die Nacht. Sie führte uns zu einem 8x6 m großen grünen Zelt, in dem fünf Matratzen an den Wänden für unser Nachtlager bereitstanden. Daneben lagen bereits zwei ihrer Töchter in Decken eingerollt und schliefen.

Obwohl die Nacht weit fortgeschritten war, nahm man sich Zeit für das Ritual des Teetrinkens. Nur einer unserer Laufkollegen sprach spanisch. Er diente uns anderen als Übersetzer. Nach intensiven Gesprächen hatte jetzt jedoch keiner ein Bedürfnis, man wollte nur die vielen neuen Eindrücke verarbeiten. Für die notwendigen Dinge klappte auch die Verständigung mittels Zeichensprache.

Als Draicha das Licht ausmachte, eine Neonröhre gespeist durch eine Autobatterie, war es bereits nach 3 Uhr, trotzdem konnte ich lange nicht einschlafen. Mir war immer noch kalt und ich fragte mich ein ums andere Mal: Würde ich meine Alina hier wiedersehen und wenn ja, wie würde sie reagieren?

Als ich erwachte, war es hell und warm im Zelt, der Frühstückstisch - Baguette Brot, Margarine, Marmelade und Schmierkäse - war schon gedeckt. Es gab sogar Instant-Kaffee.

Wir machten uns erst einmal untereinander bekannt. Dann trafen immer mehr Familienmitglieder ein, die natürlich neugierig waren. Wir zeigten Fotos herum und sprachen gegenseitig unsere Namen aus, was oftmals für unsere arabisch sprechenden Gastgeber mit unseren Namen genauso schwierig war, wie für uns die Aussprache der noch nie gehörte arabischen Namen.

Unser Programm des ersten Tages sah ein Treffen mit unserer Reisegruppe am Protocollo, dem zentralen Veranstaltungsgebäude, vor. Dieses lag auf einer Anhöhe, von der aus man das Dorf überblicken konnte. Hier endete auch die einzige Straße, die von Norden, von Rabouni kommend, in das Lager führte.

Ich staunte über die scheinbar unendlich vielen Lehmhütten mit Wellblechdach und die dazwischen stehenden grünen Zelte mit den zwei Firsten. Schaute man über die Hütten und Zelte hinweg, sah man nur noch die steinige Wüste der algerischen Hammada. Sanddünen fand man hier nur selten.

Jede einheimische Frau, der ich begegnete, beäugte ich kritisch und prüfte, ob es vielleicht Alina sei. Doch außerhalb der Haimas trugen alle Damen die hier übliche Mlahef, ein 4 m langes und ca. 1,5 m breites Tuch, das sie um Körper und Kopf wickelten. Des Weiteren wurden meist auch die noch ungeschützten Körperteile durch Sonnenbrillen und oft sogar Handschuhe bedeckt. Deshalb merkte ich schnell, dass diese Art der Suche eine vergebliche Liebesmüh war und mich nur unnötig verunsicherte.

Wohnte sie überhaupt in diesem Lager, in einem dieser Zelte? Sie, die Sprecherin des Rates der Demokratischen Arabischen Republik Sahara?

Wie sollte ich sie finden, wie meine Suche durchführen?

Ich konnte mich nicht verständigen und würde mich, zöge ich allein los, wahrscheinlich zwischen den Hütten und Zelten, die für mich alle gleich aussahen, verlaufen.

Ich brauchte unbedingt die Hilfe eines hier Ansässigen, mit dem ich mich verständigen konnte. Dafür kam nur unser Reiseleiter oder der die Gruppe betreuende Dolmetscher infrage, denn unser Reiseprogramm ließ wenig Zeit für eigene Unternehmungen.

Als der Dolmetscher abends in unser Zelt kam und sich erkundigte, ob alles in Ordnung wäre, überfiel ich ihn nicht gleich mit meinem Anliegen. Ich erkundigte mich jedoch intensiver als die anderen nach der Lebensweise und den Gebräuchen unserer Gastgeber, was ihn sichtlich erfreute.

Als wir unsere obligatorische dritte Tasse Tee getrunken hatten, konnte ich mich dann doch nicht mehr zurückhalten und zeigte ihm das Blatt Papier, auf dem mehrere Fotos und ihr Name abgebildet waren. Ich hatte zu Hause mit dem Computer die Tagesschau aufgezeichnet und daraus mehrere Einzelbilder herauskopiert. Auf zwei Bildern war neben ihr auch der Präsident der DARS zu sehen.

Auf meine einfache Frage, ob er mir sagen könnte, ob diese Frau hier im Lager leben würde, reagierte er anders als erwartet.

Er sah mich plötzlich mit einem Blick an, aus dem alle Freundlichkeit mit einem Schlag verschwunden war, sagte aber nichts, taxierte mich nur. Dann wandte er sich Draicha, die den Tee zubereitet hatte, zu und fragte sie etwas auf Arabisch. Sie antwortete ihm mit sehr vielen Worten, lauter und gestenreicher als sonst.

„Warum willst du das wissen?", fragte er dann zurück.

„Nun ja", sagte ich, „ich finde es beeindruckend, wie sie die Reporterfragen beantwortet hat, außerdem könnte es sein, dass ich sie in Deutschland einmal kennengelernt habe. Ich möchte einfach nur mit ihr reden."

„Diese Frau lebt nicht mehr hier", sagte er jetzt und sah mich dabei mit strengem Blick an.

„Wo ist sie denn hingezogen? Ist sie in einem anderen Lager oder wieder in Europa? Ist sie nicht mehr die Sprecherin der Regierung?"

„Wir haben einen Regierungssprecher, keine Frau. Ich weiß nicht, wo diese Frau ist, aber ich kann mich erkundigen. Kann ich dieses Papier mitnehmen?", fragte er jetzt wieder freundlicher.

„Ja sicher", antwortete ich nur, hatte aber das Gefühl, das ihm das Ganze gar nicht gefiel.

„Hast du die Fotos schon jemand anderem gezeigt?", wollte er noch wissen. Ich verneinte dies und er nickte, jetzt wieder zufriedener, wie mir schien.

Die anderen Deutschen hatten das Gespräch verfolgt und ebenfalls einen Blick auf die Bilder geworfen. Der aus Berlin kommende Laufkollege Christian, der Spanisch sprach, sagte zu mir: „Das ist doch die Aida, die den einen Reporter, der so 'ne blöde Frage zur Zusammenarbeit der Frente Polisario und Al-Qaida stellte, mit der Bemerkung abkanzelte: So dumme Fragen beantworten wir nicht. Das wäre genauso, als wenn man den Papst nach der Zusammenarbeit von Jesus und dem Teufel befragte. Kennst du die Dame etwa?"

„Es könnte sein", antwortete ich vorsichtig.

„Wenn die hier im Lager wäre, würden wir sie auch finden. Hier kennt jeder jeden und viele sind auch irgendwie verwandt. Ich frage nachher Bueh, die müsste doch wissen, wo ihre berühmte Geschlechtsgenossin abgeblieben ist." Christian war schon das dritte Mal hier und kannte sich mit den Gepflogenheiten recht gut aus.

Bueh war Draichas älteste Tochter, die uns immer das Essen brachte und mit uns auf Spanisch kommunizierte. Wir schätzten sie auf Anfang 20. Sie wirkte sehr weltoffen, scherzte und flirtete sogar mit uns. Da sie in der Familie, zu der wir jetzt gehörten, nicht so eingewickelt wie außerhalb der Zelte herumlief, konnten wir auch sehen, dass sie eine hübsche junge Frau war.

Doch natürlich brachte uns heute, wo wir auf die älteste Tochter warteten, die jüngere das Abendessen. So musste ich mich noch ein wenig gedulden. Beim Frühstück war Bueh auch nicht zu sehen und der Rest des Tages war mit einem vollen Programm ausgefüllt: Besichtigung örtlicher Initiativen, Anmeldung zum Lauf, gemeinsames Training und abends Pasta-Party für alle Läufer im Protocollo.

Ich war jedoch bereits etwas entspannter, hatte mich an die hiesige Lebensweise angepasst, was sicherlich auch mit der Hitze zu tun hatte, und sagte mir, dass noch ausreichend Zeit für eine Begegnung vorhanden wäre.

In dem Lager, in dem sonst das ganze Jahr über nur wenig geschah, war die Laufveranstaltung eine willkommene Abwechslung, für die sich alle interessierten. Es war ein Zieleinlauf mit entsprechendem Trubel und am darauffolgenden Tag eine Siegerehrung in dem Open-Air-Theater geplant, an der mehrere hochrangige Funktionäre teilnehmen sollten. „Hier müsste sie doch auf jeden Fall auch dabei sein", dachte ich mir.

So nahm ich mir vor, auf jeden Fall auf die Bühne zu gehen. Nicht als Sieger, die Illusion hatte ich nicht, aber irgendwie anders, sodass ich von allen gesehen werden konnte. Es gab bestimmt eine Programmpause, in der es möglich war.

Nach der Pasta-Party kamen wir vier Läufer immer noch ziemlich aufgedreht zu unserem Zelt zurück. Unsere Familie wartete schon mit dem obligatorischen Tee auf uns. Einer der Söhne, der mittlere, wollte am nächsten Tag auch mitlaufen und führte uns seine Sportkleidung vor. Alles in den Nationalfarben grün und rot.

Bueh war auch anwesend und ich bat Christian, sich bei ihr nach Aida zu erkundigen, was er auch gleich tat.

Er wollte wissen, was aus der Sprecherin der Frente Polisario, der Aida, geworden wäre, ob sie hier in dem Lager wohne?

Bueh fragte sofort offen und ehrlich zurück: „Welche Aida, welche Sprecherin?"

Ich kramte einen anderen Zettel hervor, auf dem zwar kein Bild von ihr war, aber ihr vollständiger Name stand. Den zeigten wir ihr.

Jetzt reagierte sie anders, sprach erst mit ihrer Mutter auf Arabisch und sagte dann zu uns auf Spanisch: „Ach die, Nein, ich weiß nicht, wo die Aida jetzt ist, war auf einmal verschwunden. Tut mir leid."

Ihre Mutter redete wieder auf Arabisch auf sie ein.

Es lag plötzlich wieder die Spannung von gestern in der Luft. Als hätte man in ein Wespennest gestochen. Wir wechselten das Thema.

An diesem Abend schlief ich mit einem ähnlichen Gefühl wie damals in der polnischen Gefangenschaft ein; ich hatte eine nicht erklärbare Angst um diese Frau.

Um kurz nach 5 Uhr mussten wir aufstehen, frühstückten kurz und gingen dann mit unseren Laufsachen zu den bereitstehenden Bussen, die uns ca. 42 km hinaus in die Wüste zum Startpunkt des Marathonlaufes brachten. Als der Startschuss fiel, ging gerade die Sonne auf. Es war noch richtig frisch, noch nicht einmal 15° C und wir freuten uns, dass wir uns warmlaufen konnten.

Der Marathon selbst war ein einmalig schönes Erlebnis.

Viel häufiger als erwartet wurden wir von Gruppen von Frauen und Kindern, die sogar abseits jedweder Behausung am Rande der Laufstrecke standen, mit dem hier typischen Trillern angefeuert.

Es ging teilweise auf Pistenstraßen, teilweise quer durch feste, steinige Wüste, aber manchmal auch durch Sanddünen. Dann wurde es richtig anstrengend und man konnte nur noch mit kleinen Schritten laufen oder musste sogar gehen. Ab Kilometer 21 war die Strecke besser zu erkennen, denn die Teilnehmer, die nur den Halbmarathon liefen, waren hier vor unserem Eintreffen gestartet und hatten auf der Strecke ihre Spuren hinterlassen. Inzwischen war das Thermometer auf über 30° C gestiegen, was aufgrund des leichten Windes immer noch recht gut zu ertragen war. Wir hatten jedoch noch nicht einmal 10 Uhr.

Bei Kilometer 30 galt es, noch einmal eine sandige Anhöhe zu erklimmen, auf der man eine Wasserabgabestelle eingerichtet hatte. Hier machte ich das, was man eigentlich nicht tun sollte: Ich legte eine Verschnaufpause ein, indem ich die nächsten fünf Minuten langsamen Schrittes weiterging. Meine Beine fühlten sich an wie Blei, ich wollte nur noch aufhören.

Irgendwann überwand ich jedoch den inneren Schweinehund und wechselte wieder in meinen normalen Laufrhythmus, um kurz darauf wieder in einen langsameren Trott zu verfallen.

Als der Zielort in Sicht kam, mobilisierte ich noch einmal die letzten Reserven, fand wieder mein Tempo und überholte mehr und mehr Halbmarathonläufer. Beim Zieleinlauf zeigte das Thermometer 43° C und meine Uhr 4 Stunden und 52 Minuten an. 40 Minuten mehr als bei meinem Übungslauf in Polen.

Wie bei jedem offiziellen Wettlauf bekam man auch hier eine Plakette umgehängt. Diese war jedoch liebevoll aus dem Boden einer Konservendose geformt und handbeschriftet.

Hinter dem Festgebäude hatte man, speziell zu diesem Anlass, einen Tanklastzug mit Wasser gefahren und Duschen installiert. Wir durften alle duschen. Was für eine Wasserverschwendung!

Abends bei den Gastfamilien hieß es: Wunden lecken. Jeder berichtete von seinen persönlichen Strapazen, den Hochs und Tiefs des Laufes.

Unsere Gastgeber hatten zur Feier des Tages ein besonderes Menü mit Kamelfleisch und Couscous zubereitet, dazu gab es Cola und Brause, zum Nachtisch Joghurt und Datteln.

Schon beim Essen stellten wir fest, dass irgendetwas anders war als sonst. Unserem Berliner Laufkollegen fiel es dann auf: Erstens waren alle drei Töchter anwesend und bedienten uns und zweitens hatten sie sich `hübsch` gemacht. Sie trugen besonders schöne, farblich abgestimmte Mlahef, ohne dabei die Köpfe zu umwickeln. Wo es nur möglich war, hatten sie Schmuck angelegt. Das Haar war sorgfältig gekämmt und hochgesteckt.

Kaum war das Essen beendet und das Geschirr abgeräumt, kam Bueh mit einem Korb, in dem sie Geschenke für jeden von uns hatte. Unsere mitgebrachten Gastgeschenke hatten wir gleich am ersten Tag verteilt, hatten meist nützliche Dinge mitgebracht: Schreibzeug für die Schule, Tee, Zucker, Kleidung, Seife und Ähnliches. Wir bekamen jetzt als Gegengeschenk selbst gemachten Schmuck, Armbänder und Halsketten, die uns die jungen Damen anlegten. Nachdem wir uns bedankt hatten, wurde ein Kassettenrekorder hereingeholt und in Betrieb genommen.

Die jungen Damen kicherten die ganze Zeit, ein Zeichen für ihre Aufgeregtheit. Es sah aus, als wollten sie eine Party mit uns feiern, was es wohl auch war, nur dass wir darauf nicht vorbereitet waren.

Die Jüngste stellte die Musik lauter. Es war so etwas wie arabische Popmusik. Die älteren Töchter begannen zu tanzen, dabei kamen sie langsam auf uns zu. Direkt vor uns setzten sie mit ihrem unglaublich lauten Trillern ein und zogen uns an den Händen hoch. Wir wussten nicht, wie wir uns verhalten sollten: Einerseits hatte man uns mehrfach gewarnt, die hiesigen Regeln und Gesetze nicht zu verletzen, keinesfalls etwas mit einer Frau „anzufangen". Andererseits sollte man auch die Gastfreundschaft nicht verletzen.

Dies war eindeutig eine Aufforderung zum Tanz und so wie wir bedrängt wurden, war es aufregend erotisch exotisch. Was wurde jetzt von uns erwartet?

Zum Glück waren wir vier Männer eher schüchterne Typen, verweigerten uns zwar nicht, hielten aber gebührenden Abstand. Später erfuhren wir, dass es üblich ist, zu festlichen Anlässen zu tanzen. Sahrauis tanzen gern, die Frauen sehr elegant, wobei sie mit den Händen Bilder in die Luft malen. Paartanz ist jedoch nicht üblich.

Ich überlegte, was wäre, wenn Bueh nicht Bueh, sondern Alina wäre? Was wäre hier zwischen uns erlaubt?

Mir wurde bewusst, dass ich eigentlich nichts vom Islam und wenig von den hiesigen Gebräuchen wusste. Konnte ein Wiedersehen überhaupt funktionieren?

Als die Kassette endete, schritt Draicha, die die ganze Zeit über aufgepasst hatte, ein und beendete das Fest.

Wir waren uns einig: Es war ein schöner Tag, ein schöner Abend und eine schöne Feier. Und alles ohne Alkohol.

Die Siegerehrung im Open-Air-Theater am nächsten Tag war für mich frustrierend. Obwohl scheinbar alle Frauen des Lagers anwesend, waren sie für mich nur über die Kleidung zu identifizieren. Haut und Haare waren perfekt durch die Bekleidung, das Mlahef bedeckt. Den Rest der Vermummung besorgten Sonnenbrille und Handschuhe.

Mein Gang über die Bühne, den ich tatsächlich in einer Pause wagte, bewirkte keine Reaktion im Publikum. Niemand stand auf und kam auf mich zu, wie ich es erhofft hatte.

Obwohl es eine beeindruckende Feier mit vielen interessanten Theater-, Musik- und Redebeiträgen war, ging ich am Ende enttäuscht mit meinen Kollegen zurück zu unserem Zelt. Nachmittags waren wir Gast in der Schule. Am Rande fragte ich unseren Dolmetscher, ob er schon etwas über Aida erfahren hätte, er sagte nur kurz angebunden: Nein, ich müsste mich noch gedulden.

Am nächsten Tag standen wieder Besichtigungen auf dem Plan. Mit dem Bus fuhr die Gruppe der Deutschen in das 20 km entfernte Rabouni, wo sich der Regierungssitz und das „Nationalmuseum" befinden. Hier wurde die Geschichte der Sahrauis in Zeittafeln und eine Chronologie des sahrauischen Befreiungskampfs präsentiert. Auch Zeitungsausschnitte, die die jüngsten Ereignisse dokumentierten, waren schon ausgestellt. Meine Alina war jedoch nicht abgebildet und wurde auch nirgends erwähnt. Langsam zweifelte ich an meiner Wahrnehmung. In meiner Erinnerung war sie bei uns auf fast jedem Zeitungsfoto.

Wir wurden von den Museumsleuten immer wieder aufgefordert, Fragen zu stellen, die unser Dolmetscher dann übersetzte. Ich zeigte mich wieder als sehr interessierter Besucher. Meine Fragen wurden immer ausgiebig beantwortet. Man merkte, dass es die Mitarbeiter des Museums erfreute, wenn jemand an der Geschichte des Freiheitskampfes der Polisario interessiert war.

Als wir bei den aktuellen Zeitungsartikeln ankamen, fragte ich direkt: „Warum werden hier nicht auch die glanzvollen Taten der Kämpferin und Ratssprecherin Aida Mohamed bint Sidamed dargestellt?"

Die Blicke unseres Dolmetschers zeigten, wie wenig begeistert er von der Frage war, doch er konnte nicht ausweichen, denn der Name war für alle deutlich zu verstehen. Auch die anderen Deutschen fanden diese Frage absolut berechtigt, denn in Deutschland kannte sie jeder, der nur gelegentlich fern sah oder Zeitung las.

Die Antwort war erstaunlich kurz und direkt: „Weil sie sich zu einer Schande unseres Volkes entwickelt hat."

Ich war erst einmal geschockt. Später fragte ich nach, was er damit gemeint hätte, aber er antwortete nur, er möchte darüber nicht sprechen, das wäre die Zeit nicht wert.

Den Rest der Museumsführung verfolgte ich schweigend. Die Ausstellungsstücke, viele Dokumente, Zeitungsartikel, aber auch Ackergeräte, Waffen und sogar erbeutete Panzer und Kanonen, waren sehenswert aufbereitet. Beeindruckend war ein Modell der Schutzmauer, die die marokkanischen Besatzer quer durch das Land gebaut haben, alles höchst interessant. Doch ich konnte nur an die verheerende Aussage denken. Wie kann man sich zu einer Schande seines Volkes entwickeln?

Später fragte ich unseren Reiseleiter, wie er, der ja schon seit über zehn Jahren diese Länder bereiste, diese Aussage verstehen würde.

Er überlegte etwas und begann dann einen kleinen Vortrag.

„Die Sahrauis unterscheiden sich schon erheblich von den anderen nord- und westafrikanischen Völkern. In allen Begegnungen mit ihnen fällt auf, in welchem Maß das soziale, ökonomische und politische Leben von den Frauen bestimmt wird. Während die Männer kaum sichtbar sind, organisieren die Frauen den Alltag in den Lagern. Das gilt nicht nur für den einzelnen Haushalt, sondern auch und gerade für das öffentliche Leben: Frauen wirken in allen Institutionen mit, arbeiten in den Schulen, den Gesundheitszentren, den wenigen Werkstätten, den kleinen Gemeindegärten, in denen mühselig Gemüse gezogen wird. Aus dieser Arbeitsteilung resultiert ein Geschlechterverhältnis, das nicht nur im arabischen Raum außergewöhnlich ist: Männer und Frauen streiten in aller Öffentlichkeit gleichberechtigt um die `Dinge des Lebens` nicht weniger als um die Angelegenheiten der Republik.

In der inneren Organisation der DARS wie der Polisario hat sich das jedoch nur begrenzt auch institutionell niedergeschlagen. Richtig emanzipiert sind sie noch lange nicht. Es ist hier weiter vorangeschritten als in anderen islamischen Ländern, aber eine Frau, die lange in Europa gelebt hat, wird weiterhin ständig anecken.

Den notwendigen Kampf um Emanzipation führen die Frauen hier in einer eigenständigen Organisation, die sich aus den `Frauenkomitees` der Dairas und Wilayas, also der einzelnen Bezirke, aufbaut. Von zentraler Bedeutung ist dabei die sogenannte `Frauenschule`, eine aus mehreren öffentlichen Gebäuden und einer Zeltsiedlung bestehende Institution in Rabouni, die eigentlich ein fünftes Lager bildet. Hier befindet sich neben einigen Schulen zum Beispiel auch eine große Werkstatt, in der Frauen andere Frauen in handwerklichen Tätigkeiten ausbilden.

Was zum Geschlechterverhältnis zu sagen ist, gilt ähnlich auch für das Verhältnis der Generationen. Nicht, dass hier wie dort von einer schon erreichten Überwindung patriarchaler Verhältnisse gesprochen werden könnte; nachhaltig aber beeindruckt eine offenbar tief eingeübte und deshalb unbestrittene Kultur des freien Wortes, die jeder und jedem Rederecht gewährt und gerade in der Begegnung mit Fremden zum Ausdruck kommt. Dem entspricht das für eine Guerilla-Taktik im Befreiungskampf auffällig unmartialische Auftreten sowohl des Militärs wie der politisch-militärischen Führung.

So, jetzt kannst du dir aussuchen, gegen welchen Kodex sie verstoßen hat. Für mich hört es sich an, als wenn sie ein militärisches Geheimnis ausgeplaudert oder sich in irgendeiner Weise mit dem Feind verbündet hat. Es kann natürlich auch sein, dass sie sich öffentlich unsittlich aufgeführt hat. Aber so dumm wird sie sich ja wohl nicht verhalten haben. Ich werde versuchen, etwas herauszubekommen, aber einfach wird es nicht."

Wir spekulierten noch ein wenig, was sie wohl verbrochen haben könnte, gaben es jedoch bald auf. Der Bus stand inzwischen bereit und wollte uns wieder zurück ins Lager bringen.

Das Abendessen servierte uns heute wieder Bueh. Sie erzählte uns stolz, dass unser Nachbar einen Fernseher besäße und er uns heute Abend zur Übertragung des Fußballspiels Real Madrid gegen Barcelona einladen würde.

Unsere Begeisterung hielt sich in Grenzen, denn wir vier waren alle keine richtigen Fußballfans: Mein Berliner Kollege und ich waren uns jedoch einig: Es ist eine Frage der Gastfreundschaft, dass man die Einladung annimmt.

Als Bueh uns nach dem Essen in die Daira des Nachbarn Mahdi führte, hatte das Spiel noch nicht begonnen. Vor dem Eingang zogen wir, wie inzwischen selbstverständlich, unsere Schuhe aus und schlüpften durch den Vorhang in das fremde Zelt.

Drei Männer saßen um die obligatorische Teeausrüstung: Silbertablett mit Gläsern, Teekiste, Zuckerdose, Teekanne, Wasserkaraffe und Eisenschale mit glühender Holzkohle. Die Ausstattung des Raumes war ähnlich wie in unserem Zelt, Matratzen an drei der Seiten und ein Regalschrank mit einem Röhrenfernseher und einer Autobatterie an der verbliebenen Seite. Alles war jedoch edler und neuer. Auch wirkte es irgendwie aufgeräumter, sauberer, wohlhabender.

Der Hausherr kam auf uns zu und begrüßte uns mit Handschlag, dabei stellte er sich und seine Freunde auf Spanisch vor. Zum Glück war Christian, unser Spanisch sprechender Laufkollege mitgekommen, sodass schnell ein angeregtes Frage- und Antwortgespräch in Gang kam. In den Gesprächspausen, in denen er mir jeweils eine kurze Zusammenfassung gab, unterhielten sich die Drei auf Arabisch. Bueh saß in einer Ecke nahe dem Eingang und beteiligte sich nicht an dem Gespräch, verfolgte aber alles ganz genau.

Als das Fußballspiel begann, man empfing Al-Jazzira-Sport über Satellit am Protocollo - von dort wurde der Sender über Antenne verteilt, endeten die allgemeinen Gespräche erst einmal. Wie überall auf der Welt wussten auch hier die Fußballfans besser als der Trainer und der Schiedsrichter, wie optimal gespielt werden müsste. Die Sympathien lagen wechselweise immer bei der gerade besser spielenden Mannschaft. So freute man sich, als Madrid das 1:0 erzielte. Ebenso war der Jubel groß, als Messi den Ball zum 2:1 für Barcelona ins Netz drosch. Da ich mich besser als Stefan mit den Weltstars der spanischen Erstliga auskannte, öfter und lautstärker die Spielzüge und Aktionen kommentierte, versuchten sie nun, mit mir ins Gespräch zu kommen. Das funktionierte sogar, obwohl ich

Deutsch oder Englisch und sie Spanisch oder Arabisch sprachen. Fußball kann auch verbinden.

Nach dem Spiel gab es noch einmal neuen Tee. Diesmal eine besondere Sorte, die in einem Schmuckkästchen aufbewahrt wurde.

Uns wurden die Besonderheiten des hiesigen Tees erklärt. Es hörte sich ähnlich an, wie bei unseren Weinkennern.

Dieser neue Tee schmeckte mir wirklich extrem gut, was ich auch nicht verheimlichte.

Irgendwie geriet ich jetzt immer mehr in den Mittelpunkt der Gesprächsrunde. Plötzlich zeigte einer der Sahrauis, dass er auch etwas Englisch konnte. Es ging nun in vier Sprachen durcheinander. Wir wurden regelrecht ausgefragt nach Eltern, Geschwistern, Familienstand, Kindern, unserem Verhältnis zur Religion, zum Islam, zum Judentum, zum Militär und zu unserer politischen Einstellung. Das Ganze musste natürlich, aufgrund der Sprachprobleme, oberflächlich bleiben. Ein zentrales Thema war immer wieder die Familie, der Familienzusammenhalt und die Traditionen und deren Veränderungen. Hier schaltete sich auch Bueh in das Gespräch ein und erklärte uns die Besonderheiten bei der Erziehung der Kinder.

Dazu traute ich mich, kritische Fragen zu stellen. Besonders störte es mich, dass Jungen und Mädchen zuerst gleich, aber nach Vollendung des 6. Lebensjahres, völlig anders erzogen wurden. Die Jungen vom Vater, die Mädchen nur noch von der Mutter und dann jeweils total rollenspezifisch.

Ich hatte befürchtet, dass man mir dies übel nehmen würde, aber das Gegenteil war der Fall. Man diskutierte mit großer Begeisterung, die Männer und auch Bueh. Geschockt war ich jedoch, als Christian mir die letzten Worte von Mahdi übersetzte: „Wenn Bueh und ich bald Kinder haben, werden wir sie getreu unserer Tradition erziehen und ich hoffe, sie werden es mit ihren Kindern in der Zukunft auch noch so machen."

Worüber war ich eigentlich geschockt? Dass sie immer weiter an ihren Traditionen festhalten wollen oder das unsere kesse, mit uns flirtende Bueh mit so einem relativ alten Mann verheiratet war? War es etwa Neid und Eifersucht?

Darüber dachte ich nicht bewusst nach, aber ich hörte mich plötzlich auf Englisch fragen: „Ist die Tradition auch der Grund dafür, dass ihr eure tapfere Kämpferin Aida Mohamed bint Sidamed plötzlich nicht mehr kennt, obwohl ihr ihr so viel zu verdanken habt?"

Bueh guckte verschämt auf den Boden, die drei Sahrauis sprachen kurz arabisch untereinander, dann antwortete der, der inzwischen immer besser Englisch sprach: „Als Fremder und als Gast verzeihen wir dir diese Frage. Für einen Einheimischen wäre die Frage jedoch schon ein Vergehen. Eine Antwort darauf wirst du heute auch nicht von uns bekommen, du würdest es nicht verstehen. Wir bitten dich jedoch, nicht mehr nach ihr zu fragen."

„Aber sie ist die Frau, die ich geliebt habe und die ich niemals vergessen werde. Ich muss sie wiedersehen, sonst kann ich nicht mehr glücklich werden."

Jetzt war es heraus, auch wenn es nichts half.

Keiner sagte etwas dazu. Mahdi fing wieder an, den Tee umzugießen. Der Englischsprechende, ich hatte seinen Namen vergessen, antwortete jedoch sehr ruhig und bedacht: „Allahs Wege sind oft steinig und kurvenreich. Diese Frau gibt es hier nicht, da kannst du in jeder Daira nachsehen."

Wir unterhielten uns noch einige Zeit über Autos und Handys, sind miteinander aber nicht mehr so richtig warm geworden. Zum Abschied bekamen wir einen kleinen Beutel des guten Tees geschenkt.

Am nächsten Morgen überbrachte mir Bueh, übersetzt durch Christian, die Nachricht, dass Abdul, der Freund ihres Mannes, mir etwas zeigen wolle und mich deshalb gleich nach dem Frühstück besuchen würde. Ich hatte keine Idee, was es wohl sein könnte und war deshalb sehr gespannt.

Als meine Kollegen zu unserer nächsten Gruppenveranstaltung aufbrachen, blieb ich im Zelt zurück.

Abdul kam nicht allein. Sein Begleiter wurde mir als ein hochrangiger Polisario-Funktionär vorgestellt. Sie wollten mir etwas außerhalb des Lagers zeigen. Deshalb waren sie mit einem Auto gekommen.

Bevor wir losfuhren, redete Bueh energisch auf die beiden ein, was zum Ergebnis hatte, dass auch sie noch ins Auto einstieg und mitfuhr.

Auf meine Frage, wohin wir denn fahren würden, bekam ich die kurze Antwort: nach Rabouni.

Wir hielten vor dem Regierungsgebäude. Unser Begleiter winkte nur kurz und das Tor wurde geöffnet. Für europäische Verhältnisse handelte es sich um ein normales größeres Wohnhaus. Hier fiel es jedoch auf, denn es war aus Stein gemauert und strahlend weiß angestrichen.

Der Polisario führte uns zielstrebig in einen repräsentativen Raum, der, wie ich später erfuhr, früher hauptsächlich für Staatsempfänge genutzt wurde. Wir hatten uns kaum hingesetzt, als zwei Herren hinzukamen, von denen sich der eine als Religionsführer vorstellte. Da wir keinen Dolmetscher dabei hatten, war die Gesprächsführung schwierig. Ich konnte mich den anderen nur auf Englisch verständlich machen. Das Englisch des Sahrauis war jedoch recht eingeschränkt.

Zuerst fragten sie, was ich hier wollte.

Das war für mich schon eine sehr schwierige Frage, die ich mir selbst so konkret noch nicht gestellt hatte.

Ich erzählte wahrheitsgemäß, dass ein Freund mir die Reise geschenkt hätte, dass er der Meinung war, ich müsste unbedingt meine Beziehung zu meiner plötzlich verschwundenen Freundin klären, der ich nachtrauerte.

Meines Erachtens hatte ich mich klar ausgedrückt, doch die Sahrauis diskutierten hin- und her über das, was ihnen der Englisch-Verstehende übersetzt hatte. Plötzlich blickten alle auf den zuletzt hinzugekommenen jüngeren Mann, der bisher noch nichts gesagt hatte. Er sprach mich mit langsam artikulierten Worten auf Deutsch an: „Mein Name ist Brahim, bitte beantworte die Frage noch einmal auf Deutsch, wir sind uns nicht sicher, ob wir das Englische richtig verstanden haben."

Mir fiel ein Stein vom Herzen.

Man merkte, der Mann hatte schon länger nicht mehr Deutsch gesprochen, musste es aber einmal recht gut gekonnt haben, denn der Satzbau war richtig, nur die Vokabeln fielen ihm nicht gleich ein.

Ich beantwortete die Frage noch einmal, jetzt etwas ausführlicher.

„Und wie ist der Name der Freundin", wollte der Mann daraufhin wissen.

„Ich habe sie unter verschiedenen Namen kennengelernt. Das ist etwas, was ich auch mit ihr klären möchte, ob sie Alina, Alia oder Aida Mohamed bint Sidamed heißt. Bei uns im Fernsehen hieß sie Aida und war Ratssprecherin der Polisario. Kennt sie hier jemand? Bitte, das müssen Sie mir sagen."

Ich hatte ihn und die anderen regelrecht angefleht.

Brahim sprach erst einmal wieder mit den anderen. Ich konnte mir auch aus dem Tonfall kein Bild von dem Inhalt und ihrer Meinung machen.

„Was genau willst du denn von ihr wissen", auf meine Frage ging er nicht ein.

Ich überlegte, ob ich ehrlich antworten könnte, oder ob ich taktieren müsste. Sie wussten wahrscheinlich nichts von mir, auf jeden Fall nicht, dass ich verheiratet bin und zwei Kinder habe.

„Ich war in sie verliebt, ich wollte immer mit ihr zusammen sein und dann ist sie auf einmal verschwunden. Nur ein Abschiedsbrief, in dem stand, ihrem Land und ihrem Volk zuliebe müsste sie mich verlassen, ist alles, was ich von ihr zurückbehalten habe."

Ich machte eine Pause, doch bevor der andere etwas sagen konnte, ergänzte ich noch: „Ich muss wissen, ob sie mich auch geliebt hat und wenn ja, muss es einen Weg geben, damit wir zusammenleben können."

Auch wenn das alles nicht die ganze Wahrheit, alles viel komplizierter war, hatte ich mich so in die Situation hineingesteigert, dass es sich anhörte, als gebe es nur einen Weg für mich.

Es entbrannte eine heiße Diskussion zwischen den Sahrauis, wobei es für mich so aussah, als wenn Brahim und Bueh eine gemeinsame Position einnahmen, die Anderen hierzu eher anderer Meinung waren.

Dann verließ der Religionsführer plötzlich wild gestikulierend und laut redend, für mich hörte es sich schimpfend an, den Raum.

Brahim redete noch kurz mit Bueh und wandte sich dann an mich: „Wir riskieren einen großen Streit mit unseren Traditionswächtern, aber Bueh und ich glauben, dass du ein vernünftiger Mann bist. Bitte vergiss nicht, dass wir hier in einem moslemischen Land sind und auch hier das Gastrecht seine Grenzen hat."

Er machte eine Pause. Ich fragte mich im Stillen, was diesen Dolmetscher dazu brachte, sich für mich einzusetzen, als er fortfuhr: „Mein Name ist Brahim Mohamed lamin Sidamed. Ich hatte einmal eine große Schwester, die ich sehr mochte."

Er machte wieder eine Pause.

Aus mir brach es heraus: „Was, du bist ihr Bruder? Dann musst du doch wissen, wo sie ist."

„Das ist ja das Traurige, sie ist wieder einmal heimlich verschwunden. So wie sie es jetzt zum zweiten Mal gemacht hat, ist es unverzeihlich. Ihr Volk hat sie dafür verdammt."

Er machte wieder eine kurze Pause, doch bevor ich etwas fragen konnte, sprach er weiter: „Ich habe sie verehrt und will wissen, warum sie das gemacht hat. Es muss einen sehr schwerwiegenden Grund dafür geben, dass sie, nachdem sie bereits ihre Hochzeit mit einem unserer Ratsmitglieder angekündigt hatte, uns zu einem so wichtigen Zeitpunkt, vor der Volksabstimmung, heimlich verlässt.

Wenn es stimmt, was du erzählt hast, ist sie aus deinem Leben auch so verschwunden, nur: Du hast einen Abschiedsbrief, in dem sie es erklärt. Sie hat dich ihrem Land und ihrem Volk zuliebe verlassen, was stimmen könnte, denn sie hat maßgeblich die Marokko-Aktion geplant und gesteuert. Doch was soll das jetzt? Gerade jetzt wird sie doch hier gebraucht."

Ich hatte plötzlich das Gefühl, einen guten, alten Freund neben mir zu haben, mit dem ich alles bereden konnte, und fragte ihn: „Sie hat dir nichts gesagt, keine Andeutungen gemacht? Es muss etwas ganz Schreckliches passiert sein, sonst hätte sie ihr Volk nach diesen ganzen Aktionen und ihrer Aufgabe als Sprecherin nicht im Stich gelassen. Wir müssen sie finden und ihr helfen", bedrängte ich ihn.

„Es war für uns alle vollkommen überraschend und grundlos, dass sie verschwunden ist. Zuerst dachten wir sogar, ihr wäre etwas zugestoßen. Doch ihrem Verlobten hat sie einen Abschiedsbrief hinterlassen, darin jedoch nichts erklärt. Er hat in seiner Wut vermutet, dass sie vor ihm einen spanischen Diplomaten zum Geliebten hatte, zu dem sie zurückgekehrt ist. Das glaube ich aber nicht, denn dann hätte sie nicht kurz vorher noch von Heirat gesprochen. Wäre sie eine Fremde, hätte ich sie genauso verstoßen wie alle anderen, aber sie ist meine Schwester."

Er schaute mich an und ergänzte: „Verstehst du uns jetzt?"

Ich wusste nicht, was ich sagen sollte. Er sprach emotionsloser weiter: „Wir werden jetzt mit dir in ein Frauenzelt gehen, in dem Alias Großmutter lebt. Sie ist die Hüterin unserer Traditionen und Familiengeschichten. Sie kann dir vielleicht mehr sagen, denn ihr hat sie sich scheinbar anvertraut. Uns hat sie jedoch nichts von ihrem Inneren verraten"

Er sagte noch etwas zu Bueh, nahm dann meine Hand und wir gingen gemeinsam nach draußen.

Bueh schritt vorweg, Brahim und ich Hand in Hand hinterher.

Später lernte ich, dass es hier völlig normal ist, wenn Männer, Freunde, als Zeichen des Vertrauens, Hand in Hand gingen.

So zogen wir durch den Ort auf eine sich am Rande der Siedlung befindende Anhäufung von Zelten zu. Ich war zwar aufgeregt, aber nach den Erzählungen Brahims auch ziemlich hoffnungslos.

Die zwischen den Zelten spielenden Kinder und auch die wenigen Erwachsenen blieben erstaunt stehen, als sie uns sahen. Sie gafften uns regelrecht an. Die uns zugerufene Bemerkungen klangen irgendwie nicht freundlich. Bueh sagte mehrfach einen kurzen, energischen Satz, der bewirkte, dass wir nicht weiter belästigt wurden.

Dann erreichten wir scheinbar unser Ziel, denn Bueh stoppte vor einem Zelt und deutete uns an, draußen zu warten. Sie verschwand hinter dem Eingangsvorhang.

Drinnen waren mehrere Stimmen zu vernehmen, die in laute Schreie übergingen. Ähnlich wie man es manchmal im Fernsehen hört und sieht, wenn Angehörige in einem moslemischen Land Tote beklagen.

Warum schrie diejenige so verzweifelt?

Ich konnte nicht mehr warten, schob den Vorhang zur Seite und trat in das Zelt.

Was ich zu sehen bekam, ließ mich erst einmal innehalten.

In dem Zelt befanden sich neben Bueh noch zwei weitere jüngere Frauen mit ihren Babys sowie, in einer abgedunkelten Ecke - wie sonst nur in Fantasiegeschichten - eine scheinbar uralte, runzelige Frau, die in einer Art Thron - vier zusammengeschobenen Matratzen - mehr lag als saß.

Jetzt war auch Brahim ins Zelt gekommen und wollte mich zurückhalten, sagte, ich müsste mich beherrschen und höflich gegenüber Mütterchen Sidamed sein.

Die junge Frau, die geschrien hatte, stellte sich zwischen uns und der Greisin und wollte auf mich einreden. Doch bevor wirklich etwas geschah, erklang aus der dunklen Ecke eine erstaunlich klare und laute Stimme, die eindeutig zeigte, wer hier das Sagen hatte. Die Frauen traten einen Schritt zurück und Bueh geleitete mich in die Ecke zu dem alten Mütterchen, die die Augen scheinbar geschlossen hatte. Jetzt sprach die Alte leise, aber weiterhin bestimmt. Sie hielt einen ziemlich langen Vortrag. Keiner wagte es, sie zu unterbrechen. Ihre Augen hatte sie inzwischen zu schmalen Schlitzen geöffnet. Als ihr Monolog endete, begann Bueh mit Brahim zu diskutieren, der nach einiger Zeit zu mir auf Deutsch sagte:

„Die alte Dame ist unsere Großmutter und das Oberhaupt dieser Frauenstadt. Wir ehren sie, ihre Ratschläge sind uns heilig. Sie sagte, sie wusste, dass du kommen würdest, hätte es sich jedoch schon früher gewünscht. Nun will sie aus deinem Munde hören, was du hier willst und wie du zu meiner Schwester stehst. Setz dich bitte, du bekommst auch gleich einen Tee."

Ich war erstaunt, wusste nicht, was ich sagen sollte, setzte mich jedoch in gebührendem Abstand vor der Alten auf den Boden, der hier mit dicken Teppichen ausgelegt war. Langsam wurde ich wieder entspannter. Die alte Dame strahlte Ruhe und Vertrauen aus. An Brahim gewandt sagte ich: „Du kennst doch meine Geschichte, kannst es ihr doch direkt erzählen. Ich kann mich ihr ja leider nicht verständlich machen."

Seine Antwort überraschte mich. „Nein, DU sollst es ihr erzählen, in deiner Sprache. Ich soll dabei nicht stören. Erzähle alles, gehe davon aus, dass sie dich versteht."

Durch Handzeichen gab sie mir zu verstehen, dass ich näher heranrücken sollte. Sie hörte erst auf, mich heranzuwinken, als sie meine Hände ergreifen konnte. Ihr Händedruck war fest und fühlte sich gut an. Ich merkte, wie mir das Blut in den Kopf stieg und ich verlegen wurde.

Das Ganze schien mir eine Farce zu werden. Einem alten Mütterchen, die meine Sprache nicht verstand, sollte ich meine Beweggründe verständlich machen. Hatte sie telepathische Fähigkeiten wie Professor X aus den X-Man-Filmen und konnte

Erlebnisse fühlen? Hoffentlich wusste sie wirklich mehr über Alinas Verschwinden und wo sie sich jetzt aufhält.

Sie grinste und nickte leicht mit dem Kopf.

Ich begann zu reden, erst langsam, dann immer sicherer, erzählte meine ganze Geschichte. Vom Kennenlernen, Liebe auf den ersten Blick, vom Verstehen ohne Worte, vom füreinander bestimmt sein, von schönen Stunden. Auch Trennung, Liebesschmerz und das Warten auf ein Lebenszeichen kamen in meiner Geschichte vor. Ich hatte vergessen, wo ich war und wer vor mir saß. Meiner Oma, meiner Tochter oder meinem nicht vorhandenen Psychiater hätte ich es nicht intensiver erzählen können. Am Schluss fragte ich sie fast schreiend: „Ist denn hier niemand, der mir sagen kann, wo sie ist oder was mit ihr geschah? Ich will doch nur wissen, ob es eine Zukunft für uns gibt. Jede ihrer Entscheidungen werde ich akzeptieren."

Nachdem ich tief durchatmete, wurde mir wieder bewusst, dass das Mütterchen meine Worte gar nicht verstand, ich mir meine Rede hätte sparen können. Ich sah mich nun Hilfe suchend nach Brahim um. Wenn er doch wenigstens das Wesentliche übersetzen würde.

Er tat aber nichts dergleichen. Stattdessen beobachteten er und die anderen Anwesenden intensiv die alte Frau, die inzwischen meine Hände losgelassen hatte. Sie griff kompliziert hinter sich und holte eine alte Holzschachtel aus der Ecke ihres „Sitzmöbels". Daraus nahm sie einen zusammengefalteten Zettel, den sie mir entgegenstreckte.

Wieder so laut und bestimmt wie am Anfang, sprach sie jetzt mich direkt an, auf Arabisch, was mir Brahim jedoch umgehend übersetzte: „Du bist der, auf den wir so lange gewartet haben und für den dieser Brief bestimmt ist. Aber auch für dich ist es wohl zu spät. Für uns bleibt sie verloren."

Weiter an mich gewandt und übersetzt von Brahim, sagte sie: „Alia, unsere aufstrebende Flamme, in die ich alle Hoffnung für unser Volk setzte, hat uns leider verlassen und musste sich verstecken. Wenn du der bist, für den ich dich halte, dann kannst du mit der Nachricht etwas anfangen und ihr vielleicht in ihrem neuen Lebensabschnitt zur Seite stehen – so Allah es will."

Ich hatte den Zettel bereits auseinandergefaltet, erwartete einen längeren, verschlüsselten Text, fand aber nur eine Telefonnummer vor. Auch auf der Rückseite stand nichts. Ich hielt ihn gegen das Licht, aber es war auch keine Geheimtinte oder so etwas darauf zu sehen.

Ich schaute Brahim an. Er kannte scheinbar den Inhalt des Zettels, denn er antwortete, ohne dass ich gefragt hatte. „Ich habe schon versucht, die Nummer anzurufen, hat aber nicht geklappt. Die Vorwahl ist Spanien, aber was die Buchstaben zu bedeuten haben? Ich habe alles Mögliche probiert, hab auch mehrmals irgendwelche Leute drangehabt. Immer Firmen, die nichts mit meinen Fragen anfangen konnten. Wenn das nur für dich bestimmt ist, hast du vielleicht eine Idee, kannst es entschlüsseln.

Ich sah mir die Nummer jetzt etwas genauer an, vergaß alles um mich herum und begann nachzudenken.

0034 956 6744 CND

Es sieht aus wie: Ländervorwahl, Ortsvorwahl, Apparat Nummer. Die Buchstaben könnten Zahlen entsprechen. So etwas war z. B. in den USA nicht ungewöhnlich. Jede Telefontaste entsprach dort nicht nur einer Zahl, sondern auch einem Buchstaben. Aber das wäre ziemlich einfach.

Warum hatte sie es so kompliziert gemacht?

Sie wollte nicht, dass jemand von hier ihr nachspioniert, kein Sahraui sollte ihren Aufenthaltsort herausbekommen. Hätte es nicht ein netter Text in Deutsch oder meinetwegen in Polnisch kompliziert genug gemacht?

Sie musste große Angst vor einer Entdeckung haben, oder besser, es ging um ein großes Geheimnis, von dem hier keiner etwas wissen durfte.

Warum sollte ich eher hinter den Schlüssel kommen als andere, was zeichnete mich aus?

Ein Zettel und eine Nummer – wie damals, als die Polizei zu mir nach Hause kam und mein Leben durcheinanderwirbelte.

Damals war es meine Autonummer.

Ist es jetzt wieder eine Autonummer?

Vielleicht eine spanische Autonummer?

Ich hatte keine Ahnung, wie spanische Autonummern aufgebaut sind, aber ich wusste, dass ich es herausbekommen und wenn nötig auch den Halter des Fahrzeuges finden würde.

Es fing alles von vorn an, aber ich spürte wieder, dass sie meine Hilfe brauchte. Wenn ich die Alte richtig verstanden hatte, war es jedoch fast zu spät.

Mein Rückflug ging über Madrid. Ich würde dort beginnen und nicht aufhören zu suchen, bis ich sie gefunden und in meinen Armen halten würde.

In der Fortsetzung,

Blut – Folter – Weiterbildung,

die Ende 2012 erscheint, erfährt man die Hintergründe zu Alias Schande und wie es mit ihr und Fred weitergeht.

Außerdem treffen Bauske und die Hamburger Kommissare Schrenk und Krieger bei der Aufklärung eines Kapitalverbrechens erneut aufeinander.

Nachwort

Ein Erstlingswerk entwickelt sich meist langsam. Erste Ideen für diesen Roman ergaben sich bereits vor vier Jahren. Konkrete Kapitel wurden ab April 2010 „zu Papier gebracht". Der Plot in der jetzt vorliegenden Form war im Januar 2011 abgeschlossen – ich hatte mir die ersten zwei Wochen des Jahres Urlaub genommen - also, kurz bevor sich die Veränderungen in der Region Nord-Afrika ergaben.

In diesem Fall spielten fünf Faktoren, die die Geschichte beeinflussten, eine Rolle:

Die Erlebnisse eines Freundes, die er während eines gemütlichen Beisammenseins im Skiurlaub zum Besten gab und die die Basis für die Geschehnisse im Spreewald bildeten – hierfür besonderen Dank an diesen guten Freund, der nicht nur eine gesunde Weltanschauung hat, sondern mich auch des Öfteren zu Ligaspielen des HSV mitnimmt.

Die Unterstützung meines Freundes Siegfried, der ein geduldiger Zuhörer ist und für alle meine Wünsche und Nöte Verständnis aufbringt. Man könnte uns die kleinste Männergruppe Hamburgs nennen. Unsere Gesprächsrunden führen oft dazu, dass wir erst mit dem die Tür von außen abschließenden Kneipenwirt den Weg nach Hause finden.

Die Unterstützung meiner Familie.
Dank an meine Frau Gudrun, die sogar eine Kanalfahrt mit einem Zweipersonen-Kajütboot durch das Elsass mitmachte und es erduldete, dass wir abends meist in der Wildnis anleg-

ten, nur damit ich in Ruhe ungestört schreiben konnte. Die es auch akzeptierte, dass ich ein Drittel meines Jahresurlaubes zu Hause im stillen Kämmerlein verbrachte, nur um mit der Geschichte endlich fertig zu werden.

Dank an meine Töchter, die als Erste die Entwürfe zu lesen bekamen und mich ermunterten und mit konstruktiver Kritik unterstützten. Ohne diese aufbauenden, ehrlichen Meinungen hätte ich wahrscheinlich nach den ersten Schwierigkeiten aufgegeben.

Dank gebührt auch meiner Freundin Kerstin, die mir beibrachte, dass Geschehnisse aus der Vergangenheit nicht zwangsweise mit „hatten" beschrieben werden müssen. Ihr Lektorat nach Feierabend war mit Sicherheit alles andere als ein Vergnügen und ich hoffe, dass ich mich hierfür irgendwann einmal revanchieren kann.

Meine Teilnahme am Sahara-Marathon 2010, die mir wieder einmal bewusst machte, was im Leben wichtig ist, wie fremdgesteuert man lebt und wie viele Dinge es gibt, die man wirklich nicht benötigt. Und andere, die wir für selbstverständlich hinnehmen, für andere aber unerreichbar sind. Jedem Afrika- und Laufinteressierten kann ich die Teilnahme dieser Reise nur nahelegen. Nähere Informationen erhält man unter:

http://www.uno-fluechtlingshilfe.de/?page=748

Für Musikinteressierte hier noch einige Informationen zu den Lieblingssongs der Protagonisten:

Von der deutschen Band `Elements of Crime´ werden Texte aus den Stücken
Bis du zu mir kommst – von der CD ***An einem Sonntag im April***
Sperr mich ein – von der CD ***Weißes Papier***
Bring den Vorschlaghammer mit – von der CD ***Romantik***
zitiert.

Von Chris Rea werden exemplarisch Musikstücke aus folgenden CDs genannt:
Herzklopfen – nur in Deutschland erschienen mit langsamen Songs wie *Josephine, On the Beach, I can hear your heartbeat*
The Road to Hell and back –einzige live CD, die von Bauske in seinem Exil gehört und besprochen wird.
Blue Guitar – für Fans – 11 CD-Box mit überwiegend unbekannten Songs.

Eine ausführliche Zusammenstellung von Bob Dylan Songs findet man in der 3fach CD-Sammlung ***Biograph*** und ergänzend auf der CD ***Desire.***

Inhalt

Tod einer guten Freundin 1

Teil 1 Fehltritt mit Folgen 7

Vorspann 9
1.1 Bauskes Lebensnetz-Philosophie 11
1.2 Vier Wochen vorher, Autobahn-Rastplatz Biegener
     Hellen, Frankfurt/Oder 20
1.3 Lagebesprechung Mordkommission Hamburg,
     Montagmorgen 37
1.4 Wochenende bei Bauskes 41
1.5 Lagebesprechung Mordkommission Hamburg,
     Dienstagmorgen 52
1.6 Freundschaftliche Hilfe 58
1.7 Lagebesprechung Mordkommission Hamburg,
     Mittwochmorgen 70
1.8 Überraschung in Polen 76
1.9 Lagebesprechung Mordkommission Hamburg,
     Donnerstagmorgen 84
1.10 Geisterfahrt 90
1.11 Lagebesprechung Mordkommission Hamburg,
     Donnerstagnachmittag 92
1.12 Quartier in Polen 99
1.13 Lagebesprechung Mordkommission,
     Freitagmorgen 102
1.14 Wie im Kloster, nur mit Musik 108
1.15 Verhörzimmer Mordkommission Hamburg, Freitag,
     11.00 Uhr 112

1.16	Hansen sagt aus Freitag ,13 Uhr	116
1.17	Nachrichten aus aller Welt	119
1.18	Außerordentliche Lagebesprechung Mordkommission, Sonntagmorgen	120

Teil 2 Westsahara 127

2.1	Lagebesprechung Sonderkommission Mandy, Polizeipräsidium, City Nord	129
2.2	Brahim Mohamed lamin Sidamed hat Besuch aus Deutschland	137
2.3	Vorbereitung Aktion Sonnenfinsternis	149
2.4	Der große Test – Alles oder nichts!	154
2.5	Allein mit der Bombe	158

Teil 3 Schmetterlingseffekte 165

3.1	Terrorrist, Ehebrecher oder Einfaltspinsel	167
3.2	Im Räderwerk der Justiz	172
3.3	Inoffizielle Lagebesprechung Mordkommission Hamburg, Dienstagmorgen	183
3.4	Lagebesprechung SOKO Marokko, Dienstag, 16 Uhr	186
3.5	Inoffizielle Lagebesprechung Mordfall Mandy, Mittwochmorgen	189
3.6	Am Boden zerstört	192
3.7	Lagebesprechung SOKO Marokko, Mittwoch, 16 Uhr	205
3.8	Neuanfang	216
3.9	SOKO Mandy ermittelt in Brandenburg	222
3.10	Lagebesprechung SOKO-Marokko, Donnerstag, 16 Uhr	235
3.11	Lagebesprechung SOKO Mandy	239
3.12	Wiedersehen mit Alina	244

3.13	Die Kreise schließen sich	249
3.14	Es geht voran	254
3.15	Schmetterlingseffekt	258
3.16	Abschied	261
3.17	Lagebesprechung SOKO MaMa	270
3.18	Der lange Weg zurück	273
3.19	Aktionärsversammlung - Vulkans heile Welt	279

Teil 4 Laufen für den Frieden 287

4.1	Letzte Zweifel	288
4.2	Polnische Zeitung mit Nachrichten aus Deutschland	293
4.3	Loses Aktien	297
4.4	Bauske und die Frauen	299
4.5	Loses Vermächtnis	302
4.6	Die Akte wird geschlossen, der Fall ist gelöst!?	306
4.7	Ein verhängnisvolles Geschenk	307
4.8	Kleine Dinge - große Wirkung	310
4.9	Das Rätsel wird gelöst, alles beginnt von vorn	319
Nachwort		345